Stefanie Rogge
Dunkelmeer

PIPER

Zu diesem Buch

Der erste gemeinsame Fall für die Flensburger Kriminalhauptkommissarin Kerrin Iwersen und den Föhrer Polizeichef Hark Hansen. Nicht nur müssen sich die beiden ungleichen Ermittler erst einmal aneinander gewöhnen, sie haben es auch gleich mit einer ganzen Reihe von Todesfällen zu tun. Noch bevor sie sich einen Reim auf die tödliche Alkoholvergiftung einer seit Langem trockenen Alkoholikerin machen können, sterben innerhalb kürzester Zeit zwei junge Männer, die demselben Freundeskreis angehörten. Kerrin Iwersen, die auf Föhr aufgewachsen ist, kennt die Opfer aus ihrer Schulzeit. Bald schon zeigen sich Risse in der Fassade des Freundeskreises, der im Inneren von Neid, Eifersucht und Verrat zerfressen war. Doch wie passt der Tod der älteren Alkoholikerin in dieses Bild?

Stefanie Rogge ist in Kiel aufgewachsen und hat in ihrer Kindheit viele Ferien auf Föhr verbracht. Die studierte Juristin arbeitet in einer Anwaltskanzlei und widmet sich in jeder freien Minute dem Schreiben. Mit ihrem Mann und ihren Kindern lebt sie heute in Hamburg, doch ihre Bindung zu Föhr ist nie abgerissen.

Stefanie Rogge

dunkel meer

Ein Föhr-Krimi

PIPER

Mehr über unsere Autoren und Bücher:
www.piper.de

Wenn Ihnen dieser Kriminalroman gefallen hat, schreiben Sie uns unter Nennung des Titels »Dunkelmeer« an *empfehlungen@piper.de*, und wir empfehlen Ihnen gerne vergleichbare Bücher.

Von Stefanie Rogge liegen im Piper Verlag vor:
Iwersen und Hansen ermitteln
Band 1: Dunkelmeer
Band 2: Gischtgrab

FSC
www.fsc.org
MIX
Papier aus verantwortungsvollen Quellen
FSC® C083411

Originalausgabe
ISBN 978-3-492-31602-6
April 2021

Redaktion: Birgit Förster
Umschlaggestaltung: bürosüd, München
Umschlagabbildung: Mauritius images / Marcus Hofmann / Alamy; Mauritius images / Enrico Salvadori / Alamy
Satz: psb, Berlin
Gesetzt aus der Athelas
Druck und Bindung: CPI books GmbH
Printed in the EU

Die Ermittler

Hark Hansen, 55

Beruf

Leiter der Polizeidienststelle in Wyk

Wohnort

Wyk, Insel Föhr

Familienstand

Witwer, seine Frau Heike verstarb vor drei Jahren

Was ihn ausmacht

Hark ist Vollblutinsulaner, Gefühlsmensch, lässt sich als Polizeibeamter oft von seinem Instinkt leiten und fährt damit meist gut. Er geht von April bis Oktober regelmäßig in der Nordsee schwimmen und kann sich nichts Schöneres vorstellen, als mit Bier und Fischbrötchen den Tag an einer Strandbude mit den Füßen im Sand ausklingen zu lassen.

Was ihm wichtig ist:

sein Sohn Nils, der in Wyk als Anwalt arbeitet

Kerrin Iwersen, 32

Beruf:
Kriminalhauptkommissarin

Wohnort:
Flensburg

Familienstand:
single, ihre letzte Beziehung zerbrach vor Kurzem

Was sie ausmacht:
Kerrin ist ein sportlicher, offener Typ. Sie ist direkt, intelligent und ehrgeizig und verlangt sich oft selbst sehr viel ab. Sie ist auf Föhr geboren und hat bis zum Abitur auf der Insel gelebt. Kerrin liebt ihren Beruf und verbeißt sich in jeden Fall. Da es auf Föhr keine Kripo gibt, übernimmt sie in Zukunft zusammen mit den Föhrer Kollegen die Kriminalfälle auf der Insel und freut sich darauf, wieder in der Heimat unterwegs zu sein.

Was ihr wichtig ist:
die Dinge mehr auf sich zukommen lassen

Prolog

Vor fünfzehn Jahren

Die Sonne brannte vom Himmel. Ein Jahrhundertsommer, sagten die Leute. Bereits jetzt, um zehn Uhr, war es draußen unerträglich heiß. Er ging ein letztes Mal von Raum zu Raum, nahm die ungewohnte Stille des Hauses in sich auf. Für einen Augenblick schloss er die Augen, sah sie alle vor sich. Laut redend am Esstisch, entspannt auf dem Sofa, teigverklebt und glücklich in der Küche, das Treppengeländer heruntersausend, lachende, nachdenkliche, manchmal auch traurige Gesichter. Seine Familie.

Dann verscheuchte er die sentimentalen Gedanken, die zu nichts führten, vergewisserte sich mit einem Griff in seine Hosentasche, dass er alles dabeihatte, und trat auf die Terrasse. Die schwüle Luft schlug ihm wie eine Wand entgegen, aber er ließ sich nicht beirren und ging mit langsamen, aber festen Schritten durch den wunderbaren, großen Garten zu dem kleinen Gartenhäuschen. In zwei Tagen sollte es losgehen, wie jedes Jahr. Die anderen waren aufgeregt, voller Vorfreude. Packlisten wurden geschrieben, Kleidung herausgelegt, Spielzeug eingepackt. Er machte mit, obwohl er von Tag zu Tag deutlicher spürte, dass es nicht ging. Er konnte es einfach nicht. Ein ganzes Jahr lang hatte er probiert, sich wieder auf das Leben einzulassen, weiterzumachen, aber es hatte nicht geklappt. Immer schlimmer war es geworden, und keiner hatte ihm helfen können. Nun hatte er keine Kraft mehr, es musste ein Ende haben. Er tat den anderen nicht gut. Da er sie aus tiefstem Herzen liebte, war es seine Pflicht, sie zu erlösen. Er hatte kein Recht mehr darauf, glücklich und unbeschwert zu sein. Nicht nach dem, was geschehen war. Aber sie hatten es.

Als er die Tür zu der kleinen Laube öffnete, in der sie viele fröhliche Abende verbracht hatten, zu zweit, zu viert und mit Freunden, schlug ihm abgestandene und muffige Luft entgegen. Schon lange hatten sie keinen Besuch mehr gehabt, ausgelassene Feste gehörten der Vergangenheit an. Dem Leben davor, wie er es nannte. Er öffnete die beiden Fenster für einen Moment und ließ die warme Luft herein. Dann setzte er sich an den groben Holztisch, holte die Pistole aus seiner Tasche und legte sie vor sich. Er hatte sie als junger Mann von seinem Vater bekommen und seitdem im Safe aufbewahrt. Sorgfältig weggeschlossen, damit kein Unglück geschehen konnte. Aber nun war es Zeit, sie zu benutzen. Seine Gedanken begannen aufs Neue zu kreisen. Verzweifelt nahm er seinen Kopf in die Hände und drückte und drückte, aber sie ließen sich nicht vertreiben. Wieder hörte er das Geräusch, das ihn jede Nacht in seinen Albträumen verfolgte und einfach nicht leiser werden wollte. Tat er das Richtige? Oder war es seine Pflicht auszuhalten, für sie? Dieser Konflikt verfolgte ihn seit Wochen, seit dem Tag, an dem er zufällig die Pistole in der hintersten Ecke des Safes gesehen und plötzlich in den Händen gehalten hatte. Und die Lösung auf einmal klar vor ihm zu liegen schien.

Schluss damit, rief er sich selbst zur Ordnung. Er hatte sich entschieden, und nun gab es kein Zurück mehr. Einmal im Leben wollte er wie ein Mann handeln. Er würde seinen Teil tun, um sie von einer Last zu befreien und ihnen zu ermöglichen, wieder ein unbekümmertes Leben zu führen. Sie hatten keine Schuld auf sich geladen, sie mussten nicht büßen. Aber er.

Er nahm die Pistole in die Hand. Nie war er ein mutiger Mensch gewesen. Sein Vater, der erfolgreiche und angesehene Mann, hatte ihn sein Leben lang spüren lassen, dass er ihn für einen Versager hielt. Hätte er Geschwister gehabt, stünde er heute nicht dort, wo er war. Bruder oder Schwester hätten alles bekommen, und er hätte sich mit einem Pflichtteil begnügen müssen. So aber war seinem Vater nichts anderes übrig geblieben, als seinem einzigen Nachkommen alles zu vererben. Das viele Geld ermöglichte es ihm nun, mit einem guten Gefühl zu gehen. Sie würden abgesichert sein. Heute wäre sein Vater vielleicht das erste und einzige Mal in seinem Leben stolz auf seinen Sohn gewesen. Er verdrängte den hartherzigen Mann aus seinem Kopf, das waren keine schönen Erinnerungen, und sie sollten nicht das Letzte sein, an das er auf dieser Welt dachte. Er sah sie wieder vor sich, seine Familie. Bevor sie einer nach dem anderen in sein Leben getreten waren, hatte er nicht gewusst, dass man andere Menschen so lieben konnte. Aber es war so gewesen. Leider war es ihm nicht vergönnt, ihren Lebensweg weiter zu begleiten. Eines Tages würden sie ihn bestimmt verstehen.

Ihnen sollten seine letzten Gedanken gelten, ihre geliebten Gesichter sollten zum Schluss vor seinem inneren Auge stehen.

Er griff nach der Pistole und drückte sie an seine Schläfe.

Ein Knall. Dann Stille.

1

Gegenwart

Hark hatte schlechte Laune. Es war Sonntagmorgen, er hatte noch nicht gefrühstückt und musste jetzt ungeduscht zu einem Tatort fahren. Nicht einmal für sein tägliches Bad in der Nordsee blieb Zeit, obwohl am Vormittag Flut war. Der Leiter der Polizeistation in Wyk auf Föhr hatte heute eigentlich frei und war am gestrigen Abend mit seinem Freund Fiete versackt. Heike und er hätten Hochzeitstag gehabt, wenn seine Frau nicht völlig überraschend vor drei Jahren an einem Hirnschlag gestorben wäre. Mit nur fünfundfünfzig Jahren war er von einer Sekunde zur nächsten zum Witwer geworden. Nach einer ersten schlimmen Zeit hatte Hark zurück ins Leben gefunden, aber der gestrige Tag hatte ihm wie jedes Jahr bevorgestanden. Fiete hatte sich nicht lange bitten lassen, mit seinem alten Freund ein paar Bierchen und Kümmerling zu trinken, und so war Hark erst um kurz nach Mitternacht in sein leeres Bett gefallen.

Und dort hatte er wie ein Stein geschlafen, bis ihn sein junger Kollege Christian Jensen geweckt hatte. Sie hatten einen Notruf aus einem Hotel in Utersum bekommen: Eine Frau lag tot am Strand. Der 25-jährige Christian war erst seit einem halben Jahr dabei, und Hark war sofort klar gewesen, dass er dem jungen Mann nicht zumuten durfte, allein zum Fundort zu fahren. Außerdem gab es auf ihrer beschaulichen Insel äußerst selten eine Leiche am Strand. So ein Vorfall war Chefsache.

Hark hatte Christian gebeten, ihn in fünfzehn Minuten abzuholen. Außerdem sollte er ihren Kollegen Tom, der in Utersum wohnte, informieren, damit dieser schon einmal alles absperren konnte.

Auf die Minute pünktlich klingelte Christian bei Hark. »Moin, Chef.« Er wippte von einem Fuß auf den anderen. »Die Fahrbereitschaft meldet sich zum Dienst. Hört sich ja nach einer großen Sache an.«

»Schauen wir mal.« Hark sah zu seinem knapp zwei Meter großen und schlaksigen Kollegen mit den hellblonden, fast weißen Haaren hoch und kam sich mit seinen 1,80 Meter neben ihm wie so oft klein und stämmig vor. Er war sich immer noch nicht sicher, was er von dem jungen Mann halten sollte. Christian strotzte geradezu vor Selbstbewusstsein und war mit seiner forschen Art schon mehr als einmal bei seinen Kollegen angeeckt. Auf der anderen Seite war er engagiert und mit Begeisterung bei der Arbeit.

Hark griff nach seiner Jacke und verließ seufzend das Haus. Im Auto warteten zwei dampfende Becher Kaffee. Überrascht sah er Christian an.

»Ich weiß doch, dass du sonst den ganzen Tag unausstehlich bist«, sagte dieser grinsend. Zum ersten Mal an diesem Morgen lächelte Hark und nahm dankbar einen großen Schluck.

Die Fahrt verlief schweigend, Hark musste erst noch richtig wach werden. Er blickte auf die vorbeiziehende Landschaft. Nach den letzten beiden verregneten Sommern war dieser bisher umso schöner. Seit Wochen hielt sich ein Hochdruckgebiet über Norddeutschland und sorgte jeden Tag für blauen Himmel und Sonnenschein, nur von Zeit zu Zeit unterbrochen durch ein kurzes, heftiges Gewitter. Hark kurbelte das Fenster herunter, fuhr sich durch seine immer noch vollen braunen, von dem Salz der Nordsee ausgebleichten Haare und sog den Duft der Heckenrosen ein, der in der Luft lag. So roch ein Inselsommer. Ein kurzer Schmerz durchzuckte sein Herz. Es war für ihn immer noch unvorstellbar, dass Heike dies alles nie mehr erleben durfte. Wie oft hatten sie im Sommer ihre Fahrräder genommen und waren kreuz und quer über die Insel gefahren. Durch die weite platte Marsch, wo der Nordseewind immer blies. Durch die Dörfer mit ihren wunderschönen Friesenhäusern und den alten gemauerten Kirchen, auf deren Friedhöfen die Walfänger, die von den gefährlichen Fahrten zurückgekehrt waren, beerdigt worden waren. Und über die Deiche, mitten durch die Schafherden, die gemächlich auseinanderstoben, wenn sie juchzend hindurchbrausten. Hark trank noch einen Schluck Kaffee und zwang sich, seine Gedanken auf die Arbeit zu konzentrieren.

Kurz darauf parkte Christian den Streifenwagen auf dem noch fast leeren Strandparkplatz. Spätestens zur Mittagszeit würde hier kein Platz mehr frei sein. Sie nahmen den Hauptweg zum Strand, vorbei an dem Restaurant und dem Wagen des Strandwärters, der gerade aufschloss, über die von Wind und salziger Luft gegerbten Holzplanken. An deren Ende zogen sie beide Schuhe und Strümpfe aus und liefen barfuß durch den Sand.

Sie brauchten nicht zu suchen. Ein kleiner Menschenkreis hatte sich um einen Strandkorb gebildet. Tom hatte ganze Arbeit geleistet und es tatsächlich geschafft, die Schaulustigen auf Abstand zu halten. Die in langen Reihen aufgestellten bunten Strandkörbe waren größtenteils noch leer, die meisten Touristen saßen wohl beim Frühstück.

»Zurücktreten bitte.« Harks Stimme klang streng. »Hier gibt es nichts zu sehen, gehen Sie bitte nach Hause.«

Christian und er begrüßten ihren Kollegen. Dann traten sie zu dem Strandkorb und betrachteten die tote Frau. Sie war nicht mehr jung, um die sechzig, schätzte Hark, und saß in eine Ecke des Strandkorbes gelehnt. Ihr Kopf war leicht nach vorn auf die Brust gesunken, die offenen Augen starrten ins Nichts. Sie trug eine Jeans und ein blaues Sweatshirt. Ihre Haut war faltig. Hark vermutete, dass sie jahrelang geraucht hatte.

Er wandte sich an Tom. »Wissen wir, wer sie ist?«

Tom nickte. »Sarah Klasen aus Oldsum. Sie ist mir gleich bekannt vorgekommen, und in der Handtasche war ihr Ausweis.«

Hark zückte sein Handy und machte ein Bild von dem Gesicht der Toten. »Weißt du was über sie?« Er sah seinen Kollegen fragend an. Auch wenn sich viele der Insulaner untereinander kannten, tappte er bei dem Namen und der Frau im Dunkeln.

»Nicht viel, nur, was man so hört.« Tom zuckte die Schultern. »Sie hat eine behinderte Tochter, die schon lange in Wyk in einer Einrichtung lebt. Sarah hat seit Jahrzehnten getrunken, war in allen einschlägigen Lokalen gut bekannt. Keine Ahnung, wie sie über die Runden gekommen ist. Gearbeitet hat sie nicht, soweit ich weiß.«

Hark nickte. »Dann hören wir uns gleich mal in Oldsum um.«

»Ist die Person, die die Leiche entdeckt hat, hier?« Christian blickte sich suchend um.

»Nein.« Tom schüttelte den Kopf. »Eine Touristin aus Kiel, abgestiegen im Hotel Wattläufer. Lotta Wagner.« Er sah zu den Schaulustigen, die sich langsam zurückzogen. »Sie muss schreiend ins Hotel gelaufen sein. Einige andere Gäste, die bereits im Frühstücksraum saßen, haben sich sofort auf den Weg hierher gemacht. Vielleicht haben sie gedacht, sie könnten noch helfen, aber ...«

»Die wollten wohl eher ihre Sensationsgier befriedigen«, unterbrach Hark ihn kopfschüttelnd. Dann schnupperte er in die Luft. »Riecht ihr das auch?«, fragte er verwundert.

Tom nickte grinsend. »Das hat ja gedauert bei dir, Chef, mir ist das gleich aufgefallen. Man hat das Gefühl, man sitzt in einer Kneipe.«

Hark beugte sich zu der Frau herunter. »Die hat ordentlich einen getankt.« Nachdenklich richtete er sich auf. »Wahrscheinlich hat sie das eine Glas zu viel getrunken.«

»Habe ich auch im ersten Moment gedacht und liegt ja nahe bei ihrem Lebenswandel. Aber wo sind die Flaschen? Ich habe hier nichts gesehen«, wandte Tom ein.

»Vielleicht hat sie woanders getrunken und ist dann hierhergekommen, eingeschlafen und gestorben«, überlegte Christian laut.

Tom sah ihn zweifelnd an. »Kann ich mir nicht vorstellen. Wenn du so viel trinkst, dass du an einer Alkoholvergiftung stirbst, dann gehst du nirgendwo mehr hin, sondern fällst um. Und erst recht wanderst du nicht durch den Sand, das ist viel zu anstrengend.«

»Wer weiß. Wenn der Alkohol sie vor dem letzten

Absturz aufgeputscht hat, könnte das schon sein.« Christian schaute ihn herausfordernd an.

»Anhaltspunkte für eine Gewalteinwirkung sehe ich nicht«, bemerkte Hark schnell, um den unausweichlichen Schlagabtausch zwischen den beiden zu verhindern. Er überlegte einen Moment und wählte dann schweren Herzens die Nummer der Dienststelle in Flensburg. Da die Todesursache ungeklärt war, musste er Meldung machen. Sollte es sich um Mord handeln, durfte er als Inselpolizist nicht ermitteln, sondern musste die Kripo hinzuziehen.

Hark hatte kein Problem damit, sich unterzuordnen, aber er wusste auch, dass Klaus Martens, der in den letzten Jahren mit seinem Team die wenigen Tötungsdelikte auf Föhr übernommen hatte, seit Kurzem im Ruhestand war. Klaus, seine Jungs und er hatten gut zusammengearbeitet. Hark liebte privat und beruflich das Gewohnte, und er hatte keine große Lust, sich an jemand Neues zu gewöhnen. Außerdem hatte er gehört, dass eine junge Polizistin Klaus' Nachfolgerin werden sollte. Zwar war Hark in der Theorie davon überzeugt, dass Männer und Frauen gleichberechtigt waren, trotzdem fiel es ihm schwer, sich vorzustellen, einer Frau, die seine Tochter sein könnte, unterstellt zu sein. Und so war er skeptisch, ob die Arbeit mit den Flensburgern weiterhin so unproblematisch verlaufen würde. Aber er hatte Glück. Peter Heyden, der Dienststellenleiter in Flensburg, wollte erst die Obduktion abwarten und sichergehen, ob es sich überhaupt um ein Tötungsdelikt handelte, bevor jemand auf die Insel geschickt wurde.

»Ich rufe Elena an. Die Tote soll obduziert werden«, informierte er seine Kollegen. Er nahm erneut sein Handy und stimmte mit Elena Bruckner, der Pathologin aus Kiel, und Andreas Schneider, dem Inselbestatter, ab, wie Sarah Klasen in die Rechtsmedizin nach Kiel gebracht werden sollte. Anschließend riss er zwei weitere Beamte, Jan und Fabian, aus ihrer sonntäglichen Ruhe. Er hatte mit Heyden verabredet, dass seine Kollegen die Spuren am Strand sichern und dann nach Flensburg zur Auswertung schicken sollten.

Nachdem alles geregelt war, fuhr Hark zusammen mit Christian zum Hotel Wattläufer. Nach dem Gespräch mit der Frau, die Sarah Klasen gefunden hatte, würden sie sich das Haus der Toten ansehen und mit deren Nachbarn sprechen.

Das Hotel befand sich nur wenige Hundert Meter vom Strand entfernt und schien gut besucht. Der Hotelparkplatz war voll, und Christian blieb nichts anderes übrig, als den Streifenwagen auf dem Bürgersteig abzustellen.

»Die Frau steht bestimmt noch unter Schock. Ich rede mit ihr, klar?«, entschied Hark mit fester Stimme. Er hatte bereits einige Male erleben müssen, dass Christian bei Befragungen nicht sonderlich sensibel vorgegangen war. Und das wollte er in diesem Fall unbedingt vermeiden.

»Du bist der Chef«, entgegnete Christian, ohne eine Miene zu verziehen.

Frau Wagner saß mit ihrem Mann beim Frühstück. Hark schätzte das Paar auf Mitte dreißig. Beide hatten kurze braune Haare. Herr Wagner trug Shorts und ein T-Shirt, seine Frau ein bunt gestreiftes Strandkleid. Die Ereignisse schienen ihr auf den Magen geschlagen zu sein. Sie hatte das Brötchen und das Rührei auf ihrem Teller nicht angerührt, sondern nippte nur vorsichtig an einer

Tasse Tee. Hark stellte Christian und sich vor und zog zwei Stühle an den kleinen Tisch. Dankbar nahm er dann von der freundlichen Kellnerin mit weißer Schürze einen Kaffee entgegen, Christian bestellte einen Tee. Ein schwarzer Hund lag unter dem Tisch und schlief. Als sie sich setzten, hob er kurz den Kopf und machte es sich dann wieder gemütlich.

»Frau Wagner, es tut uns sehr leid, was Sie heute Morgen erleben mussten. Die Tote wird gerade von unserem Bestatter abtransportiert und mit der nächsten Fähre nach Dagebüll und von dort weiter nach Kiel in die Pathologie gebracht.«

»Dann glauben Sie, dass es Mord war?« Frau Wagner blickte ihn nervös an.

Hark wiegte bedächtig den Kopf. »Kann sein, kann aber auch ein tragischer Unglücksfall gewesen sein.« Er trank einen Schluck Kaffee. »Ist Ihnen heute Morgen irgendetwas am Strand aufgefallen? Haben Sie jemanden beobachtet oder etwas Verdächtiges gesehen?«

Die Frau schaute Hilfe suchend ihren Mann an, der ihr beruhigend zunickte und ihre Hand ergriff. Sie wandte sich zögernd wieder zu Hark. »Nein, gar nichts«, sagte sie mit leiser Stimme. »Ich war früh wach und wollte die Zeit nutzen. Mein Mann schläft gerne länger, aber ich bin eine Frühaufsteherin.« Ein kurzes Lächeln umspielte ihren Mund, doch sie wurde schnell wieder ernst. »Unsere Kinder sind übers Wochenende bei meinen Eltern, und wir wollten uns hier eine schöne Zeit zu zweit machen.« Sie stockte kurz. »Die beiden sind erst drei und sechs Jahre alt, da kann man das ab und an gut gebrauchen.«

»Ich verstehe, was Sie meinen«, sagte Hark. »Ich habe selbst einen Sohn. Er ist zwar mittlerweile erwachsen, aber ich kann mich noch gut an die Jahre mit wenig Schlaf und überwiegender Fremdbestimmtheit erinnern.«

»Ich wollte also keine Zeit vergeuden, habe mir unseren Hund geschnappt und bin zum Strand gegangen. Es war Ebbe, und Dina konnte durchs Watt laufen. Sie liebt es, hinter den Möwen herzurennen, denkt jedes Mal wieder, dass sie eine schnappen könnte.«

Hark schmunzelte. »Wann haben Sie das Opfer gesehen?«, fragte er dann.

»Gleich am Anfang. Ich habe gedacht, dass sie auch eine Frühaufsteherin ist und die einsame Morgenstunde genießt. Fast habe ich mich geärgert, dass ich nicht ganz allein war.« Sie schwieg einen Augenblick. Hark bemerkte, dass sich ihre Augen mit Tränen füllten, sie sich aber tapfer bemühte, sie zurückzudrängen. »Zuerst habe ich gar nicht bemerkt, dass etwas nicht stimmte. Dina war schon ins Watt gelaufen, und ich bin losmarschiert. Mir sind so viele Dinge durch den Kopf gegangen, dass ich um mich herum nicht viel wahrgenommen habe.« Sie schluckte. »Irgendwann ist mir aufgefallen, dass Dina nicht mitgekommen war, sondern an dem Strandkorb stehen geblieben ist. Als sie auf mein Rufen nicht gehört hat, habe ich zunächst gedacht, dass die Frau ein Leckerli für sie hat.« Ihre Stimme wurde leiser. »Ich bin zurückgegangen und habe immer wieder gerufen. Mir war es etwas unangenehm, dass Dina gebettelt hat. Aber als ich näher gekommen bin, hatte ich plötzlich ein komisches Gefühl.« Ein kurzer Schauder durchlief ihren Körper. »Und ganz plötzlich habe ich es gewusst und bin, so schnell ich konnte, weggelaufen.«

»Und Ihr Hund? Ist Dina Ihnen gefolgt?«

Frau Wagner nickte. »Ja, das ist sie. Sie muss meine Angst und Panik bemerkt haben.«

»Haben Sie die Tote oder den Strandkorb angefasst?«, brachte Christian sich nun doch in das Gespräch ein.

»Nein, ich war noch einige Schritte von ihr entfernt, als ich es gespürt habe.« Die Tränen liefen jetzt ihre Wangen herunter.

Ihr Mann schaute sie besorgt an. »Lass es raus, mein Schatz«, flüsterte er sanft.

»Geht schon.« Sie versuchte ein schiefes Lächeln und wischte sich über ihr Gesicht. »So etwas passiert einem zum Glück nicht alle Tage, und gerade auf Föhr hätte ich niemals damit gerechnet.«

Hark nickte mitfühlend. »Das gehört tatsächlich nicht zu unserem täglichen Geschäft. Wir werden Sie nicht weiter belästigen. Vielleicht gelingt es Ihnen ja trotz dieses Vorfalls, die Zeit bei uns noch ein wenig zu genießen.«

Frau Wagner und ihr Mann sahen ihn zweifelnd an, und Hark merkte selbst, wie abgedroschen seine Worte klangen. Aber was sonst hätte er sagen können? »Bitte schreiben Sie uns noch Ihre Telefonnummer auf, damit wir Sie anrufen können, falls noch Fragen auftauchen. Fahren Sie heute wieder ab?«

»Ja, wir nehmen die 15:15-Uhr-Fähre«, antwortete Frau Wagner. Ihr Mann war aufgestanden und kam mit einem Zettel und Stift zurück. Nachdem er verschiedene Nummern aufgeschrieben hatte, verabschiedeten sich Hark und Christian.

»Ich hoffe, Sie behalten unsere wunderschöne Insel nicht in allzu schlechter Erinnerung und kommen einmal wieder.«

»Schauen wir mal. So schnell wohl nicht, befürchte ich.« Herr Wagner drückte die Hand seiner Frau, und beide lächelten den Beamten ein wenig gequält zum Abschied zu.

Hark und Christian liefen zu ihrem Auto. »Dieser Vorfall hat den beiden das romantische Pärchenwochenende wohl total versaut. Wer denkt bei einer Auszeit auf Föhr schon an Leichen?«, stellte Christian nüchtern fest und schnallte sich an.

2

Kerrin sah Sophie schon von Weitem an einem Tisch direkt am Ufer sitzen. An der Flensburger Förde hatte ein neues Café eröffnet. Von der großen Terrasse aus hatte man einen herrlichen Blick aufs Wasser. Nach einer anstrengenden Nachtschicht freute sie sich jetzt auf ein ausgiebiges spätes Frühstück mit ihrer Freundin. Danach würde sie mit vollem Bauch in ihr Bett fallen und ein paar Stunden Schlaf nachholen.

»Schön, dich zu sehen.« Kerrin gab Sophie einen Kuss auf die Wange und ließ sich auf einen Stuhl fallen. Die beiden Frauen hatten sich vor zwei Jahren an Kerrins erstem Arbeitstag in der Flensburger Dienststelle kennengelernt und waren sofort ein Herz und eine Seele gewesen. Kerrin konnte sich mittlerweile ein Leben ohne die Freundin gar nicht mehr vorstellen.

Nachdem sie bestellt hatten, sah sie Sophie lächelnd an. »Das ist genau das Richtige nach dieser Nacht. Wir haben einen neuen Fall. Ein Toter wurde in der Nähe der Innenstadt in einem Parkhaus gefunden. Er ist ziemlich übel zugerichtet. Heyden hat der Kuhlmann den Fall übertragen, und weil die anderen im Urlaub sind, bin ich vorübergehend in ihrem Team.«

Sophie sah sie mitleidig an. »Du Ärmste. Und dann bist du schon hier?«

Kerrin nickte. »Ich komme direkt vom Tatort. Das Opfer ist gerade in die Rechtsmedizin nach Kiel abtransportiert worden. Und nach mittlerweile vierzehn Stunden Dienst fand ich es dann angebracht, mich vorübergehend zurückzuziehen.« Sie grinste. »Sei froh, dass du freihast. Aber genug davon. Erzähl mir von dir. Wie war dein Urlaub bisher?«

»Sagen wir: ereignisreich«, antwortete Sophie. »Letzte Woche waren Max und ich spontan in Bayern zum Wandern. Bei der Kraxelei sind wir ganz schön ins Schwitzen gekommen. Man stellt sich das ja so leicht und entspannt vor. Ein bisschen klettern und dann auf schönen Bergwiesen picknicken. In Wahrheit ist es richtig anstrengend und teilweise auch nicht ganz ungefährlich, weil ...«

»Du bist eben ein echtes Küstenkind, Sophie«, fiel Kerrin ihr lachend ins Wort. »Wenn du nicht auf einer Höhe mit dem Meer bist, kriegst du Panik.«

»Na, das sagt die Richtige«, gab Sophie zurück. »Du warst doch noch nie in den Bergen. Als Inselmädchen kommst du damit bestimmt noch viel weniger klar.«

»Apropos Insel. Heute Morgen kam in das ganze Chaos herein noch ein Anruf aus Föhr. Dort ist am Strand eine Leiche gefunden worden. Vielleicht entkomme ich der Kuhlmann.« Kerrin grinste verschmitzt. »Heyden hat mir schon vor einiger Zeit versprochen, dass ich Martens beerbe und mit seiner alten Truppe die Fälle auf Föhr übernehmen werde. Obwohl Kai krank und Mark im Urlaub ist. Mal schauen, wie Heyden sich das vorstellt. Nach der Obduktion der Leiche weiß ich mehr.«

»Ich drücke dir die Daumen. Wegen der Kuhlmann, aber

noch mehr, weil ich weiß, wie gerne du auf Föhr bist. Und wenn kein anderer da ist, fährst du halt erst einmal allein.«

»Ja, das wäre was. Ich war schon eine Weile nicht mehr dort.« Ein Schatten fiel auf Kerrins Gesicht. »Ole hatte nie Lust hinzufahren, und allein wollte ich nicht. Wir hatten eh so wenig Zeit füreinander.«

»Gut, dass du Ole los bist …«, begann Sophie.

»Ich weiß nicht. Lass uns lieber über etwas Schöneres sprechen«, unterbrach Kerrin sie. Sie hatte keine Lust auf die schon so oft zwischen ihnen geführte Diskussion. Von Ole hatte Sophie von Beginn an nichts gehalten. »Er tut dir nicht gut, merkst du das denn nicht? Du hast etwas Besseres verdient«, hatte sie immer wieder gesagt. Kerrin hatte das bis zum Schluss und eigentlich sogar bis zum heutigen Tage nicht glauben wollen. Sie hatte Ole vergöttert. Er sah wahnsinnig gut aus, war lustig und spritzig, hatte einen großen Freundeskreis und stand immer und überall im Mittelpunkt. In seiner Nähe hatte Kerrin sich lebendig und dazugehörig gefühlt. Aber es hatte auch bedeutet, dass sie sich immer zurücknahm und seinen Vorstellungen beugte. Sie hatte sich bemüht, ihm, so gut es ging, gerecht zu werden, hatte ihre Freunde kaum noch gesehen, ihre Eltern nur zu Weihnachten und den Geburtstagen besucht. »Wie gut, dass wir im gleichen Laden arbeiten, sonst würde ich dich gar nicht mehr zu Gesicht bekommen«, hatte Sophie mehr als einmal zu ihr gesagt.

Zum Glück wechselte die Freundin sofort bereitwillig das Thema. »Zum Beispiel über deinen Fall auf Föhr.«

»Meinen *eventuellen* Fall auf Föhr.« Kerrin musste lachen. »Ich war übrigens mit dem Sohn des Föhrer Polizeichefs auf der Schule. Das wird bestimmt komisch, wenn wir zusammenarbeiten sollen.«

»Stimmt. Aber wenn er schon lange dabei ist, kann er dich bestimmt gut unterstützen, falls du tatsächlich erst einmal allein auf die Insel musst. Kennst du ihn gut? Warst du als Kind mal bei ihm zu Hause?«

Kerrin schüttelte den Kopf. »Nein, gar nicht. Sein Sohn Nils war zwei Jahrgänge über mir, wir waren nicht wirklich befreundet. Aber auf Föhr kennt jeder jeden, man läuft sich auf einer so kleinen Insel schließlich ständig über den Weg. Und er war ein netter Typ.«

Sophie beugte sich vor. »Das hört sich gut an. Vielleicht findest du ja dein Glück auf Föhr. Dann kämst du endlich über Ole hinweg.« Sie lächelte Kerrin unschuldig an.

»So ein Blödsinn. Ich kannte ihn wirklich kaum.«

»Das kann sich ja in den nächsten Tagen ändern«, entgegnete Sophie und lehnte sich entspannt zurück. Ihr Grinsen war ansteckend, und so konnte auch Kerrin nicht länger ernst bleiben.

3

Sarah Klasen hatte in einem kleinen weiß getünchten Reetdachhäuschen am Rande von Oldsum gelebt. In ihrer Handtasche hatten Hark und Christian den Schlüssel gefunden und waren direkt vom Hotel Wattläufer aus hingefahren. Üppige Rosenbüsche rankten sich an den Hauswänden empor, eine alte blau angestrichene Holzbank stand einladend in der Sonne. Neben ihr befand sich ein Eimer mit einer Gartenschere und mehreren abgeschnittenen Stielen.

»Merkwürdig«, murmelte Hark und blickte sich erstaunt um. Der Garten war gut in Schuss, man sah, dass sich jemand darum kümmerte. Blumenkübel standen rechts und links von der Haustür, in den Beeten blühten Margeriten und Kornblumen, das ganze Haus machte einen fast verwunschenen Eindruck. »Dafür, dass sie Alkoholikerin war, hat sie sich aber gut um den Garten gekümmert.«

Verwundert schloss Hark die Tür auf, und die beiden Polizisten traten ein. Von einem kleinen Flur gingen drei Türen ab, eine Treppe führte in den ersten Stock. Hark öffnete die erste Tür und sah in die ordentlich aufgeräumte Küche. Spüle, Herd, Kühlschrank und Schränke waren bunt zusammengewürfelt und in die Jahre gekommen. Ein einfacher Tisch mit zwei Stühlen stand am Fenster, von dem aus man in den Garten hinter dem Haus sehen konnte. Hark öffnete den Kühlschrank. Frau Klasen hatte anscheinend keinen großen Wert auf abwechslungsreiche Ernährung gelegt. Er entdeckte einen Kanten Käse, Milch, Butter, verschiedene Joghurts und zwei Flaschen Cola. In den Schränken sah es nicht anders aus. Instantkaffee, verschiedene Teesorten und eine Reihe von Konservendosen waren alles, was an Vorräten da war. Auf dem Tisch stand eine große Schale mit frischem Obst.

Hark blickte sich zu Christian um. »Keine einzige Flasche Alkohol.« Er wirkte ratlos.

»Vielleicht hortet sie ihren Vorrat im Wohnzimmer.« Christian drehte sich um und öffnete die nächste Tür. Er blickte in ein Gäste-WC. Braune Wandfliesen und ein grünes Waschbecken wiesen darauf hin, dass dieser Raum seit den 1970ern nicht modernisiert worden war. Hark schob sich an ihm vorbei. Durch die dritte Tür gelangte man in das Wohn- und Esszimmer. Eine dunkelrote Couch und ein Sessel standen um einen schweren Holztisch mit blau-weißen Friesenkacheln herum. In der Anrichte daneben befanden sich Gläser und Geschirr. Ein Esstisch mit vier schlichten Stühlen vervollständigte die karge Einrichtung. Persönliche Gegenstände und Fotos sahen sie nicht.

»Merkwürdig«, murmelte Hark noch einmal.

»Vielleicht im Schlafzimmer?« Christian hob fragend die Schultern.

»Schauen wir nach.« Hark stieg langsam die knarrenden Stufen nach oben. Im ersten Stock stießen sie auf vier geschlossene Türen. Hinter den ersten beiden verbargen sich zwei Schlafzimmer, die anscheinend nicht mehr genutzt wurden.

»In einem hat bestimmt ihre Tochter gewohnt«, vermutete Christian. »Bevor sie ins Heim kam. Und das andere war vielleicht ein Gästezimmer.«

»Kann sein.« Hark zuckte mit den Schultern.

In beiden Räumen standen ein Bett, ein Schreibtisch und ein Schrank. Die Schreibtische und Schränke waren leer, die Betten nicht bezogen. Die dritte Tür führte in das Badezimmer. Auch dieses schien seit Längerem nicht renoviert worden zu sein. Das ebenfalls grüne Waschbecken hatte Kalkflecken, die wohl trotz Putzens nicht mehr verschwanden, die Badewanne einige Risse, die mit einer weißen Paste überpinselt worden waren. Ein einsames gelbes Handtuch hing an einem Haken, in einem Wandschrank standen Zahnbürste und Zahnpasta und einige Kosmetikartikel.

Das Schlafzimmer von Sarah Klasen war der letzte Raum, den die Ermittler betraten. Es wirkte viel freundlicher als die anderen Zimmer. Der Schrank stand halb offen und gab den Blick frei auf ordentlich aufgehängte Blusen, Röcke und Kleider. Pullover und Hosen befanden sich zusammengelegt in einem Regal. Das Bett war mit bunter Bettwäsche bezogen, und auf dem Nachttisch lag ein aufgeschlagenes Buch. Hark nahm es in die Hand. Eine Liebesgeschichte, die um 1900 in England spielte. Alkohol fanden sie auch hier nicht, weder volle noch leere Flaschen.

Hark schüttelte den Kopf. »Entweder hat sie ein gut getarntes Spezialversteck für ihren Alkoholvorrat, das wir nicht finden, oder hier stimmt etwas nicht. Ich habe noch nie gehört, dass ein Alkoholiker keinen Alkohol im Haus hat.«

Da sie nichts Verdächtiges gefunden hatten, verließen sie das Haus und klingelten bei den Nachbarn. »Familie Andresen«, stand auf einem getöpferten Türschild. Eine Frau öffnete ihnen. Als sie erklärt hatten, warum sie da waren, bat sie die Beamten betroffen ins Haus und führte sie in eine gemütliche Friesenküche.

»Das kann nicht sein.« Tränen standen in den Augen von Line Andresen. Sie ließ sich auf einen Stuhl sinken und bat Hark und Christian mit einer Handbewegung, sich ebenfalls zu setzen. »Sarah hat nicht mehr getrunken. Sie war seit über zwei Jahren trocken. Ich glaube nicht, dass sie mit dem Teufelszeug wieder angefangen hat, niemals.«

»Haben Sie Frau Klasen gut gekannt?«, fragte Hark.

»Natürlich, mein ganzes Leben lang. Ich bin hier geboren und Sarah und Johanna nebenan. Wir waren schon im Kindergarten befreundet, und daran hat sich auch nie etwas geändert. Trotz allem, was passiert ist.« Sie zog ein besticktes Taschentuch aus ihrer Tasche und tupfte sich die Tränen ab.

»Wer ist Johanna?«, fragte Christian.

»Johanna ist Sarahs jüngere Schwester. Sie hat vor vielen Jahren die Insel verlassen und ist nie zurückgekehrt. Das ist auch der Grund, warum Sarah so abgerutscht ist. Johanna war nur zwei Jahre jünger, und die beiden haben sehr aneinander gehangen.« Sie verstummte und blickte bekümmert aus dem Fenster.

Hark nutzte die Gelegenheit, um sich in der Küche umzusehen. Alte blau-weiße Kacheln bedeckten die Wände, in der Anrichte befanden sich kleine Schubladen aus Porzellan für Salz, Zucker, Grieß und Mehl. Vor dem Fenster stand ein alter gusseiserner Spülblock, und auch der Herd war in die Jahre gekommen. Lediglich ein großer moderner Kühlschrank ließ erkennen, dass man sich nicht in vergangenen Zeiten befand. Auf dem Tisch, an dem sie saßen, stand ein Strauß Wiesenblumen, und auf den Holzstühlen lagen farbenfroh karierte Sitzkissen. Hark fühlte sich in das alte Friesenhaus seiner Großmutter in Süderende zurückversetzt.

»Als Johanna plötzlich über Nacht verschwunden ist, hat das Sarah den Boden unter den Füßen weggezogen«, fuhr Line Andresen schließlich fort. »Und dann hat Johanna ihrer großen Schwester auch noch ihr Kind dagelassen und sich nie wieder gemeldet. Kein Wunder, dass Sarah das nicht so einfach weggesteckt hat.«

Christian sah sie verwirrt an. »Das habe ich nicht ganz verstanden, Frau Andresen. Johanna hat ein Kind, das sie bei Sarah gelassen hat?«

Die ältere Dame nickte. »Gerade einmal drei war Levke. Johanna hatte wohl einen Mann vom Festland kennengelernt, mit dem sie durchgebrannt ist. Sie wollte schon immer weg von der Insel, ihr war das hier alles zu klein und zu eng.«

»Und der Vater des Kindes? Was war mit dem?«, mischte Hark sich nun ein.

Die Frau winkte ab. »Den gab es nicht. Ein Tourist, mit dem Johanna sich vergnügt hatte. Ich weiß gar nicht, ob der Mann überhaupt von seiner Tochter wusste. Blicken lassen hat er sich jedenfalls nie.« Sie atmete einmal tief durch. »Sarah hat das Mädchen großgezogen.«

»Und Johanna hat sich nie wieder gemeldet?«, fragte Christian ungläubig. »Nicht einmal, um sich nach ihrem Kind zu erkundigen?«

»Nein, nie wieder. Das hat Sarah zumindest gesagt, und

warum hätte sie lügen sollen? Ihre Kollegen haben damals ermittelt, weil Johanna einfach so verschwand, aber sie haben auch nichts herausgefunden. Johanna hat Sarah einen Brief hinterlassen. Der Mann hatte es zur Bedingung gemacht, dass sie ihre Tochter nicht mitnimmt, und dem hat Johanna sich offenbar gefügt.«

»Was für eine traurige Geschichte«, sagte Hark betroffen.

»Das ist es. Sarah hat sich nie davon erholt. Wir alle haben früher mal einen über den Durst getrunken, aber nachdem Johanna abgehauen war und Sarah plötzlich mit einem Kleinkind dasaß, hat sie ihren Trost im Alkohol gefunden. Anfangs habe ich noch versucht, mit ihr darüber zu reden, aber es hat nichts gebracht. Gegen eine Sucht ist man mit Worten machtlos.« Sie seufzte. »Ich habe mich dann bemüht, ein Auge auf die Kleine zu haben. Sie hat es einem nicht gerade leicht gemacht, sie zu mögen. Verschlossen, wie sie war. Und von Jahr zu Jahr dicker. Sie hat ihren Kummer mit Essen betäubt. Etwas glücklicher wurde sie, als Imme auf die Welt kam, Sarahs Tochter.« Sie sah Hark an. »Bevor Sie fragen: Auch Imme hat keinen Vater, zumindest keinen, der sich um sie kümmert. Aber für Levke war Imme ein Glücksfall. Die beiden Cousinen waren trotz des Altersunterschiedes ein Herz und eine Seele.«

Hark beugte sich vor. »Wir haben gehört, dass Imme behindert ist. Ist das richtig?«

»Ja, das stimmt leider«, antwortete Line Andresen traurig. »Anfangs war es nicht zu merken, aber so mit ein bis zwei Jahren wurde klar, dass sie etwas zurückgeblieben war. Alles ging langsamer bei ihr. Lag wahrscheinlich an Sarahs Alkoholkonsum während der Schwangerschaft.«

»Und deswegen ist sie in ein Heim gekommen?«, bohrte Hark weiter.

»Nein.« Line Andresen schüttelte den Kopf. »Sie hat zu Hause gelebt. Sie war ja nicht richtig krank, konnte nur viel später laufen, sprechen, solche Sachen halt. Und es wurde absehbar, dass sie in ihrem Kopf nie richtig erwachsen werden würde. Aber in das Heim ist sie erst nach dem Unfall gekommen.«

»Unfall?« Christian blickte sie fragend an.

»Als Imme neun Jahre alt war, ist sie nach der Schule von einem Auto angefahren worden. So ein betrunkener Tourist, der gedacht hat, dass er sich auf der Insel alles erlauben kann. Seitdem sitzt sie im Rollstuhl, querschnittsgelähmt. Levke war damals fast achtzehn Jahre alt, wollte weg aufs Festland, eine Ausbildung machen, und Sarah hat das allein nicht hinbekommen.«

»Tragisch, wie viele schreckliche Dinge in dieser Familie passiert sind.« Hark setzte sich auf. »Können Sie sich vorstellen, dass irgendjemand wollte, dass Frau Klasen wieder trinkt? Ihr vielleicht Alkohol angeboten hat?«

Line Andresen sah ihn erstaunt an. »Nein, gar nicht. Keiner von uns hat in ihrer Nähe auch nur ein Bier getrunken. Obwohl sie mehrfach gesagt hat, dass es in Ordnung wäre. Aber niemand im Dorf will schuld sein, wenn sie einen Rückfall erleidet.« Sie runzelte die Stirn. »Sarah hat schlimme Zeiten hinter sich und hat bestimmt auch viele Fehler gemacht in ihrem Leben. Aber sie ist nicht bösartig und hat selbst jemanden gebraucht, der sich um sie kümmert. Und den hatte sie seit zwei Jahren – Hans Frahm, ihren Freund. Er war Arzt in einer Suchtklinik in Husum und ist mit Beginn seiner Rente auf die Insel gezogen. Seine Frau war gestorben, und er wollte seinen

Lebensabend bei uns verbringen. Sarah und er haben sich kennengelernt, und der Funke ist sofort übergesprungen. Mit seiner Hilfe hat sie den Absprung geschafft.« Sie hatte jetzt wieder Tränen in den Augen. »Ich habe Sarah noch nie so glücklich gesehen wie in den letzten zwei Jahren. Es war fast wie im Märchen. Die verlorene Prinzessin trifft auf ihren Retter.« Sie schnäuzte sich in ihr Taschentuch. »Beim besten Willen kann ich mir nicht vorstellen, dass sie das aufs Spiel gesetzt hätte. Und wir alle hier haben es ihr von Herzen gegönnt. Sie war kein schlechter Mensch und hatte ein bisschen Glück weiß Gott verdient.«

»Wären Sie bereit, sich ein Foto von der Toten anzusehen, um sie eindeutig zu identifizieren? Mein Kollege hat sie zwar erkannt, aber sicher ist sicher.«

Line Andresen zuckte unschlüssig mit den Schultern.

»Keine Angst, Frau Klasen ist unversehrt und sieht friedlich aus.«

Die ältere Dame nickte schließlich stumm. Nachdem sie einen langen Blick auf das Foto geworfen hatte, sah sie Hark fest in die Augen. »Das ist sie«, sagte sie mit leiser Stimme.

»Vielen Dank.« Hark lächelte ihr zu. »Wo finden wir Herrn Frahm?«, fragte er dann.

»Er hat ein Haus in Nieblum, ich schreibe Ihnen die Adresse und Telefonnummer auf.« Mit müden Schritten und gebeugten Schultern ging sie in den Flur. Hark und Christian erhoben sich ebenfalls und folgten ihr. Nachdem sie ihnen den beschriebenen Zettel gegeben hatte, verabschiedeten sich die beiden.

Hark sah im Rückspiegel, wie Line Andresen ihnen betrübt hinterherschaute.

Kurze Zeit später standen Hark und Christian vor dem Haus von Hans Frahm, einem ochsenblutfarbenen Reetdachhaus. Es grenzte direkt an den malerischen Dorfteich von Nieblum, an dem einige Eltern mit ihren Kindern standen und die zahmen Enten mit Brotstückchen direkt aus der Hand fütterten. Hark sah ihnen einen Moment versonnen zu. Wie gerne hätte er ein Enkelkind. Sein Sohn Nils war bereits vierunddreißig Jahre alt, aber zu Harks Bedauern hatte er noch nicht einmal eine Freundin. Er musste sich also weiter gedulden.

»Dann mal los«, sagte er schließlich leise zu sich selbst und zwang sich, in die Realität zurückzukehren. Die Überbringung der Todesnachricht eines geliebten Menschen passte gar nicht an diesen friedlichen und unschuldigen Ort.

Diese Gedanken hätte er sich aber zumindest heute nicht zu machen brauchen. Auf ihr mehrfaches Klingeln wurde nicht geöffnet, und auch ein Gang um das Haus herum brachte sie nicht weiter. Innen war alles dunkel, und der Garten lag verlassen da. Hark probierte die Handynummer, die Frau Andresen ihnen gegeben hatte, aber keiner nahm ab, und eine Mailbox war nicht eingerichtet. Das Festnetz hatte einen Anrufbeantworter, und so bat Hark um schnellen Rückruf. Er wollte unbedingt verhindern, dass Frahm durch jemand anderen von dem Tod seiner Lebensgefährtin erfuhr. Und das würde auf einer kleinen Insel wie Föhr schwer genug werden.

4

Behutsam zog er sich die Einmalhaushaltshandschuhe an und legte vier Blätter in den Drucker. Dann ging er an seinen Schreibtisch, öffnete eine Datei auf seinem Computer und wählte den Befehl »Drucken«. Es surrte kurz, und das Gerät spuckte vier bedruckte Seiten aus. Er sah sie sich an. Perfekt, genau so hatte er es sich vorgestellt.

Mit den Blättern setzte er sich wieder an den Schreibtisch, auf dem schon die vorbereiteten Umschläge lagen. Alle vier waren sorgfältig beschriftet, geschrieben in neutralen Druckbuchstaben. Er steckte in jeden der Umschläge ein Blatt und verschloss sie dann sorgfältig mit Tesafilm. Sollten die Briefe eines Tages untersucht werden, würde sie niemand mit ihm in Verbindung bringen können. Keine Abdrücke und keine DNA.

Er sah auf die Uhr. Noch blieb ihm genug Zeit, er musste sich nicht beeilen. Der Mann und seine Familie kehrten nie vor dem Nachmittag vom Strand zurück. Er blickte sich um und ging dann zu dem großen Bücherregal, zog eines der dicken Bücher heraus und setzte sich zurück an den Tisch. Über fünfhundert Seiten hatte der Wälzer. Er steckte einen Umschlag zwischen Seite 100 und Seite 101, den zweiten zwischen die Seiten 250 und 251 und den dritten Umschlag zwischen Seite 400 und Seite 401. Symmetrische Anordnung, so musste es sein. Er war nur dann mit sich im Reinen, wenn die Dinge ihre Ordnung hatten, nichts aus dem Rahmen fiel. Sein Leben verlief nach festen Strukturen, unerwartete Ereignisse mussten unbedingt vermieden werden. Er brauchte das Gefühl, alles vollständig im Griff zu haben. In seiner Wohnung lag nichts herum, alles hatte seinen Platz. Unordnung duldete er nicht, niemals ließ er sich gehen. Sie sagte ihm immer wieder, er solle versuchen, einmal spontan zu sein, das Leben genießen und die Vergangenheit ruhen lassen. Aber sie selbst tat das auch nicht. Das hatte er an dem Tag, der alles verändert hatte, ganz deutlich gespürt. Sie mussten handeln. Er würde seiner Pflicht nachkommen – für ihn, für sie und für sich selbst.

Er griff nach dem vierten Umschlag, steckte ihn sorgfältig in seinen Rucksack und verließ das Haus.

5

Am nächsten Mittag saß Hark vor seinem Computer und grübelte. Am gestrigen Nachmittag war doch noch ein Team der Spurensicherung aus Flensburg angereist, um die Fingerabdrücke am Strandkorb zu sichern und das Haus der Toten gründlich zu untersuchen. An dem Strandkorb, der während der ganzen Saison vermietet wurde, gab es Dutzende verschiedener Fingerabdrücke. Polizeibekannt war keiner. Und auch in dem Haus von Frau Klasen waren unterschiedliche Fingerabdrücke gefunden worden, die meisten von ihr. Die anderen konnten nicht zugeordnet werden, waren aber ebenfalls nicht registriert. Hinweise auf ein Verbrechen gab es nicht.

Harks Kollegen, Tom Pahl, Jan Tolk und Fabian Lorenzen, hatten die weiteren Spuren am Fundort der Leiche gesichert. Im Sand um den Strandkorb herum hatten sie eine Vielzahl von Zigarettenkippen unterschiedlichster Marken, zerrissenes Eispapier und einige Glasscherben gefunden, aber das war leider die traurige Realität an den Stränden. Hinweise auf einen möglichen Täter fanden sie nicht.

Nachdem Hans Frahm sich bis zum gestrigen Nachmittag nicht gemeldet hatte, suchten sie jetzt mit Hochdruck nach ihm. Sollte es sich tatsächlich um ein Tötungsdelikt handeln, wäre er schon aus statistischen Gründen einer der Hauptverdächtigen. Die meisten Morde wurden von Angehörigen, Freunden oder Bekannten begangen. Eine Nachbarin hatte Christian gegenüber am Abend ausgesagt, dass Frahm am Samstagvormittag für einige Tage nach Hamburg gefahren war, um Freunde zu besuchen. Die Wyker Dampfschifffahrtsreederei hatte bestätigt, dass sein Wagen auf die Fähre um elf Uhr verladen worden war. Die Rückfahrt war für Mittwochnachmittag gebucht. Hark hatte die Hamburger Kollegen eingeschaltet und hoffte, dass sie den Mann schnell ausfindig machen würden, hatte bisher aber noch nichts gehört.

Levke Klasen hatte er gestern telefonisch in Husum erreicht und über den Tod ihrer Tante informiert. Sie schien nicht sonderlich geschockt zu sein, versprach aber, am Dienstagmorgen auf die Insel zu kommen. Zu dem Opfer hatte sie seit Jahren kaum noch Kontakt. Am fraglichen Abend war sie in Husum gewesen. Sie bat Hark, noch nicht mit Imme zu sprechen, da sie ihrer Cousine persönlich von dem Tod ihrer Mutter erzählen wollte. Hark war einverstanden gewesen.

Christian und Tom hatten sich in allen einschlägigen Kneipen in Oldsum, Dunsum, Alkersum und den anderen Inseldörfern umgehört, aber keiner der Wirte hatte Sarah Klasen in letzter Zeit dort gesehen. Seitdem sie mit Hans Frahm zusammen und trocken war, schien sie derartige Lokalitäten zu meiden.

Auch eine Anfrage bei den Taxiunternehmen der Insel hatte nichts ergeben. Mit einem Taxi war Frau Klasen an dem Abend ihres Todes also nicht an den Strand gefahren.

Hark beschloss, sich noch einen weiteren Kaffee zu

gönnen. Er kam gerade mit einer dampfenden Tasse an seinen Schreibtisch zurück, als sein Telefon klingelte.

»Hansen«, meldete er sich kurz.

»Hallo, Hark, hier spricht Elena«, sagte eine fröhliche Frauenstimme.

»Moin, Elena.« Hark lehnte sich zurück. »Wenn man dich hört, geht gleich die Sonne auf.«

»Das habe ich von meinem Mann schon lange nicht mehr vernommen.« Sie klang belustigt, aber Hark meinte, eine Spur von Bitterkeit herauszuhören. Er hatte vor einigen Wochen von einem Kollegen von Elena gehört, dass es um ihre Ehe zurzeit nicht zum Besten stand.

»Ruf mich jederzeit an, wenn du ein Kompliment hören möchtest«, antwortete er lachend und wunderte sich über sich selbst. Flirtete er etwa mit der Pathologin?

»Ich werde drauf zurückkommen.« Elena wurde ernst. »Leider ist der Grund meines Anrufs nicht so lustig.«

»Es geht um Sarah Klasen, richtig?«

»Genau, ich bin gerade mit ihr fertig geworden.«

»Ich bin ganz Ohr«, sagte Hark mit gespannter Stimme.

»Die arme Frau kann einem wirklich leidtun. Was für ein vergeudetes Leben sie geführt haben muss. Sie muss früher hübsch gewesen sein, das kann man immer noch sehen.« Elena seufzte. »Ich sollte es ja langsam wirklich gewöhnt sein, aber manche Menschen auf meinem Tisch berühren mich immer noch. Frau Klasen gehört dazu. Sie hat sich im wahrsten Sinne des Wortes zu Tode getrunken. Ihre Leber ist vernarbt, was auf einen jahrelangen und exzessiven Alkoholmissbrauch schließen lässt, und hat am Ende einfach versagt. Todesursache ist also akutes Leberversagen aufgrund Alkoholmissbrauchs.«

»Das haben wir uns gedacht«, sagte Hark bedächtig.

»Hast du etwas gefunden, was darauf schließen lassen könnte, dass eine weitere Person involviert war?«

»Du meinst blaue Flecken, Abschürfungen, etwas in der Art?«, fragte Elena ein wenig erstaunt.

»Ja, genau. Merkwürdig an der ganzen Sache ist nämlich, dass die Frau seit zwei Jahren trocken war. Laut Aussagen ihres näheren Umfeldes wirkte sie auch in keinster Weise rückfallgefährdet. Und wir haben am Fundort der Leiche am Strand keinerlei Flaschen gefunden.«

»Okay, das mit den Flaschen ist komisch, da gebe ich dir recht. Aber ein Rückfall ist leider so typisch bei einer langen Alkoholabhängigkeit, dass ich darüber nicht lange nachdenken würde. Und dass Angehörige das anders einschätzen, ist verständlich.«

»Das ist schon richtig«, stimmte Hark ihr zu. »Allerdings ist der Lebensgefährte der Toten ein ehemaliger Arzt, der viele Jahre mit Suchtkranken gearbeitet hat. Er ist gerade für ein paar Tage auf dem Festland, und ich glaube nicht, dass er seine Freundin allein gelassen hätte, wenn er ein Risiko dabei gesehen hätte.«

»Das macht es noch trauriger«, entgegnete Elena nachdenklich. Sie schwiegen beide einen Moment. Dann unterbrach sie die Stille. »Bei deinen Ermittlungen kann ich leider nicht weiterhelfen, aber die Todesursache ist definitiv der Alkohol. Und es gibt keinerlei Hinweise auf irgendeine Form von Gewalteinwirkung. Sie wurde nicht gefesselt, ihr wurde nichts mit Zwang eingeflößt, und sie hat auch keine blauen Flecken, die den Schluss zulassen würden, dass sie festgehalten wurde.«

»Das sind ja eigentlich gute Nachrichten. Zumindest kann ich die Jungs in Flensburg informieren, dass ihr Erscheinen erst einmal nicht erforderlich ist.«

»Du meinst wohl eher, das Mädchen.« Elena lachte. »Das wäre dein erster Fall mit Kerrin Iwersen, oder?«

»Kann sein, ich weiß nicht genau, wer Klaus ersetzen soll«, antwortete Hark vage.

»Ich habe gehört, dass Kerrin jetzt zusammen mit seinem alten Team für die Inseln zuständig ist. Sie war einige Jahre bei uns in Kiel und ist vor knapp zwei Jahren nach Flensburg versetzt worden. Eine nette, sympathische und äußerst kompetente junge Frau. Und sie ist eine von euch, eine Insulanerin.«

»Dann müsste ich sie ja eigentlich kennen«, sagte Hark nachdenklich.

»Wahrscheinlich eher dein Sohn.« Elena klang belustigt.

»Nett von dir, Elena, ich frage ihn mal und berichte dir dann«, ging Hark auf ihre Neckerei ein.

»Unbedingt.« Die Pathologin wurde wieder ernst. »Ich schicke euch und den Flensburgern nachher den Bericht.«

»Keine Eile, deine Fachbegriffe verstehen wir eh nicht. Ich weiß ja jetzt alles, was wichtig ist.«

»Du bist wirklich ein Unikat, Hark. Bis bald.«

»Ich telefoniere zwar immer gerne mit dir, trotzdem hoffe ich, dass wir nun erst einmal keine weiteren rätselhaften Todesfälle auf der Insel haben.«

»Ich drücke die Daumen. Obwohl ich nichts dagegen hätte, für einen Tag dem Trott hier zu entgehen und nach Föhr zu kommen.«

Hark schmunzelte. Bei eindeutigen Tötungsdelikten kam es vor, dass einer der Kieler Gerichtsmediziner auf die Insel fuhr, um im Klinikum in Wyk eine erste Voruntersuchung durchzuführen, bevor die Leiche zur endgültigen Untersuchung nach Kiel gebracht wurde. Elena hatte das erst ein Mal getan, zu einer Zeit, in der Hark im Urlaub gewesen war.

»Wäre tatsächlich nett, dich mal zu sehen und nicht nur deine freundliche Stimme zu hören«, scherzte Hark. »Lass es dir bis dahin gut gehen.«

Nachdem er aufgelegt hatte, blieb er einen Moment ruhig an seinem Schreibtisch sitzen. Das kurze Gespräch mit Elena hatte ihm gutgetan. Wie immer, wenn er mit ihr sprach. Sie hatte eine warme, angenehme Stimme, und sie strahlte eine Wärme und Fröhlichkeit aus, die ihn anzog. Er seufzte. Heike fehlte ihm immer noch sehr, aber vielleicht wurde es langsam Zeit, sich einzugestehen, dass er noch einen großen Teil seines Lebens vor sich hatte. Seine Frau hätte nicht gewollt, dass er es nur mit Arbeit, seinem Sohn Nils und guten Freunden verbrachte.

Er sah aus dem Fenster. Von der Dienststelle am Hafendeich aus konnte er die Fähren auf ihrem Weg von Dagebüll nach Föhr und zurück beobachten. Gerade fuhr die MS »Uthlande« auf den Anleger zu. Sie glänzte strahlend weiß in der Sonne, und Hark sah viele Menschen an der Reling stehen. Ein Schwarm Möwen folgte dem Schiff. Früher hatten die Touristen die Möwen vom Oberdeck aus mit Brotstücken gefüttert. Die Folge war, dass die Tiere immer aggressiver wurden, den Schiffen in immer größeren Schwärmen hinterherflogen und alles verschmutzten. Mittlerweile war das Füttern während der Fahrt schon lange verboten, aber Möwen folgten den Schiffen noch immer. Seine Gedanken schweiften zurück zu Elena. Was ist heute bloß los mit dir?, fragte er sich. Du hast diese Frau in all den Jahren der Zusammenarbeit noch nie gesehen, kennst nur ihre Stimme und hast gerüchteweise gehört, dass ihre Ehe in einer schwierigen Phase steckt. Na und? In jeder Ehe gab es Krisen, auch Heike und er hatten Zeiten gehabt, in denen sie mehr als sonst gestritten hatten. Wahrscheinlich ging ihm sein gerade vergangener Hochzeitstag immer noch an die Nieren und brachte ihn auf komische Gedanken.

Er setzte sich aufrecht hin und griff nach dem Telefon, um den Dienststellenleiter in Flensburg anzurufen.

»Okay, Hark, ich schicke dir Kerrin morgen rüber. Dann könnt ihr euch mal beschnuppern«, entschied Peter Heyden, nachdem Hark ihm von ihren Nachforschungen und dem Obduktionsergebnis berichtet hatte. »Kai und Mark sind nicht da, und Jörn brauche ich in einem anderen Fall. Es ist Urlaubszeit, und wir sind völlig unterbesetzt. Deswegen muss es jetzt so gehen. Du bist schließlich ein Urgestein und kannst erst einmal zusammen mit Kerrin ermitteln. Einverstanden?«

»Klar«, stimmte Hark ihm zu. Was blieb ihm auch anderes übrig?

»Es sieht ja auch eher nach einem tragischen Rückfall oder Selbstmord aus, aber die fehlenden Flaschen am Fundort und ihre ganze Lebenssituation machen mich doch stutzig. Hört euch noch einmal gründlich um.«

Nachdem sie aufgelegt hatten, rief Hark nach kurzem Überlegen Nils an. Er wollte vorbereitet sein, wissen, was oder besser wer da auf ihn zukam.

»Papa, was gibt es?«, fragte Nils ein wenig abwesend.

»Ich will dich gar nicht lange stören, habe nur eine kurze Frage.«

»Kein Problem, solange es etwas Friedliches ist. Ich habe gerade den Schriftsatz der Gegenseite wegen der Scheidung der Marxens bekommen, und der haut mich um.« Nils arbeitete als Rechtsanwalt in Wyk und war recht erfolgreich, wie Hark immer wieder stolz bemerkte. Er hatte ein freundliches und einnehmendes Wesen, und die Menschen fassten schnell Vertrauen zu ihm. Als seine Mutter vor drei Jahren völlig überraschend gestorben war, hatte Hark Angst um ihn gehabt. Aber Vater und Sohn hatten sich in der Trauerzeit gegenseitig gestützt und den tragischen Verlust, so gut es eben ging, zusammen verkraftet.

»Erzähl«, forderte Hark ihn neugierig auf.

»Du weißt doch, dass ich der Schweigepflicht unterliege«, zierte Nils sich wie immer ein wenig.

»Du kannst dich auf mich verlassen, mein Junge. Weißt du doch auch.«

»Also gut. Sie wirft ihm jetzt vor, dass er sie geschlagen und bedroht hätte. Das kann ich mir beim besten Willen nicht vorstellen, und mir graut davor, ihm das mitzuteilen. Die armen Kinder.«

»Rasmus hätte diese Frau nie heiraten dürfen. Davon haben ihm alle abgeraten, aber er wollte ja nicht hören«, sagte Hark bestürzt. »Wie gut, dass er dich als seinen Anwalt hat, du kannst die Wogen vielleicht wieder glätten.«

»Ich bemühe mich.« Nils klang nicht sonderlich überzeugt. »Wie kann ich dir denn helfen?«

»Kennst du eine Kerrin Iwersen?«, fragte Hark. »Müsste in etwa dein Alter sein.«

»Ja klar. Die Insel ist ein Dorf, das weißt du doch. Sie war ein, zwei Jahrgänge unter mir. Ich habe sie aber lange nicht gesehen, sie ist Polizistin in Kiel, soweit ich weiß. Wieso?«

»Ach, nichts Wichtiges«, wehrte Hark ab. Jünger als sein Sohn und nun seine Vorgesetzte, das passte ihm gar nicht.

»Nun mal raus mit der Sprache. Was ist mit ihr? Sie war hübsch, der sportliche Typ, aber ich war nie enger mit ihr befreundet.«

»Sie ist mittlerweile in Flensburg und wohl die Nachfolgerin von Klaus Martens. Und sie kommt morgen wegen des Todesfalls in Utersum auf die Insel.«

»Sie ist der neue Klaus?«, fragte Nils ungläubig.

Hark druckste ein wenig herum. »Wenn du es so nennen willst, meinetwegen.«

»Das ist ja cool. Sie muss ziemlich tough sein, wenn sie das in ihrem Alter geschafft hat. Sollte sie sich nicht allzu sehr verändert haben, hast du eine kluge und attraktive Frau an deiner Seite.«

»Sehr lustig, Nils«, antwortete Hark ein wenig barsch. »Ich finde es eigentlich nicht so berauschend, mit einer derartig jungen Frau zusammenzuarbeiten.«

»Du meinst wohl eher, *für* eine derartig junge Frau, oder?« Nils' Stimme klang amüsiert. Wie gut sein Sohn ihn doch kannte.

»Ja, stimmt. Ist doch komisch, das musst du zugeben.«

»Ach, Papa«, lenkte Nils ein. »Heutzutage doch nicht mehr. Du bist immer noch in dem alten Rollenverständnis gefangen. Freu dich doch lieber, deine Freunde werden dich darum beneiden.« Er fing an zu lachen. »Und ich auch.«

»Okay, Nils, ist ja schon gut.« Hark fiel in sein Lachen ein. »Ich muss mich erst mal daran gewöhnen, aber das wird bestimmt.«

»Du schaffst das. Und wenn du Hilfe brauchst, ruf mich an. Ich unterstütze dich gerne.«

6

Früh am Morgen trat Kerrin mit einem Matjesbrötchen und einer Cola light aus dem Restaurant am Dagebüller Hafen. Sie setzte sich an die Kaimauer und ließ die Beine baumeln. In der Ferne sah sie die Fähre, die Kurs auf den Hafen genommen hatte. In der Nacht hatte es ein heftiges Gewitter gegeben, letzte Reste von Pfützen zeugten davon. Aber jetzt schien die Sonne wieder, keine Wolke war an dem strahlend blauen Himmel zu sehen, und die Nordsee glitzerte. Wohlig reckte Kerrin sich, sog die frische salzige Luft ein und biss in das Brötchen. Matjes schmeckte am besten an der Nordsee, egal, um wie viel Uhr. Sie hatte noch viel Zeit. Ihr Auto hatte sie auf dem Dauerparkplatz abgestellt und wollte nun zu Fuß auf die Fähre gehen. Da sie eng mit Hark Hansen zusammenarbeiten und voraussichtlich nicht lange auf Föhr bleiben würde, hatte Heyden entschieden, dass sie ohne Auto hinüberfahren sollte.

Kerrin fühlte eine innere Ruhe in sich, die sie lange nicht mehr gespürt hatte. Diese Wirkung hatte die Nordsee schon immer auf sie gehabt, wahrscheinlich ging es den meisten Insulanern so. Das Meer und die Gezeiten, der Wind, die salzige Luft, die Möwen und diese unendliche Weite hatten von Beginn an zu ihrem Leben gehört.

Sie liebte ihre Arbeit als Polizistin, den Stress und den Erfolg, wenn ihnen ein Verbrecher ins Netz ging. Aber zwischendurch einmal die Seele baumeln lassen, zur Ruhe kommen, einmal nichts tun, das konnte sie in Flensburg nicht so gut wie auf der Insel.

Sie dachte an Ole. Fast ein Jahr lang war er ihr Mittelpunkt gewesen, sie hatte um ihn gekreist, versucht, ihm und der Arbeit gerecht zu werden. Und hatte versagt. Der Polizeidienst mit den unregelmäßigen Arbeitszeiten, Wochenendschichten und Überstunden hatte seinen Tribut gefordert. Das Verbrechen hielt sich nicht an einen geregelten Achtstundentag. Eines Tages hatte er genug von ihr gehabt und sich getrennt. Für Kerrin war damals eine Welt zusammengebrochen. Und doch empfand sie es jetzt hier in der Sonne mit dem Blick auf Föhr am Horizont zum ersten Mal nicht mehr nur als ihr Scheitern. Vielleicht hatte Sophie ja doch recht, und Ole hatte einfach nicht zu ihr gepasst. Er hatte sie nicht glücklich machen können, sondern seinen Teil dazu beigetragen, dass sie sich in dem schwierigen Spagat zwischen Beruf und Privatleben aufgerieben hatte. Sie spürte, dass diese schmerzende Wunde in ihrem Herzen zu heilen begann.

Als die Fähre mit dem typischen Klackern der Autorampe anlegte, überschwemmte sie ein Glücksgefühl. Endlich kam sie wieder auf die Insel. Sie würde die nächsten Tage trotz der Arbeit genießen, nahm sie sich fest vor. Bekannte traf sie bestimmt an jeder Ecke. Auf einer Insel wie Föhr lebten die Menschen eng miteinander. Viele Familien kannten sich seit Generationen, und selbst wenn man gewollt hätte, konnte man sich schlecht aus dem Weg gehen. An die Anonymität in der Stadt hatte Kerrin sich in der Anfangszeit in Kiel erst gewöhnen müssen. Auf Föhr waren fast alle beim Du, und es ging weniger förmlich zu.

Sie griff nach ihrer Tasche und dem Rollkoffer mit Computer und den anderen Dingen, die sie für ihre Arbeit benötigte, und machte sich auf den Weg an Bord. Es zog sie die steilen Treppen hinauf auf das Oberdeck. Der Wind würde während der Fahrt frisch werden, aber sie hatte einen Pullover im Gepäck. Oben angekommen, stellte sie sich an die vordere Reling und sah auf den Strom der Touristen hinunter, die nach den Autos zu Fuß die Fähre betraten. Eine Frau mit schulterlangen blonden Haaren stach ihr ins Auge. Sie blickte kurz nach oben, sodass Kerrin ihr fein geschnittenes Gesicht klar erkennen konnte. Die junge Frau war bereits im Inneren der Fähre verschwunden, als Kerrin immer noch darüber nachdachte, woher sie sie kannte. Es fiel ihr nicht ein, und so machte sie sich auf die Suche nach einem Sitzplatz in der Sonne.

Sie wollte gerade ihren Fotoapparat aus der Tasche ziehen, als die Frau plötzlich vor ihr stand.

»Hallo, Kerrin, das ist ja eine Überraschung, dich hier zu treffen. Wir haben uns ewig nicht gesehen.«

Kerrin sah zu ihr auf, und plötzlich dämmerte es ihr.

Die Frau lachte. »So schauen die meisten, wenn sie mich sehen und erst einmal überlegen, wer ich denn wohl bin.«

»Entschuldige bitte, Levke. Ich habe dich eben schon bemerkt und bin nicht darauf gekommen, woher wir uns kennen.« Kerrin schaute sie verdutzt an. »Du siehst einfach toll aus«, war das Einzige, was ihr einfiel.

Levke Klasen und sie waren auf die gleiche Schule gegangen. Damals hatte Levke keine Freunde gehabt, wurde wegen ihres enormen Übergewichts viel gehänselt und stand immer am Rand. Kerrin hatte sie nicht näher gekannt, da Levke eine Klasse über ihr gewesen war, aber dass es ihr an der Schule nicht gut ergangen war, das hatte sie mitbekommen. Allein schon durch ihre enge Freundin Corinna, die mit Levke in eine Klasse gegangen war. Die attraktive Frau, die jetzt vor ihr stand, hatte mit dem Mädchen von damals außer den Gesichtszügen gar nichts mehr gemein. Sie trug kurze weiße Shorts und eine enge hellblaue Bluse ohne Ärmel, was ihre sportliche und muskulöse Figur gut zur Geltung brachte. Wache braune Augen lachten Kerrin amüsiert an.

»Danke, das höre ich oft von Menschen, die wissen, wie ich früher ausgesehen habe. Anderen fällt natürlich nichts auf.«

»Was ist passiert, dass du dich so verändert hast?«, fragte Kerrin ganz direkt.

»Das weiß ich gar nicht so genau.« Levke schaute einen Augenblick aufs Meer. Das Schiff hatte in der Zwischenzeit abgelegt und sich bereits ein wenig vom Dagebüller Hafen entfernt. Einige Möwen folgten ihnen. Elegant schwebten sie über dem Heck. »Die Kurzfassung«, wandte sie sich zurück an Kerrin. »Ich habe Föhr den Rücken gekehrt und in Husum ein neues Leben begonnen.«

»Das scheint dir sehr gut bekommen zu sein.« Kerrin musste grinsen. Levke war wie die meisten Menschen hier. Kein Wort zu viel, mit wenigen Worten konnte alles Wichtige ausgedrückt werden.

»Ja, statt dick und unbeliebt bin ich jetzt schlank und sportlich, habe einen Beruf, der mir Spaß macht, und einige wenige gute Freunde, auf die ich mich verlassen kann.«

»Hört sich gut an. Und was verschlägt dich dann nach Föhr?«

»Meine Tante ist vor ein paar Tagen gestorben und ...«

»Oh, das tut mir leid«, unterbrach Kerrin sie.

»Das muss es nicht«, beruhigte Levke sie. »Ich bin zwar bei ihr aufgewachsen, aber wir hatten immer ein schlechtes Verhältnis zueinander. Seit dem Abitur habe ich sie kaum noch gesehen. Ich bin zwar regelmäßig auf Föhr, aber nur um meine Cousine zu besuchen.«

»Und warum fährst du dann auf die Insel? Zur Beerdigung?«

»Nein, so weit ist es noch nicht. Die Polizei hat mich darum gebeten. Meine Tante hat sich zwar zu Tode gesoffen, aber trotzdem ermitteln sie aus irgendwelchen Gründen und wollen mit mir sprechen. Außerdem ist Imme, meine Cousine, behindert und kann sich nicht um die Vorbereitung der Beerdigung kümmern. Ich habe mir zehn Tage freigenommen und werde jetzt alles organisieren.«

Kerrin sah sie mit offenem Mund an. »Das gibt's doch nicht! Wegen deiner Tante fahre ich auch nach Föhr!«

»Verstehe ich nicht. Kanntest du sie?«, fragte Levke verwirrt.

Kerrin schüttelte den Kopf. »Ich bin Polizistin in Flensburg und nach Föhr beordert, um die Ermittlungen zu leiten.«

Levke grinste. »Na, dann kann die Polizei ja jetzt gleich mit mir sprechen, dann haben wir das hinter uns.«

»Das ist ja was! Ich hatte keine Ahnung, dass es sich bei dem Opfer um deine Tante handelt.«

»Woher auch?« Levke wurde wieder ernst. »Glaubt ihr wirklich, dass sie nicht eines natürlichen Todes gestorben ist?«

»Es gibt einiges, was darauf hindeutet. Ich kenne aber

noch nicht alle Einzelheiten. Der Vater von Nils Hansen holt mich gleich am Anleger ab und wird mich auf den neuesten Stand bringen.«

»Hört sich gut an. Nils ist ein netter Mann. Er war früher nicht so fies wie viele andere.«

»Ja, aber geholfen hat er dir auch nicht. Genauso wenig wie ich«, entgegnete Kerrin ein wenig schuldbewusst.

»Da mach dir mal keinen Kopf drüber, das ist lange her. Wir waren Kinder, und die können brutal sein.«

»Nett, dass du das sagst. Wann warst du denn zum letzten Mal auf der Insel?«, wechselte Kerrin das Thema.

»Aha, das Verhör beginnt.« Levke schmunzelte. »Das ist noch nicht so lange her. Vor einer guten Woche am Wochenende. Von Freitag bis Sonntag. Ich versuche, Imme alle zwei bis drei Wochen zu besuchen. Bin ich damit von der Verdächtigenliste gestrichen?«

»Wenn sich das bewahrheitet, ja.« Auch Kerrin musste grinsen.

»Entschuldige, Kerrin, wir können gleich weitermachen, aber schau mal, dort auf der Sandbank liegen ganz viele Robben.« Levke sprang auf.

Kerrin erhob sich ebenfalls und nahm ihren Fotoapparat aus der Tasche. »Haben wir ein Glück, dass gerade Ebbe ist.« Sie schoss einige Bilder, war aber mit dem Ergebnis nicht zufrieden.

»Schau sie dir lieber an, davon hast du mehr als von Bildern, auf denen eh nur kleine Punkte zu erkennen sind«, schlug Levke vor.

Kerrin nickte und sah sie nachdenklich von der Seite an. Obwohl sie in der Schule kaum Kontakt zueinander gehabt hatten, verband der Umstand, von der Insel zu stammen, sie miteinander. Es war schon seltsam, dass die meisten Insulaner eine Art von Zusammengehörigkeitsgefühl verspürten, wenn sie auf andere Föhrer trafen. Was für eine nette Frau Levke ist, dachte Kerrin. Warum hatte in der Schule niemand gesehen, wie sie tatsächlich war? Hatte es an ihrem jugendlichen Alter gelegen, dass sie Levke nur auf ihr Äußeres reduziert hatten? Sie schämte sich fast, dass sie sich damals nicht auf ihre Seite geschlagen hatte. Es hatte eine Gruppe von Jungen in der Schule gegeben, die Levke das Leben zur Hölle gemacht hatten. Die meisten anderen Kinder hatten sich nicht daran beteiligt, aber es gab auch keinen, der sich gegen die Jungen vor Levke gestellt hatte.

Sie zwang sich, in die Gegenwart zurückzukommen, und sah zu der in der Sonne liegenden Sandbank hinüber. Die Nordsee umspülte sie sanft. Viele Robben hatten es sich in dem warmen Sand bequem gemacht. Kerrin konnte einige junge Tiere sehen, die dicht bei ihren Müttern lagen. Immer mal wieder glitt eine der Robben in das Wasser. Levke stand neben ihr und blickte genauso fasziniert wie Kerrin zu dem Schauspiel, das die Natur ihnen bot.

Nachdem die Fähre an der Sandbank vorbeigefahren war, nahm Kerrin das Gespräch wieder auf. »Hast du denn ein Alibi für Samstagabend?«

Levke überlegte kurz. »An dem Abend, an dem meine Tante gestorben ist, war ich allein zu Hause.«

»Das ist zwar kein gutes Alibi, aber wenn du nicht auf Föhr warst, bist du raus.«

»Am Sonntagmorgen war ich um neun Uhr mit einer Freundin zum Joggen verabredet. Reicht euch das?«

»Wir werden das bestimmt überprüfen.« Kerrin lächelte sie beruhigend an. »Herr Hansen und ich kommen später zu deiner Cousine und dir, und dann können wir alles besprechen.«

Levke nickte zustimmend. »Wie geht es jetzt weiter? Ich habe gehört, dass Sarah in der Rechtsmedizin in Kiel ist. Wann können wir sie beerdigen?«

»Das kann ich dir nicht sagen. Aber auch darüber weiß ich nachher mehr.«

»Ich glaube nicht, dass es Mord war. Meine Tante hat ihr Leben lang getrunken, da ist dieses Ende doch nur logisch.«

»Sie soll seit einiger Zeit trocken gewesen sein«, wandte Kerrin ein.

»Ja, habe ich auch gehört. Trotzdem wundert es mich nicht, dass sie rückfällig geworden ist. Ich kann mich an keinen einzigen Tag in meiner Kindheit erinnern, an dem sie nicht voll war.«

»Was ist denn mit deiner Mutter? War sie Sarahs Schwester?«

Levkes Gesichtszüge verhärteten sich. »Ja, das war sie. Sie ist weggegangen und konnte mich leider nicht mitnehmen.«

Kerrin betrachtete sie einen Moment stumm von der Seite. »Tut mir leid, das muss schlimm gewesen sein.«

»Ich war drei Jahre alt und kann mich nicht daran erinnern«, wischte Levke die Bemerkung beiseite.

Die Fähre war mittlerweile fast im Hafen von Wyk angekommen. Kerrin sah die großen Anleger, das Gebäude der Wyker Dampfschifffahrtsreederei und die vertrauten Häuser am Hafen und war glücklich. Endlich wieder zu Hause. Plötzlich begann Levke zu winken. Eine Frau in der Menge an der Mole winkte zurück. Außer langen, seidig glänzenden hellblonden Haaren konnte Kerrin nicht viel erkennen. »Das ist Marie«, erklärte Levke und griff nach ihrer Tasche. »Eine sehr gute Freundin von mir.«

Kerrin erhob sich ebenfalls. Gemeinsam verließen die beiden Frauen wenig später zusammen mit den anderen Fußgängern das Schiff.

Als sie Föhr betraten, hatte Marie sich bis nach vorn durchgeboxt. Levke und sie fielen sich um den Hals.

»Wie schön, dass du da bist«, begrüßte Marie ihre Freundin und blickte dann fragend zu Kerrin.

»Das ist Kerrin, wir sind zusammen zur Schule gegangen. Sie ist Polizistin und untersucht den Tod meiner Tante.«

»Freut mich, dich kennenzulernen.« Maries Gesicht war braun gebrannt, was die strahlend blauen Augen leuchten ließ. »Ich muss leider ein bisschen drängeln. Moritz dreht gleich durch. Wir stehen im absoluten Halteverbot und ...«

»Pass auf, was du sagst«, unterbrach Levke sie lachend.

»Oh, Kerrin, guck bitte nicht hin.« Marie zeigte auf einen alten dunkelblauen Golf, der nicht weit entfernt von der Rampe geparkt war. Neben der Beifahrertür stand ein junger Mann mit fast schulterlangen blonden Haaren, trat nervös von einem Fuß auf den anderen und schaute zu ihnen hinüber. Marie sah ihren Blick. »Das ist Moritz, mein Bruder. Er hält Wache, damit wir nicht abgeschleppt werden.«

Kerrin schmunzelte. »Ich habe nichts gesehen.« Sie umarmte Levke zum Abschied und gab Marie die Hand. »Bis bald, ihr beiden.«

Dann sah sie sich mit klopfendem Herzen suchend nach ihrem neuen Kollegen um. Auch wenn sie es sich nicht eingestehen wollte, war sie nervös vor dem ersten Treffen mit Hark Hansen. Sie war ihm vorgesetzt und konnte nicht abschätzen, wie er damit umgehen würde. Hoffentlich ist er genauso nett und unkompliziert wie sein Sohn, dachte sie, als sie den Streifenwagen entdeckte.

7

Hark stand neben seinem Streifenwagen am Anleger in Wyk und blickte der Fähre, die die neue Kollegin auf die Insel brachte, mit gemischten Gefühlen entgegen. Die Autos, die Föhr verlassen wollten, standen bereits in langen Schlangen bereit, Kinder liefen aufgeregt hin und her, Fußgänger mühten sich mit ihrem Gepäck ab, ein buntes Stimmengewirr schallte durch die warme Luft.

Die Frau, die schließlich mit einer schwarzen Tasche und einem Rollkoffer an sein Auto trat, sah sympathisch aus. Ein wenig zögernd lächelte sie ihn an.

»Moin. Hark Hansen«, sagte er und streckte ihr die Hand entgegen. »Willkommen auf Föhr.«

»Danke. Kerrin Iwersen, aber das wissen Sie ja bereits.«

»Von mir aus können wir uns gerne duzen.« Hark hielt nicht viel von Förmlichkeiten. »Ich bin Hark.«

»Gerne, Hark«, antwortete Kerrin. »Ich war mit deinem Sohn zusammen auf der Schule.«

Hark lächelte sie verschmitzt an. »Das weiß ich, ich habe ihn schon nach dir gefragt.«

»Ich hoffe, du hast nur Positives gehört, gut gekannt haben wir uns nämlich nicht.«

»Er hat dich ganz passend beschrieben.« Hark nahm ihr die Tasche aus der Hand und verstaute sie im Kofferraum.

»Schon ein bisschen komisch, dass wir jetzt zusammenarbeiten, oder?« Kerrin sah ihn mit offenem Blick an.

»Passt schon«, wiegelte Hark ab und machte Anstalten, ins Auto zu steigen. Doch dann hielt er inne und drehte sich zu seiner neuen Vorgesetzten um. »Wobei – ich gebe zu, dass ich mir schon den einen oder anderen Gedanken gemacht habe. Ich muss jetzt schließlich gehorchen, wenn so eine junge Deern etwas sagt.«

Kerrin lachte laut auf. »Ich halte viel von Zusammenarbeit«, parierte sie neckend. »Die Chefin hänge ich selten raus.«

»Trotzdem gehörst du vom Alter eher zu Nils und nicht zu mir altem Mann. Aber so ist das Leben.« Hark grinste. »Das wird schon werden mit uns.«

»Glaube ich auch. Ich freue mich jedenfalls riesig, ein paar Tage auf der Insel zu verbringen.«

»Dann wollen wir mal hoffen, dass es Mord war und du nicht morgen schon zurückfahren musst«, entgegnete Hark trocken, öffnete die Tür und stieg ein. Kerrin folgte seinem Beispiel.

»Lass uns als Erstes zu dem Lebensgefährten der Toten fahren. Er ist gestern mit der letzten Fähre auf die Insel gekommen. Die Kollegen in Hamburg haben ihn schon informiert, und er hat seinen Urlaub in der Großstadt sofort vorzeitig abgebrochen. Unser Mann ist er allerdings nicht, er war zum Todeszeitpunkt von Sarah Klasen nachweislich bei Freunden in Hamburg.«

»Ihre Nichte Levke Klasen habe ich gerade vernommen.«

Hark sah sie verwundert an. »Wie das denn?«

»Wir waren zusammen auf der Fähre und haben ein bisschen geplaudert. Wenn es stimmt, was sie sagt, hat sie mit dem Tod ihrer Tante auch nichts zu tun.«

»Das nenne ich schnelle Arbeit«, sagte Hark anerkennend.

»Können wir kurz in Borgsum bei meinen Eltern vorbeifahren? Ich würde gerne meine Sachen dort lassen und schnell Hallo sagen.«

»Klar, kein Problem.«

Kurz darauf lenkte Hark das Auto auf die Inselstraße. Auf dem schnurgeraden Weg quer durch die Marsch sirrte die heiße Luft. Viele Urlauber waren mit den Fahrrädern unterwegs und traten kräftig in die Pedale. Während der Fahrt berichtete Hark, was sie bisher wussten. Kerrin hörte aufmerksam zu, stellte aber keine Fragen. Dann erzählte sie von ihrem Gespräch mit Levke.

»Mehr wird sie uns wahrscheinlich nicht sagen können, aber trotzdem sollten wir später zusammen zu ihr fahren«, schlug Hark vor und hielt kurz darauf vor dem Reetdachhaus von Kerrins Eltern. Große Heckenrosenbüsche blühten auf dem für die Insel typischen Friesenwall, der das ganze Grundstück umzäunte. Um die Haustür herum rankten sich rosa Kletterrosen, die Fensterläden waren in einem hübschen Blau gestrichen. Alles sah heimelig und einladend aus. Kerrin verschwand mit ihrer Tasche im Haus. Da es im Auto mittlerweile unangenehm warm geworden war, stieg Hark aus und stellte sich unter eine alte Eiche am Straßenrand in den Schatten.

Kerrin gefiel ihm. Sie war tatsächlich so attraktiv, wie Nils sie beschrieben hatte. Ihre hellbraunen, mit blonden Strähnen durchsetzten Haare hatte sie zu einem Pferdeschwanz gebunden, war kaum geschminkt und hatte eine athletische Figur. Zu einer hellen Hose trug sie ein schlichtes blaues T-Shirt und braune Sandalen. Noch mehr als ihr Äußeres aber mochte Hark ihre ruhige, direkte Art. Man merkt gleich, dass sie von der Insel kommt, dachte er. Sie sagt geradeheraus, was sie denkt. Aber ob das reicht, um eine gute Polizistin zu sein? Wenn Hark ganz ehrlich zu sich selbst war, fand er sie für den Posten zu jung. Sie hatte doch kaum Lebenserfahrung und sollte schon für eine Ermittlung die Verantwortung tragen? Aber es lag schließlich nicht an ihm, das zu beurteilen. Er für seinen Teil war gespannt auf die Zusammenarbeit mit ihr.

Wenn Martens in der Vergangenheit zusammen mit seinem Team und der Spurensicherung auf die Insel gekommen war, hatten Hark und seine Mitarbeiter nicht viel mit den Ermittlungen zu tun gehabt. Sie hatten Hintergrundinformationen zu den in den Fall involvierten Insulanern gesammelt, Adressen ausfindig gemacht und recherchiert. Kaffeetischermittlungen wurde dies auf der Dienststelle genannt. Die Zusammenarbeit war angenehm gewesen, und die Männer waren gut miteinander ausgekommen. Aber jetzt aufgrund der Personalknappheit in Flensburg richtig in einen Fall mit eingebunden zu werden war etwas anderes. Hark musste sich eingestehen, dass er sich darauf freute.

Kurze Zeit später trat Kerrin aus der Eingangstür, umarmte eine Frau und kam mit schnellen Schritten zum Auto zurück. Die Frau an der Tür winkte Hark freundlich zu und verschwand dann im Inneren des Hauses.

»Ich hoffe, es hat nicht zu lange gedauert.« Sie schnallte sich an.

»Kein Problem, Hans Frahm läuft uns nicht weg.« Hark

fuhr los. »Hast du Geschwister?«, fragte er dann interessiert.

Bedauernd schüttelte sie den Kopf. »Nein, leider nicht. Ich hätte gerne welche gehabt, aber es sollte wohl nicht sein.«

»Nils ist auch ein Einzelkind. Ich weiß nicht, ob er darunter gelitten hat. Er hat viele Freunde.«

»Ja, das ist bei mir auch so. Trotzdem ist es wohl ein Unterschied, ob es Freunde sind oder die eigene Familie. Glaube ich zumindest.«

Die Marschfelder auf dem kurzen Weg von Borgsum nach Nieblum zogen an ihnen vorbei. Auf einigen Weiden grasten Pferde. Kinder standen an einem Zaun und fütterten eine Herde kleiner Shetlandponys mit Mohrrüben. Die Räder hatten sie ins Gras fallen lassen. Ihre Eltern standen am Straßenrand und fotografierten.

»Die Touristen haben die Insel im Griff, nicht wahr?« Kerrin sah Hark von der Seite an.

»Ja. Ist aber auch gut so. Der Winter dieses Jahr war echt hart. Grau, dunkel, verregnet. Hätte es wenigstens mal geschneit, wäre er besser zu ertragen gewesen. Wir haben uns alle gefreut, als der Trubel wieder losging.«

»Kann ich gut verstehen. Der Rhythmus von Föhr wird sich nie ändern.« Nach dem langen und ruhigen Winter – nur unterbrochen von Silvester und *Biikebrennen* –, in dem die Bewohner unter sich waren, freuten sich die Insulaner auf die Gäste, es kam wieder Leben auf die Insel. Mit den Sommermonaten nahm der Elan ein wenig ab, und wenn der Herbst nahte, sehnten die meisten die einsame Zeit herbei. Und in jedem Frühjahr begann der Kreislauf von Neuem.

Kurze Zeit später hielten sie vor dem Haus von Hans Frahm. Der Mann musste die Straße beobachtet haben, denn die kunstvoll geschnitzte weiße Holztür öffnete sich bereits vor ihrem Klingeln. Er war ein rüstiger Herr Ende sechzig mit vollem weißem Haar. Unter normalen Umständen schien er ein gut aussehender Mann zu sein, aber jetzt wirkte sein Gesicht eingefallen, tiefe Schatten lagen unter seinen Augen.

»Wie gut, dass Sie endlich da sind.« Ohne eine Antwort abzuwarten, drehte er sich um und ging mit langsamen Schritten voran ins Wohnzimmer. Auf einem Tisch standen Mineralwasser und Gläser. Er zeigte auf das Sofa, schenkte ihnen ein und setzte sich dann auf die andere Seite des Tisches in einen Sessel. Hark blickte sich kurz um. Das Wohnzimmer war geschmackvoll im Landhausstil eingerichtet. Die Farben waren hell, ein wunderschöner, mit bunten Blumen verzierter Bauernschrank nahm eine Wand des Raumes ein. Große bodentiefe Fenster erlaubten den Blick in den Garten, in dem imposante Rhododendronbüsche eine gepflegte Rasenfläche einrahmten. Dieses luxuriöse Haus stand in einem krassen Gegensatz zu dem einfachen Friesenhaus von Sarah Klasen.

»Was ist denn bloß geschehen?«, fragte Hans Frahm mit bebender Stimme, bevor sie etwas sagen konnten. »Wo ist Sarah?«

Hark sah Kerrin an, die ihm aufmunternd zunickte und sich zurücklehnte. »Frau Klasen ist noch in der Rechtsmedizin in Kiel. Die Obduktion ist abgeschlossen, und sobald die Staatsanwaltschaft das Okay gibt, wird sie zurück auf die Insel gebracht«, beantwortete Hark seine zweite Frage.

Tränen liefen nun die Wangen des Mannes herunter. »Sind Sie sicher, dass sie Alkohol getrunken hat?«

Hark schaute ihn mitfühlend an, der Mann tat ihm von Herzen leid. Zu lebhaft konnte er sich noch an den Augenblick erinnern, in dem der Arzt ihm damals die Nachricht von Heikes Tod überbracht hatte. Die Kälte, die sich rasend schnell in seinem Körper ausgebreitet hatte, das Bemühen, alle Gedanken von sich zu halten, die zerstörende Wahrheit nicht zuzulassen.

»Daran besteht leider kein Zweifel.«

»Das kann nicht sein, Sie müssen sich irren.« Seine Stimme brach. »Ich hätte es doch gespürt.«

»Leider nicht, Herr Frahm.« Hark seufzte unhörbar. Wie er diesen Teil seiner Arbeit hasste!

»Sarah hatte keinen Rückfall, da bin ich mir sicher.« Der Mann wischte die Tränen ungeduldig zur Seite. »Ich bin Arzt, und ich weiß, dass es keine Garantie gibt«, sagte er mühsam beherrscht. »Aber Sarah war stabil, sie hatte Lebensfreude, wir waren glücklich miteinander.« Er raufte sich die Haare.

»Wo haben Sie sich kennengelernt?«, fragte Kerrin mit ruhiger Stimme.

»Vor zwei Jahren in der Kirche von Süderende. Ich wusste sofort, dass sie etwas ganz Besonderes ist. Sie saß allein auf einer Kirchenbank und strahlte eine Verletztheit aus, die mich sofort zu ihr hingezogen hat. Meine Frau war ein Jahr vorher gestorben, und ich war gerade auf die Insel gezogen. Einsam, wie ich war, bin ich mit ihr ins Gespräch gekommen. Als mir klar wurde, dass sie alkoholabhängig ist, habe ich mir geschworen, ihr zu helfen.« Lautlose Tränen liefen wieder seine Wangen herunter, aber er schien es gar nicht zu bemerken. »Daraus wurde

Liebe bei uns beiden. Wir haben uns gegenseitig Halt und einen Lebensinhalt gegeben.« Er sah Kerrin jetzt fest in die Augen. »Sarah hat mir vertraut, sie hätte mit mir darüber gesprochen, bevor sie den ersten Schluck trinkt.« Seine Stimme wurde leiser. »Allein schon, weil sie wusste, dass sie einen Rückfall nicht überleben würde. Sie hat zu viele Jahre zu viel getrunken, ihre Leber war schwer geschädigt, sie konnte eine neue Runde nicht verkraften.« Die Tränen rannen weiter über sein Gesicht. »Es kann einfach nicht sein«, flüsterte er. »Sie war ganz normal am Samstag. Ich habe sie am Mittag angerufen, als ich bei meinen Freunden angekommen bin. Sie hat mir eine schöne Zeit gewünscht und gesagt, dass sie sich auf Mittwochabend freut.« Er verbarg das Gesicht in seinen Händen. Hark und Kerrin schwiegen und ließen ihm den Raum, sich zu fangen. Nach einer Weile hob er den Blick.

»Bei vollständiger Abstinenz hätte Sarah noch lange leben können. Und genau das wollte sie. Sie war glücklich. Wir haben uns gesund ernährt, viele Vitamine, wenig Salz, viel Bewegung an der frischen Luft. Ich habe gut auf sie aufgepasst.« Seine Stimme zitterte. »Jemand muss ihr das angetan haben und …«

»Deswegen ermitteln wir, Herr Frahm«, unterbrach Kerrin ihn ruhig. »Am Fundort haben wir keinerlei Flaschen gefunden, was uns zu der Annahme bringt, dass Frau Klasen entweder an einem anderen Ort getrunken hat und dann aus uns nicht nachvollziehbaren Gründen an den Strand gegangen ist. Oder aber eine weitere Person war bei ihr und hat die Flaschen mitgenommen, um keine Spuren zu hinterlassen.«

»Das ergibt alles keinen Sinn.« Hans Frahm sah sie

verzweifelt an. »Sie war an dem Abend nicht verabredet, wollte früh zu Bett gehen. Wenn es anders gewesen wäre, hätte sie es mir doch gesagt.«

»Vielleicht hat sie nach Ihrem Telefonat überraschend Besuch bekommen«, mischte sich nun Hark wieder in das Gespräch ein.

Der Mann schüttelte mit zweifelndem Blick den Kopf. »Da fällt mir niemand ein.«

»Hatte sie mit jemandem Streit?«

»Nein, das kann ich mir beim besten Willen nicht vorstellen. In den Jahren vor unserem Kennenlernen hat sie getrunken und hatte kaum soziale Kontakte. Das ist bei Alkoholikern leider so. Das Leben dreht sich einzig und allein um die nächste Flasche. Aber sie war mit niemandem überworfen, gehörte nur nicht richtig dazu. Als wir ein Paar wurden und sie ihre Sucht in den Griff bekam, hat sie sich ihren Nachbarn wieder angenähert. Ich hatte den Eindruck, dass die Menschen sich gefreut haben, dass sie in die Gemeinschaft zurückgefunden hat. Und ansonsten waren wir zusammen. Zwar nicht in einer gemeinsamen Wohnung, weil Sarah nicht aus ihrem Elternhaus ausziehen wollte, aber es verging kaum ein Tag, an dem wir uns nicht gesehen haben.« Er schwieg einen Moment. Die Tränen waren versiegt. »Das Einzige, was tatsächlich immer an Sarah genagt hat, war das plötzliche Verschwinden ihrer Schwester vor dreißig Jahren.« Er sah eine Weile mit leerem Blick aus dem Fenster. »So etwas bringt selbst die stärkste Persönlichkeit in Bedrängnis. Und ein starker Mensch ist Sarah ganz sicher nicht. War sie nicht«, fügte er kaum hörbar hinzu.

Hark sah ihn beunruhigt an. »Sollen wir jemanden anrufen, der Ihnen jetzt beistehen kann?«

Der Mann winkte ab. »Nein, lassen Sie bitte. Ich möchte allein sein.« Er erhob sich, um die Beamten zur Tür zu bringen.

Hark drückte ihn sanft in den Sessel zurück. »Wir finden schon hinaus, bleiben Sie ruhig sitzen.«

Hans Frahm nickte. Stumme Tränen rannen wieder über seine Wangen, als Hark und Kerrin den Raum verließen.

»Der arme Mann.« Sie standen vor dem Haus in der Sonne, und Kerrin sah genauso mitgenommen aus, wie Hark sich fühlte.

»Und nun?« Er blickte sie an.

»Lass uns nach Oldsum fahren und mit weiteren Nachbarn sprechen. Und danach besuchen wir Levke und Imme Klasen.«

Sie klingelten in der Nachbarschaft des Hauses von Sarah Klasen, brachten aber zunächst wenig Neues in Erfahrung. Hans Frahm hatte mit seiner Einschätzung recht gehabt. Die Menschen hatten sich gefreut, dass Sarah nach all den Jahren den Absprung aus der Sucht geschafft und sich wieder mehr in das dörfliche Leben integriert hatte. Ihr Freund wurde fast als Heiliger verehrt. Sarah und er schienen sich gesucht und gefunden zu haben. Niemand konnte sich vorstellen, dass Sarah tatsächlich wieder zur Flasche gegriffen hatte.

»Sie war plötzlich wieder wie eine junge Frau«, erzählte Anni Schlüter, die in dem Haus links von Sarah lebte und gerade Unkraut zupfte, als Hark und Kerrin am Straßenrand hielten. Hark sah sie bewundernd an. Er schätzte sie auf über achtzig Jahre, aber sie war rüstig und schien noch sehr klar im Kopf. »Kaufte sich neue Kleidung, ging zum

Friseur, all das, was man macht, wenn man verliebt ist. Sie hatte das ja nie erlebt.«

»Wegen der Trinkerei?«, fragte Hark nach.

»Ja, aber auch wegen des Dramas mit Johanna.«

»Davon haben wir gehört. Ihre Schwester verschwand und ließ ihre Tochter bei ihr zurück.«

»So ein Blödsinn. Ich weiß, dass das alle denken, aber ich glaube es nie im Leben. Ich war eine junge Frau und gerade zu meinem Mann in dieses Haus gezogen, als die beiden Schwestern aufwuchsen. Johanna war ein goldiges Kind, viel zugänglicher als Sarah. Die beiden haben aneinander gehangen, Sarah an Johanna, aber Johanna genauso an Sarah. Das wurde noch stärker, als die Eltern starben. Die beiden blieben in dem Haus, war ja günstiger und, solange sie nicht verheiratet waren, die beste Lösung.« Sie hielt kurz inne und fuhr dann fort: »Als Johanna schwanger wurde, war das natürlich ein Skandal, so ohne Vater. Aber Sarah stand zu ihr, und die beiden haben es zusammen gut geschafft. Und wir Nachbarn waren ja auch noch da, im Dorf hilft man einander.« Ein Lächeln umspielte ihre runzeligen Lippen. »Johanna war ganz vernarrt in die kleine Levke. Nie und nimmer hätte sie sie zurückgelassen, auch nicht für den tollsten Mann der Welt. Sie war doch ihr Kind.« Die alte Frau redete sich in Rage.

»Wir haben gehört, dass Johanna die Insel unbedingt verlassen wollte«, wandte Hark vorsichtig ein.

»Das stimmt. Das wollen viele, wenn sie jung sind. Denken, woanders sei es besser. Aber die meisten kommen nach ein paar Jahren zurück.« Sie lächelte. »Einmal Insulaner, immer Insulaner. So wäre das bei Johanna auch gewesen. Aber niemals hätte sie es übers Herz gebracht, ohne Levke zu gehen. Und ohne sich mit Sarah zu besprechen, den Segen ihrer Schwester zu bekommen. Niemals.«

Hark sah sie nachdenklich an. »Was denken Sie denn, was passiert ist?«

»Ihr muss etwas zugestoßen sein, anders kann ich es mir nicht erklären.«

»Und der Abschiedsbrief an ihre Schwester?«, gab Kerrin zu bedenken.

»Dazu ist sie bestimmt gezwungen worden. Sie hätte Sarah nicht ohne eine Verabschiedung bei Nacht und Nebel verlassen. Warum auch?«

»Aus Angst, dass Sarah sich weigern würde, Levke allein großzuziehen?«, überlegte Hark laut. »So hat sie ihr keine andere Wahl gelassen.«

Anni Schlüter schüttelte energisch den Kopf. »Das hätte sie aber nicht getan. Sie hat ihre Tochter über alles geliebt.«

»Soviel wir wissen, hat die Polizei damals ermittelt, nicht wahr?«

»Das stimmt. Aber ohne Erfolg. Sie haben nichts herausgefunden.« Die alte Dame sah ihn betrübt an. »Wir werden wohl nie erfahren, was wirklich passiert ist.«

»Entschuldigen Sie bitte.« Hark zog sein klingelndes Handy aus der Tasche und entfernte sich einige Meter.

»Schlimme Sache, auch für Levke.« Kerrin sah Anni Schlüter ernst an. »Wir sind auf die gleiche Schule gegangen, aber von all diesen Dingen hat keiner von uns gewusst.«

»Woher auch, Kindchen? Levke war so, wie sie war, sie hatte es nicht leicht. Aber ...«

Hark kam mit schnellen Schritten auf die Frauen zu. »Wir müssen leider sofort los«, unterbrach er das Gespräch der beiden und nahm Kerrin am Arm. »Entschuldigen Sie bitte, Frau Schlüter, aber die Sache duldet keinerlei Aufschub.«

Kerrin blickte ihn verwundert an.

»Erkläre ich dir im Auto«, raunte Hark ihr leise zu.

Schnell verabschiedeten sie sich von der alten Dame, die verdutzt hinter ihnen hersah, und eilten zum Auto.

8

Was ist denn los?« Stirnrunzelnd sah Kerrin Hark an, als sie sich anschnallten.

»Wir haben einen weiteren Toten, in Nieblum, auf einem Feldweg neben dem Golfplatz«, antwortete er mit tonloser Stimme. »Erschossen.«

Kerrin schaute ihn entgeistert an. »Du machst Witze. Wir sind auf Föhr und nicht in der Großstadt.«

»Tom hat angerufen. Er ist bereits vor Ort, Christian auf dem Weg. Mehr weiß ich auch nicht.«

Langsam griff Kerrin nach ihrem Handy. Sie musste sofort Peter Heyden informieren.

»Die Spurensicherung weiß Bescheid. Wenn Lukas und Hauke Glück haben, bekommen sie die 12:35-Uhr-Fähre«, teilte sie Hark nach dem Telefonat mit ihrem Vorgesetzten mit.

»Und Kai, Mark und Jörn? Kommen die auch rüber?«

»Heute nicht. Kai ist krank und wird so schnell nicht wieder im Dienst sein. Mark ist im Urlaub in Südamerika. Seine Frau und er haben jahrelang darauf gespart und sich wahnsinnig gefreut. Er ist erst in zehn Tagen zurück in Flensburg.«

»Und Jörn?«, hakte Hark nach.

»Der ist da, hilft aber gerade in einer anderen Gruppe aus. Ich hoffe, dass Heyden ihn dort spätestens morgen abzieht und zu uns schickt.«

Kerrin holte erneut ihr Handy hervor und rief in der Gerichtsmedizin in Kiel an. »Elena fährt gleich los«, unterrichtete sie Hark nach dem kurzen Gespräch, »bekommt aber wahrscheinlich erst die 14:05-Uhr-Fähre. Die Leiche soll am Tatort bleiben. Sie wird dann die erste Voruntersuchung in Wyk im Krankenhaus machen, bevor sie den Toten mit nach Kiel nimmt.«

Den Rest der Fahrt verbrachten sie in angespanntem Schweigen. Hark raste mit Blaulicht zum Tatort. Das letzte Stück des schmalen Feldweges, der nur von Fußgängern, Radfahrern und Reitern genutzt werden konnte, mussten sie laufen. Schon von Weitem sahen sie Christian, der sich gerade damit abmühte, die Absperrbänder zu befestigen. Tom kniete am Boden. Als er Hark und Kerrin erblickte, erhob er sich und ging ihnen entgegen.

»Schrecklicher Anblick.« Er war blass um die Nase. »Der Anruf kam vor einer halben Stunde. Ein Golfer hat seinen Ball in die Wicken geschlagen und den Toten bei der Suche gefunden. Er sitzt dort hinten zusammen mit seinem Mitspieler.« Tom zeigte zu einer Bank den Weg hinunter.

»Darum kümmern wir uns gleich.« Kerrin streckte Tom die Hand hin. »Ich bin Kerrin.«

»Tom.« Er musterte sie neugierig und schlug dann ein. »Auf gute Zusammenarbeit.«

»Und ich Christian.« Der junge Mann war zu ihnen geeilt und streckte Kerrin eifrig seine Hand entgegen. »Es freut mich sehr, dass wir dabei sind. Wir haben den Tatort bereits gesichert und könnten jetzt anfangen mit …«

»Vielleicht lässt du die ermittelnde Beamtin aus Flensburg erst einmal ankommen«, unterbrach Tom kopfschüttelnd seinen Redeschwall.

»Wir schauen gleich, was zu tun ist.« Kerrin lächelte Christian zu, obwohl ihr sein Verhalten ein wenig zu aufdringlich war. Dann wandten Hark und sie sich dem Toten zu. Der Mann lag am Rande des Feldweges. Obwohl ein Teil des Blutes bereits in den Boden eingesickert war, hatten sich um ihn herum mehrere große, tiefrote Lachen gebildet. T-Shirt, kurze Hose und Turnschuhe des Opfers waren blutdurchtränkt.

»O Mann.« Kerrin schauderte. Etwas derartig Brutales hatte sie auf ihrer friedlichen Insel nicht erwartet. Mehrere Kugeln schienen das Opfer getroffen zu haben. Sie sah jeweils ein Einschussloch an den Knien. Die Kniescheiben mussten zerschmettert worden sein, beide Unterschenkel standen in einem unnatürlichen Winkel vom Körper ab. Gestorben war er aber offensichtlich an einem Kopfschuss. Sein Kopf lag zur Seite gedreht, und Kerrin glaubte, Teile des Gehirns erkennen zu können. Sie schluckte, ein Anflug von Übelkeit machte sich in ihr breit. Obwohl sie schon viel zu viele grausam ermordete Menschen gesehen hatte, traf sie der Anblick immer noch. Die Kunst bestand darin, die Kollegen das nicht merken zu lassen. Sie kniete sich neben den Toten, um ihn genauer betrachten zu können. Nach einem weiteren Blick auf sein Gesicht schrie sie leise auf. »Das darf doch nicht wahr sein!« Entsetzt blickte sie Hark an. »Das ist Niklas.«

»Niklas?«, wiederholte Hark fragend.

»Niklas Lüder. Er war einen Jahrgang über mir.« Sie beugte sich noch einmal über den Toten. »Das ist er, ganz sicher.«

»Da klingelt was bei mir. Nils hat vielleicht mal von ihm erzählt.«

»Bestimmt, er gehört zusammen mit Sebastian Sötje und Julius Famke zu der Gang um Leon Blumberg. Die waren die heimlichen Chefs der Schule. Nicht sympathisch, aber angesagt.«

»Und er lebte auf der Insel?«

Kerrin überlegte einen Moment. Sie fühlte sich wie betäubt und hatte Schwierigkeiten, ihre Gedanken zu ordnen. »Soweit ich weiß, nicht. Nach der Schule ist er jedenfalls zum Studieren nach Kiel gezogen. Dort haben wir uns manchmal auf Partys gesehen. Er hat eine Kielerin kennengelernt und auch geheiratet. Ob sie jetzt in Kiel oder wieder auf Föhr leben, weiß ich nicht. Sie haben damals über beides nachgedacht.«

»Das müssen wir rausbekommen.«

»Ich rufe Corinna an. Sie ist mit Julius Famke verheiratet und weiß das bestimmt.« Mit zitternden Händen holte sie ihr Handy aus der Tasche. Corinna und sie waren Nachbarskinder und von klein auf miteinander befreundet gewesen.

Hark drehte sich zu Christian und Tom und besprach die nächsten Schritte. Sie sollten den Tatort bewachen, bis die Spurensicherung und die Gerichtsmedizin eintrafen.

»Er lebt in Kiel.« Kerrin trat zu ihnen. »Ist gerade mit seiner Frau Valerie und den Kindern auf der Insel. Sie haben eine Ferienwohnung in Wyk, Corinna hat mir die Adresse gegeben. Ich habe ihr gesagt, dass Niklas tot ist und sie dorthin kommen soll. Das ist bestimmt gut, denn Valerie braucht jetzt eine Freundin an ihrer Seite. Lass uns gleich hinfahren.«

»Machen wir. Nicht dass seine Familie von anderen

erfährt, was geschehen ist. Ihr wisst, wie rasend schnell sich hier jede Neuigkeit herumspricht.«

Kerrin wandte sich an Tom und Christian. »Ihr sprecht bitte mit den Golfern. Und nehmt deren Adressen auf, falls sich noch Fragen ergeben sollten. Ich glaube nicht, dass sie etwas gesehen haben, trotzdem brauchen wir ihre Aussagen. Wenn wir mit der Ehefrau geredet haben, kommen wir zurück.«

»Wird sofort erledigt«, antwortete Christian schnell.

»Bringen wir es hinter uns«, forderte Hark Kerrin auf, und die beiden machten sich auf den Weg zum Auto.

»Siehst du einen Zusammenhang zu dem Fall Sarah Klasen?« Kerrin versuchte, ihren Schock zurückzudrängen, damit die Professionalität wieder die Oberhand gewinnen konnte.

»Eigentlich nicht.« Sie waren mittlerweile in den Wagen eingestiegen, und Hark lenkte ihn vorsichtig zurück auf die betonierte Straße. »Ist zwar merkwürdig, dass wir innerhalb weniger Tage zwei Tote haben, aber ich erkenne keine Gemeinsamkeiten. Und wir wissen ja noch nicht einmal, ob Sarah Klasen nicht doch eines natürlichen Todes gestorben ist.«

Als Hark und Kerrin vor der Ferienwohnung der Familie Lüder im Forstweg anhielten, kam eine attraktive junge Frau auf sie zu.

Kerrin sprang aus dem Wagen und lief ihr entgegen. »Corinna, wie schön, dich zu sehen.« Die Frauen fielen sich um den Hals.

»Ich kann es nicht glauben, Kerrin.« Corinna hatte Tränen in den Augen. »Vorgestern haben wir alle zusammen bei Leon und Ragna gegrillt, Julius und ich, Sebastian und

Anna und Niklas und Valerie. Die ganze Clique. Ich ...« Ihre Stimme brach.

Kerrin zog die Freundin noch einmal an sich. Sie merkte, dass das Entsetzen wieder in ihr hochstieg. Reiß dich zusammen, sagte sie zu sich selbst, und mach deinen Job. Das bist du Niklas und seiner Familie schuldig. Sie schob Corinna ein Stück von sich und wischte ihr sanft die Tränen von den Wangen.

»Was ist denn bloß passiert? Hatte er einen Unfall?«

»Er ist erschossen worden«, antwortete Kerrin geradeheraus.

»Das ist nicht dein Ernst, oder?«, sagte Corinna entgeistert. »Wer sollte denn Niklas erschießen?«

»Das wissen wir noch nicht, es ist ja gerade erst geschehen. Ist Valerie zu Hause?« Kerrin bemühte sich, professionell zu klingen, die Bilder des toten Körpers in ihrem Kopf zu verdrängen, damit das Grauen in ihr nicht überhandnahm. Es machte einen Unterschied, wenn man das Opfer seit Jahren kannte.

Corinna schüttelte langsam den Kopf. »Ich habe schon geklingelt. Sie sind bestimmt am Strand, sie haben vor der Surfbude von Pitschi's einen Strandkorb.«

Hark trat zu den beiden. »Moin, Corinna. Ich bin Hark, der Vater von Nils.« Die beiden schüttelten sich die Hand. »Lasst uns zum Strand gehen und schauen, ob wir sie dort finden.«

Wie in Trance folgte Corinna ihnen. Keiner sprach auf dem kurzen Weg ein Wort. Als sie die Treppen zur Promenade herunterliefen, blieb Kerrin trotz der schlimmen Vorkommnisse einen Moment stehen und ließ ihren Blick schweifen. Alles wirkte friedlich und vertraut. Noch war Flut, und die bunten Strandkörbe waren ordentlich aufgereiht. In der Surfschule fand gerade ein Bambini-Kurs statt. Kleine Kinder standen im knietiefen Wasser um mehrere Borde herum und lauschten gebannt den Erklärungen der Surflehrer. In Pitschi's Strandrestaurant waren alle Tische belegt. Möwen stolzierten vorsichtig um die Gäste herum, immer bereit, jede sich bietende Chance auf etwas Essbares zu nutzen. Kinder verzierten Burgen mit gesammelten Muscheln, und viele Menschen kühlten sich bei einem Bad im Meer ab. Am Horizont sah Kerrin die Warften der Hallig Langeneß aus der tiefblauen Nordsee aufragen. Wehmütig dachte sie an einen Reiterhofurlaub zurück, als sie neun Jahre alt gewesen war. Vor lauter Heimweh hatte sie bei einer Wattwanderung bis zur Fahrrinne ernsthaft darüber nachgedacht, bei der nächsten Ebbe von Langeneß nach Föhr zurückzuschwimmen.

Als Corinna und Hark sich nach ihr umdrehten, riss sie sich seufzend aus ihren Gedanken. Was nun auf sie zukam, würde entsetzlich werden.

Kerrin nahm Corinnas Hand und drückte sie fest. Die Freundin wischte sich eine Träne von der Wange und straffte die Schultern. »Für die Kinder«, flüsterte sie und ging dann mit festen Schritten weiter.

Valerie lag vor ihrem Strandkorb im Sand und schaute lachend auf, als Corinna auf sie zutrat. Ihre Kinder waren damit beschäftigt, sie im Sand einzubuddeln, und hatten schon ganze Arbeit geleistet.

»Corinna, dich schickt der Himmel. Niklas wollte schon längst hier sein, aber der Schuft treibt sich anscheinend irgendwo rum und lässt mich im Stich.«

»Hey, ihr Süßen.« Corinna beugte sich zu den Kindern. »Was macht ihr denn mit eurer Mami?«

»Wenn Papi kommt, soll nur noch der Kopf rausgucken.« Die fünfjährige Pippa sah stolz auf.

»Denau.« Ihr kleiner Bruder nickte und grub weiter.

»Hallo, Valerie.« Kerrin trat heran.

»Kerrin, das ist ja eine Überraschung, dich zu sehen.« Valerie sah sie erstaunt an. »Wir haben uns das letzte Mal in Kiel getroffen, oder?«

»Richtig«, antwortete Kerrin mit einem Kloß im Hals. »Das ist aber bestimmt schon drei Jahre her.«

»Wie die Zeit vergeht! Damals gab es unseren kleinen Paul noch gar nicht.« Valerie warf ihrem Sohn einen liebevollen Blick zu und wandte sich dann wieder an Kerrin. »Wohnst du wieder auf der Insel, oder machst du auch Urlaub?«

»Weder noch. Ich bin beruflich hier. Mit Hark Hansen, dem Vater von Nils. Den kennst du vielleicht. Hark ist der Dienststellenleiter in Wyk.«

Hark brummte eine Begrüßung, hielt sich aber im Hintergrund.

»Du bist bei der Kripo, nicht wahr?«

Kerrin nickte.

»Und was machst du dann auf Föhr?« Valerie schmunzelte. »Hier ist die Welt doch noch in Ordnung.« Sie bewegte ihre Füße ein wenig, wurde aber sofort von dem lauten Gebrüll ihrer Kinder gestoppt.

»Leider stimmt das nicht immer.« Kerrin schaute Hilfe suchend zu Corinna.

Valerie, die den Blick bemerkt hatte, sah nun besorgt aus. »Ist etwas?«, fragte sie langsam. »Wolltest du zu mir?«

Corinna schob sich nach vorn. »Wie wäre es, wenn du mit den beiden ein Stückchen gehst und ich mich von diesen Rackern hier einbuddeln lasse?« Auffordernd sah sie Pippa und Paul an.

»Au ja, wir buddeln Tante Corinna ein. Du darfst aufstehen, Mami«, bestimmte das kleine Mädchen gnädig.

Langsam erhob sich Valerie und versuchte notdürftig, ihren Körper von den Tausenden von Sandkörnern zu befreien. Sie zog sich ein Strandkleid über und gab den Kindern einen Kuss. »Ich bin gleich zurück, seid schön brav.«

Argwöhnisch blickte sie Kerrin und Hark an. »Wohin wollen wir?«

»Am besten zu Ihnen nach Hause, ist ja nicht weit«, schlug Hark vor.

Valerie nickte mechanisch und ging ihnen mit langsamen Schritten voran. Sie schien wie in Trance zu sein, stellte keine einzige Frage. Sie ahnt es, dachte Kerrin voller Mitleid. Und will es nicht wissen.

Als sie die Wohnung der Familie Lüder erreichten, führte Valerie sie in eine gemütliche Wohnküche. Sie setzte sich an den blanken Holztisch, auf dem noch die Krümel des Frühstücks lagen, und sah die beiden stumm an.

»Wir haben leider schlechte Nachrichten«, begann Kerrin. Verdammt, wie sollte sie es seiner Frau sagen? Niklas und sie waren auf der Insel nie eng miteinander befreundet gewesen. Aber wie viele Insulaner waren sie beide für das Studium und die Ausbildung nach Kiel gezogen. Dort hatten sich die Föhrer zunächst regelmäßig getroffen. Und so hatte sie Niklas in den Jahren in Kiel besser kennengelernt. Ohne Leon im Schlepptau war er ein netter Kerl gewesen. Seine Beziehung zu Valerie hatte sie von Anfang an mitbekommen. Die beiden schienen sich damals gesucht und gefunden zu haben. Ein glückliches Paar mit einer rosigen Zukunft. Mit den Jahren in Kiel wurden die Treffen der Föhrer immer seltener. Als Kerrin schließlich nach Flensburg gezogen war, war der Kontakt ganz eingeschlafen.

»Auf dem Feldweg zwischen Nieblum und Wyk in der Nähe des Golfplatzes ist ...«

»Das ist Niklas' Laufstrecke.« Valerie unterbrach sie. Sie schien alles Weitere nicht hören zu wollen. »Er läuft meist den Promenadenweg am Strand entlang bis zum Flugplatz und von dort dann durch die Feldwege nach Nieblum.« Die Worte sprudelten immer schneller aus ihr heraus. »Früher bin ich oft mitgelaufen, aber seitdem die Kinder auf der Welt sind, nicht mehr. Einer muss ja zu Hause bleiben. Niklas ist heute Morgen schon früh joggen gegangen und wollte eigentlich längst zurück sein. Ich dachte, er hätte jemanden getroffen und sich vielleicht verquatscht, irgendwo einen Kaffee getrunken und würde dann zum Strand nachkommen, aber ...« Sie verstummte plötzlich und sah Kerrin an. »Er hätte längst zurück sein müssen, oder?«

»Es tut mir unglaublich leid, Valerie. Niklas ist tot.«

Die junge Frau stieß einen erstickten Schrei aus. Mit schreckensweiten Augen sah sie erst Kerrin und dann Hark an. Langsam begann sie den Kopf zu schütteln, kein Wort kam über ihre Lippen. Kerrin trat an ihre Seite und berührte ihren Arm. Valerie zuckte zusammen. Tränen sammelten sich in ihren Augen, und ein leises Wimmern war zu hören.

»Können wir dir ein paar Fragen stellen?« Kerrin zog sich einen Stuhl heran und setzte sich dicht neben sie. Sanft strich sie über ihren Arm, was Valerie jetzt geschehen ließ.

Sie nickte stumm.

»Wann ist Niklas heute Morgen losgelaufen?«

Valerie räusperte sich, ihre Stimme klang rau. »Gegen halb acht. Vor dem Frühstück.« Sie verstummte.

»Und wann hast du ihn zurückerwartet?«

»Er läuft immer ungefähr eine Stunde. Als er nicht zurückkam, haben wir gefrühstückt und sind zum Strand gegangen. Die Kinder waren quengelig und wollten los.« Ihre Stimme brach.

»Hatte er kein Handy dabei?«, wollte Hark wissen.

»Nicht zum Joggen, da will er seine Ruhe haben. Ich dachte, er kommt hinterher. Wir sind doch auf Föhr«, stieß sie hervor, bevor sie von Tränen übermannt wurde. Ihr Körper bebte, und Kerrin zog sie nun dicht an sich und hielt sie fest.

Hark beobachtete die Frauen stumm und ließ sich auf einen Stuhl sinken.

Nach einer Weile beruhigte sich Valerie ein wenig und löste sich aus Kerrins Umarmung. »Was ist denn passiert?«, fragte sie mit erstickter Stimme. »Niklas ist kerngesund, was soll ihm denn geschehen sein?«

»Er ist keines natürlichen Todes gestorben«, fing Kerrin vorsichtig an.

Valeries Kopf schnellte zu ihr herum. »Was willst du damit sagen? Ein Unfall? Einer dieser verrückten Touristen, die über die Insel rasen? Niklas hat sich darüber schon so oft aufgeregt, gerade auch wegen Pippa und Paul und ...«

»Nein, kein Autounfall«, sagte Hark mit ruhiger Stimme. »Niklas ist erschossen worden.«

Valerie sah ihn entgeistert an. »Das kann doch nicht sein, das ist doch ...« Sie verstummte und wandte den Kopf zu Kerrin. Als die wortlos nickte, stand sie langsam auf und ging mit zitternden Schritten zum Fenster. Schwer stützte sie sich auf die Fensterbank und blickte hinaus. Eine Weile sagte keiner ein Wort.

»War Niklas in der letzten Zeit verändert?«, unterbrach Hark schließlich die Stille. »Hatte er mit jemandem Streit, hatte er Angst, war irgendetwas ungewöhnlich?«

Stumm schüttelte Valerie den Kopf. Sie drehte sich zu den beiden Beamten herum und ließ sich langsam an der Wand heruntergleiten. Zusammengekauert blieb sie auf dem Boden sitzen, den Kopf zwischen den Beinen versteckt, als wolle sie die grausame Welt um sich herum ausblenden. Auf Fragen von Kerrin reagierte sie nicht mehr.

Hark sah besorgt aus. »Ich rufe einen Arzt«, flüsterte er Kerrin zu. »Und danach schaue ich mich um.« Er verließ das Zimmer. Kerrin stand zunächst unschlüssig neben Valerie. Schließlich zog sie ihr Handy aus der Tasche und trat durch die Küchentür in den Garten. Ein Blick zurück zeigte ihr, dass Valerie sich nicht geregt hatte. Sie wählte Corinnas Nummer und seufzte erleichtert, als die Freundin abnahm.

»Kannst du die Kinder erst einmal bei Freunden unterbringen und herkommen? Valerie steht unter Schock und braucht eine Freundin an ihrer Seite.«

Corinna überlegte kurz. »Ich lasse mir was einfallen und komme, so schnell ich kann.«

Zehn Minuten später klingelte Dr. Scholz, ein Allgemeinmediziner aus Wyk. Kerrin kannte ihn seit Jahren und ging ihm erleichtert voraus in die Küche.

»Hallo, Frau Lüder, ich wollte mal nach Ihnen schauen.« Dr. Scholz kniete sich neben Valerie. Zu Kerrins Überraschung hob diese kurz ihren Kopf und sah den Arzt mit leerem Blick an.

»Sie haben einen Schock, und ich würde Ihnen gerne eine Spritze geben. Danach können Sie gut schlafen und sich ein wenig erholen.«

»Pippa und Paul, ich muss zu ihnen.« Mühsam formte Valerie die Worte.

Kerrin kniete sich ebenfalls nieder und sah ihr fest in die Augen. »Corinna kümmert sich um die beiden, mach dir darüber jetzt keine Gedanken.«

Gemeinsam mit Dr. Scholz half sie der Frau, sich aufzurichten. Mit langsamen Schritten gingen sie zusammen durch den Flur ins Wohnzimmer, wo Valerie sich auf dem Sofa ausstreckte.

Nachdem sie die Spritze bekommen hatte, schloss sie die Augen. Bekümmert sah Kerrin sie an. Sie musste all ihre Kraft aufbringen, damit das Schicksal dieser Frau ihr nicht zu nahe ging. Nur so konnte sie den erforderlichen professionellen Abstand wahren.

Hark kam leise in den Raum und begrüßte den Arzt. »Sie wird jetzt erst einmal schlafen. Danach kann sie zwei Tabletten hiervon nehmen. Die lassen sie nicht wieder einschlafen, aber dämpfen die Gefühle ein wenig. Die arme Frau!« Dr. Scholz wandte sich zur Tür. »Ruft mich an, wenn ich noch mal herkommen soll.« Er nickte den beiden zu und verließ die Wohnung.

Kurz darauf klingelte Corinna. »Die Kinder sind jetzt bei Anna und Sebastian. Anna ist so vernarrt in kleine Kinder, da haben die beiden es gut.« Sie seufzte. »Wo ist Valerie?«

Kerrin zeigte aufs Wohnzimmer. »Dr. Scholz war hier und hat ihr eine Spritze gegeben. Sie schläft jetzt.« Sie gab Corinna die Tabletten und erklärte ihr die Einnahme.

»Hast du einen Verdacht, wer das gewesen sein könnte?«, fragte sie dann. »Ihr habt euch doch alle vorgestern gesehen. War da etwas anders als sonst?«

»Darüber zerbreche ich mir schon die ganze Zeit den Kopf, aber mir fällt nichts ein.« Niedergeschlagen hob Corinna die Schultern. »Niklas war so ein lieber Mensch, der hatte keine Feinde. Valerie und er haben sich gefreut, hier zu sein. Es war einfach nur ein lustiger Abend, so wie immer.«

Kerrin sah sie nachdenklich an. »Wie war die Ehe der beiden? Am Anfang erschienen sie uns allen ja wie das perfekte Paar. War das immer noch so, oder gab es Spannungen, Streit, irgendetwas in diese Richtung?«

»Nein, daran hat sich nichts geändert. Die beiden haben sich aus tiefstem Herzen geliebt.« Ein trauriges Lächeln umspielte Corinnas Mundwinkel. »Das gibt es heutzutage nur noch selten.«

»Ach komm, so schlimm ist es doch auch nicht. Du hast immerhin schon den Richtigen gefunden«, erwiderte Kerrin beiläufig und blickte sich dann nach Hark um, der gerade zu ihnen in den Flur trat.

»Lass uns zurück zum Tatort fahren. Wenn die Jungs von der Spurensicherung die 12:35-Uhr-Fähre bekommen haben, müssten sie jetzt da sein«, sagte er.

Kerrin nickte zustimmend und wandte sich wieder zu Corinna. »Unsere Kollegen aus Flensburg kommen nachher, um die Wohnung gründlich zu durchsuchen.«

»Klar.« Corinna nickte. »Ich bleibe erst einmal hier, notfalls auch über Nacht.«

9

Die Kollegen der Spurensicherung und auch Elena Bruckner mit ihrem Assistenten waren bereits am Tatort eingetroffen und hatten mit der Arbeit begonnen, als Hark und Kerrin ankamen. Mit ihren weißen Anzügen boten sie ein unheimliches Bild, das so gar nicht auf diese friedliche Ferieninsel im Hochsommer passte.

Tom und Christian saßen auf der Bank, auf der die Golfer zuvor gesessen hatten, und beobachteten das Geschehen.

»Vielen Dank für euren Einsatz.« Kerrin trat zu ihnen. »Das war bestimmt nicht leicht, bei der Leiche auszuharren.«

»Gibt Schöneres«, brummte Tom.

»Gehört zum Job«, entgegnete Christian betont gelassen und lächelte sie an. Doch davon ließ sich Kerrin nicht täuschen. Es gab immer wieder Kollegen, die auch heutzutage noch glaubten, es wäre karrierefördernd, wenn man einen harten Eindruck vermittelte, selbst wenn es im Inneren ganz anders aussah. Ihr war klar, dass die Ereignisse auch ihn mitgenommen hatten. Sie nahm sich vor, in den nächsten Tagen mit ihm zu sprechen. Er war noch so jung, und der Anblick des Toten durfte sich nicht in ihm festsetzen. Er musste darüber reden und es verarbeiten. Auch wenn er das wahrscheinlich weit von sich weisen würde.

»Die Golfer haben nichts gesehen und auch keine Schüsse gehört«, erstattete Tom mit leiser Stimme Bericht. »Als sie die Leiche entdeckt haben, war weit und breit niemand zu sehen. Und auch vorher ist ihnen nichts aufgefallen.«

»Waren in der Zwischenzeit viele Schaulustige hier?«, fragte Kerrin.

»Nur vereinzelt. Der Feldweg wird anscheinend nicht viel genutzt«, beeilte sich Christian zu sagen.

»Fahrt zurück in die Dienststelle, und schreibt bitte den Bericht«, forderte Kerrin sie auf. Sie wollte sich gerade zu den Kollegen von der Spurensicherung umdrehen, als sie Christians Miene ansah, dass er damit nicht einverstanden war. »Gibt es ein Problem?«, fragte sie ruhig.

»Ich denke, dass wir auch hier noch helfen könnten. Oder Zeugen befragen. Die Berichte können doch warten.«

Kerrin sah ihn mit undurchdringlichem Blick an. »Das entscheide ich. Und ihr schreibt jetzt die Berichte. Danach schauen wir weiter.« Mit diesen Worten wandte sie sich ab und ließ den rot anlaufenden Christian stehen. Tom konnte sich ein Grinsen nicht verkneifen.

Hark war zwischenzeitlich auf die Pathologin zugesteuert.

»Nun sehen wir uns schneller als gedacht«, sagte Elena statt einer Begrüßung und streckte ihm die Hand entgegen. »Schön, dich endlich einmal zu treffen.«

»Da kann ich nur zustimmen, Elena«, entgegnete Hark, erwiderte ihren festen Händedruck und betrachtete sie einen Moment zu lang, bevor er zur Seite trat, um Kerrin und den Flensburger Kollegen Platz zu machen.

»Moin, Elena.« Kerrin grinste. »Du musst ja wie der Teufel gefahren sein.«

»Die Straßen waren frei.« Die grünen Augen der Pathologin blitzten in ihrem sonnengebräunten Gesicht. Ihre schulterlangen, braunen Haare schauten unter der Kapuze des Anzuges hervor. Um ihre Augen hatten sich Lachfältchen eingegraben und unterstrichen den fröhlichen und offenen Eindruck, den sie auf andere Menschen machte. Sie wurde wieder ernst und zeigte auf ihren Mitarbeiter, der neben dem Toten kniete. »Das ist Paul Erhardt.«

»Und das sind Lukas und Hauke«, stellte Kerrin Hark die Flensburger vor. Nachdem sich alle begrüßt hatten, fragte sie: »Kannst du schon irgendetwas sagen?«

»Der Blutlache nach zu urteilen, ist der Fundort auch der Tatort. Ich habe Einschusslöcher in beiden Knien und am Kopf festgestellt. Die Projektile scheinen nicht aus dem Körper ausgetreten zu sein. Wir werden die Leiche jetzt mit ins Klinikum nehmen und eine erste Voruntersuchung durchführen. Danach melde ich mich bei euch. Ihr müsst also noch gar nicht nach Waffe, Todeszeitpunkt und Ähnlichem fragen.«

»Bleibt ihr über Nacht auf der Insel?«, wollte Hark wissen. »Dann wärt ihr natürlich unsere Gäste heute Abend.«

»Das ist lieb, Hark, und ich hätte große Lust dazu, aber der Plan ist, dass wir spätestens mit der letzten Fähre um 18:40 Uhr zurückfahren.«

»Wir auch.« Lukas, ein erfahrener Kollege Mitte fünfzig, sah Kerrin an. »Wenn wir das schaffen«, fügte er hinzu. »Wir haben gerade erst angefangen. Leider ist der Boden nach der Trockenheit der letzten Wochen staubtrocken. Wenn der oder die Täter nicht irgendetwas zurückgelassen hat, wird es schwierig, verwertbare Spuren zu finden.

Sobald wir hier fertig sind, fahren wir in das Haus des Opfers und sehen uns dort um.«

»Ihr werdet schon erwartet. Eine Freundin kümmert sich um die Witwe. Sie lässt euch herein und wird euch alles zeigen. Interessieren tun uns in erster Linie Handys und Computer. Aber vielleicht findet ihr ja noch mehr, was uns helfen könnte.«

»Gut. Wenn wir durch sind, melde ich mich mit einer ersten Einschätzung bei dir.«

Hark und Kerrin ließen sich auf der Bank nieder, auf der gerade noch Tom und Christian gesessen hatten, und schwiegen einen Moment.

»Der Täter ist ein ganz schönes Risiko eingegangen, ihn hier auf dem Feldweg zu erschießen«, ergriff Kerrin schließlich das Wort. »Zumal es sich wohl eher um eine Hinrichtung gehandelt haben dürfte.«

Hark sah sie zweifelnd an. »Er hat bestimmt Schalldämpfer benutzt. Außerdem ist laut Christian in den letzten Stunden kaum jemand auf diesem Weg vorbeigekommen. Und um kurz vor acht war die Gefahr, entdeckt zu werden, bestimmt noch geringer.«

»Ein Zeuge hätte ja schon gereicht«, entgegnete Kerrin nachdenklich.

»Vielleicht war dies die beste Chance, die der Täter bekommen konnte«, gab Hark zu bedenken. »Niklas war mit Frau und Kindern im Urlaub. Da war es bestimmt schwer, ihn allein an einem einsamen und abgelegenen Ort anzutreffen, um ihn dann in Ruhe zu ermorden.«

»Auch wieder wahr«, gab Kerrin zu. »Allerdings passt das nur, wenn Niklas kein Zufallsopfer war«, schränkte sie dann ein.

»Davon sollten wir erst einmal ausgehen«, erwiderte Hark. »Ansonsten hätten wir es mit einem durchgeknallten Killer zu tun, und daran will ich lieber nicht denken.« Er fuhr sich durch die Haare. »Die Art der Tötung deutet darauf hin, dass er seinem Opfer Schmerzen zufügen wollte, findest du nicht? Und um das zu erreichen, durfte er nicht zu früh gestört werden.«

»Nur wenn die Schüsse in die Knie vor dem Kopfschuss abgegeben wurden«, widersprach Kerrin. »Und das wissen wir erst nach der Obduktion.«

»Klar, aber was hätten sie ansonsten für einen Sinn?«

»Da fällt mir im Moment auch nichts ein.« Kerrin zuckte die Schultern. »Ich habe nur so ein komisches Gefühl im Bauch.«

Kurz darauf fuhren Hark und Kerrin erneut vor der Ferienwohnung der Familie Lüder vor. Corinna öffnete ihnen. Sie sah mitgenommen aus.

»Eure Kollegen sind noch nicht da«, begrüßte sie die beiden. »Valerie schläft.«

»Sie untersuchen noch den Tatort«, erklärte Kerrin.

»Ich schaue mich mal ein bisschen draußen um.« Mit diesen Worten ließ Hark die Freundinnen allein.

»Und die Kinder? Sind die noch bei Anna und Sebastian?«, fragte Kerrin.

Corinna nickte. »Anna macht ihnen Fischstäbchen und bringt sie dann hierher.« Sie seufzte. »Mir graut davor, es wird furchtbar werden. Zum Glück sind sie noch so klein, dass sie nicht wirklich verstehen können, was passiert ist.«

»Oder es ist für sie noch traumatischer, gerade weil sie es nicht begreifen.« Kerrin sah ihre Freundin bedrückt an.

»Heute Nacht bleibe ich jedenfalls bei Valerie und den

Kindern. Morgen früh kommen dann ihre Eltern. Ich habe vorhin mit ihnen telefoniert. Niklas' Eltern machen gerade Urlaub in Málaga.« Sie zog die Schultern hoch, als würde sie frieren. »Mit ihnen habe ich auch gesprochen, und es war einfach schrecklich. Er ist ihr einziges Kind. Sie nehmen morgen einen Flug nach Hamburg und sind gegen Abend auf der Insel.«

Hark kam mit langsamen Schritten aus dem Garten zurück. Der Tag hat ihn ganz schön umgehauen, dachte Kerrin. Plötzlich sieht man ihm sein Alter an.

»Hoffentlich finden die Jungs etwas«, sagte er.

»Wenn etwas da ist, bestimmt. Aber es ist eine Ferienwohnung, da gibt es außer Klamotten und den notwendigen Alltagsdingen wenig Persönliches.«

»Wahrscheinlich ein Laptop und die Smartphones der beiden und mehr nicht.« Hark nickte Corinna zum Abschied zu und ging voran zum Wagen.

»Wollen wir uns morgen Abend treffen? Bei Pitschi's, wie früher?«, fragte Corinna.

Kerrin lächelte. »Gerne. Wie es aussieht, werde ich wohl noch ein wenig bleiben.«

Corinna umarmte sie zum Abschied. »Ich habe Neuigkeiten, aber das erzähle ich dir morgen, heute ist nicht der richtige Tag dafür.«

Eine Viertelstunde später parkte Hark den Wagen vor der Dienststelle am Hafendeich. Kerrin und er waren kaum durch die Eingangstür getreten, als eine korpulente Frau Mitte fünfzig, gekleidet in einen schillernd bunten Rock und ein knallgelbes T-Shirt, ihnen strahlend entgegenkam.

»Du bist Kerrin Iwersen, nicht wahr?« Sie nahm Kerrins Hand und drückte sie. »Ich bin Ida Sander und sitze hier in der Zentrale. Wenn du etwas brauchst oder ich dir helfen kann, immer fragen.«

»Danke, Ida, das ist nett«, antwortete Kerrin, ein wenig überrascht von der überschwänglichen Begrüßung der Frau.

»Ich freue mich, dass sie uns wieder eine von uns geschickt haben. Und dann auch noch eine hübsche junge Deern.« Ida tätschelte ihren Arm. »Lass dich von den Jungs bloß nicht rumschubsen, die sind eigentlich alle ganz lieb, auch wenn es manchmal anders wirkt. Ich bringe euch gleich einen Tee, dann kannst du dich langsam eingewöhnen.«

»Toll, danke.«

»Nach der schlimmen Sache heute wirst du bestimmt noch ein bisschen bei uns bleiben.« Mit diesen Worten schob Ida Kerrin in Richtung Flur und nickte ihr aufmunternd zu, bevor sie in der anderen Richtung verschwand.

Hark grinste. »Das ist Ida, die gute Seele unserer Dienststelle. Du hast Glück, sie scheint dich zu mögen. Wenn das anders wäre, würdest du hier keine Sonne sehen.«

»Aha«, entgegnete Kerrin ein wenig perplex und folgte ihm dann in sein Büro. Dort räumte Christian gerade die letzten Habseligkeiten von seinem Schreibtisch, um sie auf dem Klapptisch im danebenliegenden Büro von Tom, Jan und Fabian zu verstauen.

»Ich will dich nicht vertreiben.« Kerrin blieb unschlüssig an der Tür stehen.

»Tja, nun ist es zu spät, er hat sich die ganze Arbeit bereits gemacht«, entgegnete Tom, ohne eine Miene zu verziehen.

Kerrin blickte leicht verunsichert von ihm zu Christian. Machte er Spaß?

»Lass dich nicht foppen.« Christian schmunzelte. »Tom will dich nur ärgern. Unsere Berichte liegen übrigens auf deinem Tisch.«

Er hat meine Zurechtweisung anscheinend bereits weggesteckt, nachtragend ist er also nicht, dachte Kerrin ein wenig verwundert. »Gut, danke.«

»Schluss mit den Witzen, wir haben jetzt eine Dame bei uns, da reißen sich alle zusammen und präsentieren sich von ihrer besten Seite. Klar, Jungs?« Hark blickte streng um sich.

»Klar, Chef.« Tom lächelte Kerrin an. »War nicht ernst gemeint. Wir haben den Kleinen schon einmal bei uns aufgenommen, als Martens zur Verabschiedung allein hier war. Sonst wäre er im ersten Stock vereinsamt. Das wollen wir euch Flensburgern nicht antun.«

»Da bin ich aber froh«, antwortete Kerrin trocken. »Denn so schnell werdet ihr mich nicht los. Es sei denn, wir lösen die Fälle bis morgen und ich bekomme die letzte Fähre.«

»Dann man los.« Tom klatschte in die Hände und verzog sich mit Christian in sein Büro.

Hark hatte Kerrins Rollkoffer hinter sich hergezogen und neben ihren Schreibtisch gestellt. Er hatte angeboten, die Berichte über die Vernehmungen von Hans Frahm und Frau Andresen zu schreiben, und fuhr seinen Computer hoch.

Kerrin packte ihre Sachen aus, trank dankbar eine Tasse von Idas Tee und begann dann, die Berichte von Tom und Christian sorgfältig zu lesen.

Sie waren beide noch nicht ganz fertig, als Lukas anrief. Es war mittlerweile kurz nach siebzehn Uhr, und Hauke und er freuten sich, eine frühere Fähre zu erwischen. Wie

Kerrin bereits befürchtet hatte, hatten sie wenig Hoffnung, etwas Entscheidendes gefunden zu haben. Der Boden war nach dem heißen Wetter der letzten Wochen staubtrocken, sodass es keinerlei Fußabdrücke gab. Fasern oder Ähnliches hatten sie nicht entdeckt. Zwar lagen die üblichen Müllreste im Gebüsch und würden auch in Flensburg gründlich untersucht werden, aber Lukas ging nicht davon aus, dass sie dies weiterbringen würde. Im Haus der Lüders hatten sie Fingerabdrücke genommen und den Laptop von Niklas und die Smartphones der beiden Eheleute zur Auswertung eingepackt. Mit Ergebnissen rechneten sie frühestens morgen.

Kerrin seufzte. Müde blickte sie aus dem Fenster und ließ ihre Gedanken schweifen. Wie sollte sie weiter vorgehen? Wo war der Ansatz, der sie weiterbringen würde?

Das erneute Klingeln des Telefons riss sie aus ihren Überlegungen. Elena hatte die Voruntersuchung abgeschlossen. Kerrin drückte auf den Lautsprecherknopf, damit Hark mithören konnte.

»Wie ihr euch bestimmt denken könnt, ist er an dem Kopfschuss gestorben. Todeszeitpunkt ist zwischen sieben und neun Uhr heute Morgen. Der Täter hat aus kurzer Entfernung, vielleicht zwei oder drei Metern, abgedrückt. Der Schuss war sofort tödlich. Die Schüsse in die Kniescheiben sind vorher erfolgt. Wie viel Zeit zwischen ihnen und dem Kopfschuss vergangen ist, kann ich noch nicht sagen. Es dürfte aber kein langer Zeitraum gewesen sein. Einige Minuten, höchstens eine Viertelstunde.«

»Das kann einem bei den Schmerzen bestimmt wie eine Ewigkeit vorkommen.« Hark schauderte. »Der Täter wollte Niklas also ordentlich leiden lassen.«

»Davon könnt ihr ausgehen«, bestätigte Elena. »Die

Schmerzen bei einer zertrümmerten Kniescheibe müssen grauenvoll sein. Das Opfer war nach dem ersten Schuss vollkommen wehrlos und dem Täter auf Gedeih und Verderb ausgeliefert.«

»Und der hatte dann nichts anderes zu tun, als auch noch die zweite Kniescheibe zu zerschießen.«

»Das ist natürlich Spekulation, aber es könnte gut sein, dass Niklas Lüder zumindest nach dem Schuss auf die zweite Kniescheibe wegen der schlimmen Schmerzen bewusstlos wurde. Wäre ihm zu wünschen. Ansonsten habe ich keine weiteren Spuren an ihm gefunden, keine Hautpartikel, Haare, nichts. Es gab keinen Kampf mit dem Täter. Der hat seinem Opfer vermutlich aufgelauert und es dann gnadenlos und äußerst brutal umgebracht.«

»Und die Waffe?«

»Kaliber 9 x 9 mm, vielleicht eine Glock. Ich schicke die drei Projektile an die Spusi.«

»Vielen Dank, Elena«, sagte Kerrin. »Dann sprechen wir morgen noch mal, wenn das endgültige Ergebnis da ist.«

»Eher übermorgen, Kerrin. Mein Tisch ist rappelvoll, und ich glaube nicht, dass sich an meiner ersten Einschätzung noch etwas ändern wird.«

»Kein Problem für uns.«

Nachdem sie aufgelegt hatte, sah Hark Kerrin ernst an. »Der Täter scheint Niklas abgrundtief gehasst zu haben.«

»Da werden wir morgen ansetzen. Wir vernehmen seine Freunde. Die Clique ist seit dem Kindergarten miteinander befreundet, die wissen doch bestimmt etwas. Einer so heftigen Abneigung muss schließlich irgendein Konflikt vorangegangen sein.« Erschöpft rieb Kerrin sich die Augen. »Ich rufe jetzt noch Heyden an, und dann ist Schluss für heute.«

Wie Kerrin bereits vermutet hatte, fragte ihr Vorgesetzter sie genau, wie die Ermittlungen mit Hark liefen. Die Flensburger Kriminalpolizei war personalmäßig komplett untergegangen. Zu der Urlaubszeit waren noch einige Krankschreibungen hinzugekommen. Und dann schien zu allem Übel das schwüle Wetter auch noch die Mordrate nach oben zu treiben.

»Kannst du dir vorstellen, erst einmal mit Hark weiterzumachen?«, fragte Peter Heyden vorsichtig. »Ich halte sehr viel von ihm. Er ist ein ruhiger, besonnener Beamter mit einer Menge Erfahrung.«

»Klar«, antwortete sie gedehnt. »Wenn es nicht anders geht.« Begeistert war sie nicht. Auch wenn Hark ihr sympathisch war und Tom einen netten Eindruck machte, hieß das nicht, dass sie ihre erfahrenen Kollegen aus Flensburg ersetzen konnten. Und Christian wirkte zu ambitioniert und von sich selbst überzeugt auf sie. Eine professionelle Truppe sah definitiv anders aus.

»Toll, Kerrin, vielen Dank«, antwortete Heyden schnell. Seine Erleichterung war ihm anzumerken. »Ich würde dich nicht fragen, wenn ich eine andere Möglichkeit sehen würde. Wir bleiben in ganz engem Kontakt und entscheiden von Tag zu Tag, wie es weitergeht. Ich weiß, dass das alles nicht optimal ist, gerade weil es dein erster eigener Mord ist, aber du schaffst das schon.«

Als sie aufgelegt hatten, durchlief Kerrin ein warmer Schauer. Sie freute sich sehr über sein Vertrauen in sie, hatte aber gleichzeitig auch Angst vor der Aufgabe, die sie nun ohne Unterstützung aus Flensburg bewältigen musste.

10

Mit gleichmäßigen Schritten lief er durch die dunkle Marsch. Sie war verabredet und würde erst spät nach Hause kommen, und so hatte er sich entschieden, die ihm geschenkte Zeit zu nutzen und die zweite Auslieferung mit einer ausgiebigen Joggingrunde zu verbinden. Die lange Strecke machte ihm nichts aus, sondern gehörte zu seiner täglichen Routine. Kurz griff er in die Tasche seiner Sportjacke und befühlte durch die Einmalhaushaltshandschuhe hindurch beruhigt den kühlen Umschlag. Es war alles in Ordnung.

Er fühlte sich beschwingt, die Ereignisse des heutigen Tages beflügelten ihn. Nach den vielen Jahren des Schmerzes und der Verdammnis zur Untätigkeit hatte er jetzt das Ruder in die Hand genommen. Ihm war, als wäre ein Schleier von ihm gezogen worden, der richtige Weg lag endlich vor ihm. Die Vergangenheit konnte er zwar nicht mehr beeinflussen, was geschehen war, war geschehen, aber die Zukunft lag nun in seinen Händen. Wenn er Vergeltung geübt hatte, würde ihr wahres Leben beginnen und die Verletzungen der Vergangenheit heilen. Und irgendwann würden sie zurückblicken können ohne Groll, mit tiefer Demut für das, was ihnen nach dem durchgestandenen Leid geschenkt worden war.

Heute Nachmittag hatte er allein am Strand gesessen, lange in den stahlblauen Himmel geschaut und dabei deutlich gespürt, dass er von dort oben gesehen und sein Handeln auf Erden gutgeheißen wurde.

Er bemerkte, dass er immer schneller wurde, seine Gedanken wühlten ihn auf. In der Ferne konnte er den Hof in der Dunkelheit als schwarzen Kasten erkennen. Ein Hund bellte. Doch davon würde er sich nicht abhalten lassen. Er beschleunigte noch einmal. Gleich war er da, und das Schicksal würde erneut zuschlagen.

11

Kerrin wachte bereits um sechs Uhr auf. Im ersten Moment wusste sie nicht, wo sie war, aber dann erkannte sie die vertrauten Umrisse ihres Kinderzimmers. Nachdem sie sich gereckt und gestreckt hatte, stand sie leise auf, trat an die Gaube und sah nach draußen. Die Sonne ging gerade über den Feldern auf und färbte den Himmel in unzählige rötliche Schattierungen. Wie oft hatte sie sich als Kind und auch später auf die kleine Fensterbank gekauert und genau das Gleiche getan. Wenn sie traurig war, hatte sie sich hierher zurückgezogen, geweint und gegrübelt. Aber auch stundenlang mit ihren Freundinnen telefoniert oder Vokabeln gelernt oder einfach nur die Ruhe genossen. Dies war ihr Rückzugsort gewesen. Wie gerne hätte sie sich jetzt hier verkrochen und über alles nachgedacht. Sobald die Bilder von Valerie, den Kindern und dem gequälten Niklas vor ihren Augen erschienen, überkam sie eine tiefe Traurigkeit. Wer nur hatte ein solches Elend über diese glückliche Familie gebracht?

Unwillig riss sie sich von dem imposanten Anblick des Sonnenaufgangs los und trat an ihren Kleiderschrank. Gestern Abend hatte sie noch schnell ihre Klamotten eingeräumt, bevor sie erschöpft in ihr Bett gefallen war. Doch bevor sie nach Hose und T-Shirt greifen konnte, fiel ihr die Friesentracht ins Auge. Sauber in einem Plastiksack verstaut, hing sie einsam an der Stange. Einem Impuls folgend, zog Kerrin sie heraus und breitete sie auf ihrem Bett aus. Wie immer war sie fasziniert von ihrer Schönheit. Die Tracht war alt, Kerrin hatte sie von ihrer Großmutter geerbt. Die weiße Schürze war mit kunstvollen Lochstickereien verziert. An dem schwarzen Gewand befanden sich das festgesteckte dunkelgrüne Tuch und der filigrane Brustschmuck aus echtem Silber mit den Amuletten in Form von Kreuz, Herz und Anker. Diese hatten in den Jahren des gefährlichen Walfangs für die Föhrer Glaube, Liebe und Hoffnung symbolisiert. Werte, die für die Menschen in der damaligen Zeit, in der viele Insulaner nicht auf die Insel zurückgekehrt waren, sondern ein nasses Grab gefunden hatten, eine große Bedeutung gehabt hatten.

Vorsichtig ließ Kerrin ihre Finger über den kühlen Stoff und die Fransen gleiten. Die alten friesischen Traditionen wurden von vielen Insulanern hochgehalten, und auch die Iwersens gingen jedes Jahr in Tracht zum Borgsumer Dorffest. Bis heute war Kerrin unschlüssig, ob sie eines Tages in ihrer Tracht vor den Traualtar treten würde, wie es bereits viele ihrer Schulfreundinnen getan hatten, oder aber in einem weißen Kleid. Sie seufzte. Die Föhrer Tracht stand für das friedliche und beschauliche Leben auf der Insel. Aber seit dem Tod von Niklas wurde Kerrin das Gefühl, dass etwas Unheilvolles in Gang gesetzt worden war, nicht mehr los. Entschlossen griff sie nach dem Bügel und hängte die Tracht zurück in den Schrank. Es war ihre Aufgabe herauszufinden, was geschehen war. Und der würde sie sich mit ganzer Kraft stellen.

Eine halbe Stunde später saß Kerrin frisch geduscht mit einem dampfenden Becher Kaffee und Porridge zusammen mit ihren Eltern in der Küche.

Um kurz nach acht Uhr holte Hark sie ab. Da sie kein Auto auf der Insel hatte, hatte er sich schmunzelnd bereit erklärt, während ihres Aufenthaltes ihren Chauffeur zu spielen. »Da du meine Vorgesetzte bist, kannst du jederzeit über mich verfügen«, hatte er neckend gesagt. Kerrin hatte nur mit den Augen gerollt.

»Wir müssen kurz bei Nils halten, ich will ihm einen Brief reinreichen.«

»Klar, kein Problem.« Kerrin schnallte sich an. »Was macht Nils?«, fragte sie dann neugierig. »Ich weiß nur, dass er in Hamburg Jura studiert hat.«

»Nach dem Studium ist er nach Föhr zurückgekehrt und hat bei Klaas Petersen in der Kanzlei angefangen. Das lief gut, und als Klaas vor zwei Jahren in den Ruhestand gegangen ist, hat Nils den Laden übernommen.« Stolz schwang in Harks Stimme mit.

»Das hört sich toll an.« Kerrin kurbelte das Fenster ein wenig herunter und lehnte sich zurück. Als sie Borgsum verließen, genoss sie zunächst den Blick über die satten, noch einsam in der Morgensonne liegenden Felder. In Nieblum jedoch waren trotz der frühen Stunde schon viele Touristen unterwegs. Sie drängten sich in einer langen Schlange vor dem Bäcker in der Kertelheinallee, und einige Familien radelten bereits mit ihren geliehenen Rädern in Richtung Marsch. Während sie an dem Föhrer Flugplatz entlangfuhren, rollte gerade ein Flugzeug an den Rand des langen Feldes, das als Start- und Landebahn diente.

»Fand ich schon immer komisch, dass Urlauber mit Flugzeugen bei uns ankommen«, sagte Kerrin gedankenverloren. »Die Fahrt mit der Fähre gehört doch dazu, wenn man auf eine Insel fährt, oder?«

»So habe ich nie darüber nachgedacht, aber du hast schon recht. Mich würde auch niemand in diese kleinen Kisten bekommen, das wäre mir viel zu gefährlich.«

Einige Minuten später hielt Hark in der Badestraße vor der Kanzlei von Nils.

»Darf ich mit reinkommen?«, fragte Kerrin. »Ich habe Nils ewig nicht getroffen.«

»Klar«, antwortete Hark verschmitzt lächelnd. »Er freut sich bestimmt, dich zu sehen.«

Nils Hansen saß über eine Akte gebeugt an seinem Schreibtisch. Als er Kerrin hinter seinem Vater entdeckte, stand er auf und kam mit einem breiten Grinsen im Gesicht um den Schreibtisch herum. Er trug eine helle Hose und ein blaues Hemd. Seine braunen Haare glänzten noch feucht und rochen frisch nach Shampoo.

»Moin, Kerrin, wie schön, dich wiederzusehen. Ich habe schon gehört, dass es dich zumindest zeitweise zurück auf die Insel und an die Seite meines Vaters verschlagen hat.« Er küsste sie auf die Wangen.

Kerrins Herz machte zu ihrem großen Erstaunen einen kleinen Satz, aber sie zwang sich, cool und gelassen zu reagieren. »Freut mich auch. Dein Vater und ich haben uns gestern schon recht gut geschlagen.«

»Schön, er hatte ja schon Sorge, weil ...«

»Jetzt kommst du besser nicht ins Plaudern, mien Jung«, fuhr Hark schnell dazwischen.

»Schon klar«, antworteten Nils und Kerrin fast gleichzeitig, sahen sich an und brachen dann in schallendes Gelächter aus. Nach kurzem Zögern fiel Hark ein wenig verlegen ein.

»So, nun wollen wir uns mal alle beruhigen«, brummte er nach einer Weile und gab Nils den mitgebrachten Brief.

»Danke, ich werde denen noch einmal sagen, dass sie die Post in Zukunft direkt zu mir schicken sollen.«

»Kein Problem. Ich bin schon Kerrins Chauffeur, da kann ich auch noch deinen persönlichen Briefträger spielen.«

Nils sah die beiden an. »Na, ihr habt die Aufgaben ja schnell verteilt«, sagte er dann trocken. »Scheint zu passen.«

»Alles gut«, wiegelte Hark ab.

»Was hast du hier für ein schönes Bild hängen!« Kerrins Blick war auf ein Aquarell an der Wand hinter Nils' Schreibtisch gefallen. Sie trat näher, um es genauer zu betrachten. In zarten, aber ausdrucksstarken Farben war dort ein Teil des Strandes mit dem sich anschließenden Watt bei Ebbe dargestellt. Dunkle Gewitterwolken schienen über den noch blauen Himmel zu brausen, man spürte förmlich das Unwetter, das sich gerade zusammenbraute. »Ist das in Utersum?«

Nils trat zu ihr. »Ja, ist es. Eine Bekannte von mir hat es gemalt. Marie Guthmann. Sie kommt eigentlich vom Festland, lebt aber schon viele Jahre auf der Insel. Sie hat ein Atelier in Wyk. Wenn dir ihre Bilder gefallen, können wir gerne einmal zusammen hingehen.«

»Ist sie eine Freundin von Levke Klasen?«, fragte Kerrin.

»Ja, die beiden sind eng befreundet.«

»Dann habe ich sie und ihren Bruder Moritz gestern am Anleger gesehen.« Kerrin erzählte von ihrer Begegnung mit Levke auf der Fähre, und Nils schmunzelte.

»Da bist du noch nicht einmal auf Föhr angekommen,

und schon triffst du an jeder Ecke auf alte Bekannte. Wie hast du geschaut, als du Levke gesehen hast?«

»Wahrscheinlich wie jeder andere auch. Fassungslos und voller Bewunderung. Es ist irre, wie sie sich verändert hat. Und der Bruder von Marie, lebt der auch auf der Insel?«

»Nein, Moritz studiert in Kiel, ist aber oft hier. Studenten haben ja ständig Semesterferien.« Nils grinste. »Er ist ein netter, ziemlich introvertierter Kerl. Redet wenig, aber das passt ja zu uns Föhrern.« Er wurde wieder ernst. »Marie und er haben ein enges Verhältnis. Sie sollen keine besonders tolle Kindheit gehabt haben, wahrscheinlich hängen sie deswegen so aneinander.«

»Auf mich hat sie einen sympathischen Eindruck gemacht, und ich komme gerne mit in ihr Atelier. Vielleicht am Wochenende?«, schlug Kerrin vor. »Ich werde wohl nicht so bald nach Flensburg zurückfahren.«

»Abgemacht.« Nils' Blick verdüsterte sich. »Ich habe schon gehört, was passiert ist, und konnte es erst gar nicht glauben. Man rechnet nicht damit, dass jemand, den man kennt, einem so schrecklichen Verbrechen zum Opfer fällt. Niklas' arme Familie. Habt ihr schon irgendetwas herausgefunden?«

Hark zuckte mit den Achseln. »Wir tappen noch völlig im Dunkeln und …«

»… und deswegen fahren wir jetzt auf die Dienststelle«, vollendete Kerrin den Satz. »Wir haben heute ein volles Programm.«

Als sie im Auto saßen, stellte Kerrin überrascht fest, dass ihr Bauch kribbelte. Früher hatte sie Nils nie groß beachtet. Zwar hatte er schon zu Schulzeiten gut ausgesehen und war nett und freundlich zu ihr gewesen, aber ihr Herz hatte immer mehr für die Amrumer Surfer mit ihren langen blonden, vom Salzwasser verfilzten Haare geschlagen. Da es auf der Nachbarinsel kein Gymnasium gab, waren sie in der Oberstufe nach Föhr gezogen und hatten von montags bis freitags in kleinen Apartments in Wyk gewohnt. Allein dieser Umstand hatte gereicht, um sie für die Föhrer Mädchen äußerst interessant zu machen. Nils war ihr zu normal gewesen. Das war jetzt anders. Widerstrebend gestand Kerrin sich ein, dass sie sein entwaffnendes Lächeln sehr anziehend fand.

Hark und Kerrin fuhren gerade ihre Computer hoch, als Ida, gefolgt von zwei weiteren Beamten, mit einem Tablett in der Hand erschien.

»Wo sitzt ihr?«, fragte sie statt einer Begrüßung. »Im Besprechungszimmer?«

»Nee, stell mal hier ab.« Hark zeigte auf seinen Schreibtisch. Kerrin und er hatten nicht nur Tom und Christian, sondern auch die Kollegen Jan und Fabian zu einer Besprechung gebeten. »Guten Morgen erst einmal.«

»Jaja, bedient euch selbst.« Ida nickte den Männern zu und bedachte Kerrin mit einem herzlichen Lächeln. »Moin, mien Deern. Stärk du dich erst einmal, bevor die Plackerei losgeht.« Mit diesen Worten entschwand sie nach draußen.

Kerrin schaute ihr grinsend hinterher. Ida war wirklich ein echtes Original.

»Es gibt Kekse«, frohlockte Jan, nachdem er einen Blick auf das Tablett geworfen hatte. Kerrin schätzte den recht kleinen und untersetzten Mann auf Mitte dreißig. Dichte braune Locken kringelten sich um sein rundes, gutmütiges Gesicht. Er wirkte bereits auf den ersten Blick gemütlich und humorvoll. »Das haben wir bestimmt dir zu verdanken.« Er trat zu Kerrin und schüttelte ihr die Hand. »Ich bin Jan, willkommen in unserer Dienststelle.«

»Fabian.« Der fünfte Föhrer Beamte nickte Kerrin zu. Er war ebenfalls klein, dabei aber fast zart und hatte pechschwarze Haare. Stechende dunkle Augen, die sein schmales Lächeln nicht erreichte, blickten Kerrin aus einem hageren Gesicht an.

»Dann sind wir komplett und können mit der Arbeit beginnen.« Hark wandte sich zu Kerrin. »Willst du anfangen?«

»Gerne.« Ihr Herz klopfte. Sie würde eine Mordermittlung ohne die Hilfe ihrer Kripokollegen leiten. Diese Verantwortung lastete schon ein bisschen auf ihr. Außerdem war es das erste Mal, dass sie eine Gruppe von fünf Polizisten führen sollte, und sie wollte nichts falsch machen. Der erste Eindruck würde darüber entscheiden, ob sie in den nächsten Jahren beruflich auf der Insel respektiert werden würde oder nicht. Sie wusste, dass die Fußstapfen von Martens für sie als junge Frau groß waren, und war wild entschlossen, sie auszufüllen. »Wir sollten die Aufgaben verteilen und dann sehen, dass wir zügig vorankommen«, begann sie. »Wie ihr vielleicht schon wisst, ist in Flensburg gerade Land unter und wir sind erst einmal auf uns allein gestellt. Deswegen möchte ich euch bitten, mich zu unterstützen.«

Kurz darauf wusste jeder, was er zu tun hatte. Hark und Kerrin würden sich mit den Freunden von Niklas unterhalten, Julius Famke, Leon Blumberg und Sebastian Sötje. Danach würden sie Levke und Imme einen Besuch abstatten. Kerrin wollte vermeiden, dass der Tod von Sarah Klasen in den Hintergrund trat. Tom und Christian sollten noch einmal mit Valerie und ihren Eltern sprechen. Außerdem sollten sie recherchieren, ob es etwas Interessantes im Leben von Niklas Lüder und seinen Freunden gab, das sie noch nicht wussten. Schließlich würden sie sich mit den Kieler Kollegen in Verbindung setzen, um mit ihnen die Ermittlungen im privaten und beruflichen Umfeld des Opfers in Kiel abzustimmen.

»Und was ist mit Jan und mir?«, fragte Fabian, als Kerrin geendet hatte.

»Da wir Hochsaison haben«, antwortete Hark für sie, »brauche ich euch im normalen Dienst. Die anderen bekommen das bei der rappelvollen Insel nicht hin.«

»Klar, verstehe ich«, sagte Jan und nahm sich noch einen Keks.

Fabian schwieg, aber Kerrin sah ihm an, dass er über diese Wendung nicht erfreut war. »Wenn wir Bedarf haben, melden wir uns selbstverständlich bei euch, ihr seid auf Stand-by. Wir treffen uns alle heute Nachmittag gegen sechzehn Uhr hier, um unsere Ergebnisse auszutauschen. Auch ihr beiden, Fabian und Jan, damit ihr umfassend informiert seid.« Mit diesen Worten erhob sie sich. »Dann mal los, an die Arbeit.«

Hark und sie machten sich auf den Weg zum Wagen, die vier Kollegen gingen in ihr Büro.

»Mach dir mal keinen Kopf um Fabian«, sagte Hark, als sie im Auto saßen. »Er ist unser Dienststellenquerulant, dem kann man es nie recht machen. Wenn er mit im Boot wäre und Überstunden anstehen würden, fände er das auch doof.« Langsam fuhr er los. »Er hat es nicht leicht. Er lebt mit seiner Cousine zusammen, die psychisch recht labil sein soll. Da redet er aber nicht gerne drüber. Eine

Freundin hat er nicht, soweit ich weiß. Auf jeden Fall ist er ein guter und erfahrener Polizist, und man kann mit ihm auskommen, wenn man nicht jedes seiner Worte auf die Goldwaage legt.«

»Verstehe«, entgegnete Kerrin. Fabian war ihr tatsächlich nicht sonderlich sympathisch gewesen, aber solange er seine Arbeit gut machte, würde sie kein Problem mit ihm haben. »Dafür hat Christian zufrieden ausgesehen. Gestern war das nicht der Fall, er hat das Schreiben der Berichte wohl als unter seiner Würde betrachtet.«

Hark schmunzelte. »An Selbstzweifeln leidet er mit Sicherheit nicht. Unser Jüngster muss noch viel lernen.«

»Lass uns bei Julius anfangen, er und Corinna leben in Süderende auf dem Milchviehhof seiner Eltern«, schlug Kerrin vor, als sie den Hafendeich verließen.

»Das passt aber gar nicht zu Corinna, oder?« Hark sah sie überrascht an. »Dass diese schnieke junge Frau im Blaumann durch den dreckigen Kuhstall läuft, kann ich mir nicht vorstellen.«

Kerrin schmunzelte. »Tut sie auch nicht. Sie arbeitet in einem Hotel in Nieblum. Sehr zum Leidwesen von Julius, der sich sehnlichst wünscht, dass seine Frau mit auf dem Hof arbeitet. Noch sind seine Eltern dabei, aber wenn die beiden sich irgendwann zur Ruhe setzen, braucht er Unterstützung.« Kerrin lehnte sich zurück. »Da hast du das ständige Konfliktthema des Ehepaars Famke messerscharf erkannt.«

»Wo die Liebe hinfällt.« Hark öffnete das Fenster, und der laue Fahrtwind wehte angenehm ins Wageninnere. Dann drehte er das Radio lauter, und eine Weile schwiegen die beiden zu den Klängen von R. E. M. Kerrin ließ die kurze Besprechung Revue passieren. Es war gut gelaufen, und sie war mit sich zufrieden. Sie merkte, dass es ihr großen Spaß machte, mehr Verantwortung zu übernehmen.

Auch heute brannte die Sonne von einem strahlend blauen Himmel, an dem keine einzige Wolke zu sehen war. Langsam wurde es unheimlich, fand Kerrin. Ob der Klimawandel dafür verantwortlich war? Sie bemühte sich, wenig Auto zu fahren, lieber das Fahrrad zu nehmen, Plastik im Supermarkt zu vermeiden und auch mit der Energie im Haushalt sparsam umzugehen. Aber ob das reichte? Oder musste jeder Einzelne sich viel mehr anstrengen, um die Erde zu erhalten? Gerade Föhr als platte Insel in der Nordsee könnte von der Erhöhung der Meeresspiegel betroffen sein, und das war eine beängstigende Vorstellung. Sie unterbrach ihre Gedanken. Heute war nicht der Tag, um sich mit diesen Dingen zu beschäftigen. Nach dem letzten verregneten Sommer durften die Menschen das tolle Wetter getrost genießen. Und für den Tourismus auf der Insel, an dem die Existenz vieler Familien hing, war es wunderbar.

»Wie sind die Freunde von Niklas?« Hark stellte die Musik leiser. »Du kennst sie doch aus der Schule.«

Kerrin überlegte einen Moment. »Leon, Niklas, Julius und Sebastian sind seit frühester Kindheit befreundet, sie kommen alle vier aus Süderende. Zwischen sie passte in der Schule kein Blatt. Leon war immer der Anführer. Seinem Vater gehörte die Baufirma Blumberg, und er war für Föhrer Verhältnisse ziemlich wohlhabend. Die anderen drei konnten da nicht mithalten.« Sie schwieg einen Moment. »Ich mochte Leon nie, er ist nur auf seinen eigenen Vorteil bedacht. Aber er hatte so eine natürliche Autorität, die niemand infrage stellte. Niklas, Julius und Sebastian haben sich ihm wie selbstverständlich untergeordnet.

Jeder aus seinen eigenen Gründen, denke ich. Niklas allein ohne die anderen war nett, und auch Julius ist ein feiner Kerl. Zu Sebastian kann ich nichts sagen, wir hatten so gut wie keine Berührungspunkte. Aber wenn wir weitere Fragen haben, kann uns Corinna helfen. Sie hat schließlich in den Freundeskreis eingeheiratet.«

Auf dem Hof der Familie Famke war niemand zu sehen. Hark parkte den Wagen vor den Ställen.

»Im Haus müssen wir es gar nicht versuchen, Julius ist bestimmt irgendwo bei den Tieren oder auf dem Feld.« Kerrin ging ihm voran. Wie gut, dass es lange nicht geregnet hatte. Der Kuhmist war fest, sodass sie mit ihren Sandalen zwar unpassend angezogen war, aber keine größeren Probleme bekam.

Sie hatten Glück. Julius befand sich im Kälberstall und hatte gerade ein Neugeborenes in seine Box gebracht.

»Moin, Kerrin, habe mir schon gedacht, dass du früher oder später hier auftauchst. Corinna hat mir schon alles erzählt.« Er nickte Hark zu, wischte sich die Hände an der Hose ab und kam auf die beiden zu. »Es will mir einfach nicht in den Kopf, dass das wirklich passiert sein soll und wir Niklas nie wiedersehen. Seitdem ich denken kann, war er immer da.« Seine Hände zitterten, und er steckte sie schnell in die tiefen Taschen seiner Arbeitshose.

»Das geht mir ähnlich. Können wir uns kurz unterhalten?« Kerrin sah ihn fragend an.

»Klar, ich wollte eh gerade einen Kaffee trinken.« Julius ging ihnen voran zum Haus. In der Küche stand eine Thermoskanne mit Kaffee auf dem Tisch. Er holte drei Becher und einen Krug mit frischer Kuhmilch. »Bedient euch, ich wasche mir kurz die Hände.«

Wenig später saßen sie mit drei dampfenden Bechern Kaffee am Tisch. Julius sah mitgenommen aus. Er hatte dunkle Ringe unter den Augen und schien in der Nacht nicht viel geschlafen zu haben.

»Ich kann es immer noch nicht glauben«, fing er von selbst an zu reden. »Wer sollte etwas gegen Niklas haben? Er ist einfach nett, tut niemandem etwas, hat eine tolle Familie. Warum sollte irgendein kranker Typ ihn umbringen?«

»Deswegen sind wir hier. Niklas, du, Leon und Sebastian, ihr wart in der Schule dicke Freunde.«

»Sind wir immer noch, da hat sich nichts dran geändert.« Julius trank einen Schluck. »Klar, jeder hat sein Leben, wir sind keine Kinder mehr, aber wir sehen uns regelmäßig, auch Niklas. Er und Valerie sind jede Ferien auf der Insel. Niklas ist selbstständiger Programmierer, er kann sich seine Zeit selbst einteilen. Und Valerie hat freitags immer frei, deswegen waren die beiden auch oft für verlängerte Wochenenden hier.« Er stockte. »Er konnte sich seine Zeit einteilen, muss ich jetzt wohl sagen.« Tränen sammelten sich in seinen Augen. Ungeduldig wischte er sie weg. »Entschuldigt, aber das haut mich richtig um. Wir kennen uns seit dem Kindergarten, sind alle in Süderende aufgewachsen und …« Seine Stimme erstarb.

»Das verstehen wir gut«, sagte Hark mitfühlend. »Wie stand es um die Ehe von Niklas und Valerie? Kannst du uns dazu etwas sagen?«

»Die beiden waren glücklich. Valerie ist toll, war sofort bei uns integriert, kam gut mit unseren Frauen klar.« Er sah Kerrin an. »Du kennst sie ja auch, sie ist ein netter und unkomplizierter Mensch. Niklas hat sie vergöttert. Als dann die beiden Lütten kamen, war die Familie Lüder komplett.« Er schwieg einen Moment. »Um seine Ehe habe ich ihn immer ein bisschen beneidet. Mit Corinna ist alles gut, keine Frage, aber wir streiten auch oft, sind nicht immer einer Meinung. Bei Valerie und Niklas hatte man das Gefühl, dass sie eine Einheit sind, wie Topf und Deckel.« Er schenkte sich noch einen Kaffee ein. »Ich mag gar nicht daran denken, wie es Valerie jetzt geht. Corinna ist noch bei ihr.«

»Und mit Freunden in Kiel, gab es da vielleicht Probleme?«

»Nee, nicht dass ich wüsste.« Julius schaute Kerrin nachdenklich an. »Ich glaube auch nicht, dass er dort richtige Freunde hatte. Valerie als echte Kielerin hatte ihren Freundeskreis, und da war Niklas als ihr Ehemann ein Teil von, aber mehr auch nicht. Seine Freunde waren wir hier auf Föhr. In Kiel hatte er Valerie und seine Kinder. Das reichte ihm.« Er erhob sich mit einem bedauernden Lächeln. »Wenn das alles war, müsste ich jetzt in den Stall zurück. Die Kühe können leider nicht selbst ausmisten.«

Hark und Kerrin standen ebenfalls auf, und gemeinsam verließen sie das Haus.

»Eine Frage habe ich noch«, sagte Hark auf dem Weg zum Auto. »Wo warst du gestern Morgen zwischen sieben und neun Uhr?«

Julius blieb erstaunt stehen. »Bin ich verdächtig? Das ist doch Blödsinn.«

»Nein, reine Routine.« Kerrin nahm beruhigend seinen Arm. »Das müssen wir jeden aus Niklas' Umfeld fragen.«

»Okay.« Julius sah sie zweifelnd an. »Ich war im Stall. Ab halb sieben wird gemolken. Und danach habe ich gefrühstückt. Mit meinen Eltern, Corinna war schon weg zur Arbeit.«

»Danke, Julius.« Kerrin umarmte ihn zum Abschied. »Wir sehen uns bestimmt noch.«

In Gedanken versunken stiegen sie in den Wagen.

»Tom und Christian sollen die Alibis überprüfen, aber das wird schon stimmen.« Hark klang ein wenig resigniert. »Jeder, mit dem wir bisher gesprochen haben, hat das Gleiche gesagt. Niklas war ein Mensch ohne Feinde, jemand, der mit jedem gut auskam und dem seine Familie alles bedeutete.«

»Genau so hätte ich ihn auch beschrieben.« Kerrin raufte sich die Haare. »Wird schwer, ein Motiv zu finden. Mal schauen, was Leon und Sebastian sagen.«

Die Baufirma Blumberg befand sich in der Ziegeleistraße am Rande des Gewerbegebietes von Wyk. Der alte Blumberg hatte sich vor einigen Jahren zur Ruhe gesetzt. Nun war Leon kaufmännischer Geschäftsführer und Sebastian der technische. Hark und Kerrin hofften, beide anzutreffen. Als sie auf den Parkplatz vor der Firma einbogen, stieg Sebastian gerade aus seinem Wagen aus.

»Hey, Kerrin, schön, dich mal wieder zu sehen«, begrüßte er sie freundlich, aber sein Lächeln wirkte auf Kerrin aufgesetzt. »Auch wenn der Grund furchtbar ist. Ich habe schon von Corinna gehört, dass du ermittelst.«

»Ja, zusammen mit Hark Hansen, dem Vater von Nils«, stellte Kerrin Hark vor.

Die Männer begrüßten sich, und Sebastian ging ihnen voran in das Bürogebäude. In einem Besprechungszimmer standen Wasser- und Saftflaschen auf dem Tisch. Nachdem jeder versorgt war, sah Sebastian sie bedrückt an. »Ich denke immer noch, dass es nicht wahr sein kann. Als ich gestern Abend nach Hause kam, waren Pippa und Paul bei uns und haben gerade mit Anna zusammen Abendbrot gegessen. Pauls ganzes Gesicht war mit Ketchup verschmiert, und die beiden sind vor Lachen fast von den Stühlen gefallen. Die Tatsache, dass diese kleinen Mäuse jetzt ohne Vater aufwachsen müssen, übersteigt mein Vorstellungsvermögen.« Er hob hilflos die Schultern.

»Wir stochern noch sehr im Dunkeln«, begann Kerrin. »Hast du irgendeine Idee, wer es gewesen sein könnte?«

Noch bevor Sebastian antworten konnte, öffnete sich die Tür, und Leon trat herein.

»Da komme ich ja genau richtig.« Mit großen Schritten ging er auf sie zu und gab ihnen beiden die Hand. »Wir sind alle erschüttert«, sagte er und setzte sich neben seinen Freund und Geschäftspartner.

Er war immer noch äußerst attraktiv, stellte Kerrin fest. Seine braunen Haare waren modisch geschnitten, die helle Chino und das rosafarbene Hemd von teuren Marken. Das markante Gesicht war braun gebrannt, und die tiefblauen Augen musterten Hark und Kerrin eindringlich. Neben ihm wirkte der vollschlanke Sebastian fast hilflos. Kerrin spürte, dass sie, obwohl beide Geschäftsführer, nicht gleichberechtigt waren. Von Corinna wusste sie, dass Sebastian als studierter Bauingenieur die Firma mehr oder weniger leitete. Leon dagegen hatte sein BWL-Studium gerade so geschafft und fiel auch jetzt im Berufsalltag nicht durch großen Arbeitseifer auf. Und trotzdem hatte er das Sagen, es war seine Firma, und der gutmütige Sebastian lief in seinem Schatten mit. Ein hoher Preis für einen sicheren und angesehenen Job, fand Kerrin.

Doch auch die Freunde konnten ihnen nicht weiterhelfen. Sie waren ebenfalls ratlos, wer Niklas so gehasst haben könnte, dass er ihn auf derart abscheuliche Weise umgebracht hatte. Zur Tatzeit waren sie zu Hause bei ihren Frauen gewesen. Zwar würden sie die Alibis überprüfen, rechneten aber nicht damit, dass es sie weiterbringen würde.

Niedergeschlagen verabschiedeten sich Hark und Kerrin bereits nach kurzer Zeit.

12

Es ist noch früh, erst zwölf Uhr, aber ich habe schon ein leichtes Hungergefühl.« Hark grinste Kerrin zaghaft an, als sie wieder auf der Straße standen. »Darf ich dich auf ein leckeres Fischbrötchen in der Sonne einladen? Das bringt uns vielleicht auf andere Gedanken.«

»Da kann ich nicht Nein sagen. Bei Matjes werde ich immer schwach.«

»Leider ist nicht Sonntag, sonst hätten wir auf den Fischmarkt gehen können, aber die Bude am Hafen tut es auch.«

»Heute ist doch schon Mittwoch, nicht ausgeschlossen, dass ich am Wochenende noch da bin.« Kerrin zwinkerte ihm zu.

Die beiden verbrachten ihre Mittagspause auf einer schattigen Bank mit Blick auf den Strand. Kerrin hatte Levke angerufen und mit ihr verabredet, dass sie um vierzehn Uhr bei Imme und ihr sein würden. Sie hatten also viel Zeit. Nach den Matjesbrötchen hatte Kerrin aus dem Inselcafé zwei große Latte macchiato geholt, die sie genüsslich tranken. Über den Fall sprachen sie zunächst nicht, beide hingen ihren Gedanken nach.

Nach einer Weile unterbrach Kerrin die Stille. »Ich

muss immer wieder an die Schwester von Sarah Klasen denken. Die Meinung von Frau Schlüter leuchtet mir ein. Es ist nur schwer vorstellbar, dass eine Mutter ihr kleines Kind für einen Mann zurücklässt.«

»Finde ich auch. Aber was soll das mit unserem Fall zu tun haben? Es ist tragisch für Levke, aber einen Zusammenhang mit dem Tod von Sarah sehe ich nicht.«

»Und wenn ihr doch etwas zugestoßen ist? Wenn sie Föhr gar nicht freiwillig verlassen hat? Für Levke wäre es wichtig, das zu wissen. So müsste sie nicht länger glauben, dass ihre Mutter sie im Stich gelassen hat.«

»Wir haben zwei aktuelle Fälle zu bearbeiten, und da willst du uns noch einen dritten dazuholen?« Hark sah sie belustigt an. »Außerdem haben doch unsere damaligen Kollegen ermittelt und nichts gefunden.«

»Das heißt doch nichts. Wir wissen ja gar nicht, wer damals an dem Fall gearbeitet hat. Du warst zu der Zeit schließlich noch nicht bei der Truppe, oder?«

»Danke, es ehrt mich, dass du mich nicht älter schätzt, als ich bin. Aber tatsächlich kannte ich den Leiter der Dienststelle damals, hatte sogar das Vergnügen, ihn noch im aktiven Dienst erleben zu dürfen. Hinnerk Olsen. Viel von dem, was ich weiß, hat er mir beigebracht.«

»Lebt er noch?«, fragte Kerrin hoffnungsvoll.

»Er ist vor ungefähr zehn Jahren gestorben, leider. Hinnerk war ein beeindruckender Mann, hatte den Laden hier straff im Griff und wurde von den Menschen auf der Insel respektiert.«

»Da muss ich mal meine Eltern zu befragen, mir sagt er nichts.«

»Ich habe in dem Jahr nach Johannas Verschwinden in der Dienststelle angefangen. Hinnerk muss da Anfang sechzig gewesen sein. Ich kann mich allerdings nicht daran erinnern, dass über den Fall Johanna Klasen gesprochen wurde.« Er dachte einen Moment nach. »Das muss aber nichts heißen. Zu der Zeit gab es noch nicht dieses kollegiale Miteinander. Da bestanden strenge Hierarchien, und ich als der Neue stand ganz unten auf der Leiter.«

»Da habe ich wohl Glück, dass ich in modernere Zeiten hineingeboren wurde.« Kerrin schmunzelte.

»Das ist wahr, als junge Frau hättest du damals bei uns niemals ein Bein an Deck bekommen.« Hark trank den letzten Schluck aus seinem Kaffeebecher, griff dann nach seinem Handy und wählte eine Nummer. »Ida, Hark hier. Kannst du mal im Archiv des *Insel-Boten* nach Artikeln über den Fall Johanna Klasen suchen? Sie war die Schwester von Sarah Klasen und ist vor dreißig Jahren von der Insel verschwunden. Unsere Vorgänger haben damals ermittelt, aber ohne Ergebnis.« Er streckte den Daumen hoch. »Richtig, Kerrin braucht sie.« Mühsam unterdrückte er ein Lachen. »Jo, danke.« Nachdem er das Handy in der Tasche verstaut hatte, sah er Kerrin grinsend an. »Für dich geht Ida sogar ohne Murren ins Archiv des *Insel-Boten*. Erstaunlich.«

Eine halbe Stunde später machten sich die beiden auf den Weg zu Levke und Imme. »Haus Marschland« lag nur wenige Straßen vom Strand entfernt. In dem großen modernen Gebäude gab es mehrere Wohngruppen für Menschen mit unterschiedlichen Behinderungsgraden. Levke erwartete sie bereits in der Empfangshalle und ging ihnen voran in einen großen Garten. An mehreren Tischen saßen einige der Bewohner, doch sie steuerte an der Terrasse vorbei in den hinteren Teil. Auf einem abgelegenen Holztisch standen bereits eine Kanne Tee und Tassen bereit. Eine junge Frau im Rollstuhl sah ihnen entgegen.

»Ich habe es Imme heute Morgen erzählt. Zum Glück hat sie es gut aufgenommen«, bemerkte Levke leise auf dem Weg. »Sie versteht nicht so richtig, was Tod bedeutet. Sarah hat sie selten besucht, sodass es Imme hoffentlich nicht allzu sehr auffallen wird, wenn sie nun gar nicht mehr kommt.« Mit diesen Worten kamen sie am Tisch an.

»Imme, das ist Kerrin, von der ich dir erzählt habe, und ihr Kollege Hark.« Sie zeigte auf die Stühle und nahm neben Imme Platz.

Hark und Kerrin setzten sich ebenfalls. »Vielen Dank, dass wir dich besuchen dürfen, Imme.« Kerrin lächelte die Frau an. Sie war eine Schönheit. Lange, blonde Locken umrahmten ein engelsgleiches Gesicht. Ihre zarten, weißen Hände lagen gefaltet in ihrem Schoß. Sie lächelte scheu zurück, antwortete aber nicht.

Levke schenkte allen eine Tasse Tee ein. »Wie können wir euch helfen? Eigentlich haben wir auf der Fähre ja schon alles besprochen.« Sie griff kurz in ihre Hosentasche und holte einen Zettel hervor. »Das ist die Nummer von Mirja, meiner Freundin, mit der ich am vergangenen Sonntag joggen war. Ihr wollt das bestimmt nachprüfen.«

»Danke.« Hark griff nach dem Papier und steckte es ein. »Kerrin hat berichtet, dass Sarah und du wenig Kontakt hattet.«

»Das stimmt. Meine Kindheit war nicht besonders glücklich, und ich habe nach dem Abi sofort die Insel verlassen. Imme lebte zu der Zeit bereits hier, und so hatten Sarah und ich keinerlei Berührungspunkte mehr. Zwischen uns gab es keine emotionale Bindung, das hat der Alkohol immer verhindert.«

Kerrin beugte sich nach vorn. »Wir haben mit einigen Nachbarn in Oldsum gesprochen und unterschiedliche Ansichten zum Verschwinden deiner Mutter gehört. Weißt du davon?«

»Du meinst Frau Schlüter.« Levke nickte.

»Hast du je darüber nachgedacht, ob sie recht haben könnte?«

»Natürlich habe ich mir als Kind immer ausgemalt, dass sie irgendwo gefangen gehalten wird, sich eines Tages befreien kann und mich holen kommt. Aber das ist nicht geschehen«, antwortete sie abwehrend. »Warum also sollte ich mich weiter damit befassen? Das führt zu nichts.«

»Ich könnte mir den Fall noch einmal ansehen und schauen, ob ...«

»Das musst du wirklich nicht, Kerrin«, unterbrach Levke sie. »Ich habe damit abgeschlossen, und das ist gut so.«

»Okay, kein Problem.« Kerrin sah sie ein wenig verwundert an, ließ das Thema aber fallen. Sie wusste bereits jetzt, dass sie Levkes Wunsch nicht nachkommen würde.

»Kennst du Hans Frahm?«, fragte Hark in die Stille hinein.

»Ich habe ihn ein-, zweimal gesehen, durch Zufall. Kennen würde ich es nicht nennen.«

»Ihr solltet euch miteinander in Verbindung setzen, um die Beerdigung zu besprechen. Es geht ihm sehr schlecht«, fügte Hark noch hinzu.

»Mache ich. Wann können wir sie denn begraben?«

»Wir sprechen noch einmal mit der Pathologin, aber ich denke, dass es nicht mehr lange dauern wird.«

»Was passiert mit dem Haus?«, erkundigte sich Kerrin. »Gehört es jetzt Imme?«

»Ich bin mir nicht ganz sicher, aber ich denke, Imme und mir zusammen«, mutmaßte Levke. »Es gehörte Sarah und meiner Mutter, dann müssten jetzt Imme und meine Mutter die Eigentümerinnen sein. Und da meine Mutter weg ist, eigentlich Imme und ich.«

»Vielleicht solltest du mal mit einem Anwalt sprechen«, schlug Kerrin vor. »Geh doch zu Nils Hansen, der kann dir bestimmt helfen.«

»Das ist eine gute Idee. Egal, wem es gehört, es wird auf jeden Fall verkauft. Weder Imme noch ich werden dort je wieder wohnen. Und den Erlös würde ich anlegen, damit Imme immer eine Rücklage hat und gut versorgt ist. Ich selbst brauche nichts, ich verdiene genug für meinen Lebensunterhalt, aber einen Puffer für Imme zu haben wäre eine große Erleichterung.«

»Es ist wirklich schön hier.« Hark ließ seinen Blick durch die gepflegte Anlage schweifen. »Obwohl ich mein Leben lang in Wyk gelebt habe, kannte ich dieses Haus nicht.«

»Es ist vor einigen Jahren saniert worden und jetzt modern ausgestattet. Sie haben verschiedene Wohneinheiten, in denen immer bis zu acht Bewohner in Einzel- oder Doppelzimmern zusammenleben. Dazu gehört jeweils ein eigenes kleines Bad.«

»Und ein Wohnzimmer«, meldete sich nun Imme mit leiser und sanfter Stimme zu Wort. »Für uns alle.«

»Genau, ein gemütlicher Gemeinschaftsraum, in dem man abends fernsehen oder Spiele spielen oder einfach nur in Gesellschaft zusammensitzen kann.«

»In meinem Zimmer darf Levke mit wohnen«, fuhr Imme fort.

Levke drückte ihre Hand. »Wir beide haben früher schon oft in einem Bett geschlafen, und Frau Marquard, die Leiterin, hat es uns erlaubt, nicht wahr?«

»Die liebe Frau Marquard«, entgegnete Imme mit einem zarten Lächeln.

»Das hört sich gut an.« Kerrin sah die Cousinen gerührt an. Die enge Bindung zwischen den beiden war fast greifbar.

»Meine Mutter ist tot«, sagte Imme plötzlich. »Sie kommt nicht wieder zu mir, aber Levke besucht mich.«

»Das ist richtig«, antwortete Kerrin mit einem Kloß im Hals. »Du hast eine tolle Cousine.«

Imme schüttelte den Kopf. »Sie ist meine Schwester.«

»Das stimmt«, beeilte Levke sich zu sagen. »Wir beide sind die Klasen-Schwestern.«

Imme lachte. »Die Klasen-Schwestern«, wiederholte sie.

Nachdem sie noch ein wenig mit Levke geplaudert hatten, verabschiedeten sich Kerrin und Hark von Imme. Levke brachte sie zum Eingang.

»Schön, dass ihr da wart, das hat Imme gefallen.« Levke schaute sie dankbar an. »Sonst redet sie nicht so viel. Sie ist geistig auf dem Stand eines Kindes und normalerweise sehr still.«

»Du hast eine bezaubernde Cousine«, antwortete Kerrin. »Man spürt sofort, wie nahe ihr beiden euch seid. Ich habe übrigens bei Nils in der Kanzlei ein Bild von Marie gesehen, das mir sehr gefallen hat«, wechselte sie dann das Thema. »Ich wollte sie zusammen mit Nils in den nächsten Tagen in ihrem Atelier besuchen.«

»Mach das, vielleicht sehen wir uns. Ich bin oft dort.« Plötzlich verdüsterte sich ihr Blick. »Ermittelt ihr auch in dem Fall Niklas? Ich habe gehört, dass er erschossen wurde.«

Kerrin nickte. »Tun wir, sehen aber bisher keinen Zusammenhang zu dem Tod deiner Tante.«

»Das kann ich mir auch nicht vorstellen, sie kannten sich ja gar nicht. Außerdem glaube ich immer noch, dass Sarah schlicht und einfach einen Rückfall hatte. Einmal Alkoholiker, immer Alkoholiker. Aber das mit Niklas ist schrecklich. Er hatte Frau und Kinder, oder?«

»Ja, sie sind völlig geschockt. Verständlicherweise.«

Levke sah sie nachdenklich an. »Niklas gehörte auch zu denen, die mir damals das Leben zur Hölle gemacht haben. Es fällt mir schwer, Mitgefühl mit ihm zu haben, dafür haben er und seine Freunde zu viel Übles getan. Aber seine Familie tut mir leid. Seine Frau hätte sich nicht mit so einem Mann einlassen sollen.«

Nachdem Kerrin und Hark sich verabschiedet hatten, blickte Levke ihnen lange mit einem unergründlichen Blick hinterher. Sie ging erst ins Haus zurück, als die beiden um die nächste Ecke verschwunden waren.

In der Dienststelle angekommen, gab Kerrin Tom und Christian den Zettel mit der Nummer von Mirja, damit sie Levkes Alibi überprüfen konnten. Außerdem bat sie die beiden darum, die Alibis der Freunde und ihrer Frauen zu kontrollieren. Fabian und Jan waren noch auf Streife.

Auf Kerrins Schreibtisch lagen einige Ausdrucke, Artikel aus der Inselzeitung über das Verschwinden von Johanna Klasen. Seufzend sah sie auf die Uhr. Es war bereits zwanzig vor vier, das Lesen der Artikel musste sie verschieben.

Sie hatte sie gerade zur Seite gelegt, als Ida in das Zimmer stürmte.

»War nicht einfach, die zu finden«, platzte sie heraus

und lächelte Kerrin strahlend an. »Kann ich sonst noch etwas für dich tun, mien Deern?«

»Vielen Dank für deine Mühen, Ida, das ist lieb. Sonst brauche ich nichts.«

»Fast hätte ich das Wichtigste vergessen.« Ida schlug sich an die Stirn und sah zu Hark hinüber. »Der Bürgermeister hat heute Morgen angerufen.«

»Was wollte der denn?« Hark klang nicht sonderlich begeistert.

»Er wollte sich über unseren Mord informieren. Es stand heute ein Artikel im *Insel-Boten*.« Ida zeigte auf Harks Schreibtisch. »Ich habe dir die Zeitung in dein ganzes Chaos hineingelegt.«

Hark griff seufzend nach seinem Telefonhörer. »Er hat bestimmt Angst wegen der Touristen und dem guten Ruf der Insel«, vermutete er.

»Musst du gar nicht versuchen. Er ist seit dreizehn Uhr nicht mehr da, wahrscheinlich auf dem Golfplatz.« Sie kicherte. »Ich habe ihm gesagt, dass ihr wichtige Vernehmungen führt und euch morgen früh meldet.«

Harks Miene hellte sich auf. »Was täten wir nur ohne dich, liebe Ida?«

»Ihr wärt aufgeschmissen. Dass du das nur nie vergisst.« Sie lächelte ihm schelmisch zu und verließ das Zimmer.

»Der Bürgermeister scheint bei euch nicht sonderlich beliebt zu sein.« Kerrin hatte den Wortwechsel staunend verfolgt und sah Hark nun neugierig an.

»Warte nur ab! Morgen weißt du, warum.«

Kurz darauf trafen Fabian und Jan ein. Hark holte Christian und Tom, und gemeinsam gingen sie in das Besprechungszimmer. Von hier aus hatte man eine herrliche Aussicht auf die in der Sonne funkelnde Nordsee, aber keiner der Beamten hatte heute einen Blick dafür.

Kerrin setzte sich an den Kopf des großen Tisches und wartete, bis alle Platz genommen hatten. Dann berichtete sie von ihren Gesprächen mit Julius, Sebastian und Leon und dem Treffen mit Levke und Imme. »Leider bringt uns das alles bisher nicht weiter«, räumte sie ein und sah dann erwartungsvoll zu Tom und Christian. »Habt ihr beiden mehr herausgefunden?«

Tom zuckte bedauernd mit den Schultern. »Leider auch nicht besonders viel. Die Kollegen in Kiel sind sehr kooperativ und werden sich heute umhören. Ich habe verabredet, dass wir morgen Vormittag telefonieren. Herr Langmann geht davon aus, dass sie dann mehr wissen.«

»Herr Langmann«, unterbrach Kerrin ihn. »Den kenne ich gut. Martin und ich haben während meiner Kieler Zeit zusammengearbeitet. Das übernehme ich gerne.«

»Valerie Lüder konnte uns nicht mehr sagen als gestern. Sie steht total unter Schock. Die Eltern kamen an, als wir gerade loswollten, aber auch sie können sich kein Motiv für die Tat vorstellen.« Tom blickte hilflos in die Runde. »Es war schlimm dort. Die Kinder saßen im Kinderzimmer und starrten vor sich hin. Corinna Famke war bei ihnen und hat sich wirklich bemüht, sie zum Spielen zu animieren, aber da war wenig zu machen. Als die Großeltern kamen, haben sie sich in deren Arme geworfen und tüchtig geweint. Sie scheinen ein enges Verhältnis zueinander zu haben. Vielleicht können die beiden den Schmerz ein wenig auffangen, die Mutter kann es zurzeit nicht.«

»Ich habe noch etwas beizusteuern, das wichtig sein könnte«, meldete sich Christian zu Wort. »Ich habe ein bisschen im Internet recherchiert und bin auf einige Artikel gestoßen, in denen es hieß, dass die Firma von Leon Blumberg in Schieflage ist. Er hat einige Aufträge nicht termingemäß abschließen können, da ihm das Geld fehlte, um alle Materialien zu besorgen. Das ist im Bauhandwerk wohl eine ziemliche Katastrophe. Irgendwie wurschtelt er sich aber trotzdem weiter durch.«

»Das wundert mich nicht«, murmelte Fabian. »Der Mann ist durch und durch unseriös, das weiß doch jeder auf der Insel.«

»Ich wusste das nicht«, widersprach Hark.

»Zu den Blumbergs kann ich noch mehr sagen«, fuhr Fabian fort, ohne darauf einzugehen. »Ich habe vor einigen Wochen gehört, dass Frau Blumberg im Lotto gewonnen haben soll. Ist aber nur ein Gerücht, ihr wisst ja, wie das hier auf der Insel geht.«

»Die Glückliche«, stieß Jan so sehnsuchtsvoll hervor, dass die anderen in lautes Gelächter ausbrachen.

Als sich alle wieder beruhigt hatten, sagte Hark trocken: »Dann hoffen wir mal, dass du nicht gewinnst, sonst verlieren wir dich noch in unserer Runde.«

Jans Gesichtsfarbe hatte sich in ein dunkles Rot verwandelt, und er wehrte verlegen ab. »Bei mir würde sich doch nichts ändern, ich liebe meinen Job.«

»Wenn das stimmen sollte, könnte Ragna ihrem Mann finanziell unter die Arme gegriffen haben«, kam Kerrin auf die Ermittlungen zurück. »Dann ist der Lottogewinn anscheinend im richtigen Moment gekommen.«

»Ist doch toll, wenn die eh schon Reichen auch noch im Lotto gewinnen, um dann noch reicher zu werden.« Fabians Stimme troff vor Sarkasmus.

»Wir werden mal schauen, ob wir mehr herausfinden

können.« Kerrin ging über diesen Einwand hinweg und blickte Hark an. »Vielleicht weiß Corinna etwas darüber.«

»Dann haben wir das Alibi von Levke Klasen gerade noch überprüft«, fuhr Christian fort. »Es stimmt, dass sie mit ihrer Freundin um neun Uhr am Sonntagmorgen in Husum joggen war.«

»Damit dürfte sie raus sein«, freute sich Kerrin. »Ich glaube eh nicht, dass sie ihre Tante umgebracht hat. Warum auch?«

»Weil sie sich für ihre furchtbare Kindheit rächen wollte«, spekulierte Hark.

»Raus ist sie damit nicht ganz«, widersprach Christian. »Wenn sie die erste Fähre um sieben Uhr genommen hätte, hätte sie es rechtzeitig nach Husum schaffen können.«

»Okay, das stimmt, aber ich kann es mir beim besten Willen nicht vorstellen. Warum sollte sie jetzt, nach so vielen Jahren, noch so einen Hass in sich verspüren? Auf mich macht es eher den Eindruck, dass sie ihr Leben im Griff hat und glücklich und zufrieden ist.«

»Da bin ich ganz deiner Meinung. Wir können ja bei der Reederei nachfragen, ob jemand sie auf der frühen Fähre gesehen hat.« Hark schaute Christian an. »Kümmerst du dich darum?«

»Klar, Chef. Dann frag ich auch gleich nach der Hinfahrt, wahrscheinlich am Samstag, oder?«

Hark nickte. »Gute Idee. Wenn sie einen Mord auf der Insel begehen wollte, ist sie bestimmt erst kurz vorher rübergekommen.«

»Die Alibis von Corinna und Julius Famke sind ebenfalls telefonisch bestätigt. Corinna hatte Frühschicht im Nieblumer Hof, und Julius war mit seinem Vater zusammen. Und Leon Blumberg und Sebastian Sötje haben tatsächlich mit ihren Frauen gefrühstückt und waren erst um neun und halb zehn im Büro.« Christian sah auf seine Notizen. »Außerdem hat Lukas Marxen vorhin angerufen. Teile der Spurensicherung sind abgeschlossen. Leider bislang ohne greifbares Ergebnis. Der am Tatort eingesammelte Müll bringt uns nicht weiter. Hoffen können wir aber auf die Untersuchung der Projektile. Den Bericht dazu sollen wir mit Glück morgen bekommen.«

»An den Smartphones und dem Laptop sind sie auch noch dran«, ergänzte Tom. »Wenn es mir erlaubt ist, das anzumerken.« Er warf Christian einen giftigen Blick zu. Der zuckte nur gleichmütig mit den Schultern.

Kerrin spürte deutlich Toms unterschwellige Aggressivität und konnte ihn verstehen. Christians selbstverliebte Art ging einem auf die Nerven.

Sie seufzte. »Es muss doch irgendeinen Anhaltspunkt geben, das ist ja zum Verrücktwerden. Alles führt ins Nichts.« Sie sah Hark an. »Lass uns morgen mit Ragna Blumberg und Anna Sötje sprechen. Vielleicht haben die Frauen andere Schwingungen gespürt als die Männer. Wäre ja nicht ungewöhnlich«, setzte sie noch hinzu.

»Können wir uns irgendwie einbringen?« Fabian schaute Kerrin herausfordernd an. »Immerhin hast du uns hierherbeordert. Und das hat ja wenig Sinn, wenn wir gleich wieder auf Streife gehen sollen.«

»Ich finde es toll, dass ihr da seid«, entgegnete Kerrin ungerührt. »Im Moment haben wir nichts, oder?« Sie blickte fragend zu Hark, der den Kopf schüttelte. »Aber ich möchte euch trotzdem weiterhin einbinden, falls sich das ändern sollte.«

In dem Moment öffnete sich leise die Tür, und Ida steckte ihren Kopf herein. »Ich will nicht stören, Hark, aber …« Sie berichtete, dass Elena Bruckner angerufen hatte, um mitzuteilen, dass die Staatsanwaltschaft die Leiche von Sarah Klasen freigegeben hatte. Sie würde am nächsten Tag zurück auf die Insel gebracht werden.

»Dann geht es ja wenigstens dort voran.« Kerrin seufzte und sah niedergeschlagen in die Runde.

»Feierabend?«, schlug Hark vor. »Heute reißen wir eh nichts mehr, und morgen ist ein neuer Tag.«

»Ja, Feierabend«, stimmte Kerrin zu und sah auf die Uhr. »Ich treffe mich heute Abend mit Corinna.«

»Dann komm mal, dein Chauffeur bringt dich nach Hause.« Grinsend stand Hark auf.

13

Eine Stunde später saß Kerrin auf ihrem alten Fahrrad und verfluchte sich dafür, das Angebot ihrer Mutter, den Wagen zu nehmen, ausgeschlagen zu haben. Sie war mit Corinna bei Pitschi's am Wyker Strand verabredet und hatte sich gedacht, dass sie nach diesem Tag die gut acht Kilometer mit dem Rad fahren konnte. So würde sie den Kopf freibekommen und gleichzeitig etwas für ihre Gesundheit tun. Wie aber hatte sie nur den Wind auf der Insel vergessen können? Sie konnte sich noch nicht einmal mit dem Gedanken trösten, dass der Rückweg leichter werden würde. Das Inselgesetz besagte, dass man immer Gegenwind hatte, egal, wann und wohin man fuhr und wie das Wetter war. Nachdem sie Nieblum durchquert und den schnurgeraden Fahrradweg nach Wyk eingeschlagen hatte, beschloss sie, nicht weiter zu hadern. Ihre Gedanken kehrten zu den Fällen zurück. Der heutige Tag hatte sie nicht weitergebracht. Sie hätte eigentlich am Abend Heyden Bericht erstatten sollen, hatte sich aber vorhin nicht mehr aufraffen können. Morgen früh würde sie das als Erstes in Angriff nehmen. Vielleicht kam ihr über Nacht noch eine zündende Idee, wie sie weiter vorgehen konnten. Oder den Wyker Jungs. Sie mochte Hark, die

Zusammenarbeit mit ihm machte ihr Spaß. Bisher hatte sie den Eindruck, dass er gut mit dem Umstand klarkam, dass sie nun seine Chefin war. Hoffentlich blieb das so.

Erleichtert atmete sie auf, als sie endlich die ersten Häuser von Wyk erreichte. Hier konnte der Wind nicht mehr so ungehindert pusten, und so rollte sie wenige Minuten später an der Promenade entlang und suchte einen Platz für ihr Fahrrad. Mit Corinna hatte sie verabredet, dass sie noch einmal in die Nordsee springen würden. Sie war nun schon zwei Tage hier und hatte noch immer nicht gebadet.

Das Wasser ging bereits zurück. Einige Kinder buddelten noch Burgen im Watt, andere liefen gebückt mit dem Blick nach unten auf der Suche nach Krebsen herum, die sie in den Burggräben aussetzen würden. Was für einen Spaß hatte sie als Kind bei genau den gleichen Spielen gehabt! Viele Strandkörbe waren bereits abgeschlossen, und Unmengen von Strandspielzeug türmten sich hinter den Gittern. Die Urlauber hatten den Abend eingeläutet und waren in ihre Unterkünfte zurückgekehrt. Nun begann die Zeit der Restaurants und Kneipen. Auch bei Pitschi's waren alle Tische besetzt. Suchend blickte Kerrin sich um und entdeckte Corinna schließlich bei den Surfbrettern. Als sie Kerrin sah, winkte sie ihr zu.

»Moin, Kerrin, dann mal rein in die Fluten.«

Sie zogen ihre Sommerkleider aus, ließen die Taschen und Klamotten am Strand und machten sich auf den Weg an die Wasserkante. Stillschweigend hatten sie sich darauf geeinigt, erst einmal nicht über den Mord zu sprechen. Kerrin genoss das Gehen auf dem harten, gewellten Wattboden. Die kleinen Häufchen der Wattwürmer drückten sich bei jedem Schritt unter die nackten Fußsohlen. Nach kurzer Zeit jedoch wurde aus dem festen

Boden weicher Schlick. Die Füße sackten ein, und der matschige Schlamm quoll quietschend zwischen den Zehen nach oben. Schon nach wenigen Schritten sahen sie aus, als würden sie braune Galoschen tragen. Kerrin liebte das glitschige Gefühl an den Füßen. Als Kinder hatten sie sich oft von oben bis unten mit Schlick eingerieben und waren als braune Knirpse so lange durchs Watt getobt, bis die Flut sie säuberte.

Kurz darauf kamen sie an dem tiefen Priel an, in dem sie auch jetzt bei ablaufendem Wasser noch herrlich baden konnten. Sie zählten bis drei, rannten los und stürzten sich mit lautem Kreischen in das erfrischende Wasser. Kerrin schwamm einige Stöße und tauchte dann unter. Sanft umschloss das salzige Meer ihren Körper. Für einen Moment fühlte sie sich schwerelos, und die schrecklichen Ereignisse dieses Tages traten vorübergehend in den Hintergrund.

Als sie sich schließlich nass und glücklich auf den Rückweg machten, hätte Kerrin die Welt umarmen können. Am Strand trockneten sie sich ab und schlüpften in ihre Kleider.

»Bei Pitschi's ist alles voll. Ich hole uns zwei Bier, und wir lehnen uns an einen der Strandkörbe. Einverstanden?«

»Gute Idee«, stimmte Kerrin zu.

Sie saßen kaum, als schon die ersten beiden Möwen vor ihnen in Stellung gingen. »Haut ab«, rief Corinna und schleuderte mit dem Fuß Sand nach ihnen. Beleidigt flogen die Tiere davon. »Die werden immer aggressiver, klauen den Leuten die Brötchen schon aus der Hand«, schimpfte sie.

»Und trinken das Bier.« Kerrin lachte. »Nun reg dich

mal nicht so auf, denen hast du es ja ordentlich gegeben.« Genüsslich grub sie ihre Füße in den warmen Sand.

Nachdem sie sich zugeprostet hatten, sah Corinna sie ernst an. »Habt ihr etwas herausbekommen?«, fragte sie.

Kerrin schüttelte den Kopf. »Ich darf darüber nicht sprechen.« Sie seufzte. Es war das erste Mal, dass sie eine Mordermittlung im Bekanntenkreis führte. Aufgrund der Vertrautheit mit Corinna musste sie sich zwingen, die beruflichen Regeln nicht zu verletzen. Wie gerne hätte sie mit der Freundin über den Fall gesprochen, sich ihre Meinung angehört und mit ihr zusammen gemutmaßt! Aber die Vorgaben besagten eindeutig, dass alle Ermittlungsergebnisse der Verschwiegenheit unterlagen. »Nur so viel: Wirklich weitergekommen sind wir leider noch nicht.«

»Verstehe. Es ist ein Drama.« Corinna fuhr sich durch die Haare. »Für Valerie und die Kinder. So einen Schmerz habe ich noch nie erlebt, das ist wirklich schwer auszuhalten. Zum Glück sind ihre Eltern jetzt da. Und die Schwiegereltern müssten auch heute Abend ankommen.«

»Ja, mit denen werden wir morgen sprechen.«

»Ich beneide euch nicht. Ich habe heute lange mit Anna telefoniert, und wir sind beide ratlos.«

Kerrin trank den letzten Schluck. »Soll ich eine neue Runde holen? Ich bin mit dem Rad hier. Leider«, fügte sie hinzu und verdrehte die Augen.

»Ich kann es in den Kofferraum schmeißen, wenn du mir versprichst, dass die Polizei mich nicht anhält.« Corinna grinste.

»Versprochen.«

»Okay, für mich bitte ein Alkoholfreies.«

Als Kerrin mit zwei neuen Flaschen zurückkam, sah sie

Corinna neugierig an. »Du wolltest mir doch etwas erzählen. Jetzt mal raus mit der Sprache.«

Corinna nahm einen großen Schluck. »Ich werde mich von Julius trennen«, kam sie ohne Umschweife zur Sache.

Kerrin verschluckte sich vor Schreck. »Du machst Witze. Warum das denn?«, fragte sie verstört, als sie wieder Luft bekam.

»Ich liebe ihn nicht mehr, habe ihn wahrscheinlich nie geliebt. Und ich will so nicht weiterleben. Es gibt einen anderen Mann, mit dem ich mein restliches Leben verbringen möchte.«

»Du hast jemand anders kennengelernt? Einen Insulaner?« Kerrin schaute sie fassungslos an.

»Nicht direkt kennengelernt«, druckste Corinna ein wenig herum. »Insulaner stimmt, aber wir kennen uns schon lange, und im Grunde genommen ...«

»Du willst mir jetzt nicht das sagen, was ich glaube, was du mir sagen willst, oder?«

»Doch, das könnte schon sein.« Corinna straffte ihre Schultern. »Ich weiß, dass du ihn nicht sonderlich magst, aber ich habe schon zu Schulzeiten mehr in ihm gesehen als viele andere. In der letzten Zeit sind wir uns nähergekommen und ...«

»Corinna, er ist einer der besten Freunde von Julius«, unterbrach Kerrin sie bestürzt.

»Das weiß ich auch, aber ich kann es nicht ändern«, antwortete Corinna mit leiser Stimme. »Ich hätte Julius nie heiraten dürfen. Du weißt doch am besten, dass ich zeit meines Lebens in Leon verknallt war. Aber er wollte nicht. Und dann kam Julius. Am Anfang habe ich seine Aufmerksamkeit genossen und war auch verliebt. Aber es war nie das Gefühl, das ich bei Leon habe. Vor ein paar

Monaten haben wir uns zufällig abends in Nieblum getroffen und sind noch etwas zusammen trinken gegangen. Wir habe die halbe Nacht geredet, und dann ist es halt passiert.« Trotzig sah sie Kerrin an. »Seitdem sind wir ein Paar.«

»Das glaube ich einfach nicht. Das könnt ihr Julius doch nicht antun! Was sagt denn Leon dazu? Damit verliert er doch einen seiner besten Freunde.«

»Leon hat Angst vor dem Schritt«, entgegnete Corinna vorsichtig. »Er möchte, dass wir uns weiter heimlich treffen. Nicht, weil er Ragna noch liebt, das tut er nicht, aber wegen Julius. Dummerweise hat Sebastian es vor ein paar Wochen herausbekommen und hatte wohl nichts Besseres zu tun, als es Niklas zu erzählen, der Idiot.«

»Was macht ihr denn da?« Entsetzt sah Kerrin ihre Freundin an. »Ihr zerstört ja die alte Clique.«

»Nein, tun wir nicht. Sebastian und Niklas haben versprochen dichtzuhalten.« Sie stockte kurz. »Und Niklas kann es nun eh nicht mehr ausplaudern.«

»Aber ihre Frauen könnten es wissen, Anna und Valerie. Hast du darüber mal nachgedacht?«

»Glaube ich nicht. Diese Kerle sind derart verschwiegen, wenn es um sie selbst geht, so etwas erzählen sie ihren Frauen nicht.«

»Wenn du dich da mal nicht täuschst.«

»Das hätte ich doch gemerkt, wenn Anna und Valerie anders zu mir wären. Sind sie aber nicht. Außerdem ist es doch egal. Bald wird es eh jeder wissen.«

Kerrin schüttelte fassungslos den Kopf. Leon war ein durch und durch egoistischer Mensch, mit dem ihre Freundin niemals ein glückliches Leben würde führen können. Wie konnte sie ihr das nur begreiflich machen?

»Ich verstehe dich schon irgendwie, Corinna, gegen Verliebtheit ist man machtlos. Aber doch nicht Leon. Ihr müsst es beenden, ganz schnell. Julius ist so ein lieber Mann, das hat er nicht verdient. Und das wirst du mit etwas Abstand bestimmt genauso sehen.«

»Nein, Kerrin, mein Entschluss steht fest. Ich liebe Leon, und ich werde mein Leben mit ihm verbringen. Wenn er sich nicht traut, reinen Tisch zu machen, werde ich es tun.« Sie nahm noch einen Schluck Bier. »Niklas' Tod hat mir gezeigt, wie schnell das Leben vorbei sein kann. Ich will nicht noch mehr Zeit verlieren. Morgen spreche ich mit Julius.«

Kerrin blickte sie sprachlos an. »Findest du nicht, dass das ein ungünstiger Zeitpunkt ist? Leon und Julius haben gerade einen ihrer engsten Freunde verloren und ...«

»Nein«, unterbrach Corinna sie. »Das finde ich nicht. Gerade jetzt ist der richtige Moment. Wer weiß denn, was das Schicksal mit uns im Sinn hat? Was wäre, wenn ich morgen von irgendeinem Raser auf der Insel überfahren würde? Oder Leon einen Golfball an den Kopf bekäme?«

»Aber Leon scheint damit doch nicht einverstanden zu sein. Wahrscheinlich, weil er Angst hat, seine Freunde zu verlieren. Möchtest du dich wirklich über seinen Willen hinwegsetzen?«

»Tief in seinem Herzen will er es, das spüre ich. Er traut sich nur nicht, und deswegen übernehme ich es für ihn. Und die Freundschaften werden sich davon erholen. Es wird einen großen Knall geben, dann gehen sich alle eine Weile aus dem Weg, und danach wird es wieder gut. Julius wird schon kapieren, dass wir beiden nie füreinander bestimmt waren. Und vielleicht findet er sogar die Frau, die gerne mit ihm zusammen den Kuhstall ausmistet.«

Kerrin sah sie zweifelnd an. »Wenn du dich da mal nicht täuschst. Ich kann dich wirklich nicht umstimmen?«

»Nein, das kannst du nicht. Aber du kannst mir deinen Segen geben.«

»Corinna, wir kennen uns schon so lange, und ich möchte, dass du glücklich bist. Wenn du dafür diesen Mann brauchst, dann soll es so ein.« Sie nahm sie kurz in den Arm und schob sie dann wieder ein Stück von sich. »Aber sag mir später nicht, ich hätte dich nicht gewarnt.«

14

Auch am nächsten Morgen stand Hark pünktlich bei Kerrin vor der Haustür, um sie mit zur Dienststelle zu nehmen.

»Ich habe ein schlechtes Gewissen, dass du jeden Morgen extra nach Borgsum kommen musst«, sagte sie. »Ich kann auch mal den Wagen meiner Mutter nehmen. Oder mein Auto in Dagebüll abholen.«

»Nichts da, ich mache das gerne«, entgegnete Hark unbeeindruckt. »Morgens allein im Auto über unsere schöne Insel zu fahren, zu einer Zeit, in der es noch nicht überall von Touristen wimmelt, gefällt mir.«

Kerrin stieg ein und schnallte sich an.

»Wie war dein Abend?« Hark sah sie prüfend von der Seite an.

»Schön«, entgegnete Kerrin langsam. »Ein Bad in der Nordsee nach einem aufwühlenden Arbeitstag hat echt was.«

»Wem sagst du das.« Hark grinste. »Allein deswegen würde ich niemals von hier wegziehen.«

Eine Weile schwiegen sie, bevor Hark die Stille schließlich durchbrach. »War das alles? Du wirkst so nachdenklich.«

»Ich weiß nicht so recht«, druckste Kerrin herum. »Corinna hat mir etwas anvertraut, das mich ziemlich beschäftigt.«

»Wegen unserer Ermittlungen? Oder weil sie deine Freundin ist?«

Kerrin zuckte unschlüssig die Schultern.

»Du kannst es mir sagen, Kerrin. Und dann überlegen wir gemeinsam, ob es für den Mord an Niklas wichtig sein könnte. Und wenn nicht, wird es von mir niemals jemand erfahren.«

Kerrin zauderte noch einen Moment und gab sich dann einen Ruck. Mit irgendjemandem musste sie sprechen, und Hark war bestimmt nicht die schlechteste Wahl.

Er hörte aufmerksam zu, als sie ihm von der Affäre zwischen Corinna und Leon berichtete.

»Ich habe ewig gegrübelt heute Nacht, bin aber zu keinem Ergebnis gekommen und ...«

»... und du hast Angst, dass darin ein Motiv für den Mord an Niklas liegen könnte«, vollendete Hark den Satz.

»Kannst du mir bitte sagen, dass das absoluter Blödsinn ist und ich mich verrenne?«, bat Kerrin ihn unsicher.

Hark fuhr von der Hauptstraße ab, bog in den nächsten Marschweg ein und hielt an. Ernst wandte er sich zu Kerrin. »Das kann ich nicht, und das weißt du auch. Wenn Leon und Corinna eine Affäre haben, vernichtet das diesen Freundeskreis. Und das scheinen zumindest Niklas und Sebastian zu wissen. Ob ihre Frauen eingeweiht sind, ist Spekulation, aber nach allem, was ich über deren Ehen gehört habe, ist das nicht unwahrscheinlich. Familie Lüder und Familie Sötje haben bestimmt ein riesengroßes Interesse daran, dass diese Liebschaft endet, damit alles so bleibt, wie es ist. Dazu kommt, dass Leon anscheinend in finanziellen

Schwierigkeiten steckt und seine Frau möglicherweise einen Lottogewinn auf ihrem Konto hat. Wenn das stimmt, wäre er von ihr abhängig. In so einer Situation möchte er bestimmt keine Affäre beichten. Er ist doch ein Mann, dem der äußere Schein enorm wichtig ist. Will er pleite, aber glücklich mit deiner Freundin zusammenleben?«

»Bestimmt nicht«, pflichtete Kerrin ihm leise bei. »Ich habe ganz vergessen, Corinna nach dem Lottogewinn zu fragen«, gab sie dann zähneknirschend zu.

»Das holen wir nach«, beschwichtigte Hark und fuhr fort: »Was ist mit Sebastian? Seine Existenz hängt ebenfalls an der Firma Blumberg. Auch aus diesem Grund dürfte ihm und seiner Frau viel daran liegen, dass die Ehe zwischen Leon und Ragna hält. Zumindest so lange, bis die Firma finanziell wieder besser dasteht.«

»Es ist eine Katastrophe.« Kerrin sah ihren Kollegen unglücklich an. »Ich hatte mich so gefreut, nach Föhr zu kommen. Aber jetzt wünsche ich mir fast, Heyden hätte jemand anders geschickt, der in dieses Wespennest sticht.«

»Nee, meine Lütte, das sag mal nicht.« Hark schaute sie mit einem warmen Lächeln an. »Du bist hier genau richtig auf der Insel. Und wir anderen sind ja auch noch da.«

Dankbar blickte Kerrin ihn an. Dann fuhr sie mit fester Stimme fort: »Wenn wir davon ausgehen, dass Niklas von der Affäre wusste, und wir nicht ausschließen können, dass er nicht weiter schweigen wollte, hätte Leon ein Motiv, ihn umzubringen.«

»Und Sebastian«, ergänzte Hark.

»Corinna zum Glück nicht«, murmelte Kerrin erleichtert. »Sie will es öffentlich machen und wäre Niklas wahrscheinlich dankbar gewesen.«

»Nicht zu vergessen Anna Sötje. Wenn sie es wusste.«

»Du kennst Anna nicht. Sie wäre nicht fähig, einen Menschen zu erschießen«, entgegnete Kerrin. »Aber Leon und Sebastian auch nicht, sie sind doch Niklas' Freunde.« Sie raufte sich angespannt die Haare.

»Nun sieh mal nicht so schwarz«, versuchte Hark sie zu beruhigen. »Diese Liebelei muss gar nichts mit dem Mord zu tun haben. Wir machen jetzt Stück für Stück unsere Arbeit, und heute Abend wissen wir vielleicht schon mehr.« Er startete den Motor und setzte den Wagen vorsichtig zurück auf die Straße.

In der Dienststelle angekommen, rief Kerrin als Erstes Heyden an. Sie schilderte ihm ihre noch dürftigen Ergebnisse und versprach, bis zum Abend einen ausführlichen Bericht zu schicken. Sie vereinbarten, dass sie auch heute allein mit Hark weiterermitteln würde.

Danach sprachen Hark und sie mit Martin Langmann. Kerrins früherer Kollege aus Kiel freute sich, von ihr zu hören. Nachdem sie den neuesten Behördenklatsch ausgetauscht hatten, erläuterte er ihnen, was er und seine Mitarbeiter unternommen hatten. Sie hatten mit Freunden der Familie Lüder und einer Arbeitskollegin von Valerie gesprochen. Alle waren fassungslos und bestürzt gewesen, keiner der Befragten konnte sich einen Grund für das Verbrechen vorstellen. Sie beschrieben die Lüders ebenfalls als Bilderbuchfamilie, die mit allen gut auskam und glücklich war. In ihrem Haus in Kiel, das sie mit Zustimmung von Valerie durchsucht hatten, hatten sie nichts gefunden, was ihnen verdächtig erschienen war. Den persönlichen Computer von Valerie hatten sie zur Auswertung zwar mitgenommen, rechneten aber nicht damit, etwas Zweifelhaftes darauf zu finden.

»Ansonsten würde ich mich noch einmal bei dir melden, Kerrin«, versprach Martin, bevor sie sich verabschiedeten.

Kerrin legte den Hörer behutsam auf und seufzte. »Langsam glaube ich, dass es auf der ganzen Welt keine glücklichere Familie als diese gegeben hat. Hat der Mörder vielleicht den Falschen umgebracht?« Sie sah Hark mit einem schiefen Lächeln an.

»Dann bekäme er den Orden für den dümmsten Verbrecher des Jahres«, scherzte Hark, wurde aber schnell wieder ernst. »Er hat einen Grund gehabt, und zwar einen schwerwiegenden. Sonst hätte er ihn einfach erschossen, aber nicht so gequält. Zwischen Täter und Opfer muss es eine Verbindung geben. Wenn nicht«, er wiegte bedächtig den Kopf, »haben wir ein großes Problem. Dann würde es sich um einen Durchgeknallten handeln, der sein Opfer wahllos getötet hat.«

»Und ohne eine riesige Portion Glück bekämen wir ihn nur schwer zu fassen.« Kerrin schob sich gedankenverloren eine aus dem Pferdeschwanz gelöste Strähne zurück hinters Ohr. »In diesem Fall könnte es jeder sein. Ein Insulaner oder ein Tourist, der noch hier oder schon abgereist ist. Wenn er keinerlei Beziehung zu Niklas hat, haben wir nur eine sehr geringe Chance, ihm auf die Schliche zu kommen, da er ja anscheinend keinerlei Spuren hinterlassen hat.« Sie überlegte einen Moment und ging dann zu der Verbindungstür zu dem Zimmer der Kollegen. »Christian, kannst du mal die Jungs in Flensburg bitten, in der ViCLAS-Datenbank zu recherchieren, ob es in den letzten zwei Jahren ähnlich abgelaufene Tötungen gab? Wenn es gar nicht um Niklas Lüder ging, sondern der Täter nur töten wollte, hat er es vielleicht nicht zum ersten Mal getan.«

»Klar, das mache ich sofort. Wenn du recht hast, war das wahrscheinlich nicht sein letzter Mord, oder?« Erregung blitzte in seinen Augen auf.

Kerrin zuckte mit den Schultern. »Das könnte leider gut sein. Ich glaube aber nach wie vor, dass es ihm um Niklas ging. Trotzdem müssen wir in alle Richtungen ermitteln.«

»Habt ihr schon bei der Reederei etwas wegen Levkes Alibi herausbekommen?« Hark war zu Kerrin getreten und sah Christian fragend an.

»Nicht wirklich. Fußgänger sind nicht namentlich registriert wie Autofahrer. Ich habe mit der Zentrale gesprochen und gerade per E-Mail die Liste der Männer bekommen, die am Samstag und Sonntagmorgen auf den Fähren Dienst hatten. Tom hat im Internet ein Foto von Levke gefunden. Wir werden es allen zeigen, mal schauen, ob sich einer an sie erinnert.«

»Wenn nicht, ist das kein endgültiger Beweis. Sie kann mit Sonnenbrille und Käppi auch durchgerutscht sein. Es kommen jeden Tag unzählige Touristen mit den Fähren auf die Insel, niemals können sich die Männer an Bord an alle erinnern«, warf Hark skeptisch ein.

Kerrin blickte ihn verwundert an. »Ich verstehe nicht, warum du dich so auf Levke einschießt. Sie hat doch gar keinen Grund, ihrer Tante den Tod zu wünschen. Zumindest keinen aktuellen«, fügte sie hinzu.

»Weiß ich auch nicht. Es ist nur so ein Gefühl. Glauben tue ich es eigentlich auch nicht, aber es ist doch besser, sich die Schwächen der Alibis bewusst zu machen.«

»Stimmt.« Kerrin nickte und wandte sich dann wieder an Christian und Tom. »Könntet ihr nachher mit den Eltern von Niklas sprechen? Vielleicht wissen sie ja von irgendjemandem, mit dem ihr Sohn Probleme hatte.«

»Dann fahren wir zu den Frauen, richtig?« Hark blickte Kerrin fragend an.

»Genau. Aber vorher hat du noch einen Termin.« Kerrin grinste.

»Nicht dass ich wüsste. Welchen denn?«

»Nun denk mal nach.« Sie blickte ihn ungerührt an.

Hilflos zuckte Hark die Schultern.

»Sie meint den Bürgermeister.« Ida hatte unbemerkt ihr Zimmer betreten und stand mit auf den Hüften aufgestützten Armen vor ihm. »Den wolltest du doch nicht vergessen, mein Lieber, oder?«, erkundigte sie sich streng.

Hark schlug sich an den Kopf. »Natürlich nicht. Das wichtigste Gespräch des Tages.«

Christian und Tom brachen in lautes Gelächter aus. Hark schloss nachdrücklich die Tür zu ihrem Zimmer und setzte sich an seinen Schreibtisch.

»Dann will ich mal nicht länger stören.« Schmunzelnd verließ Ida den Raum.

Kerrin ließ sich Hark gegenüber an ihrem Schreibtisch nieder und blickte ihren Kollegen interessiert an. »Jetzt bin ich gespannt«, sagte sie.

»Musst du nicht. Leif Brodersen ist halt immer sehr um die Belange der Insel besorgt. Das ist ja auch seine Aufgabe als Bürgermeister von Wyk. Manchmal wäre es nur besser, wenn er uns unsere Arbeit machen ließe.« Seufzend ergriff er den Hörer. »Und durch übermäßigen Arbeitseifer zeichnet er sich auch nicht gerade aus, höchstens auf dem Golfplatz.« Aus dem Kopf wählte er eine Nummer.

»Guten Morgen, Leif. Hark hier. Du wolltest mich sprechen.« Er schwieg einen Moment.

»Das kann ich verstehen, aber bisher haben wir noch nicht viel vorzuweisen. Wir ermitteln in alle Richtungen und werten zurzeit die recht dürftigen Spuren aus. Gestern haben wir eine Reihe von Zeugen befragt, und gleich geht es weiter. Wir haben viel zu tun, kann ich dir sagen und …« Er verstummte abermals.

»Kerrin Iwersen von der Kripo Flensburg. Eine sehr kompetente, junge Beamtin. Der Rest des üblichen Teams ist derzeit anderweitig beschäftigt, aber …«

Kerrin verdrehte die Augen und schmunzelte.

»Mitte dreißig, aber das Alter sagt doch nichts über die Fähigkeiten aus, Leif, das weißt du doch.« Er wurde erneut unterbrochen. »Nein, natürlich hört sie uns nicht. Sie ist gerade drüben bei den Jungs, und ich nutze die Gelegenheit und rufe dich an«, schwindelte Hark, ohne mit der Wimper zu zucken. »Hör zu, Kerrin kommt gerade zurück. Derzeitig gehen wir davon aus, dass es zwischen den beiden Opfern keine Verbindung gibt, der Tod von Sarah Klasen vielleicht nur ein tragischer Rückfall in die Alkoholsucht und somit selbst verschuldet war. Und nach dem Motiv für den Mord an dem jungen Lüder suchen wir mit Hochdruck.« Er brach wieder ab. »Natürlich, wir werden dich auf dem Laufenden halten und hoffen, bis morgen schon einen großen Schritt weiter zu sein.«

Nachdem er aufgelegt hatte, sah er Kerrin schmunzelnd an. »Den Lautsprecher habe ich dir mal erspart.«

»Das war auch so deutlich genug«, entgegnete Kerrin. »Wie alt ist Leif?«

»Mein Alter, also in den besten Jahren.« Hark grinste. »Er ist eigentlich ganz in Ordnung, abgesehen davon, dass er faul ist, kaum arbeitet und alle mit seiner Einmischerei nervt. Aber immerhin will er für die Insel nur das Beste. Ist ja für den Tourismus wirklich nicht so doll, wenn hier ein Mörder frei herumläuft.«

»Dann wollen wir mal sehen, dass wir ihn schnell hinter Schloss und Riegel bringen.« Kerrin erhob sich. »Auf zu den Damen.«

Auch heute leuchtete die Sonne am stahlblauen Himmel, aber am Horizont Richtung Festland baute sich eine Wolkenwand auf. Mit etwas Glück würde es im Laufe des Tages ein erfrischendes Gewitter geben.

Hark lenkte den Wagen vorsichtig durch die Badestraße. Vor einigen Jahren waren auf jede Kreuzung dicke Bremsschwellen gebaut worden, die es den Autofahrern unmöglich machten, zu schnell zu fahren. Gerade in den Sommermonaten, wenn die Fahrradverleihe auf der Insel Hochkonjunktur und die Radfahrer die Straßen fest im Griff hatten, hatte dies zu einer deutlichen Reduzierung der Unfälle geführt.

Bevor sie in den Rebbelstieg einbogen, fiel Kerrins Blick auf den Garteneingang des Dr.-Carl-Häberlin-Friesen-Museums, und sie musste leise schmunzeln. Zwei sechs Meter hohe Unterkieferknochen eines Blauwals ragten hier in die Höhe. Jeder Besucher, der das Außengelände des Museums auf dieser Seite betreten wollte, musste durch sie hindurchgehen. Dieses Symbol sollte die Menschen an die für die Insel so prägende Walfangzeit erinnern. Als kleines Mädchen hatte Kerrin sich nicht getraut, diesen Eingang zu nutzen. Die Vorstellung, dass die Knochen einst Teil eines Walmauls waren, hatte sie furchtbar geängstigt. Kerrin nahm sich fest vor, nach Abschluss ihres Falles dem Museum mal wieder einen Besuch abzustatten.

Wenige Minuten später hielt Hark vor dem Haus von Anna und Sebastian Sötje im Friesenweg in Wyk.

»Soweit ich weiß, arbeitet Anna in einer Boutique.« Kerrin sah auf ihre Uhr. »Es ist jetzt gleich zehn. Wenn wir Glück haben, ist sie noch zu Hause. Ansonsten fahren wir zu Ragna. Die arbeitet nicht und ist bestimmt da.«

Sie hatten Glück. Anna Sötje öffnete ihnen nach dem zweiten Klingeln. Die apart aussehende Frau mit kurzen schwarzen Haaren war mit ihren sechsunddreißig Jahren drei Jahre älter als Sebastian und seine Freunde. Kerrin kannte sie nicht näher, der Altersunterschied zwischen ihnen war zu Schulzeiten zu groß gewesen. Als Kerrin noch in die Mittelstufe ging, machte Anna bereits Abitur. »Entschuldigt, ich war noch im Bad. Kommt rein.«

Kerrin stellte Hark vor, und sie folgten Anna in die Küche. Auf dem Tisch am Fenster standen eine Kanne Tee und ein halb voller weiß-blau bemalter Tonbecher. Ansonsten war die Küche aufgeräumt.

»Setzt euch.« Anna wies auf die Küchenbank, holte zwei weitere Becher und eine Dose mit Kandiszucker und setzte sich dann ihnen gegenüber auf einen Stuhl. Nachdem sie eingeschenkt hatte, sah sie Kerrin an. »Wir haben uns lange nicht gesehen.« Ihre Augen schimmerten feucht. »Schlimm, dass es jetzt unter diesen Umständen ist.«

»Hark und ich sind immer noch auf der Suche nach einem Motiv. Hast du irgendeine Idee, wer Niklas so gehasst haben könnte?«

»Nein, überhaupt nicht. Wir werden alle noch verrückt vor Grübelei, aber mir fällt absolut nichts ein. Valerie und er hatten mit niemandem Streit, sind nirgendwo angeeckt, haben einfach ihr Leben gelebt. Auf ihre alten Freundschaften haben sie Wert gelegt, Valerie in Kiel und Niklas auf der Insel, aber sonst waren sie gerne einfach nur als Familie zusammen. Auch wenn sie hier waren, haben wir uns nicht ständig gesehen und zusammengehockt. Das hätten sie nicht gewollt.« Eine Träne lief ihre Wange herunter. »Sie haben viel Wert auf ihr Familienleben gelegt, und das war für uns alle okay. Es waren schließlich ihre Urlaube, die sie auf Föhr verbracht haben. Sebastian und ich möchten auch nicht ständig andere Leute um uns herum haben, wenn wir Ferien machen, sondern endlich mal Zeit für uns.«

»Niemand, mit dem wir gesprochen haben, kann sich ein Motiv für diese abscheuliche Tat vorstellen.« Kerrins Stimme hatte einen frustrierten Unterton. »Wahrscheinlich ist dir bei eurem letzten Grillen auch nichts Besonderes aufgefallen, oder?«

Anna schüttelte den Kopf. »Es war wie immer.«

»Mal etwas ganz anderes«, mischte sich Hark in das Gespräch der Frauen ein. »Wir haben etwas von einem Lottogewinn gehört.«

»Typisch Insel.« Anna konnte sich ein leichtes Schmunzeln nicht verkneifen. »Nichts bleibt geheim.«

»Dann stimmt es also? Ragna Blumberg hat im Lotto gewonnen?«

»Ja, aber behaltet es trotzdem für euch«, bat Anna, nun wieder ernst. »Ihr wisst doch, wie hier getratscht wird. Und gerade bei den Blumbergs trifft es ja eigentlich nicht die Richtigen.«

»Vielleicht doch.« Kerrin beugte sich vor. »Wir haben auch gehört, dass es in der Firma zurzeit nicht zum Besten steht.«

»Ihr arbeitet ja gründlich. Obwohl ich nicht verstehe, was das alles mit dem Tod von Niklas zu tun haben soll.«

»Vielleicht gar nichts«, gab Hark zu. »Aber da die Männer so eng miteinander befreundet waren, ist für uns erst einmal alles wichtig. Was kannst du uns dazu sagen?«

»Es stimmt schon, dass es bei einigen Aufträgen im letzten Jahr etwas schwierig war. Der alte Blumberg hat die Firma ziemlich gemolken, als er sich zur Ruhe gesetzt hat, und dann entnimmt Leon auch reichlich, um Ragnas und seinen Lebensstil zu finanzieren. Das frisst natürlich die Rücklagen auf. Wenn dann ein paarmal etwas nicht glattläuft, kann es schon mal eng werden. Aber Sebastian und Leon bekommen das immer wieder hin.« Sie sah Hark herausfordernd an.

»Dann kam der Lottogewinn wahrscheinlich im richtigen Moment. Hat Ragna etwas davon in die Firma gesteckt?«

»Ja, das hat sie«, druckste Anna ein wenig herum. »Deswegen habe ich ja davon erfahren. Sebastian wollte natürlich wissen, woher die Geldspritze kam. Aber nicht alles, das wollte sie wohl nicht. Nur genug, damit alles wieder seinen gewohnten Gang gehen kann. Ist ja auch okay, finde ich.«

»Dann hat sie also noch etwas in der Hinterhand, falls es mal wieder eng werden sollte«, stellte Hark fest. »Es wäre also gut, wenn die Ehe der Blumbergs auch weiterhin Bestand hätte.«

Kerrin beobachtete Anna genau, konnte aber außer Erstaunen nichts in ihrem Blick erkennen. »Klar hat die weiterhin Bestand, warum auch nicht?«

»Leon war doch noch nie ein Kind von Traurigkeit. Oder hat sich daran etwas geändert?« Sie sah Anna unschuldig lächelnd an.

»Das stimmt schon. Keine Ahnung, ob er Ragna betrügt, das ist mir auch egal. Solange er Ragna das Leben bietet, das sie haben möchte, wird deren Ehe bestimmt halten. In dieser Hinsicht ist sie recht einfach gestrickt.«

»Verstehe.« Sie weiß nichts von der Affäre zwischen Corinna und Leon, dachte Kerrin und warf Hark einen schnellen Blick zu. Der nickte unmerklich und ließ das Thema auf sich beruhen.

Anna sah auf die Uhr. »Ich müsste langsam los. Meine Schicht beginnt um elf Uhr.«

»Wir sind auch fertig. Danke, Anna, für deine Offenheit«, sagte Kerrin lächelnd. »Wenn Sebastian oder dir doch noch etwas einfallen sollte, meldet euch bitte bei uns.«

Kurz darauf lenkte Hark den Wagen auf die Landstraße in Richtung Nieblum. Der nach Wyk zweitgrößte Ort auf Föhr hatte in der Vergangenheit mehrere Preise als schönstes Dorf der Insel gewonnen. Die eindrucksvollen Friesenhäuser zeugten noch heute von dem früheren Reichtum des Dorfes. Wohlhabende Kapitäne, die zunächst Walfangschiffe und später dann Handelsschiffe unter ihrem Kommando gehabt hatten, hatten sich hier mit ihren Familien niedergelassen. Als die Zeit des Walfangs vorbei war, hatte sich das einst reiche Kapitänsdorf in ein Arbeiterdorf verwandelt. Wegen der ehemals florierenden Seefahrt gab es so gut wie keine Landwirtschaft, und so mussten sich die Bewohner nach anderen Beschäftigungen umsehen. Erst als der Tourismus Fahrt aufnahm, kam es zu einem neuen Aufschwung des Dorfes. Und der hielt – nicht zuletzt wegen seiner Schönheit, über die die Bewohner trotz des enormen Ansturms streng wachten – unvermindert an. Von der einstigen Beschaulichkeit jedoch war in den Sommermonaten nicht mehr allzu viel zu spüren, da auf jeden Einzelnen der knapp achthundert Einwohner im Schnitt siebenundzwanzig Touristen kamen.

Hark parkte den Wagen vor einem Doppelhaus im Hochstieg. Die weiß getünchten Reetdachhäuser in dieser Straße waren nicht alt, sondern in den 1980ern als Ferienhäuser gebaut worden. Das Haus von Leon und Ragna Blumberg am Ende der Sackgasse war von einem großen, mit Heckenrosen bewachsenen Friesenwall eingeschlossen. Ein mit groben Platten gepflasterter Weg führte zu der Eingangstür.

Noch bevor sie klingeln konnten, öffnete Leon die Tür. Er trug ein lässiges blaues Jackett, Jeans und Slipper ohne Strümpfe.

»Oh, die Polizei«, rief er überrascht aus. »Ich wollte gerade in die Firma fahren.«

»Guten Morgen, Leon«, begrüßte Kerrin ihn. »Wir wollen mit deiner Frau sprechen, wenn sie da ist.«

»Ist sie.« Er drehte sich um. »Schatz, kommst du bitte mal?«

Kerrin kannte Ragna Blumberg bisher nicht, war aber nicht überrascht, dass die Frau von Leon äußerst attraktiv war. Ihre offen getragenen dunkelbraunen Haare fielen seidig schimmernd über ihre Schultern. Sie hatte eine atemberaubende Figur, die sie mit kurzen weißen Shorts und einem engen rosa T-Shirt hervorragend zur Geltung brachte. Ihre Fingernägel an den feingliedrigen Händen waren genauso wie die Fußnägel in einem leuchtenden Rot lackiert.

»Was ist denn, Liebling?«, fragte sie und blickte dann erstaunt auf Kerrin und Hark. »Ich habe die Klingel gar nicht gehört. Guten Morgen.«

»Ihr Mann ist uns zuvorgekommen. Hark Hansen von

der Polizeidienststelle Wyk. Und das ist meine Flensburger Kollegin Kerrin Iwersen«, stellte Hark sie kurzerhand vor.

»Oh, von Ihnen habe ich bereits gehört, Frau Iwersen.«

»Die beiden wollen mit dir sprechen, Ragna.« Leon gab ihr einen flüchtigen Kuss. »Ich muss jetzt leider los, ich habe gleich einen wichtigen Termin.«

»Dann kommen Sie mal herein.« Ragna führte sie durch einen geräumigen Flur in das Wohnzimmer. Anders, als das Haus von außen vermuten ließ, war die Einrichtung modern. Weiß lackierte Möbel und eine cremeweiße Chaiselongue mit zwei dazu passenden Sesseln dominierten den Raum. Durch die bodentiefen Fenster konnte man in den gepflegten Garten blicken. Ein junger Mann im Blaumann mähte gerade den Rasen.

Hark und Kerrin wollten nichts trinken, und so bat Ragna Blumberg sie, in den Sesseln Platz zu nehmen.

»Es ist schrecklich, was passiert ist. Wahrscheinlich wollen Sie von mir wissen, ob ich irgendetwas dazu sagen kann, aber das ist leider nicht der Fall.«

»Deswegen sind wir hier«, pflichtete Hark ihr bei.

»Wissen Sie, ich bin vor einigen Jahren der Liebe wegen von Hamburg auf diese Insel gezogen. Das heißt aber nicht, dass ich nun eine Einheimische bin oder sein möchte. Natürlich respektiere ich die Freundschaften meines Mannes und komme mit seinen Freunden und deren Ehefrauen gut aus. Wir sehen uns dann und wann zum Abendessen, aber eine engere Verbindung darüber hinaus hat sich zwischen uns nicht entwickelt.«

»Verstehe«, erwiderte Kerrin. Ragnas überhebliche Art war ihr unsympathisch, aber das ließ sie sich nicht anmerken. »Es ist ja auch nicht leicht, in diese eingeschworene Gemeinschaft der Insulaner hineinzukommen.

Haben Sie andere Kontakte auf der Insel knüpfen können?«, fragte sie dann interessiert.

»Das habe ich tatsächlich. Ich spiele leidenschaftlich gern Golf, genauso wie mein Mann. Im Club bin ich mit einigen Insulanern, aber auch mit Ferienhausbesitzern, die regelmäßig hier auf der Insel sind, befreundet. Viele davon aus Hamburg, meiner Heimat.«

Kerrin blickte kurz zu Hark, bevor sie das Thema wechselte. »Uns ist zu Ohren gekommen, dass Sie im Lotto gewonnen und mit dem Gewinn zumindest teilweise die Firma Ihres Mannes unterstützt haben.«

Ragna Blumberg sah sie verwundert an. »Wie kommen Sie denn darauf?«

»Ermittlungsarbeit«, antwortete Kerrin lapidar. »Stimmt es etwa nicht?«

»Doch, doch«, beeilte Ragna sich zu sagen. »Ich werde mich allerdings nie daran gewöhnen, dass auf Föhr anscheinend jeder alles über jeden weiß. Aber warum soll ich Ihnen gegenüber ein Geheimnis daraus machen? Ich spiele seit Jahren Lotto, ohne jemals ernsthaft damit gerechnet zu haben, dass ich einmal gewinnen könnte. Aber ich hatte Glück.« Sie hatte ihre Selbstsicherheit zurückgewonnen.

»Zu einer Zeit, in der Ihr Mann eine finanzielle Spritze vertragen konnte.«

»Ja, das stimmt leider. Er hatte Probleme mit einigen Aufträgen, und da habe ich ihm natürlich ausgeholfen. Warum auch nicht?« Sie lachte auf. »Er bietet mir so ein wunderbares und sorgenfreies Leben, da revanchiere ich mich gerne.«

»Aber nicht mit dem gesamten Gewinn, richtig?«, hakte Kerrin vorsichtig nach.

»Nein, das war glücklicherweise nicht nötig. Es ist als Frau doch immer gut, einen Notgroschen zu haben.«

Kerrin nickte bedächtig. »Wie häufig sehen Sie die Freunde Ihres Mannes?«, kam sie wieder auf das eigentliche Thema zurück.

»Alle zwei bis drei Wochen, manchmal auch seltener. Aber wie ich bereits angedeutet habe, mache ich das nur meinem Mann zuliebe. Ich selbst habe einfach andere Interessen als diese Clique und habe mir deswegen meinen eigenen Freundeskreis aufgebaut.«

»Das ist für eine Ehe bestimmt nicht das Schlechteste«, begann Hark, »wenn jeder dem anderen seine Freiräume lässt.«

»Das sehen mein Mann und ich genauso«, entgegnete Ragna mit Nachdruck. »Wir lieben und vertrauen einander, und das ist für uns alles, was zählt.«

»Das haben Sie schön gesagt. Wichtig ist dabei aber, dass keiner der beiden dieses Vertrauen missbraucht, nicht wahr?«

»Was meinen Sie damit?« Ragna Blumberg sah Hark misstrauisch an.

»Leon hatte zu Schulzeiten den Ruf, recht umtriebig zu sein«, sprang Kerrin Hark bei.

»Mir ist zwar nicht klar, was das alles mit dem Tod von Niklas zu tun hat, aber ich kann Ihnen versichern, dass mein Mann und ich eine glückliche Ehe führen. Und wie wir die für uns definieren, geht Sie nun wirklich nichts an.«

»Da haben Sie natürlich recht. Entschuldigen Sie bitte, wenn ich Ihnen zu nahe getreten bin.« Hark sah sie zerknirscht an.

»Ich verstehe, was Sie meinen«, übernahm Kerrin nun.

Hark und sie waren ein gutes Team, und sie fand immer mehr Gefallen daran, Ragna Blumberg dorthin zu treiben, wo sie sie haben wollten. »Wenn man sich liebt und einander vertraut, spricht viel dafür, sich die Freiheiten, die jeder Ehepartner gerne für sich hätte, zu geben. Ich gehe mal davon aus, dass Sie auch mit dem engen Verhältnis Ihres Mannes zu den Frauen in dem Freundeskreis kein Problem haben?«

»Worauf wollen Sie hinaus?« Ragna Blumberg wirkte mit einem Mal verunsichert, bemühte sich aber, sich das nicht anmerken zu lassen.

»Ganz allgemein. Immerhin kennt Ihr Mann seine alten Freunde und auch deren Frauen seit seiner Kindheit. Das ist natürlich eine ganz andere Art von Verhältnis, meinen Sie nicht?«

Ragna Blumbergs Gesicht überzog sich mit einer leichten Röte.

»Das meine ich nicht, nein«, widersprach sie.

»War auch nur so ein Gedanke«, bemerkte Kerrin leichthin.

»Haben Sie noch Fragen zu dem Fall?« Ragna Blumberg warf einen kurzen Blick auf ihre Armbanduhr. »Ansonsten muss ich Sie jetzt leider bitten zu gehen. Ich bin in einer Viertelstunde verabredet und muss vorher noch mit dem Gärtner sprechen.«

»Kein Problem.« Hark lächelte sie liebenswürdig an. »Wir wollen Ihnen keine Umstände machen.«

An der Eingangstür gab Kerrin ihr die Hand. »Vielen Dank, Frau Blumberg, dass Sie sich spontan bereit erklärt haben, mit uns zu reden.«

»Keine Ursache.« Sobald Hark und Kerrin das Haus verlassen hatten, schloss sie energisch die Tür.

15

Die Wolken hatten sich in der Zwischenzeit aufgelöst. Hark blickte bedauernd in den Himmel. Die Sonne brannte wieder erbarmungslos, eine Abkühlung schien heute leider nicht mehr in Sicht zu sein.

Kerrin und er gingen schweigend zum Auto. Erst als sie vom Hochstieg nach rechts in die Strandstraße eingebogen waren, brach Kerrin die Stille.

»Eine schwierige Person.«

»Das hast du aber höflich ausgedrückt.« Hark sah sie amüsiert von der Seite an. »Mir war sie ziemlich unsympathisch. Aber irgendwie passen sie und ihr Mann gut zusammen.«

»Stimmt. Sie hält sich anscheinend für etwas Besseres. Wie schön, dass sie im Golfclub ihresgleichen gefunden hat.« Kerrins Stimme troff vor Sarkasmus. »Aber viel interessanter ist doch, dass sie bei meiner Frage nach den Frauen des Freundeskreises ordentlich ins Schwimmen gekommen ist.«

»Den Eindruck hatte ich auch. Wenn du mich fragst, ahnt sie etwas von der Affäre ihres Mannes mit Corinna. Wenn sie es nicht sogar weiß.«

Kerrin sah nachdenklich aus dem Fenster. »Vielleicht

haben die beiden so eine Art Arrangement. Sie erlauben sich gegenseitig kleinere Affären, solange sie die Ehe nicht in Gefahr bringen. Eine offene Beziehung sozusagen.«

»Für mich klingt das krank.« Hark schüttelte den Kopf. Heike erschien vor seinen inneren Augen, auf ihren Lippen das für sie so typische liebevolle Lächeln, das ihm und Nils vorbehalten gewesen war. Er seufzte unhörbar. Niemals hätte er sie betrügen können. Die Ehe war für sie beide heilig gewesen, in guten und in schlechten Tagen. Er bemühte sich, die Gedanken an seine Frau beiseitezuschieben und sich wieder ihrem Fall zuzuwenden. »Für solche Ideen bin ich definitiv zu alt. Aber es könnte etwas dran sein.«

»Problematisch ist nur, dass Corinna das gänzlich anders sieht. Und so, wie ich sie kenne, wird in Kürze jeder über ihre Beziehung zu Leon Bescheid wissen. Was wird Ragna dann sagen? Selbst wenn Leon im Traum nicht daran denkt, Ragna für Corinna zu verlassen und die Vereinbarung mit seiner Ehefrau zu verletzen, ist sein Betrug dann öffentlich. Das ist schon etwas anderes als eine geduldete heimliche Affäre, über die allenfalls hinter vorgehaltener Hand gesprochen wird. Macht Ragna das mit? Oder wäre es zu viel für ihr Ego?«

»Wenn nicht, würde ihr bestimmt viel daran liegen, dass diese Affäre nicht öffentlich wird«, stellte Hark nüchtern fest.

»Dann hätte sie aber eher Corinna töten sollen. Warum Niklas?«

»Weil sie wusste, dass er es wusste. Und weil sie Angst hatte, dass er reden würde«, mutmaßte Hark. »Vielleicht ging sie davon aus, dass Leon Corinna im Griff hat.«

Kerrin sah ihn zweifelnd an. »Ich weiß nicht«, entgegnete sie. »Für mich hört sich das weit hergeholt an.«

»Für mich auch«, gab Hark zu.

Sie waren mittlerweile in Wyk angekommen.

»Lass uns kurz zu Levke und Imme fahren und ihnen persönlich sagen, dass Sarah Klasen heute zurück auf die Insel gebracht wird«, schlug Hark vor.

Kerrin war einverstanden. Sie wollten gerade vor dem »Haus Marschland« aus dem Auto steigen, als Levke aus der Tür trat. Sie hatte eine prall gepackte Strandtasche über dem Arm und trug knallig pinkfarbene Flip-Flops zu einem bunten, kurzen Sommerkleid.

Hark wurde bei ihrem Anblick in seiner Uniform noch wärmer. Zwar hatte er die Jacke schon lange ausgezogen und ordentlich auf die Rückbank gelegt, aber auch mit Hemd, Hose und Schuhen mit Strümpfen war ihm heiß. Wie gerne hätte er mit Levke getauscht und sich auf den Weg zum Strand gemacht, um ein abkühlendes Bad in der Nordsee zu genießen.

»Hallo, ihr beiden«, rief Levke überrascht aus, als sie Kerrin und Hark entdeckte. »Wollt ihr zu mir?«

Hark nickte. »Wir wollten dich nur kurz wissen lassen, dass der Leichnam deiner Tante heute auf die Insel gebracht wird. Du kannst dich mit Andreas, dem Bestatter, in Verbindung setzen, um die Beerdigung zu organisieren.«

»Und mit Hans Frahm«, fügte Levke hinzu. »Ich habe ihn gestern Abend besucht.«

Hark und Kerrin sahen sie verwundert an.

»Ich weiß auch nicht genau, warum ich hingefahren bin«, fuhr Levke fort, als sie ihre Blicke bemerkte. »Ich hatte plötzlich das Gefühl, dass es richtig wäre. Und das war es auch. Er ist wirklich ein netter Mann, und er scheint Sarah tatsächlich geliebt zu haben.« Ein leiser Unglaube war aus ihrem Tonfall herauszuhören. »Auch wenn ich das nur schwer nachvollziehen kann. Aber egal. Wir haben verabredet, die Beerdigung gemeinsam zu planen und auszurichten.«

»Das ist eine gute Idee«, pflichtete Hark ihr bei.

»Was machst du jetzt? Gehst du zum Strand?« Auch Kerrin blickte Levke sehnsuchtsvoll an. Sie empfindet das Gleiche wie ich, dachte Hark. Wahrscheinlich würde es jedem so ergehen.

»Ja, Marie und Moritz holen mich ab.« Sie schaute die Straße herunter. »Dahinten kommen sie, pünktlich wie immer. Marie hat versprochen, heute eine lange Mittagspause zu machen. Und Moritz hat ja eh Ferien und damit Zeit.«

»Habt ihr es gut. Zum Glück ist heute schon Donnerstag, das Wochenende naht also.«

»Dann bleibst du noch länger auf der Insel?«, wollte Levke wissen.

»Ich denke schon. Es kommt ein bisschen darauf an, was wir bis morgen noch herausfinden. Und natürlich auf die Arbeitsbelastung in Flensburg. Wenn dort alles untergeht, beordert mich der Chef bestimmt bald zurück.«

»Ich drücke die Daumen.«

Die Geschwister waren mittlerweile bei ihnen angekommen und begrüßten Levke mit einer herzlichen Umarmung und Küsschen. Danach wandte sich Marie an Kerrin. »Moin, schön, dich wiederzusehen.«

»Ja, die Arbeit hält mich hier, aber das ist ja nicht das Schlimmste bei diesem traumhaften Sommer.« Kerrin schaute von Marie zu ihrem Bruder. »Du bist Moritz, nicht wahr?«

Der junge Mann nickte freundlich, sagte aber nichts.

Hark beobachtete sie interessiert. Marie machte einen gradlinigen Eindruck auf ihn. Sie hatte einen offenen und festen Blick. Er hatte Nils schon des Öfteren von ihr reden gehört, sie aber noch nie zu Gesicht bekommen. Ihr Bruder war jünger als sie. Hark schätzte ihn auf Mitte zwanzig. Im Gegensatz zu seiner Schwester schien er schüchtern und zurückhaltend zu sein.

»Vielleicht komme ich am Samstag mit Nils Hansen in dein Atelier, Marie. Ich habe eines deiner Bilder in seiner Kanzlei gesehen und war begeistert.«

»Ich würde mich freuen. Dann hoffentlich bis Samstag.«

Sie verabschiedeten sich, und die drei machten sich auf den Weg. Sie waren gerade um die Ecke gebogen, als Kerrins Bauch laut knurrte.

»Zeit für das Mittagessen«, schlug sie lächelnd vor und errötete leicht.

»Klar, scheint ja dringend zu sein.«

»Wie wäre es mit Pizza auf die Hand? In der Mittelstraße?«

»Gute Idee«, stimmte Hark zu und schloss den Wagen ab. Zu Fuß machten sie sich auf den Weg in die Fußgängerzone.

»Ein ungleiches Geschwisterpaar«, stellte er während des Spazierganges fest. »Marie habe ich mir nach Nils' Erzählungen ähnlich vorgestellt. Von dem Bruder wusste ich nichts, aber irgendwie passen die beiden nicht zusammen.«

»Oder gerade. Sie ist die erfolgreiche Künstlerin und ältere Schwester und hat ihn unter ihren Fittichen. Das würde Sinn ergeben, oder?« Ohne seine Antwort abzuwarten, ergänzte sie: »Sympathisch finde ich beide.«

In der kleinen Stehpizzeria in der Innenstadt konnte man Pizzen in den verschiedensten Größen mit allen möglichen Belägen bestellen.

»Ich kann gar nicht zählen, wie oft ich bei Giovanni angestanden und danach heiße und fettige Pizza auf einer Bank in der Fußgängerzone gegessen habe«, erzählte Kerrin, als sie sich in die lange Schlange vor der Tür eingereiht hatten. Bis zum Strand waren es nur wenige Meter, und so warteten viele Urlauber mit sandigen Füßen darauf, an die Reihe zu kommen.

»Ciao, Kerrin«, wurde sie mit einem strahlenden Lächeln von dem freundlichen Italiener begrüßt, als sie endlich vor der Theke standen. »Willkommen in deiner Heimat.«

»Ciao, Giovanni, schön, dich zu sehen.« Sie ging um den Tresen herum und umarmte den mit Mehl bestäubten rundlichen kleinen Mann.

»Für mich einmal Pizza Hawaii, medium.« Sie sah Hark fragend an.

»Salami, groß, bitte.«

»Kommt sofort.« Mit flinken Händen formte Giovanni aus den vorbereiteten Teigkugeln die Pizzen, belegte sie geübt und schob sie danach in den Ofen.

»Bist du zurückgekehrt, Bella?«, wandte er sich dann wieder an Kerrin. »Oder machst du Urlaub?«

»Leider weder noch. Ich arbeite, zusammen mit Hark.«

»Du bist bei der Polizei, nicht wahr?« Er wiegte bedächtig den Kopf und nickte Hark zu. »Dann bist du wegen diesem furchtbaren Mord hier, sì? Mamma mia, was für ein Grauen! Der arme Mann. Er war schon als Kind bei mir. Und dann mit seinen eigenen Kindern. Letzte Woche noch. Seine kleine Bambina war ganz verrückt nach meiner

Pizza Margherita. Und so eine liebe Frau hat er.« Giovanni hatte Tränen in den Augen. »Habt ihr schon eine Spur?«

Kerrin schüttelte bedauernd den Kopf. »Jetzt stärken wir uns erst mal, und dann geht die Suche weiter«, sagte sie bestimmt. Hark vermutete, dass mehr Überzeugung in ihrer Stimme lag, als sie in Wirklichkeit verspürte. Er holte sein Geld aus der Tasche, doch Giovanni winkte ab.

»Ihr seid meine Gäste. Ihr sucht den Mörder von Niklas, und dafür braucht ihr Kraft.« Er zog sich dicke Handschuhe über und holte die Pizzen aus dem Ofen. Nach einer herzlichen Verabschiedung saßen Hark und Kerrin kurz darauf auf einer Bank im Schatten. Das Thermometer war wieder auf knapp dreißig Grad geklettert, aber der stets wehende Wind machte die Temperatur ein wenig erträglicher.

»Giovanni ist immer noch Italiener durch und durch. Trotz der Jahrzehnte auf einer friesischen Insel.« Hark schmunzelte. »Das steckt so tief in ihm drin, das bekommen wir nicht mehr aus ihm heraus.«

»Zum Glück.« Kerrin lächelte und ließ sich die Pizza schmecken.

»Der Vormittag hat uns leider nicht weitergebracht«, durchbrach Hark das einträchtige Schweigen, als sie beide den letzten Krümel verspeist hatten.

»Nein«, stimmte Kerrin bekümmert zu. »Wir finden den Ansatz einfach nicht, obwohl es ihn irgendwo geben muss.«

»Lass uns zurück zur Dienststelle fahren. Vielleicht haben die Jungs etwas herausbekommen.«

Christian und Tom saßen vor leeren Pappschalen, in denen man noch die letzten Reste von Curryketchup erkennen konnte.

»Hier stinkt es.« Hark riss eines der Fenster auf.

»Auf gesunde Ernährung legt ihr anscheinend nicht allzu viel Wert«, stellte Kerrin lächelnd fest. »Currywurst mit Pommes vermute ich?«

Christian nickte.

»Was gab es denn bei euch?«, wollte Tom mit spitzer Stimme wissen.

»Pizza von Giovanni«, gab Hark kleinlaut zu.

»Dann solltet ihr euch besser etwas bedeckt halten«, schlug Tom mit unbewegter Miene vor.

»Frieden.« Kerrin hob die Arme. »Seid ihr bei Niklas' Eltern gewesen?«

»Ja, aber Fehlanzeige. Sie sind am Boden zerstört, er war ihr einziges Kind. Etwas Hilfreiches für unsere Ermittlungen konnten sie nicht beisteuern.«

»Das habe ich befürchtet. Und der Computer und das Smartphone? Hat Lukas sich mit Ergebnissen gemeldet?«

»Hat er, das bringt uns aber nicht weiter.« Tom griff nach einem Zettel auf seinem Tisch. »Niklas Lüder hat anscheinend nicht viel telefoniert. Natürlich mit seiner Frau, dann mit den Freunden von Föhr, seinen Eltern und ziemlich häufig mit zwei weiteren Nummern. Das eine ist ein Bekannter aus Kiel, das andere wohl ein langjähriger Kunde. Alle anderen Nummern waren einmalige Anrufe. Restaurant, Handwerker, Autowerkstatt, so was in der Art. SMS und WhatsApp auch Fehlanzeige. Auf dem Computer waren in erster Linie berufliche Dateien. Ansonsten ganz normale E-Mail-Verläufe, nichts Auffälliges.«

»Die Flensburger haben auch schon Ergebnisse des ViCLAS-Systems bekommen. Sie haben es anscheinend ganz besonders dringend gemacht«, übernahm Christian. »Leider ohne Erfolg. Es sind keine vergleichbaren

Morde gespeichert. Natürlich gibt es eine ganze Reihe von erschossenen Personen, aber niemandem wurde vor der eigentlichen Tötung in die Kniescheiben geschossen.«

»Mist«, entfuhr es Kerrin. »Was soll ich bloß Heyden sagen? Es geht ja keinen Millimeter voran.«

»Wir sind gerade auf dem Sprung, um die Männer von den Fähren zu befragen. Oder habt ihr noch etwas anderes für uns?«, wollte Christian eifrig wissen.

Die für die Föhrer Beamten ungewöhnliche Ermittlungsarbeit gefällt ihm gut, dachte Hark. Hoffentlich kann er sich nach Abschluss des Falles wieder auf die normale Tätigkeit als Streifenpolizist einlassen.

»Nein, macht das«, antwortete Kerrin abwesend und ging hinüber zu ihrem Schreibtisch. Hark folgte ihr.

»Wo sollen wir ansetzen?«, fragte sie ihn niedergeschlagen, nachdem sie beide ihre Computer hochgefahren hatten.

Hark sah sie grübelnd an. »Wenn wir annehmen, dass es dem Täter um Niklas als Person gegangen ist, dann muss es einen Zusammenhang zwischen Niklas und seinem Mörder geben. Aus welcher Zeit auch immer. Eine alte Feindschaft, eine einmalige Begegnung, die tiefe Wunden hinterlassen hat, eine lose Bekanntschaft, irgendetwas. Könnte ja auch schon ewig her sein.«

»Aber dann hätten wir doch von seinen Freunden einen Tipp bekommen müssen. Die kennen ihn schließlich seit der Zeit, in der er sich in die Windeln gemacht hat.«

»Es sei denn, sie wissen davon nichts.«

»Schwer vorstellbar, so eng, wie die sind.«

»Die zweite Möglichkeit ist«, fuhr Hark unbeirrt fort, »dass es dem Täter nicht um Niklas gegangen ist, sondern er zufällig zur falschen Zeit am falschen Ort war. Da wir keinerlei brauchbare Spuren gefunden haben und es anscheinend auch keine vergleichbaren Taten gibt, hätten wir in diesem Fall ein Problem. Wir wären darauf angewiesen, dass der Täter wieder in Erscheinung tritt. Indem er mit uns Kontakt aufnimmt, aus welchem Grunde auch immer. Oder durch einen neuen Mord.«

»Schlimme Vorstellung.« Kerrin schauderte. »Ich glaube nicht an einen Zufallsmord. Für mich sieht es nach einer Beziehungstat aus. Wen hat sich Niklas zum Feind gemacht? Und warum?«

Harks Telefon klingelte.

»Elena, auf dich ist Verlass«, begrüßte er die Pathologin und stellte hoffnungsvoll den Lautsprecher an. Doch leider konnte auch Elena Bruckner den Ermittlern keinen neuen Ansatz aufzeigen. Ihre erste Einschätzung des Tatablaufes deckte sich mit dem endgültigen Ergebnis. Der Todeszeitpunkt lag zwischen halb acht und halb neun. Die Schüsse in die Knie waren eindeutig vor dem tödlichen Schuss abgegeben worden. Sie allein hätten nicht zum Tode geführt, aber irreparable Schädigungen der Knie nach sich gezogen. Zwischen ihnen und dem tödlichen Kopfschuss waren wenigstens fünf und höchstens zehn Minuten verstrichen. Genug Zeit, um das Opfer leiden zu lassen. Und um ihm eine Botschaft zu übermitteln.

»Das passt doch genau«, begann Kerrin, nachdem sie aufgelegt hatten. »Laut Valerie ist Niklas gegen halb acht losgelaufen. Als geübter Jogger wird er bis zu dem Wäldchen nicht länger als zwanzig Minuten gebraucht haben. Sein Mörder hat ihm dort aufgelauert. Valerie hat uns erzählt, dass dies seine übliche Laufstrecke war. Das hätte der Täter sicher leicht herausfinden können.«

»Was hat er in den Minuten zwischen den Knieschüssen und dem Kopfschuss getan?«, fragte Hark. »Hat dieser Mistkerl sich an dem Anblick eines leidenden Menschen ergötzt?« Bei dieser Vorstellung lief es ihm trotz der Hitze eiskalt den Rücken hinunter. Es war nur schwer vorstellbar, dass ein Mensch einem anderen gegenüber so grausam sein konnte.

»Vielleicht, dann hätten wir es mit einem Sadisten zu tun. Ich glaube aber eher, es ging ihm darum, seinem Opfer klarzumachen, wer ihn umbringt und warum«, mutmaßte Kerrin. »Wenn es ein persönliches Motiv gab, wollte der Mörder bestimmt sicherstellen, dass sein Opfer wusste, warum es starb.«

»Musste das Niklas nicht in dem Moment, in dem er den Täter sah, klar gewesen sein? Er wird doch gewusst haben, was diese Person gegen ihn hat«, wandte Hark ein.

»Wahrscheinlich schon«, gab Kerrin zu. »Möglicherweise war das, was zwischen den beiden geschehen war, aber so schlimm, dass ihm der Tod allein nicht Strafe genug war. Dann könnte es für ihn wichtig gewesen sein, dass Niklas leidet, bevor er stirbt und von seinen Schmerzen erlöst wird.«

Hark nickte. »Es läuft immer wieder auf das Gleiche hinaus: Wir müssen das Motiv finden.«

16

Die Jahreszeit spielte ihm in die Hände. In den Sommermonaten wimmelte es auf der Insel von Touristen. Die Insulaner bemühten sich, die Innenstadt von Wyk und die Straßen in der Nähe der Strände zu meiden. Und die Urlauber achteten in erster Linie auf sich selbst. Schon oft hatte er den Eindruck gehabt, dass Menschen, die sich in den Ferien befanden, das Gefühl hatten, sich alles erlauben zu können. So fuhren Eltern mit ihren Kindern mit dem Fahrrad mitten auf der Straße und scherten sich wenig darum, was andere Verkehrsteilnehmer davon hielten. Viele Besucher ließen ihren Müll dort liegen, wo sie ihn produzierten. Wahrscheinlich gingen sie davon aus, dass sie sich mit Bezahlung der Kurabgabe all ihrer Verantwortlichkeiten entledigt hatten. Im Urlaub waren die Gepflogenheiten des normalen Miteinanders ausgeschaltet. Man selbst war in einem anderen Modus, dann mussten es auch alle um einen herum sein.

Für ihn war es ein Glücksfall. Eine andere Jahreszeit hätte an seinem Entschluss, jetzt zu handeln, nichts geändert, aber so, wie die Dinge lagen, konnte er unauffällig das tun, was getan werden musste.

Mit gemächlichen Schritten ging er die Straße entlang.

Er hatte in der Milchbar am Sandwall Milchreis mit Zimt und Zucker gegessen, sein Lieblingsgericht. Nirgendwo auf der Welt war er leckerer als dort. Jetzt schlenderte er langsam durch die Fußgängerzone. Menschen, die ihn beobachteten, mussten den Eindruck gewinnen, er unternehme einen entspannten Bummel. Sie irrten sich gewaltig.

In seiner Tasche steckte der Brief. Es faszinierte ihn, zu wissen, dass er damit einen anderen Menschen in Angst und Schrecken versetzen würde. Und keiner um ihn herum ahnte etwas.

Wie bei den letzten beiden Umschlägen hatte er auch diesmal gut recherchiert. Er wusste genau, wann er ihn einwerfen konnte. Zu seiner Freude gab es einen Schlitz in der Haustür, sodass er noch heute Abend gefunden werden würde. Genug Zeit also, um seine Wirkung zu entfalten.

Dieser Tag würde in vielerlei Hinsicht ein ganz besonderer werden. Seine Planung war minutiös. Wichtige Dinge mussten miteinander koordiniert werden, und bei alldem durfte niemand merken, dass etwas vor sich ging. Er musste die Menschen in seiner Umgebung täuschen, vorgeben, seinen Alltag wie gewohnt zu leben. Obwohl in diesen Tagen alles anders war. Er war stolz, es bisher geschafft zu haben, alle an der Nase herumzuführen. Möglicherweise würden die Zusammenhänge eines Tages erkannt werden. Aber niemand würde ihm etwas nachweisen können, dafür würde er sorgen. Und wo es keinen Beweis gab, würde es auch keine Strafe geben. Zu viele Jahre seines Lebens hatte er wie ein Gefangener verbracht, getrennt von allen anderen durch das, was ihm widerfahren war. Damit war jetzt Schluss. Wenn er es zu

Ende gebracht hatte und die Dinge wieder im Lot waren, würde er leben.

Er unterdrückte das Pfeifen, das plötzlich auf seinen Lippen lag. Bloß nicht auffallen, damit sich später niemand an ihn erinnern konnte.

17

Hark hatte sich bereit erklärt, die Berichte der heutigen Vernehmungen zu schreiben, und so hatte Kerrin endlich Zeit gefunden, die Artikel aus dem *Insel-Boten* über das Verschwinden von Johanna Klasen vor dreißig Jahren zu lesen. Sie verstand selbst nicht, warum dieser Vorfall sie derart in seinen Bann zog. Vielleicht wegen des latenten Schuldbewusstseins Levke gegenüber, das sie seit ihrem Zusammentreffen auf der Fähre verspürte. Es mochte ihre Art sein, Wiedergutmachung für ihr Versagen in der Schule zu leisten. Wenn sie etwas finden würde, das eine Erklärung für das Davonlaufen der damals jungen Mutter lieferte, könnte das Levke helfen, damit abzuschließen. Wenn sie das nicht schon längst getan hat, dachte Kerrin und erinnerte sich daran, dass Levke sie ausdrücklich gebeten hatte, der Sache nicht nachzugehen. Sie muss es ja nicht erfahren, dachte Kerrin. Wenn sie nichts herausfand, hatte sie lediglich ihre Zeit vergeudet. Und wenn sie doch etwas entdeckte, würde Levke sie mit den neuen Erkenntnissen bestimmt nicht vor die Tür setzen.

Als eine Dreiviertelstunde später Tom und Christian laut redend das Zimmer betraten, schreckte Kerrin aus ihrer Lektüre hoch. Sie hatte gerade begonnen, den letzten Artikel zu lesen. Der *Insel-Bote* hatte zwei Wochen lang täglich über den Fall berichtet. Das Schicksal der Familie Klasen hatte die Föhrer beschäftigt. Einen Anhaltspunkt, der auf ein Verbrechen hindeutete, hatte sie jedoch nicht gefunden. Sarah musste damals am Boden zerstört gewesen sein. Mehrfach schien sie mit den Reportern in ihrem Haus gesprochen zu haben. Auf die Journalisten hatte sie einen aufgelösten Eindruck gemacht und immer wieder zu weinen begonnen. Die kleine Levke hatte dabei auf einem Sessel gesessen, kein Wort gesprochen und einen Plüschteddy fest an sich gedrückt gehalten. Als Sarah ihr das Stofftier für ein Bild aus der Hand nehmen wollte, hatte sie sich heftig gewehrt. Das abgebildete Foto zeigt sie mit dem Teddy im Arm. Auch den Abschiedsbrief ihrer Schwester hatte Sarah den Reportern gezeigt. Darin hatte Johanna ihr in knappen Worten mitgeteilt, dass sie die Liebe ihres Lebens kennengelernt hatte und mit diesem Mann ein neues Leben auf dem Festland beginnen würde. Levke könnte sie nicht mitnehmen, und daher würde sie sie bei Sarah zurücklassen, in dem Wissen, dass diese sich immer um ihre Nichte kümmern würde, als wäre es ihr eigenes Kind. Sie sollte nicht nach ihr suchen, eine Bedingung dieses Mannes sei ein konsequenter Bruch mit ihrem alten Leben.

Kerrin hatte eine Gänsehaut bekommen, als sie diese emotionslosen, harten Worte las. Auch wenn sie selbst keine Geschwister hatte, konnte sie sich vorstellen, was sie in Sarah ausgelöst haben mochten. Und für Levke als das kleine Mädchen, das von seiner Mutter so grausam zurückgelassen wurde, mussten sie ein lebenslanges Trauma bedeuten. Kerrin begann zu verstehen, warum

Levke nicht wollte, dass in dieser Sache erneut herumgestochert wurde. Wahrscheinlich war es ihr in all den Jahren mühsam gelungen, Abstand zu gewinnen, und nun befürchtete sie, dass alte, schmerzende Wunden erneut aufgerissen werden würden.

Die Aussagen der Polizei waren etwas nüchterner. Hinnerk Olsen hatte in einem Interview gesagt, dass die Polizei nach Abschluss der Ermittlungen davon ausgehe, dass der Abschiedsbrief echt sei und Johanna Klasen die Insel und ihre Tochter aus freien Stücken verlassen habe. Anzeichen für ein Verbrechen habe es nicht gegeben, und so wurde der Fall nach wenigen Wochen eingestellt. Einen Hinweis auf die Überprüfung der Echtheit des Briefes konnte sie nicht entdecken. Hatte Hinnerk Olsen dieses versäumt, oder war es nur nicht erwähnt worden? Kerrin biss sich auf die Lippen. Es gab keine Chance, das herauszufinden. Der ermittelnde Beamte war gestorben, die Akten vernichtet.

Sie zwang sich in die Realität zurück und blickte zu Tom und Christian auf. »Und, habt ihr etwas herausbekommen?«

»Wir haben das Foto allen Männern, die Dienst an Bord hatten, gezeigt. Keiner kann sich an Levke erinnern.«

»Okay, für mich ist der Punkt damit abgehakt. Für dich auch, Hark?« Sie sah ihn forschend an.

»Ja, schon«, antwortete er gedehnt. »Wahrscheinlich ist Sarah Klasen kein Fall für uns. Sie war über Jahrzehnte schwerstabhängig und hat dann einen Rückfall erlitten. Was mit der oder den Alkoholflaschen passiert ist, wissen wir nicht, aber das heißt ja nicht, dass ein Verbrechen vorliegen muss. Vielleicht lagen sie auf dem Weg, und irgendjemand hat sie in einen Mülleimer geworfen, ohne sich etwas dabei zu denken. Mehr als eine oder höchstens zwei Flaschen Schnaps werden es nicht gewesen sein.«

»Das ist gut möglich. Obwohl ich immer noch darüber stolpere, dass Hans Frahm als Fachmann den Rückfall gar nicht hat kommen sehen«, erwiderte Kerrin nachdenklich.

»Das sagt er«, konterte Hark. »Es könnte sich aber auch um eine Schutzbehauptung handeln. Möglicherweise sind ihm im Nachhinein Dinge aufgefallen, die Warnzeichen hätten sein können, und er hat sie übersehen. Das wäre für ihn mit Sicherheit schwer auszuhalten. Da ist es wahrscheinlich einfacher, kategorisch auszuschließen, dass Sarah rückfallgefährdet war.«

»Auch ein Punkt«, gab Kerrin zu. Seufzend griff sie erneut nach den vergilbten Zeitungen, um auch noch den letzten Artikel über das Verschwinden von Johanna Klasen zu lesen.

Als Hark eine knappe Stunde später die Berichte fertig getippt hatte, schickte Kerrin sie per E-Mail nach Flensburg und rief dann ihren Vorgesetzten an. Heyden hörte sich ihre Ausführungen schweigend an. »Das klingt tatsächlich vertrackt. Ich habe auch keine Idee, wo du ansetzen kannst.« Er überlegte einen Moment. »Morgen ist bereits Freitag, und bei uns brennt die Hütte. Ich schlage vor, dass du morgen früh zurück nach Flensburg kommst. Wir können deine Unterstützung hier gut gebrauchen. Hark kann am Wochenende die Stellung halten, und du fährst bei Bedarf am Montag zurück auf die Insel. Vielleicht kann ich dann sogar Jörn entbehren, und ihr übernehmt zusammen. Einverstanden?«

»Klar«, antwortete Kerrin mechanisch. Was sollte sie auch anderes sagen? Lust, Föhr zu verlassen, hatte sie nicht. Aber schlimmer als das war, dass sich die Rückbeorderung wie ein Scheitern anfühlte. Sie versagte bei ihrem ersten eigenen Fall.

Heyden schien ihre Gedanken zu erraten. »Versteh das bitte nicht falsch, niemand macht dir einen Vorwurf. Deine Ermittlungsarbeit hört sich plausibel an. Wir setzen uns am Samstag zusammen und überlegen gemeinsam, wie du weiter vorgehen kannst.«

Langsam legte Kerrin den Hörer auf. Hark hatte sie während des Gesprächs unauffällig beobachtet. »Schlechte Nachrichten?«, fragte er vorsichtig.

»Wie man es nimmt.« Kerrin blickte aus dem Fenster. Ein Fischkutter fuhr gerade in den kleinen Hafen direkt vor dem Polizeigebäude ein, einen Schwarm Möwen im Schlepptau. Am Steg stand bereits eine Traube von Menschen, die sofort nach dem Anlegen des Bootes fangfrischen Fisch aus der Nordsee kaufen wollten. Ein Lächeln umspielte Kerrins Lippen. Föhr war ihre Heimat, das spürte sie in diesem Moment mit Wucht. Auch wenn Flensburg am Meer lag und man dort ebenfalls Fisch direkt vom Schiff kaufen konnte, war das Leben auf einer Nordseeinsel doch etwas völlig anderes. Die Ostsee war fast ein Binnenmeer, und die Gezeiten waren dort kaum zu spüren. Die Nordsee mit ihrer Verbindung zum Atlantik dagegen war wuchtig, immer in Bewegung und dem ständigen Wechsel von Ebbe und Flut ausgesetzt. Die Luft war salziger und der Wind stärker. Jedes Jahr in den Wintermonaten kämpften die Insulaner mit Sturmfluten und waren für einige Zeit von der Außenwelt abgeschnitten. Unzählige Male hatte Kerrin mit ihren Eltern an der Mole in Wyk ausgeharrt und das hungrige Wasser beobachtet, das mit jeder Minute weiter anstieg, immer darauf hoffend, dass die meterhohen Wellen das geschlossene Sperrtor, den Stülpel, nicht überwinden würden. »Der Blanke Hans«, wie die Menschen die stürmische Nordsee bei einer Sturmflut nannten, gehörte zu dem Leben der Insulaner wie die Sonne und der Mond. Und so hatte auch Kerrin zu Schulzeiten oft mitgeholfen, Sandsäcke zu füllen, die als Bollwerk gegen das vorpreschende Meer eingesetzt wurden. Und jubelnd am Hafen gestanden, wenn das Wasser sich langsam zurückzog und die Einheimischen wieder einmal ihre Insel gegen die mächtige Natur verteidigt hatten. Davon war heute allerdings nichts zu spüren. Die Nordsee war spiegelglatt und glitzerte in der Sonne.

Kerrin zuckte die Schultern und berichtete Hark von Heydens Vorschlag. Sie grinste. »Jetzt bist du am Drücker.«

»Na, prost Mahlzeit! Ich bin Inselpolizist und kein Kriminalkommissar.«

»Heyden scheint große Stücke auf dich zu halten.«

»Ob das so gut ist?« Hark schaute sie verlegen an.

»Wir bleiben übers Wochenende in Kontakt, okay? Und Montag bin ich dann hoffentlich wieder da.«

»Das machen wir, meine Lütte.« Hark erhob sich. »Dann beenden wir jetzt mal diesen Arbeitstag, und ich bringe dich zurück nach Borgsum.«

Auch Kerrin stand auf. »Feierabend klingt gut, aber ich werde noch einmal durch Wyk schlendern und mich später von meiner Mutter abholen lassen.«

Nachdem sie sich vor der Tür verabschiedet hatten, ging Kerrin die wenigen Meter bis zum Beginn des Sandwalls. Sie war enttäuschter, als sie Hark gegenüber eingestehen wollte, und brauchte ein bisschen Zeit für sich. Trotz Heydens Beteuerungen nagte es an ihr, dass sie bisher keinerlei Spuren gefunden hatte, auf denen sie aufbauen konnten. Alle Stränge liefen ins Leere, es schien einfach kein Motiv für den Mord an Niklas zu geben. Bin ich eine schlechte Ermittlerin?, fragte sie sich. Oder ist der Fall einfach nur verzwickt? Ohne viel um sich herum wahrzunehmen, schlenderte sie den Sandwall entlang. Die Einkaufsstraße war voll. Familien schleppten riesengroße Strandtaschen nach Hause, ihre Kinder, die nach einem heißen Strandtag nörgelig und hungrig waren, hinter sich herziehend. Frisch geduschte Urlauber saßen unter den Sonnenschirmen der Bars und genehmigten sich den ersten Drink des Abends. Andere Touristen bummelten nun, da die Temperaturen langsam sanken, durch die Läden und kauften Souvenirs. Der intensive Geruch nach gebratenen Scampi und Knoblauch wehte aus einer Fischbude.

Kerrin schreckte aus ihren Grübeleien hoch, als sie hinter sich eine laute Stimme ihren Namen rufen hörte. Sie blieb stehen und erblickte Nils, der lächelnd auf sie zukam.

»Wo hast du denn deinen Kopf?«, fragte er. »Ich laufe schon die ganze Zeit hinter dir her.«

»Entschuldige, ich war total in Gedanken.«

»Kann ich gut verstehen. Es ist bestimmt nicht leicht, in diesem Fall zu ermitteln.« Nils sah sie mitfühlend an, und Kerrin spürte zu ihrer großen Verwunderung, dass ihr Bauch kribbelte.

»Das stimmt. Leider muss ich morgen zurück nach Flensburg fahren.« Sie zuckte die Schultern. »Entscheidung vom Chef.«

»Wie schade. Ich hatte mich schon auf unser Treffen am Wochenende gefreut.« Bedauern schwang in seiner Stimme mit. »Kommst du nächste Woche zurück?«

»Wahrscheinlich schon, das hängt von den Ermittlungen ab.«

Nils überlegte einen Moment. »Wenn wir uns am Wochenende nicht sehen, könnten wir doch jetzt zusammen ein Bier trinken gehen. Hast du Lust?«

»Klar, warum nicht?«, antwortete Kerrin ein wenig überrumpelt.

»Dann lass uns zu Pitschi's laufen.«

Während des Spaziergangs entlang der Strandpromenade, vorbei am Wellenbad und dem Leuchtturm Olhörn sprachen sie über alte Bekannte von der Insel, Klatsch und Tratsch und die Veränderungen, die es seit ihrer Kindheit und Jugend auf Föhr gegeben hatte.

»Wenn wir nicht aufpassen, geht es uns irgendwann wie den Einheimischen auf Sylt. Sie können es sich nicht mehr leisten, auf der Insel zu leben.« Nils war ernst geworden.

»Das wollen wir mal nicht hoffen«, entgegnete Kerrin leichthin und wechselte das Thema. Ihr stand heute nicht der Sinn nach deprimierenden Gesprächen.

Bei Pitschi's angekommen, hatten sie Glück und ergatterten einen Verzehrstrandkorb. Nachdem sie beide ein großes Bier und einen Burger bestellt hatten, lehnte Kerrin sich mit einem Seufzer zurück. »Das war die beste Idee des Tages.«

»Ich nehme mal an, dass du nicht über den Fall sprechen darfst, oder?« Nils lächelte Kerrin verschmitzt an.

»Richtig, es gibt aber leider auch nicht viel zu erzählen. Themenwechsel, okay?«, bat sie.

»Dann erzähl mir mal etwas aus deinem Leben in Flensburg. Fühlst du dich dort wohl? Hast du nette Freunde?«

Die Zeit verging wie im Fluge, und Kerrin bemerkte überrascht, wie leicht und frei sie sich in der Gegenwart von Nils fühlte. Sie redeten und redeten, unterbrachen sich gegenseitig, weil sie den gleichen Gedanken hatten, lachten laut auf und redeten weiter.

»Hast du einen Mann an deiner Seite?«, fragte Nils schließlich, als sie auf die Rechnung warteten. Die Sonne ging bereits unter und tauchte den Horizont in die unterschiedlichsten Rot- und Orangetöne. Kerrin hatte dem Schauspiel einen Moment ergriffen zugesehen. Bei dieser Frage jedoch machte ihr Herz einen überraschten Satz, und sie drehte den Kopf zu Nils. Von einem Moment auf den anderen fühlte sich die bis dahin so entspannte Atmosphäre aufgeladen an.

»Nein, seit ein paar Monaten nicht mehr«, antwortete sie betont locker. Er sollte auf keinen Fall merken, dass er sie aus dem Konzept gebracht hatte. »Es hat nicht gepasst, und das hat er mir dann auch recht deutlich gesagt.«

»Tut mir leid.« Nils grinste.

»Du siehst nicht so aus, als würde es dir wirklich leidtun.«

»Durchschaut. Dem Mann, der dich gehen lässt, ist nicht zu helfen.« Seine Stimme klang gelassen, aber Kerrin spürte, dass er sie genau beobachtete.

Ein warmer Schauder durchlief sie. Mit einem Mal war sie sich seiner Nähe bewusst. Zwar saßen sie schon den ganzen Abend nebeneinander im Strandkorb, doch bisher hatte sie gar nicht wahrgenommen, dass sich ihre Knie wie von selbst berührten. Aber jetzt spürte sie den leichten Druck seines Beines wie Feuer an ihrer Haut und rutschte unauffällig ein Stück zur Seite. Nils schien davon nichts zu bemerken und lächelte der jungen Kellnerin zu, die mit der Rechnung an ihren Tisch trat.

Als Kerrin nach ihrer Tasche greifen wollte, hob er die

Hand. »Das geht auf mich. Ich habe dich schließlich hierhergeschleift.«

»Vielen Dank«, murmelte Kerrin.

Sie fühlte sich ein wenig flau, als sie sich auf den Weg in Richtung Badestraße machten. Ihre Mutter wollte sie dort abholen. Die Dämmerung machte sich nun breit, nicht mehr lange und es würde dunkel sein.

»Ich wollte dir eben nicht zu nahe treten.« Nils sah sie prüfend von der Seite an.

»Das bist du nicht.« Kerrin bemühte sich, ihre Lockerheit wiederzufinden. »Ich rede nur nicht gerne darüber.«

»Kein Problem, ich habe eigentlich auch keine große Lust, mir Geschichten über deinen Ex-Freund anzuhören.«

Kerrin musste lachen. »Kann ich verstehen. Und wie sieht es bei dir aus? Hast du jemanden, der jetzt auf dich wartet?« Was ist bloß los mit mir?, fragte sie sich erstaunt. Eben noch war sie nervös und verkrampft gewesen und nun wieder genauso entspannt wie vorher. Wie machte Nils das?

»Nee, habe ich nicht. Ich kenne alle Frauen auf der Insel, und die Richtige ist bisher nicht dabei gewesen.«

»Das kann ich mir nicht vorstellen. Zurzeit dürftest du dich über ein breites Angebot eigentlich nicht beklagen können, bei den Horden von Touristinnen, die die Insel bevölkern.«

»Ein Punkt für dich«, ging Nils auf ihren neckenden Ton ein. »Halten wir also fest, dass wir beide noch zu haben sind.«

Kerrin knuffte ihn in die Seite. Von Weitem sah sie das Auto ihrer Mutter die Straße hinunterfahren. Sie umarmte Nils und gab ihm einen Kuss auf die Wange.

Er drückte sie kurz an sich. »Melde dich, wenn du

nächste Woche wieder hier bist, okay?«, bat er sie mit sanfter Stimme.

»Versprochen.« Mit einem Schwarm Schmetterlinge im Bauch ging Kerrin ihrer Mutter entgegen.

18

Heike rannte auf dem endlosen Deich entlang und wurde auch nicht langsamer, als sie den träge grasenden Schafen ausweichen musste. Hark sprintete hinter ihr her. Das Blut pochte in seinen Adern, sein Atem raste. Er spürte, dass er nicht mehr lange durchhalten würde. Woher hatte Heike plötzlich diese Kondition? Und warum hielt sie nicht an? Er hatte gerufen und geschrien, aber sie schien ihn nicht zu hören. Er musste sie einholen, auf sie aufpassen, sie beschützen. Er durfte sie nicht schon wieder verlieren. Sein Herz schlug voller Angst. Noch einmal würde er den Verlust nicht durchstehen.

Wie aus dem Nichts erschien auf einmal ein laut klingelndes Fahrrad vor seiner Frau und hielt direkt auf sie zu. Wer darauf saß, konnte Hark nicht erkennen. Heike schien es nicht zu bemerken. Sie rannte unbeirrt und mit voller Geschwindigkeit weiter. Wenn keiner der beiden seinen Kurs änderte, würde es zu einem schrecklichen Zusammenstoß kommen. »Pass auf, mein Schatz!«, schrie Hark. Tränen rannen seine Wangen herunter. »Bleib bei mir!«

Mit einem Ruck setzte er sich auf. Er zitterte am ganzen Leib und versuchte zu verstehen, wo er sich befand. Das

Fahrradklingeln dröhnte noch immer in seinen Ohren. In der Dunkelheit sah er ein helles Licht blinken. Seine Augen gewöhnten sich langsam an die Schwärze um ihn herum, und er erkannte die vertrauten Umrisse seines Schlafzimmers. Langsam fuhr er sich über das Gesicht und bemühte sich, den Traum abzustreifen. Das Klingeln seines Handys verstummte. Gut so, er konnte jetzt mit niemandem sprechen. Seit Monaten hatte er keinen derartigen Traum mehr gehabt. In den Wochen nach Heikes überraschendem Tod war er fast täglich von Albträumen heimgesucht worden, aber mit den Monaten und Jahren waren sie seltener geworden.

Er tastete nach seinem Wecker und drückte auf den Lichtknopf. 23:58 Uhr. Wer, um alles in der Welt, rief ihn um diese Zeit an?

Eiskalte Furcht überschwemmte ihn. Nils! War der Traum eine Warnung gewesen? Voller Angst griff er nach seinem Handy. Eine Welle der Erleichterung durchströmte ihn, als er sah, dass die Dienststelle versucht hatte, ihn zu erreichen. Die Freude währte jedoch nur kurz. Es musste etwas Schlimmes passiert sein, wenn er nachts aus dem Bett geklingelt wurde. In seine Gedanken hinein klingelte das Telefon erneut. Schnell griff er danach und nahm das Gespräch an.

»Moin, Chef«, meldete sich Finn, der diensthabende Beamte. »Entschuldige die späte Störung, aber ich glaube, es ist dringend.«

Zwanzig Minuten später hielt Hark vor dem Haus der Familie Iwersen in Borgsum und sammelte Kerrin ein, die bereits vor der Tür auf ihn wartete. Unter ihrer Sommerbräune wirkte sie bleich und sah in dem dunkelblauen Fleecepulli und den engen Jeans schmal aus. Die Luft kühlte in der Nacht trotz der hohen Temperaturen am Tage merklich ab, und Hark fröstelte in seiner dünnen Sommerjacke und dem T-Shirt.

»Was weißt du?«, fragte sie ihn, noch bevor sie saß.

»Nicht viel«, gab Hark zu. »Eine Gruppe Jugendlicher hat wohl eine Strandparty veranstaltet. Nicht weit entfernt von der Stelle, an der Sarah Klasen gefunden wurde. Dabei sind sie auf eine Leiche gestoßen. Ein Mann mittleren Alters. Wohl erschossen.«

»Das kann doch nicht wahr sein! Was ist denn bloß auf Föhr los?« Kerrins Stimme klang beklommen. Hark vermutete, dass sie die gleichen Befürchtungen hegte wie er, aber er hütete sich, diese auszusprechen. Sie würden noch früh genug sehen, um wen es sich bei dem Opfer handelte.

Kurz darauf rollten sie auf den Strandparkplatz von Utersum. Ein Streifenwagen stand bereits dort, ansonsten war der Parkplatz menschenleer. Das Strandrestaurant war schon lange geschlossen.

»Tom ist da«, stellte Hark fest. »Er wollte Christian einsammeln, dann dürften wir also erst einmal komplett sein.«

Da im Streifenwagen niemand saß, gingen Hark und Kerrin in Richtung Strand. Es war Vollmond. Hell leuchtend stand er am Himmel und verbreitete ein schwaches Licht in der schwarzen Nacht.

Die Strandkörbe standen wie jeden Abend in Reih und Glied. Eine bei den Strandwärtern nicht sonderlich beliebte Arbeit, schoben doch die Urlauber die Körbe jeden Tag herum, immer auf der Suche nach mehr Sonne oder mehr Schatten, je nach Wetterlage. Trotz der Dunkelheit konnten Hark und Kerrin schon von Weitem einen

Pulk Menschen sehen, der sich um einen Kreis von Strandkörben scharrte. Eine helle Lampe war auf den Boden gestellt worden und warf ein unheimliches Licht auf die Szene. Trotz der furchtbaren Situation musste Hark schmunzeln. Auch er und seine Freunde hatten als Heranwachsende Strandpartys gefeiert und die Strandkörbe zu einem Kreis zusammengestellt. Die Föhrer Jugend machte es sich darin seit Jahrzehnten, geschützt vor dem immer wehenden Wind, bequem und ließ den mitgebrachten Alkohol kreisen. Es hatte etwas Beruhigendes, dass sich bestimmte Dinge niemals änderten.

Hark erkannte Tom und Christian bei der Gruppe. Zehn Personen zählte er, als sie näher herankamen. Sechs Jungen und vier Mädchen. Er schätzte sie auf ungefähr achtzehn Jahre.

»Moin, ihr beiden.« Kerrin begrüßte die Kollegen und wandte sich dann zu den Jugendlichen. »Kerrin Iwersen von der Kripo in Flensburg und Hark Hansen«, stellte sie sich vor. »Wer kann uns erzählen, was geschehen ist?«

Christian zeigte auf einen jungen Mann, der seine Freundin im Arm hielt. »Das ist Sören. Wir sind auch erst seit wenigen Minuten hier, aber er hat uns schon kurz erzählt, was geschehen ist. Er …«

»Danke, Christian«, unterbrach Kerrin ihn und wandte sich an Sören. »Du bleibst hier, und ihr anderen setzt euch bitte in die Strandkörbe. Wir kommen zu euch und werden nacheinander mit jedem sprechen.«

»Kann Mia bleiben?«, fragte Sören leise.

»Klar. Dann erzählt mal«, forderte sie die beiden auf, als deren Freunde in den Strandkörben verschwunden waren.

»Wir haben uns hier gegen dreiundzwanzig Uhr getroffen, wollten ein bisschen was trinken, Musik hören, was man halt so macht.« Er stockte.

»Das stimmt«, sprang ihm Mia zur Seite. »Es sind ja Ferien, und jetzt am Abend können wir an den Strand, ohne über all die Touristen zu stolpern.«

Hark lächelte. »Das kann ich verstehen. Ihr habt euch also die Körbe zusammengeschoben und eine Flasche kreisen lassen. Richtig?«

Sören lächelte kurz zurück. »Genau. Wir haben ein paar Bier und Apfelkorn dabei.« Er wurde wieder ernst. »Nach ein paar Runden habe ich Mia gefragt, ob wir ein bisschen spazieren gehen wollen.«

Das Mädchen in seinem Arm nickte zustimmend. »Wir sind erst seit zwei Wochen zusammen und wollten für uns sein.« Sie schmiegte sich noch enger an ihren Freund.

»Wir sind also losgegangen.« Sörens Stimme versiegte.

»Und dann habt ihr etwas entdeckt«, stellte Kerrin fest.

»Wir sind fast über ihn gestolpert.« Das Entsetzen, das die beiden erfasst haben musste, war ihm deutlich anzumerken. »Es ist ja so dunkel, dass man kaum etwas sieht. Ich dachte erst an irgendein Bündel, das das Meer angespült hat. Aber als wir drum herumgehen wollten, haben wir bemerkt, dass es ein Mann ist.«

»Sören hat mich beiseitegezogen, er wollte, dass ich es nicht sehe.« Mia flüsterte jetzt. »Er ist dann dichter herangegangen und hat plötzlich laut angefangen zu schreien.« Ihre Stimme zitterte. »Er hat mich am Arm gepackt, und wir sind, so schnell wir konnten, zurück zu den anderen gerannt.«

»Claas hat die Polizei angerufen.«

»Was habt ihr gemacht, bis unsere Kollegen hier waren?«, fragte Kerrin.

»Wir haben in dem Strandkorbkreis gesessen und gewartet. Keiner von uns hat sich nach draußen getraut.«

»Woher wusstet ihr, dass der Mann tot ist und nicht bloß schläft oder verletzt ist?«

»Er lag so verdreht da, war völlig reglos. Ich glaube nicht, dass er noch am Leben war.« Sören sah Kerrin mit großen Augen an. »Wir hätten nachsehen sollen, oder? Vielleicht hätten wir ihm noch helfen können.«

»Macht euch darüber bitte keine Gedanken. Das hier ist eine Extremsituation, in der jeder anders reagiert.« Kerrin drehte sich zu Tom und Christian um. »Ihr seid noch nicht am Fundort gewesen, oder?«

Tom schüttelte den Kopf.

»Christian, du bleibst hier bei den anderen. Tom begleitet Hark und mich.«

»Aber ich könnte …«, setzte Christian an.

»Keine Diskussion«, schnitt Kerrin ihm mit scharfer Stimme das Wort ab. Hark spürte, dass ihr der junge Polizist mit seinem gesteigerten Selbstbewusstsein immer mehr auf die Nerven ging. Gut, dass er mal ordentlich in seine Schranken gewiesen wurde.

Kerrin wandte sich an Sören und Mia. »Ich muss euch bitten, uns zu der Person zu bringen. Schafft ihr das?«

»Natürlich«, entgegnete Mia mit fester Stimme.

»Dann mal los.« Hark griff nach der Lampe und nickte dem Pärchen zu.

Schweigend machten sie sich auf den Weg. Christian schaute ihnen wütend hinterher, aber das kümmerte Hark nicht im Geringsten. Der Schein der Lampe flackerte über den Sand. Schwach war das Rauschen der Dünenhalme zu hören, einige Möwen kreischten. Ansonsten war es totenstill.

Nach wenigen Minuten zeigte Sören mit zitternder Hand über den Strand zu einem etwa zehn Meter entfernten dunklen Haufen. »Dort drüben ist es.«

»Ihr bleibt hier«, bestimmte Kerrin. »Zusammen mit Tom.«

Hark und sie gingen langsam weiter. Bitte, lass es jemand Fremdes sein, bitte niemand, den wir kennen, wiederholte Hark wie ein Mantra immer wieder.

»Alles okay bei dir?«, fragte er Kerrin, kurz bevor sie die Stelle erreichten.

»Geht schon«, murmelte sie. »Ich habe einfach so ein blödes Gefühl.«

»Ich auch.« Behutsam stellte Hark die Lampe auf den Boden, sodass ihr Lichtstrahl den Haufen erhellte. In dem hellen Schimmer konnten sie deutlich erkennen, dass es sich um einen Menschen handelte. Der Sand um ihn herum war rot gefärbt, er lag in gekrümmter Haltung auf der Seite, das Gesicht von ihnen abgewandt. Beklommen trat Hark als Erster heran. Als er sich über ihn beugte, durchfuhr ihn der Schreck wie ein eisiges Schwert. Schwer atmend richtete er sich wieder auf und sah fassungslos zu Kerrin.

»Was ist?« Angst schwang in ihrer Stimme mit. »Kennst du ihn?«

Hark nickte langsam und trat zur Seite, um Kerrin Platz zu machen. Die Worte blieben ihm im Hals stecken, sie musste es selbst sehen.

»Julius«, hauchte sie tonlos, nachdem sie einen Blick auf das Gesicht des Toten geworfen hatte.

Hark sah Tränen in ihren Augen, aber sie wischte sie mit einer unauffälligen Handbewegung zur Seite. Was war dies für ein fürchterlicher Fall? Wer konnte ein Interesse daran haben, zwei harmlose Kindergartenfreunde umzubringen? Harks Herz war schwer, er fühlte großes Mitleid mit Kerrin. Wie sollte sie objektiv in einem Fall ermitteln, in den gute Freunde und alte Bekannte von ihr involviert waren? Würde ihr Seelenheil dieses Grauen und den damit einhergehenden Schmerz von Menschen, die ihr nahestanden, aushalten?

»Bist du okay? Oder sollen wir erst einmal übernehmen? Morgen könnte Heyden Jörn oder sonst wen auf die Insel schicken.«

Kerrin schüttelte energisch den Kopf. »Blödsinn, das ist mein Fall, und ich werde ihn mit dir zusammen zu Ende bringen. Der zweite tote Freund innerhalb weniger Tage, das kann kein Zufall sein.«

Sie straffte die Schultern, ging zu dem Toten und beugte sich behutsam zu ihm nach unten. Hark folgte ihr. Er stellte die Lampe auf die andere Seite des Körpers, sodass ihr Schein sanft das Gesicht von Julius Famke beleuchtete. Seine Augen waren geschlossen, wie Hark dankbar feststellte. Langsam ließ er seinen Blick über den toten Körper schweifen. Unterhalb der Knie war der Sand tiefrot gefärbt. Die Unterschenkel standen – genauso wie bei Niklas – in einem unnatürlichen Winkel vom Körper ab. Hark erhob sich schwerfällig und ging um die Leiche herum, um einen Blick auf den Hinterkopf werfen zu können. Sofort erkannte er, dass auch Julius durch einen Kopfschuss hingerichtet worden war. Die Kugel schien hinter dem rechten Ohr in den Kopf eingetreten zu sein. Ob sie sich noch im Körper befand, würde die Obduktion zeigen.

»Rufst du in Flensburg und bei der Pathologie an?« Hark zog fröstelnd die Schultern nach oben. »Ich bitte dann Tom und Christian, mit den Jugendlichen zu sprechen und ihre Personalien aufzunehmen. Wenn wir ganz viel Glück haben, haben sie etwas bemerkt.«

Kerrin erhob sich langsam und nickte. Mechanisch zog sie ihr Telefon aus der Tasche und tippte die erste Nummer ein.

Eine halbe Stunde später waren die Aufgaben verteilt. Die Spurensicherung und ein Pathologe würden morgen früh mit der ersten Fähre um fünf Uhr auf die Insel kommen. Bis dahin sollte der Tatort abgesperrt und gesichert werden. Da es sich voraussichtlich um den gleichen Täter handelte, hatte Kerrin darum gebeten, Lukas und Hauke von der Spurensicherung und Elena zu schicken. Sie waren bereits in die Ermittlungen eingebunden, und das konnte hilfreich sein. Man würde sehen, ob das nach den jeweiligen Dienstplänen möglich war.

Tom und Christian hatten mit den Jugendlichen gesprochen, allerdings ohne ein greifbares Ergebnis. In dem Strandkorbkreis sitzend, laut redend und Musik hörend, hatten sie um sich herum nichts wahrgenommen.

Die beiden Kollegen begannen, den Fundort der Leiche weiträumig abzusperren. Kerrin hatte angeordnet, dass ein großzügiger Sichtschutz angebracht werden sollte. Sie befanden sich in der Hauptsaison, und bereits ab den frühen Morgenstunden würden die ersten Urlauber am Strand auftauchen. Hark hatte Jan und Fabian aus dem Bett klingeln lassen. Sie würden in Kürze hier sein, die erforderlichen Utensilien mitbringen und dann die Nachtwache übernehmen. Tom und Christian sollten ein paar Stunden schlafen, damit sie am Morgen wieder einsatzbereit wären.

»Dann müssen wir jetzt wohl zu Corinna fahren.« Hark sah Kerrin sorgenvoll an.

»Es ist bestimmt am besten, wenn ich es ihr sage und nicht irgendjemand anders.« Kerrins Stimme klang fest. Hark bewunderte ihre Professionalität und Stärke. Er wusste nicht, ob er in einer vergleichbaren Situation diese Kraft aufbringen würde. Aber er war in seinem normalen Leben ja auch kein Kriminalbeamter. »Glaubst du, dass sie bereits mit Julius gesprochen hat? Eigentlich wollte sie ihm heute Abend ihre Affäre mit Leon beichten.« Sie raufte sich die Haare. »Was, wenn die Morde doch damit zusammenhängen?«

Genau das denke ich auch die ganze Zeit, ging es Hark durch den Kopf. Niklas wusste von der Liebelei. Und Julius eventuell auch. War das das einzige Geheimnis, das die beiden teilten? Oder gab es noch andere Abgründe in diesem Freundeskreis? »Wir sollten keine voreiligen Schlüsse ziehen. Lass uns erst einmal mit Corinna reden, danach sehen wir weiter.«

19

Corinna öffnete bereits nach dem ersten Klingeln die Tür. Sie trug zwar einen Schlafanzug, sah aber nicht so aus, als käme sie gerade aus dem Bett. Stirnrunzelnd sah sie Kerrin und Hark an.

»Was macht ihr denn hier?«, fragte sie. »Ist etwas mit Valerie?«

Warum erkundigt sie sich nicht nach Julius?, fuhr es Kerrin durch den Kopf. Sie muss doch wissen, dass er nicht zu Hause ist.

»Nein, mit Valerie ist alles okay«, entgegnete sie. »Dürfen wir reinkommen?«

Corinna trat zur Seite und ging ihnen voran ins Wohnzimmer. Auf einem kleinen Tisch standen eine halb volle Flasche Rotwein und ein leeres Glas.

»Möchtet ihr auch etwas trinken?« Als Kerrin und Hark verneinten, schenkte sie sich selbst nach. »Ich konnte nicht schlafen. Bitte.« Sie zeigte auf zwei Sessel gegenüber dem Sofa, auf dem sie sich niedergelassen hatte.

»Warum seid ihr hier?«, fragte sie erneut, nun ein wenig verunsichert. »Gibt es neue Erkenntnisse?«

»Nein, leider auch das nicht.« Kerrin wand sich innerlich. Das hier war weitaus schlimmer als bei Valerie. Ihr gegenüber saß eine ihrer ältesten Freundinnen, und sie musste ihr eröffnen, dass ihr Mann brutal ermordet worden war. Sie erhob sich zögernd, setzte sich neben Corinna und nahm ihre Hände.

»Du machst mir Angst, Kerrin.« Corinna sah sie unruhig an. »Sag endlich, was los ist.«

»Es geht um Julius«, begann sie.

»Was ist mit Julius?« Corinnas Stimme klang jetzt schrill. »Er ist gegen einundzwanzig Uhr mit dem Rad zum Strand gefahren, wollte spazieren gehen und nachdenken und ...«

»Hast du heute mit ihm gesprochen?«, unterbrach Kerrin sie behutsam.

Corinna nickte zögernd und warf einen schnellen Seitenblick zu Hark.

»Er weiß Bescheid«, erklärte Kerrin. »Es ging nicht anders.«

»Ich habe mit ihm gesprochen. Deswegen ist er ja weggefahren, er konnte meine Gegenwart wohl nicht mehr ertragen.« Sie lachte freudlos auf. »Ich müsste eigentlich im Hotel sein, habe heute Nachtschicht, aber mir hat das Ganze doch mehr zugesetzt, als ich angenommen hatte.«

»Dann wäre Julius heute Abend also eigentlich allein zu Hause gewesen?«

»Das stimmt.« Corinnas Hände zitterten. »Was ist mit ihm?«

»Hast du dich nicht gewundert, dass er nicht zurückgekommen ist?«

»Ein bisschen schon«, gab Corinna widerwillig zu. »Aber ich dachte, dass er erst einmal Abstand braucht, allein sein will, eventuell bei seinen Eltern übernachtet. Es hat ihn ziemlich umgehauen und ...« Sie brach ab.

Tränen sammelten sich in ihren Augen. »Es ist ihm doch nichts passiert, oder?«, fragte sie mit mühsam beherrschter Stimme.

»Es tut mir so leid, Corinna, aber Julius ist heute Abend tot aufgefunden worden. In Utersum am Strand.« Kerrin wollte sie in ihre Arme ziehen, aber Corinna lehnte sich nach hinten und starrte ihre Freundin verstört an.

»Wieso tot? Er ist doch völlig gesund.« Die Tränen strömten jetzt ihre Wangen herunter. »Hat er einen Herzinfarkt gehabt?«, flüsterte sie kaum hörbar. »Habe ich ihn zu sehr verletzt? Ist das alles meine Schuld?«

»Nein, das ist es nicht.« Kerrin streichelte wie in Trance die Hände ihrer Freundin. »Er ist ermordet worden.«

»Das kann nicht sein.« Corinna schüttelte den Kopf. »Doch nicht Julius. Warum denn? Er hat doch niemandem etwas getan.« Sie ließ den Kopf in ihre Hände fallen, ihr Körper zuckte. Kerrin rückte nah an sie heran und zog sie in ihre Arme. Sanft streichelte sie ihren Rücken. »Es tut mir so leid«, flüsterte sie immer wieder. Auch ihr liefen lautlose Tränen die Wangen herunter und tropften auf Corinnas Haar. Sie weinte um ihre Freundin und um Julius, diesen liebenswerten Menschen, der so grauenhaft ums Leben gekommen war. Wie würde Corinna damit weiterleben, dass ihr Mann in der Gewissheit gestorben war, dass sein bester Freund und seine Frau ihn betrogen hatten?

Hark räusperte sich. »Können wir dir ein paar Fragen stellen?«, fragte er vorsichtig.

Corinna hob ihren Kopf und nickte. Rote Flecken hatten sich auf ihrer Stirn gebildet, sie wischte sich die Tränen mit der Hand aus dem Gesicht.

»Wusste jemand, dass du heute mit Julius gesprochen hast?«

»Leon«, antwortete sie leise. »Ich habe ihn nach dem Gespräch mit Julius angerufen und ihm davon erzählt.«

»Wie hat er darauf reagiert?«

»Wütend. Er wollte nicht, dass ich mit Julius rede. Aber er hätte sich bestimmt darüber gefreut, sobald der erste Rauch verflogen wäre.« Sie schluchzte wieder. »Aber dazu wird es ja gar nicht mehr kommen.« Sie vergrub ihr Gesicht erneut in den Händen.

»Wusste Leon, dass Julius nach Utersum gefahren ist?«

»Ja.« Corinna sah Hark unter einem Tränenschleier an. »Ich habe ihm auch gesagt, dass ich heute Nacht nicht arbeiten werde, und ihn gebeten herzukommen, um über alles zu sprechen. Aber das wollte er nicht. Ragna sei zu Hause, und er könne nicht weg. ›Sag es ihr doch einfach, und komm dann zu mir‹, habe ich ihm vorgeschlagen, aber davon wollte er nichts wissen.« Sie verstummte einen Augenblick. »Wir haben uns gestritten, aber das war eigentlich vorauszusehen, nicht wahr? Ich habe etwas gegen seinen Willen getan, wenn auch zu seinem und unserem Besten. Aber das ist nicht unbedingt das, was Leon gewöhnt ist. Sonst geht immer alles nach seinem Plan.«

»Kannst du dir vorstellen, dass Leon Julius hinterhergefahren sein könnte, um sich mit ihm auszusprechen?«, mischte sich Kerrin vorsichtig wieder in das Gespräch ein.

»Nein, eigentlich nicht.« Dann schien Corinna die Frage zu verstehen. »Du willst doch wohl nicht andeuten, dass Leon etwas mit dem Tod von Julius zu tun hat, oder?« Ihre Stimme klang plötzlich gefährlich ruhig, die Tränen waren versiegt.

»Ich will gar nichts andeuten, Corinna«, versuchte Kerrin schnell, die Situation zu entschärfen. »Wir haben zwei

Morde an zwei sehr engen Freunden aufzuklären und müssen einfach alles in Erwägung ziehen, verstehst du?« Sie sah ihre Freundin bittend an. »Wenn ich dich richtig verstehe, hätte der Täter wissen können, dass er Julius hier allein antreffen würde. Es ist bestimmt nicht allzu schwierig, deine Schichten in Erfahrung zu bringen. Als Julius dann das Haus verließ, hätte er umdisponieren können.«

»Möglich ist das. Wie ist er gestorben?«, wechselte Corinna das Thema.

»Er ist erschossen worden. Nach unserem ersten Eindruck gehen wir davon aus, dass es der gleiche Täter war. Die Pathologin kommt mit der Fünfuhrfähre und wird die erste Inaugenscheinnahme im Krankenhaus in Wyk vornehmen. Danach wissen wir mehr.«

»Ich möchte zu ihm.« Corinna richtete sich auf. »Wenn ich dich richtig verstehe, liegt er allein am Strand. Das geht nicht.« Ihre Augen schimmerten wieder feucht.

»Das ist keine gute Idee, Corinna«, beeilte Hark sich zu sagen. »Unsere Kollegen sind vor Ort und haben den Fundort weiträumig abgesperrt. Sie werden die ganze Nacht dort bleiben und Wache halten.«

»Das sind Fremde, das ist nicht das Gleiche.« Corinna versuchte aufzustehen, ließ sich aber gleich wieder zurücksinken. Ihre Beine zitterten, und sie griff sich an den Kopf. »Entschuldigt, mir ist schwindelig.«

»Corinna, bitte bleib hier«, bat nun auch Kerrin. »Der Anblick ist verstörend, und ich möchte dir das gerne ersparen. Ich schlage vor, dass du ihn morgen Vormittag im Krankenhaus in Wyk siehst. Das lässt sich bestimmt einrichten.«

Corinna schaute sie mit leerem Blick an. Schließlich nickte sie zustimmend.

Hark sah zu Kerrin und machte eine Kopfbewegung zur Tür.

»Corinna, wir müssen jetzt leider los.« Kerrin blickte auf die Uhr. Es war bereits halb drei. »Sollen wir jemanden anrufen, der die restliche Nacht bei dir bleibt? Anna vielleicht? Oder deine Schwiegereltern?«

»Nein, ich wäre gerne einen Moment allein. Mit Julius' Eltern spreche ich morgen früh. Sie sollen noch ein paar Stunden Schlaf bekommen, bevor ihre Welt zusammenbricht. Tun können sie ja eh nichts mehr.«

Kurz darauf lenkte Hark den Wagen von dem Hof der Familie Famke in Süderende zurück auf die Straße.

»Ich schlage vor, dass wir uns jetzt für zwei Stunden aufs Ohr legen, um den morgigen Tag irgendwie zu überstehen. Um 5:45 Uhr hole ich dich ab.«

Kerrin stimmte müde zu. Sie glaubte allerdings nicht, dass sie in dieser Nacht Schlaf finden würde.

Damit sollte sie recht behalten. Als Hark sie pünktlich einsammelte, hatte sie bereits drei Becher starken Kaffee getrunken und fühlte sich flau. Wenn sie an die letzten Stunden dachte, konnte sie kaum glauben, dass das Treffen mit Nils erst so kurz zurücklag. Trotz der furchtbaren Ereignisse in dieser Nacht waren ihre Gedanken immer wieder zu ihm abgeschweift. Bei der Erinnerung an ihre Begegnung stieg eine süße Wärme in ihr auf. Am liebsten wäre sie jetzt mit einer Tüte Brötchen zu ihm gefahren.

Aber daran war heute nicht zu denken. Die frische, noch kühle Luft tat ihr gut. Der Himmel am Horizont in seiner herrlichen Farbpalette sah wunderschön aus, es versprach wieder ein herrlicher Tag zu werden. Das Leben geht immer weiter, dachte Kerrin traurig. Egal, was für schreckliche Dinge auch passieren, am nächsten Tag beginnt alles von vorn.

Auf dem Strandparkplatz parkte nur der Streifenwagen. Kerrin sah auf die Uhr. »Die Flensburger und Kieler müssten gleich anrücken.«

»Ich rufe Leif Brodersen kurz an. Das wird hier in den nächsten Stunden bestimmt hohe Wellen schlagen, und er sollte es wohl besser im Vorfeld von mir erfahren.«

Kerrin ging voraus an den Strand. An den Fahrradständern lehnte ein einsames Mountainbike. Das muss Julius' Rad sein, dachte sie und machte sich eine Notiz im Kopf, die Spurensicherung darauf hinzuweisen. Eine friedliche Stille lag über der Nordsee. Das Wasser ging langsam zurück, es war Ebbe, das Watt glitzerte in der aufsteigenden Sonne. Kaum wahrnehmbar wiegten sich die Dünen in der leichten Brise. Die von den Jugendlichen zusammengeschobenen Strandkörbe standen nach wie vor im Kreis. Einige Möwen hatten es sich darauf bequem gemacht und genossen die ersten Sonnenstrahlen. Kerrin sog tief die salzige Luft ein. Es war schwer vorstellbar, dass an diesem wunderbaren Ort nur wenige Stunden zuvor solch eine grausige Tat verübt worden war. Eine schwere Klammer legte sich um ihr Herz. Wie sollten sie alle mit den Geschehnissen der letzten Tage weiterleben? Was würde aus Valerie und den Kindern, Corinna und den anderen Freunden werden? Nichts war mehr wie vorher. Sie blickte auf die Uhr. Es war sechs. In einer Stunde würde Heyden in der Dienststelle sein. Sie musste ihn anrufen und mit ihm besprechen, wie sie weiter vorgehen sollte. Inständig hoffte sie darauf, dass er ihr den Fall nicht wegen Befangenheit entziehen würde.

Sie wandte sich nach links und sah sofort den von

den Kollegen in der Nacht noch aufgebauten Sichtschutz. Langsam machte sie sich auf den Weg.

»Moin«, begrüßte sie Jan und Fabian. Die beiden hatten es sich in einem Strandkorb mit einer dicken Decke bequem gemacht und dösten vor sich hin. Als sie Kerrin sahen, stand Jan sofort auf.

»Moin, Kerrin«, antwortete er. Fabian nickte ihr nur zu, blieb aber sitzen.

»War alles ruhig?«, fragte sie.

Jan nickte. »Wir haben schnell den Sichtschutz aufgebaut und dann von hier aus aufgepasst.«

»Alles gut«, beruhigte Kerrin ihn. »Kein Mensch erwartet, dass ihr stundenlang direkt neben einer Leiche hockt.«

»Wie großzügig«, meldete sich Fabian nun doch zu Wort. »Erst willst du unsere Hilfe nicht, stiehlst uns nur unsere Zeit mit sinnlosen Besprechungen, aber wenn Blöde für eine Nachtschicht gesucht werden, dann sind wir gut genug.«

Kerrin war von diesem Ausbruch im ersten Moment so überrascht, dass ihr die Worte fehlten. Ein kurzer Seitenblick zu Jan zeigte ihr, wie unangenehm ihm der Auftritt des Kollegen war. »Ich lasse das mal besser unkommentiert«, erwiderte sie schließlich kalt. »Was du sinnvoll findest und was nicht, ist nicht von Interesse für unsere Ermittlungen. Du tust einfach, was Hark und ich als deine Vorgesetzten von dir verlangen.« Mit diesen Worten drehte sie sich demonstrativ um. Das Gespräch war für sie beendet. Trotzdem klopfte ihr Herz schneller, vor Wut, aber auch vor Verblüffung über ein derart unverschämtes Verhalten.

Von Weitem konnte sie Hark sehen, im Schlepptau Elena, ihren Assistenten Paul, Lukas und Hauke. Kerrin atmete einmal tief durch, frohlockte innerlich, dass die alte Truppe kam, und ging ihnen entgegen.

Nachdem sich alle begrüßt hatten, zogen sie die mitgebrachten weißen Schutzanzüge und die Hauben an.

Hauke machte sich auf den Weg zu dem Fahrrad, um es zu untersuchen, bevor die ersten Urlauber kamen.

»Bleib du hier«, schlug Elena vor und schaute Kerrin an. »Er ist ein Bekannter von dir, tu dir das nicht an, meine Liebe.«

»Du hast ja recht, das Ganze nimmt mich ziemlich mit.« Sie stockte. Leise, sodass nur die Pathologin sie hören konnte, fuhr sie fort: »Ich möchte nicht, dass Heyden mir den Fall wegnimmt. Das Private muss in den nächsten Tagen zurückstecken, das bin ich Corinna und den anderen schuldig.«

»Das verstehe ich gut, Kerrin, aber bitte überfordere dich nicht. Du bist auch nur ein Mensch und dazu noch ein liebevoller und sensibler. Wenn es zu viel wird, musst du ihn abgeben. Für dich selbst, aber auch für den Fall. Du hilfst den Ermordeten nicht, wenn du nicht professionell dabei sein kannst.«

»Das weiß ich, Elena, lieb, dass du das sagst. Ich werde das beherzigen. Aber nun lass uns mit der Arbeit beginnen.«

Suchend sah sie sich nach Hark um, der bereits mit Lukas neben dem Toten kniete. Zögernd trat Kerrin hinzu und warf einen Blick auf Julius. Im selben Augenblick wünschte sie sich, es nicht getan zu haben. In der Nacht war die Brutalität der Tat wegen des schummerigen Lichtes nicht in ihrer erbarmungslosen Wirklichkeit zu erkennen gewesen, doch nun in der Helligkeit des Morgens war sie deutlich zu sehen. Unmengen von getrocknetem

Blut waren in den Sand gesickert und hatten ihn rotbraun gefärbt. Der rechte Unterschenkel des Opfers war zur Seite verdreht, die Hosenbeine durch die Kugeln zerfetzt. Über seinem Ohr war das Einschussloch deutlich zu erkennen. Herauslaufendes Blut hatte seine Jacke verfärbt. Am schlimmsten jedoch war der Anblick des Gesichtes. Obwohl die Augen geschlossen waren, hatte sich ein Ausdruck des Grauens in Julius' Züge eingegraben. Die Schmerzen, die er vermutlich in den letzten Minuten seines Lebens ertragen musste, hatten sich für alle Ewigkeit eingeprägt. Kerrin fröstelte.

»Was sagt Leif?«, fragte sie.

»Den habe ich natürlich geweckt, sodass die Stimmung von Anfang an nicht so doll war«, antwortete Hark trocken. »Er bittet darum, dass wir schnell arbeiten, damit die Touristen möglichst wenig mitbekommen.«

»Wir arbeiten immer schnell«, brummte Lukas, ohne hochzublicken.

»Genau das habe ich ihm auch gesagt«, stimmte Hark zu. »Ich habe versprochen, ihn heute Nachmittag auf den neuesten Stand zu bringen. Vor sechzehn Uhr«, fügte er hinzu. »Dann hat er einen wichtigen Auswärtstermin.« Der Sarkasmus in seiner Stimme war nicht zu überhören.

»Golfplatz, nehme ich an.«

»Du lernst schnell, meine Lütte. Das nehme ich auch an.«

Elena und Paul hatten ihre Gerätschaften ausgepackt und knieten sich nun ebenfalls neben Julius. Nach einem ersten Blick sagte die Pathologin seufzend: »Ich kann schon einmal mit großer Wahrscheinlichkeit sagen, dass der Fundort der Leiche auch der Tatort ist.«

»Danke, Elena, dann lassen wir euch mal eure Arbeit machen.«

Kerrin und Hark setzten sich in einen wenige Meter entfernten Strandkorb.

»Ich bin eben ordentlich mit Fabian aneinandergeraten.« Kerrin berichtete Hark von dem Wortwechsel.

»Das tut mir leid. Ich würde ja gerne sagen, dass mich das überrascht, aber das tut es nicht. Es ist nicht immer einfach, mit ihm klarzukommen. Aber wenn er mal motiviert ist, macht er gute Arbeit.« Hark seufzte. »Er hat es nicht leicht im Leben, damit entschuldige ich bei ihm so einiges.«

»Ist ja auch egal, jetzt geht es um Julius. Er liegt direkt vor dem Strandkorb dort drüben. Der könnte dem Täter als Sichtschutz gedient haben.«

»Das ist gut möglich«, stimmte Hark zu. Sie schwiegen einen Moment, hingen beide ihren Gedanken nach. Dann durchbrach Hark die Stille. »Einen Serientäter, der sich seine Opfer willkürlich aussucht, können wir jetzt wohl ausschließen.«

»Das stimmt. Zwei enge Freunde, das ist sicherlich kein Zufall.« Kerrin seufzte. »Eigentlich eine positive Erkenntnis, erhöht es doch die Chancen, den Mistkerl zu finden, ungemein. Aber freuen kann ich mich darüber gerade gar nicht.«

»Das wäre wohl auch zu viel verlangt. Meiner Ansicht nach haben wir jetzt zwei Ansätze: Zunächst einmal könnte es sich um einen Konflikt innerhalb des Freundeskreises handeln.«

Kerrin sah ihn zweifelnd an. »Schwer vorstellbar. Ich kenne die Jungs mein halbes Leben, und sie sind zu Schulzeiten echt schlimm gewesen, aber dass sie sich gegenseitig umbringen, glaube ich nicht.«

»Was ist mit Leon? Über ihn habe ich noch nichts

Gutes gehört. Egoistisch, machthungrig, dominant. Das beschreibt ihn ganz gut, oder?«

»Schon.« Kerrin nickte. »Aber das schließt Freunde ermorden nicht mit ein.«

»Wie wahrscheinlich ist ein Lottogewinn?«, sprang Hark unvermittelt ins Thema.

»Was meinst du?« Kerrin sah ihn verdutzt an. »Eins zu zig Millionen, keine Ahnung. Aber irgendein Glückspilz gewinnt ja immer.«

»Ist dir noch nicht der Gedanke gekommen, dass es schon sehr praktisch ist, gerade in dem Moment im Lotto zu gewinnen, in dem die Firma in Schieflage ist? Vielleicht kommt das Geld ja auch woandersher. Aus Quellen, die nicht ganz legal sind. Und die nicht öffentlich werden dürfen. Der Lottogewinn könnte als Erklärung für den plötzlichen Geldsegen gedient haben.«

»Interessante Idee.« Kerrin schaute Hark nachdenklich an. »Dass Leon sich nicht immer an das Gesetz hält, wenn es für ihn von Vorteil ist, glaube ich sofort. Ob wir angelogen worden sind, könnten wir durch Einsicht in die Kontounterlagen leicht herausbekommen. Obwohl ich mir nicht sicher bin, ob wir dafür einen richterlichen Beschluss erhalten. Bei der Beweislage wohl eher nicht.«

»Wir könnten Ragna Blumberg bitten, uns einen Nachweis vorzulegen«, schlug Hark vor. »Und wenn sie sich weigert, ist das zumindest ein Indiz.«

»Da ist etwas dran. Und was ist dein zweiter Ansatz?«

»Jemand könnte es aus irgendeinem Grund auf den Freundeskreis abgesehen haben. Zwei der vier sind bereits tot, und wir haben keinen Hinweis auf ein mögliches Motiv. Das muss es aber geben. Wer sagt uns, dass nur Niklas und Julius davon betroffen sind? So eng, wie die vier zeit ihres Lebens waren, könnten sie auch alle in das Visier des Täters geraten sein.«

»Das würde bedeuten, dass es noch nicht vorbei ist. Dann wären Leon und Sebastian in höchster Lebensgefahr.« Kerrin kaute nachdenklich auf ihren Lippen, als Elena zu ihnen trat.

»Andreas holt die Leiche gleich ab. Paul und ich machen uns auf den Weg ins Krankenhaus und bereiten schon einmal alles vor. Ich melde mich von dort mit meiner ersten Einschätzung.«

»Kannst du schon etwas zum Todeszeitpunkt sagen?« Kerrin sah sie bittend an.

»Ich denke, gestern zwischen einundzwanzig und dreiundzwanzig Uhr, aber nagle mich nicht darauf fest. Die Art der Tötung scheint identisch zu sein, erst die Schüsse in die Kniescheiben, danach in den Kopf. Aber auch diese Bewertung steht noch unter Vorbehalt.«

»Schon klar, trotzdem danke, Elena. Seine Frau möchte ihn sehen, bevor er aufs Festland gebracht wird. Kannst du uns schon eine Zeit sagen?«

»Ungefähr drei Stunden.«

Als Elena gegangen war, sah Kerrin seufzend auf die Uhr. »Ich muss Heyden gleich anrufen. Vielleicht sollten wir Leon und seine Kleidung auf Schmauchspuren untersuchen lassen.«

»Wenn du dafür einen richterlichen Beschluss bekommst«, antwortete Hark zweifelnd.

»Ich bespreche das mit Heyden.« Kerrin stand auf, ging ein paar Schritte bis zum Watt und zog ihr Telefon aus der Tasche. Das Gespräch dauerte lange. Heyden hinterfragte immer wieder, ob Kerrin in der Lage sein würde, den Fall weiter zu bearbeiten. Sie versuchte mit allen Mitteln, ihn von ihrer Professionalität zu überzeugen, und hatte schließlich Erfolg.

»Okay, Kerrin, wir versuchen es. Aber es bleibt dabei, dass wir uns ganz eng miteinander abstimmen. Und ich erwarte von dir, dass du dich meldest, wenn du merkst, dass du an deine Grenzen stößt.«

»Das verspreche ich dir. Ich habe doch auch ein riesiges Interesse daran, den Mörder hinter Schloss und Riegel zu bringen.«

Danach besprachen sie das weitere Vorgehen. Heyden hörte sich die beiden Theorien an. Als es um die Frage von Polizeischutz für Leon und Sebastian ging, winkte er ab. »Das kannst du erst einmal vergessen. Die Anhaltspunkte sind zu vage, als dass ich dafür Leute abziehe. Bitte Hark, zwei seiner Jungs abzustellen, die verstärkt Streife bei den beiden fahren. Und rede mit ihnen, sensibilisiere sie dafür, vorsichtig zu sein.«

Er ging auch nicht davon aus, dass er einen richterlichen Beschluss für eine Einsichtnahme in die Konten von Ragna und Leon Blumberg oder gar die Durchsuchung ihres Hauses, Leons Kleidung und seiner Hände bekommen würde. »Wenn du ihn dazu bekommst, diese Eingriffe in seine Privatsphäre freiwillig zu akzeptieren, nur zu. Einen Richter belästige ich bei den dürftigen Anhaltspunkten nicht damit.«

Nachdem Kerrin aufgelegt hatte, setzte sie sich zurück zu Hark in den Strandkorb und fasste das Gespräch mit Heyden kurz zusammen.

»Dein Chef ist wirklich lustig. Wie stellt er sich das vor, mitten in der Hauptsaison? Denkt er, wir hätten Beamte ohne Ende, die nur darauf warten, Personenschützer zu spielen?«

»Das bekommen wir schon irgendwie hin. Wir beide fahren als Erstes zu Leon und danach zu Sebastian. Wenn den beiden klar ist, dass sie in Gefahr sein könnten, werden sie bestimmt alle Situationen vermeiden, in denen es brenzlig werden könnte. Und wenn deine Jungs vermehrt an ihrem Büro und den Wohnhäusern Streife fahren würden, wäre uns allen schon viel geholfen.«

»Das lässt sich einrichten«, brummte Hark zustimmend und erhob sich. »Ich spreche mal mit Fabian, der soll das organisieren, wenn Jan und er zurück in der Dienststelle sind. Dann hat er eine Aufgabe und fühlt sich eingebunden.«

Kerrin grinste. »Du bist ein toller Chef«, rief sie ihm hinterher.

Aufseufzend lehnte sie sich zurück und ließ ihren Blick langsam über den Strand schweifen. Plötzlich erstarrte sie. Andreas Schneider, der Inselbestatter, näherte sich ihnen. Ihm folgten zwei seiner Kollegen, die einen schlichten braunen Holzsarg trugen. Kerrin schluckte schwer. Der Anblick brannte sich in ihr Gehirn, zeigte er doch auf schonungslose Art und Weise, was hier diese Nacht geschehen war. Sie selbst saß mit nackten Füßen am Strand, ein wundervoller Sommertag auf einer Nordfriesischen Insel begann, in Kürze würden zahlreiche Urlauber den Strand bevölkern, baden, in der Sonne braten, mit ihren Kindern Sandburgen bauen und Krebse suchen, fettige Pommes und süßes Eis essen. Sie hatte zwar nicht frei, durfte aber auf Föhr arbeiten. In einem Beruf, der ihr trotz all des Leids und der menschlichen Abgründe, in die sie bei jedem neuen Fall blicken musste, großen Spaß bereitete und aus dem sie tagtäglich eine tiefe Befriedigung zog. Aber dies war auch der Tag, an dem der ermordete Julius die Insel verlassen würde, um obduziert zu werden. Der Ehemann ihrer besten Freundin, bei deren Hochzeit sie und ihre Freunde wild auf den Tischen getanzt und Kümmerling getrunken hatten und schließlich in den frühen Morgenstunden alle zusammen ins Meer gerannt waren. Der Mann, den sie in ihrer gesamten Schulzeit jeden Tag auf dem Schulhof gesehen hatte, dessen Werben um Corinna sie mitbekommen und niedlich gefunden hatte. Der Mann, der in seiner Arbeit auf dem Milchviehhof aufgegangen war, der eine große innere Ruhe aus der Arbeit mit den Kühen und Kälbern gezogen hatte. Der Mann, der sich sehnlichst Kinder, am besten einen ganzen Stall voll, gewünscht und den kurz vor seinem Tod die brutale Realität eingeholt hatte.

Tränen kullerten Kerrins Wangen herunter, und sie wischte sie ungeduldig weg. Sie durfte sich keine Schwäche erlauben, wenn sie den Fall behalten wollte. Mit eiserner Selbstbeherrschung schluckte sie den Kummer und die Trauer herunter, stand auf und ging den Männern entgegen.

20

Um kurz nach acht Uhr hielt Hark vor dem Haus des Ehepaares Blumberg im Hochstieg. Sie mussten zweimal klingeln, bevor ihnen Leon in einem blauen Morgenmantel öffnete. Er hatte dunkle Ringe unter den Augen, und Hark meinte, den Hauch einer Fahne zu riechen.

»Was wollt ihr denn hier?«, begrüßte er sie missmutig.

»Guten Morgen.« Hark ließ sich von der schlechten Laune nicht beirren. »Das würden wir gerne in Ruhe mit dir besprechen.«

»Meinetwegen.« Leon drehte sich um und ging ihnen voran in die modern eingerichtete Küche.

»Möchtet ihr etwas trinken? Latte macchiato, Cappuccino, Espresso?«

»Sehr gerne, Latte macchiato bitte«, sagte Kerrin.

»Für mich einen Espresso.« Hark lehnte sich gegen einen weißen Hocker, der an einem erhöhten Arbeits- und Esstisch stand, und sah sich um. Auch dieser Raum wirkte unpersönlich und steril. Heimelige Wärme suchte man vergebens. Teuer aussehende Küchengeräte auf den geräumigen Arbeitsplatten aus schwarzem Marmor funkelten im Morgenlicht und bildeten einen scharfen Kontrast zu der ansonsten weiß lackierten Küche. Alles wirkte klinisch rein und aufgeräumt. Als würde hier nicht gelebt, sondern nur repräsentiert, dachte er.

Leon hantierte mit der chromfarbenen Kaffeemaschine, und kurz darauf standen drei dampfende Becher vor ihnen. Hark trank genüsslich den hervorragenden Espresso. Er hoffte, dass er die Müdigkeit zumindest zu einem Teil vertreiben würde.

»Wo ist Ragna?«, fragte Kerrin.

»Im Bad, das kann noch dauern. Soll ich sie holen?«

»Nein, wir möchten erst einmal mit dir allein sprechen.« Kerrin ging zur Küchentür und schloss sie leise.

»Was ist denn los? Gibt es etwas Neues wegen Niklas? Habt ihr den Mörder?« Eine gespannte Erwartung machte sich in Leons Gesicht breit.

Kerrin schüttelte den Kopf. »Deswegen sind wir nicht hier. Zumindest nicht direkt«, korrigierte sie sich.

»Du sprichst in Rätseln. Weswegen denn dann?«

»Es geht um Julius«, mischte Hark sich ein.

»Julius«, wiederholte Leon langsam. »Was ist mit ihm?«

»Wann hast du ihn zum letzten Mal gesehen oder gesprochen?« Kerrin ging auf seine Frage nicht ein.

Leon überlegte einen Moment. »Vor ein paar Tagen bei uns zum Grillen. Da waren wir alle zusammen, auch Niklas und Valerie. Aber das wisst ihr doch schon.«

»Habt ihr danach telefoniert?«

Leon schüttelte den Kopf. »Kann ich mich nicht dran erinnern.«

»Es wäre gut, wenn du es genau wüsstest. Wir bekommen es über die Verbindungsnachweise eurer Handys eh raus.« Hark verzog keine Miene.

»Wieso Verbindungsnachweise? Warum ist es denn

so wichtig, wann ich zuletzt mit Julius telefoniert habe? Ich ...«

»Was ist denn hier los?« Mit diesen Worten öffnete Ragna die Tür und trat verwundert in die Küche. Eine Parfümwolke zog mit ihr in den Raum, teuer und schwer.

»Das weiß ich auch nicht«, antwortete ihr Mann verärgert. »Aber vielleicht rücken unsere Gäste mit der Sprache raus, wenn du dabei bist.« Er sah Hark und Kerrin herausfordernd an.

»Julius ist heute Nacht tot aufgefunden worden.«

Leon starrte Kerrin ungläubig an. »Das kann doch nicht wahr sein!«

Ragna trat neben ihn und ergriff seine Hand. »Tot aufgefunden«, stammelte sie. »Was soll das heißen?«

»Er ist ebenfalls erschossen worden.« Kerrin sah sie ausdruckslos an. »Wir würden gerne mit euch beiden getrennt sprechen. Willst du den Anfang machen, Leon?«

»Warum getrennt?« Ragna blickte verwirrt von Kerrin zu Hark.

»Reine Routine in solchen Fällen«, erwiderte Hark und nickte Leon auffordernd zu.

»Okay.« Er nahm seinen Latte macchiato. »Wir gehen am besten ins Wohnzimmer.«

Ragna blieb stumm an den Kühlschrank gelehnt stehen und sah ihnen mit einem eigentümlichen Blick nach.

Diesmal nahm Leon auf dem Sofa Platz, auf dem am Vortag Ragna gesessen hatte.

Seine glatte Fassade hatte in den letzten Minuten Risse bekommen. Das Gesicht war aschfahl, und sein Blick flatterte. »Was geht hier vor?«, fragte er mit tonloser Stimme. »War es der gleiche Täter?«

»Das wissen wir erst nach der Obduktion, es sieht aber

ganz danach aus. Hast du eine Idee, wer ein Motiv gehabt haben könnte, Julius umzubringen?«

Verstört schüttelte Leon den Kopf. »Überhaupt nicht. Wie geht es Corinna? Weiß sie es schon?«

»Natürlich, sie ist seine Frau.« Kerrin sah ihn prüfend an. »Auch wenn sich das möglicherweise bald geändert hätte.«

»Ich verstehe, worauf du hinauswillst.« Leon winkte bekümmert ab. »Sie hat sich in etwas verrannt, und das habe ich ihr auch gesagt.«

»Bevor sie es Julius gebeichtet hat oder danach?«, wollte Kerrin mit spitzer Stimme wissen.

»Davor und danach. Ich habe sie zigmal gebeten, nicht mit ihm zu reden. Er ist einer meiner engsten Freunde, und das wollte ich nicht aufs Spiel setzen. Corinna ist zwar eine tolle Frau, aber meine Freunde bedeuten mir mehr.«

»Daran hättest du vielleicht früher denken sollen«, stellte Hark nüchtern fest. »Sie hat mit ihm gesprochen. Und das wusstest du.«

»Das stimmt. Sie hat mich danach angerufen und es mir gesagt«, gab Leon zu. »Ich war wütend, aber was konnte ich noch ändern?«

»Du hättest dich mit Julius treffen, ein Gespräch von Mann zu Mann führen können.«

»Hätte ich machen können. Aber wie sollte ich das Ragna erklären? Wir saßen gerade beim Essen, als Corinna anrief, und wollten uns einen gemütlichen Abend machen. Auf die Schnelle ist mir keine gute Ausrede eingefallen. Ich wollte eigentlich heute Vormittag zum Hof fahren und mich mit ihm aussprechen.« Er fuhr sich mit zitternden Händen durch die Haare.

»Hattest du keine Angst, dass er dir nicht zuhört? Dass er stattdessen mit Ragna redet, um auch deine Ehe zu zerstören?«

Leon sah Kerrin niedergeschlagen an. »Nein, so war Julius nicht. Ich hätte ihm versprochen, die Sache mit Corinna zu beenden. Dann wäre sie bei ihm geblieben, und die beiden hätten sich schon wieder zusammengerauft. Es war doch nur ein blöder Fehltritt. Das hätte auch Corinna mit der Zeit erkannt, bestimmt.«

Hark schüttelte fassungslos den Kopf. Glaubte der Mann wirklich, was er sagte, oder war dies eine Show für Kerrin und ihn?

»Ich glaube nicht, dass es so gelaufen wäre«, mischte Kerrin sich wieder ein. »Dafür kenne ich Corinna zu gut. Und das solltest du eigentlich auch. Ragna hat also keine Ahnung von der Affäre?«

»Natürlich nicht. Und ich wäre euch auch sehr dankbar, wenn es dabei bleiben würde.«

»Das können wir leider nicht versprechen. Schon gar nicht jetzt, wo Julius tot ist.« Kerrin holte tief Luft. »Wenn Ragna dich verlassen sollte, stündest du schlecht da. Sie unterstützt dich schließlich mit ihrem Lottogewinn.«

Für einen Moment entglitten Leon die Gesichtszüge, aber er hatte sich schnell wieder im Griff. »Was schustert ihr euch denn da zusammen? Ragna verlässt mich nicht. Die Sache mit Corinna war ein Fehler und völlig bedeutungslos. Meine Frau kann das richtig einschätzen. Wir lieben uns und würden uns durch so eine Sache niemals auseinanderbringen lassen.«

Hark sah, wie Kerrin aus Solidarität mit ihrer Freundin zu einer harten Erwiderung ansetzen wollte, und kam ihr schnell zuvor. »Ist eine Liebschaft mit einer Frau aus dem engsten Freundeskreis nicht etwas anderes als ein Techtelmechtel mit irgendeiner attraktiven Touristin, die eh wieder verschwindet und über die es kein Gerede auf der Insel gibt? Wäre es nicht eventuell zu viel für Ragnas Ego, wenn sie deiner Geliebten alle zwei Wochen beim Abendessen mit deinen Freunden begegnen müsste und ganz Föhr darüber tratschen und sich amüsieren würde? Du bist Insulaner, du weißt, wie es hier läuft.«

Leon lehnte sich nach vorn. »Was versucht ihr mir zu unterstellen? Wollt ihr andeuten, ich könnte etwas mit dem Mord an Julius zu tun haben?«

»Wir wollen gar nichts andeuten, sondern machen nur unsere Arbeit«, entgegnete Kerrin in scharfem Tonfall. »Dazu gehört auch, dass wir uns eingehender mit eurem Lottogewinn befassen müssen.«

Leon sah sie verständnislos an.

»Könntest du uns einen Nachweis für die Auszahlung vorlegen? Dann wäre dieser Punkt für uns abgehakt.«

»Ich denke gar nicht daran, warum sollte ich?«

»Um dich zu entlasten. Ansonsten bestünde aus unserer Sicht zumindest die Möglichkeit, dass das Geld aus anderen Quellen stammt.«

»Ihr seid ja irre.« Fast belustigt blickte Leon Kerrin an. »Und deswegen habe ich Niklas und Julius umgebracht? Wegen krummer Geschäfte?«

»Wir ermitteln in alle Richtungen«, übernahm Hark wieder

»So ein Blödsinn.« Leon ließ sich zurück in die Kissen fallen. »Ich bringe doch nicht meine beiden besten Freunde um.«

»Bist du damit einverstanden, dass unsere Kollegen sich hier einmal umschauen und deine Kleidung und Hände auf Schmauchspuren untersuchen? Und lässt du uns einen Blick auf eure Kontounterlagen werfen?«

»Jetzt reicht es aber.« Leon war aufgesprungen. Die Erschütterung in seinen Zügen war verflogen, wütend funkelte er Kerrin an. »Das lasse ich nicht zu. Ich habe mit den Taten nicht das Geringste zu tun. Ihr habt keinerlei Beweise gegen mich und stochert planlos herum, weil euch nichts anderes einfällt. Sucht gefälligst den wahren Täter. Oder kommt zurück mit dem Beschluss eines Richters. Freiwillig bekommt ihr von mir gar nichts.«

»Das ist dein gutes Recht. Aber jetzt setz dich bitte wieder, Leon.« Kerrins Stimme war schneidend. »Wir sind noch nicht fertig.« Als er sich mit finsterem Blick wieder auf dem Sofa niedergelassen hatte, fuhr sie fort: »Wenn wir davon ausgehen, dass du mit den Morden nichts zu tun hast und ...«

»Natürlich nicht«, unterbrach Leon sie hitzig.

»Dann besteht leider die Möglichkeit, dass es jemand auf euren gesamten Freundeskreis abgesehen hat. In diesem Fall würden Sebastian und du in akuter Lebensgefahr schweben.«

»Das wird ja immer schlimmer.« Leon sah sie mit offenem Mund an. »Warum sollte denn irgendjemand auf die Idee kommen, uns vier umzubringen? Wir haben doch niemandem etwas getan.«

»Sollte unsere Hypothese zutreffen, wirst du nicht leugnen können, dass der Täter bereits Halbzeit hat.« Auch in dieser schlimmen Situation verlor Hark seinen trockenen Humor nicht.

Einen Moment schwiegen sie. Die hitzige Unterhaltung hatte sie alle drei angestrengt.

»Was schlagt ihr denn jetzt vor?« Leon hatte sich beruhigt und blickte Kerrin gefasst an. Hark glaubte, in seinen Augen neben der Entrüstung der letzten Minuten Verunsicherung, aber auch Schmerz zu erkennen.

»Wir bitten Sebastian und dich, vorsichtig zu sein, euch nicht in Situationen zu begeben, die gefährlich sein könnten. Niklas und Julius waren beide an relativ einsamen Orten allein unterwegs. Das solltet ihr vermeiden.«

»Außerdem wird einer unserer Wagen verstärkt bei euch Streife fahren. Teilt uns dazu bitte immer mit, wo ihr seid. Bestenfalls beschränkt ihr euch in den nächsten Tagen auf das Büro und die Wohnhäuser. Das würde uns unsere Arbeit erleichtern und euch mehr Sicherheit geben.«

»Wenn dieser Ansatz stimmen würde, müsste es jemanden geben, dem ihr vier mächtig auf die Füße getreten seid. Denkt noch einmal darüber nach. Allein, aber auch zusammen. Vielleicht findet ihr in euren Erinnerungen das Ereignis, das der Aufhänger für die Taten sein könnte.«

Leon nickte. »Mir fällt wirklich nichts ein, aber ich fahre gleich ins Büro und rede dort mit Sebastian.«

»Wir werden vorher mit ihm und Anna sprechen.« Kerrin nickte Hark zu. »Könntest du Ragna bitte holen?«

Als Hark aus dem Zimmer gegangen war, musterte Kerrin Leon einen Moment. »Was du mit Corinna machst, ist deine Sache, sie ist erwachsen und wusste, auf wen sie sich einlässt. Aber mit deiner Frau werden wir sprechen müssen. Stell dich bitte darauf ein.«

»Danke, dass du mich vorwarnst.« Er erhob sich und verließ ohne ein weiteres Wort den Raum.

Ragna sah immer noch geschockt aus, als sie sich auf den Platz von Leon setzte. In ihren Händen hielt sie einen großen Becher Kaffee, an dem sie sich zu wärmen schien.

»Es tut mir furchtbar leid«, sagte sie mit gepresster Stimme. »Julius war ein netter Kerl, genauso wie Niklas. Was geht hier bloß vor?«

»Wir tun alles, um das herauszufinden«, fing Kerrin an. »Wo waren Sie gestern Abend?«

»Hier, zu Hause. Wir haben Abendbrot gegessen und danach einen Film geguckt. Warum fragen Sie? Verdächtigen Sie etwa uns?«

»Reine Routine. Ihr Mann war den ganzen Abend und die Nacht über bei Ihnen?«

»Natürlich. Er hat einmal etwas länger in seinem Arbeitszimmer telefoniert, aber ...« Sie brach ab.

»Aber?« Kerrin sah sie ernst an. »Mit wem hat er telefoniert?«

»Mit Julius. Aber das kann ja gar nicht sein, oder?« Ihr Blick war starr geworden.

»Um wie viel Uhr war das Telefonat?«

»Gegen halb zehn. Oder etwas früher. Genau kann ich das nicht sagen.«

»Dann wird es nicht Julius gewesen sein.« Kerrin schaute Ragna mitfühlend an.

»Sie wissen, wer es war«, stellte Ragna fast nüchtern fest. »Und Sie sprechen es nicht aus, weil Sie Mitleid mit mir haben.« Ihre Stimme war nun hart. »Er hat ja nur ein bisschen gelogen, nicht wahr? Es war nicht Julius, sondern seine Frau.«

Hark bemerkte, dass Kerrin kurz zögerte, aber dann Ragna offen in die Augen blickte. Auch sie wusste, dass es nichts brachte, um den heißen Brei herumzureden. Es war nicht ihre Aufgabe, die für Ragna niederschmetternde Realität zu beschönigen.

»Davon gehen wir aus«, antwortete sie schlicht. Hark rechnete mit starken Emotionen, Tränen, einem Aufschrei oder Wut, aber Ragna schaute nur mit leerem Blick in den Garten. Nach einer Weile straffte sie ihre Schultern. »Dann stimmt es also«, stellte sie mit unbeweglicher Miene fest. »Gewusst habe ich es nicht, aber geahnt.« Ein trübseliges Lächeln lag auf ihren Zügen. »Sie kennen Leon, er ist kein Kostverächter. Das habe ich gewusst, bevor wir geheiratet haben, und das akzeptiere ich auch. Es ist nicht immer leicht, das gebe ich zu. Aber wir beide haben eine Abmachung. Wenn er diskret ist, kann er seine kleinen Abenteuer haben. Im Gegenzug bietet er mir ein sorgenfreies Leben. Ich bin nicht begütert aufgewachsen, meine Eltern mussten jeden Cent umdrehen. Deswegen genieße ich das Leben an seiner Seite sehr. Seine Liebschaften ändern aber niemals und unter keinen Umständen etwas daran, dass wir beide verheiratet sind und das auch bleiben werden.«

»Ob Corinna das klar war?«

»Ich habe von Beginn an gespürt, dass sie ein Faible für meinen Mann hat«, gab Ragna ehrlich zu. »Sie und Julius passten überhaupt nicht zusammen, wenn Sie mich fragen. Aber soweit ich es beurteilen kann, hat Leon sich nie wirklich für sie interessiert. Zumindest nicht zu Beginn unserer Ehe.«

»Das muss sich geändert haben.«

»Ja, das muss es wohl. In den letzten Monaten habe ich manchmal kleine Blicke zwischen den beiden registriert, unauffällige Berührungen. Ich dachte, dass ich Gespenster sehe, aber da hat es sich wohl bereits angebahnt.« Sie schluckte. »Sie ist die Frau seines besten Freundes. Ich konnte mir einfach nicht vorstellen, dass sie das wagen würden.« Ragna wischte sich eine Träne aus den Augenwinkeln. »Trotz allem bin ich mir sicher, dass Leon sich immer an unser Eheversprechen gehalten hätte.«

»Da könnten Sie recht haben«, mischte Hark sich ein. Obwohl er Ragna nichts abgewinnen konnte, tat sie ihm leid. Sie hatte sich für ein finanziell abgesichertes Leben von ihrem Mann kaufen lassen. Vielleicht liebten die beiden sich, auf eine Art und Weise, die Hark nicht nachvollziehen konnte, aber glücklich konnte man so nicht werden, da war Hark sich sicher. »Wir haben noch eine Frage zu Ihrem Lottogewinn«, wechselte er das Thema.

»Meinem Lottogewinn?«

»Könnten Sie uns einen Nachweis dafür vorlegen? Ein Schreiben der Lottogesellschaft, ein Kontoauszug, egal was.«

Ragna schüttelte langsam den Kopf. »Ich glaube, ich stehe auf der Leitung. Warum wollen Sie das sehen?«

»Wir müssen ein paar Dinge auf unserer Liste abhaken, und das gehört dazu«, erklärte Hark lapidar.

»Das können Sie doch bestimmt nicht einfach so verlangen, oder? Ich müsste darüber erst einmal mit Leon sprechen. Und ich möchte eigentlich nicht ...«

»Reden Sie mit ihm, und melden Sie sich dann bei uns. Und denken Sie bitte daran, dass alle unsere Ermittlungen darauf abzielen, zwei Morde aufzuklären. Es wäre also wirklich begrüßenswert, wenn Sie uns dabei unterstützen würden.«

Ragna sah ihn irritiert an, sagte aber nichts.

»Leider haben wir noch etwas Unangenehmes mit Ihnen zu besprechen«, übernahm Kerrin wieder. Mit ruhiger Stimme erläuterte sie die Möglichkeit, dass auch

Leon in Gefahr war. Ragna sah sie mit schreckensweiten Augen an. »Was für ein Albtraum«, brachte sie mühsam beherrscht hervor. »Was sollen wir denn jetzt tun?«

»Wir haben bereits mit Ihrem Mann gesprochen und ihn gebeten, vorsichtig zu sein. Außerdem soll er uns darüber unterrichten, wo er sich aufhält, damit die Kollegen dort verstärkt Streife fahren können«, erklärte Hark mit sanfter Stimme.

Was Ragna Blumberg heute vor dem Frühstück erfahren hatte, musste ein ziemlicher Schock für sie gewesen sein. Als Hark und Kerrin sich kurz darauf verabschiedeten, blieb sie verloren auf dem Sofa sitzen und sah ihnen mit stumpfem Blick hinterher.

Im Auto schaute Hark Kerrin prüfend an. »Alles okay mit dir?«

Kerrin nickte. »Glaubst du den beiden, dass sie den Abend zusammen verbracht haben?«

Hark dachte einen Moment nach. »Sie hatten keine Gelegenheit, sich abzusprechen, aber ...«

»Das könnten sie schon gestern getan haben«, unterbrach Kerrin ihn.

»Richtig, aber ich hatte den Eindruck, dass Leon tatsächlich überrascht war. Kann er so gut schauspielern?«

»Keine Ahnung. Aber wenn er unschuldig ist, könnte er doch in die Durchsuchungen einwilligen und uns die Kontoauszüge vorlegen und sich so von jedem Verdacht befreien«, argumentierte Kerrin.

»Vielleicht geht das gegen sein Ego.« Hark startete den Motor. »Das scheint mir bei ihm recht ausgeprägt zu sein. Mal schauen, ob das Ehepaar Sötje etwas Licht in den Fall bringen kann.«

Sebastian und Anna saßen gerade beim Frühstück, als Hark und Kerrin klingelten. Nachdem zwei große Becher dampfender Filterkaffee vor ihnen standen, sahen die beiden sie gespannt an, rechneten wohl mit neuen Erkenntnissen in dem Fall Niklas. Als sie jedoch hörten, dass Julius tot war, stieß Anna einen spitzen Schrei aus. Sebastian schossen die Tränen in die Augen. Er griff Hilfe suchend nach der Hand seiner Frau, brachte aber keinen Ton heraus.

»Sagt, dass das nicht wahr ist.« Annas Gesichtszüge waren erstarrt. »Ihr müsst euch irren.«

»Leider nein.« Kerrin berichtete, was geschehen war.

»O mein Gott.« Sebastian erhob sich und ging ein paar Schritte, dann setzte er sich wieder hin. Tränen liefen seine Wangen herunter und tropften auf sein Hemd, aber er schien es nicht zu bemerken. »Wer hat das getan? Warum auch noch Julius?« Seine Schultern sackten nach vorn. Ein verzweifeltes Weinen schüttelte seinen Körper. Anna nahm ihn in die Arme und wiegte ihn sanft. Dabei murmelte sie beruhigende Worte, während auch ihr die Tränen über das Gesicht strömten.

Wie unterschiedlich doch Erschütterung und Trauer sein können, dachte Hark. Ragna und Leon waren fassungslos und entsetzt gewesen, das stand außer Frage, aber wirkliche Emotionen hatten sie nicht gezeigt. Anders als Sebastian und Anna.

»Könnt ihr uns ein paar Fragen beantworten?«

Anna nickte wortlos, hörte aber nicht auf, Sebastian zu wiegen.

»Wir wissen, dass du, Sebastian, von der Affäre zwischen Leon und Corinna weißt. Du auch, Anna?«

Anna sah Hark entgeistert an und schüttelte langsam den Kopf. Sebastian entwand sich ihren Armen und schaute sie unter einem Tränenschleier an. »Ich wollte dich da nicht mit reinziehen«, versuchte er mit mühsam gefasster Stimme zu erklären.

»In was denn?«

»Ich habe die beiden vor ein paar Wochen zufällig abends zusammen gesehen, die Szene war recht eindeutig«, begann er stockend. »Im ersten Moment wusste ich nicht, was ich tun sollte, und habe Niklas angerufen. Leon und Julius sind unsere Freunde, und es erschien mir richtig. Wenn ich es dir gesagt hätte, hättest du vielleicht irgendwie handeln wollen, möglicherweise hättest du dich geweigert, Corinna und Leon zu treffen, was weiß ich.«

»Das ist ja jetzt gar nicht wichtig«, beruhigte Anna ihren Mann. »Erzähl weiter.«

»Wir haben hin und her überlegt, ob wir Julius davon erzählen oder uns raushalten sollten.« Sebastians Tränen waren versiegt. »Leon ist so ein Idiot. Einem seiner besten Freunde die Frau auszuspannen, ist wohl das Unverzeihlichste, was man tun kann«, fuhr er leise fort. »Wir haben uns dann entschieden, mit Leon zu sprechen. Als Niklas und Valerie in der letzten Woche auf die Insel gekommen sind, haben wir ihm die Pistole auf die Brust gesetzt: Entweder er beendet die Sache sofort, oder er spricht selbst mit Julius.«

»Hat er es Julius gesagt?«, fragte Anna leise.

»Nein, er hat uns versprochen, die Affäre zu beenden.« Sebastian klang schuldbewusst. »Für uns war das die beste Lösung. Auf diese Weise konnte unsere Freundschaft fortbestehen und alles weitergehen wie bisher.«

»Das ist doch Unsinn.« Anna sah ihn ungläubig an. »Wie kann nach einem solchen Verrat alles normal weitergehen?«

»Ich verstehe deinen Punkt, Anna. Das war der Grund, warum wir unsere Frauen nicht eingeweiht haben. Es sollte nur zwischen uns Männern stehen. So konnten wir sicher sein, dass ihr weiter ungezwungen miteinander umgehen könnt. Wir hätten uns zusammengerissen, und mit der Zeit wäre bestimmt Gras über die Sache gewachsen.«

»Das ist euch bei dem Grillfest gut gelungen.« Anna schüttelte den Kopf. »Du hättest mit mir sprechen sollen«, ergänzte sie leise. »Wie konnte Corinna nur so etwas tun? Ich bin bestimmt kein Fan von Ragna, aber das ist unmöglich. Schon allein wegen eurer Freundschaft. Wie konnte sie die aufs Spiel setzen?« Sie verstummte einen Moment. »Wo ist Corinna jetzt? Es muss ihr ja fürchterlich gehen.«

Kerrin nickte. »Wir werden sie gleich abholen und ins Krankenhaus bringen. Dort darf sie Julius noch einmal sehen, bevor er zur Obduktion nach Kiel gebracht wird.«

»Ich werde danach zu ihr fahren und mich um sie kümmern. Vielleicht zusammen mit Valerie.« Ihre Augen schimmerten feucht. »Nun erleben sie beide den gleichen Albtraum und können sich möglicherweise besser gegenseitig trösten, als ein Außenstehender das vermag.«

Hark wandte sich an Sebastian. »Wäre es möglich, dass Niklas sich umentschieden hat und doch mit Julius sprechen wollte?«

Sebastian sah ihn verwundert an. »Warum sollte er?«

»Vielleicht hat er herausbekommen, dass Leon die Affäre nicht beendet hat.«

»Das glaube ich nicht. Und bestimmt nicht, ohne sich mit mir abzusprechen.«

»Diese unselige Affäre ist ein Punkt, über den wir mit euch sprechen wollten, um Klarheit zu bekommen, sie steht aber nach unseren bisherigen Erkenntnissen nicht im Zusammenhang mit den Morden.« Kerrin beugte sich nach vorn. »Könnt ihr uns etwas über den Lottogewinn von Ragna erzählen?«

Anna und Sebastian warfen sich einen schnellen Blick zu. »Was wollt ihr denn wissen?«, fragte Sebastian gedehnt. »Die genaue Summe kenne ich nicht.«

»Wie habt ihr davon erfahren?«

»Herausposaunt haben sie es nicht gerade«, fing Sebastian an. »Wir hatten einen ziemlich angespannten Monat, zwei Aufträge waren schiefgelaufen, und wir standen finanziell an der Wand. Und da kam Leon plötzlich mit einer höheren Summe an. Als ich wissen wollte, wo das Geld herkam, hat er es schließlich verraten.«

»Sebastian musste aber ganz schön bohren«, ergänzte Anna. »Man kann über Leon und Ragna ja geteilter Meinung sein, aber angeben wollten sie damit ganz sicher nicht.«

»Ich musste ihm hoch und heilig versprechen, Stillschweigen zu bewahren, und wir haben uns daran gehalten. Aber ihr wisst ja, wie das hier ist: Geheimnisse zu bewahren ist schwer.«

»Kam euch mal der Gedanke, dass es gar keinen Lottogewinn gab, sondern das Geld aus anderen Quellen stammen könnte?«

Sebastian und Anna starrten Kerrin verständnislos an.

»Sie meint aus illegalen Geschäften«, half Hark ihnen auf die Sprünge.

»So etwas gibt es bei uns nicht«, rief Sebastian entrüstet. »Das würde ich niemals dulden.«

»Eben«, sagte Kerrin. »Lassen wir es dabei erst einmal bewenden. Wir müssen leider auch noch über etwas anderes mit euch reden«, fing sie an und erläuterte dann, dass auch Sebastian möglicherweise in Gefahr war. Annas Augen weiteten sich bei jedem Satz mehr. Nun tastete sie nach Sebastians Hand.

»Wäre es klug, erst einmal die Insel zu verlassen, bis sich alles geklärt hat?«, fragte sie mit angstvollem Gesicht, als Kerrin geendet hatte.

»Das geht nicht, Anna.« Sebastian sah sie ernst an. »Ich muss zurzeit in der Firma sein, das weißt du doch. Außerdem geht es Leon und Ragna genauso wie uns, wir dürfen sie und Corinna und Valerie doch jetzt nicht im Stich lassen.«

»Ich würde es aber nicht ertragen, wenn dir etwas passieren sollte.« Sie schluchzte.

»Ich werde vorsichtig sein, mein Liebling, versprochen. Außerdem gibt es keinen einzigen Grund, warum jemand es auf uns abgesehen haben sollte. Wahrscheinlich ist das alles blinder Alarm.«

»Das hoffen wir auch, trotzdem seid bitte auf der Hut.« Kerrin erklärte ihnen, wie sie für ihre eigene Sicherheit sorgen konnten.

Als alles besprochen war, brachten Sebastian und Anna Hark und Kerrin zur Tür. »Ich denke, dass Corinna am frühen Nachmittag wieder zu Hause sein wird. Da die Blumbergs sich wohl nicht um sie kümmern werden, freut sie sich bestimmt, wenn Valerie und du nach ihr seht.«

21

Hark und Kerrin fuhren zurück zum Tatort nach Utersum.

Mittlerweile war es halb elf Uhr. Die Straßen der Insel hatten sich wie jeden Tag mit Touristen gefüllt, die sich auf einen weiteren herrlichen Urlaubstag mit strahlendem Sonnenschein und einer leichten Brise freuten. Hark hatte sich für einen anderen Weg quer über die Insel entschieden. Statt über Nieblum und Borgsum zu fahren, nahm er die nördliche Route durch Wrixum, Alkersum, Süderende und Dunsum. Die Fahrradwege auf dieser Strecke waren leerer. Die schnurgerade Landstraße führte durch die Mitte der rundlichen Insel und war damit weiter entfernt von den Stränden. In Alkersum sah Kerrin sehnsüchtig zu den Pferden hinüber, die auf den das Dorf umschließenden Weiden grasten.

»Hier habe ich früher einen großen Teil meiner Freizeit verbracht«, sagte sie träumerisch.

»Lass mich raten.« Hark lächelte. »Du hast wie alle kleinen Mädchen Pferde geliebt und bist geritten.«

»Nicht nur das«, gab Kerrin zurück. »Ich habe auf dem Fering-Gestüt geholfen und mir so mein Taschengeld aufgebessert.«

Alkersum mit seinen Reitställen, in denen die Urlauber ihre eigenen Pferde unterstellen oder Reitunterricht auf Schulpferden nehmen konnten, wurde von jeher als Pferdedorf der Insel bezeichnet. Kerrin war zu Schulzeiten mehrmals in der Woche auf kleinen, wenig befahrenen Wegen mitten durch die Marsch von Borgsum nach Alkersum geradelt und hatte Boxen ausgemistet, Pferde geputzt und Ponys geführt. Am meisten Spaß hatte ihr das Reiten der jungen Tiere gemacht. Seitdem sie Föhr verlassen hatte, hatte sie auf keinem Pferderücken mehr gesessen. Das muss sich bald ändern, versprach sie sich selbst im Stillen.

Nachdem sie am Museum *Kunst der Westküste* vorbeigefahren waren, ließen sie Alkersum hinter sich und sahen schon bald den Kirchturm von Süderende vor sich aufragen. Von hier aus war es nicht mehr weit bis nach Utersum. Als sie langsam auf den Strandparkplatz rollten, sahen sie, dass dort bereits einige Autos parkten.

»Mal schauen, wie die Jungs sich schlagen.« Kerrin blickte sorgenvoll einem Familienvater hinterher, der eine große Tasche voller Sandspielzeug schleppte. Drei kleine Kinder wuselten um ihn herum, die Mutter trug mit einem älteren Mädchen ein bereits aufgeblasenes Schlauchboot. »Ich hoffe, die Urlauber halten Abstand.«

»Bestimmt nicht«, vermutete Hark.

Und so war es auch. Um den Sichtschutz herum scharrten sich bereits einige Menschen, die es sich nicht verkneifen konnten, einen neugierigen Blick zu riskieren. Kerrin konnte schon von Weitem sehen, wie Fabian sich bemühte, die Leute zum Weitergehen aufzufordern. Wenn er es nicht schafft, wer dann?, schoss es Kerrin durch den Kopf. Obwohl er so klein und schmächtig ist, schreckt seine wenig freundliche Art doch jeden erst einmal ab. Wie gut, dass Hark da ist, dachte sie kurz darauf, nachdem sie bewundernd mit angesehen hatte, wie ihr Kollege sehr energisch kurzen Prozess mit den Gaffern gemacht hatte.

»Können wir reinkommen?«, fragte Kerrin Lukas und Hauke. Die noch Schutzanzüge tragenden Beamten der Spurensicherung saßen über einen großen Koffer gebeugt, in dem sich in kleine Tütchen eingepackte Beweismittel befanden.

»Ja, wir sind jetzt fertig.« Lukas wies auf den Koffer. »Viel ist es nicht. Erinnert mich an die tote Frau. Es ist halt schwer, im Sand verwertbare Spuren zu finden.« Er ließ den Verschluss zuschnappen. »Die Projektile sind noch in der Leiche. Die Klamotten des Toten bekommen wir nachher von Elena. Vielleicht haben wir da mehr Glück und finden Hautpartikel, Haare, irgendetwas. Wir fahren jetzt weiter zu dem Wohnhaus des Opfers und sehen uns dort um.«

Hark bat Jan und Fabian, den Sichtschutz abzubauen. Je eher eine gewisse Normalität einkehrte, desto besser für den Tourismus. Jan sah ihn dankbar an. Nach der durchwachten Nacht freute er sich offensichtlich auf einen Kaffee in der Dienststelle. Fabian hingegen würdigte sie keines Blickes. Mit mürrischem Gesichtsausdruck machte er sich an die Arbeit.

Als schließlich alle Beamten den Strand verlassen hatten und nur noch das Polizeiabsperrband um den Fundort der Leiche und den Strandkorb dahinter an die Geschehnisse der Nacht erinnerte, setzten Hark und sie sich für einen Moment in den bereits warmen Sand. Kerrin fühlte sich ausgelaugt und zerschlagen. Die schlaflose Nacht und die enorme innerliche Anspannung forderten ihren Tribut.

Mittlerweile war das Wasser auf seinem Weg zurück an den Strand, aber bis zum Höchststand würde noch einige Zeit ins Land gehen. Die ersten Kinder waren ins Watt gelaufen und planschten im noch flachen und gemächlich ansteigenden Meer. Von Weitem sah Kerrin die Familie vom Parkplatz, die bereits ihr Schlauchboot zur Wasserkante getragen hatte. An Bord saßen die drei kleinen Jungen. Der Vater schob das Boot, und das ältere Mädchen lief nebenher. Wenige Meter von ihnen entfernt hatte ein Pärchen seine Beachballschläger herausgeholt und lieferte sich das erste Match des Tages. Sie waren gut, wie Kerrin feststellte. Das regelmäßige *Klack, klack* hatte etwas Beruhigendes.

»Lass uns als Nächstes zu Corinna fahren. Wir müssen eh mit den Eltern von Julius sprechen.« Auch Hark sah abgekämpft aus. »Elena ist bestimmt bald so weit, und dann können wir Corinna ins Krankenhaus bringen.«

Kerrin seufzte. Ihre Beine fühlten sich schwer an. Wie gerne wäre sie einfach sitzen geblieben, hätte ihre nackten Füße in den warmen Sand gebuddelt und die feinen Körner durch ihre Finger rieseln lassen.

»Da könnte sich etwas zusammenbrauen.« Hark zeigte zum Horizont. Von dieser Seite von Föhr aus hatte man einen herrlichen Blick auf Amrum. Die schmalste Stelle zwischen den beiden Inseln lag zwischen Utersum und der Nordspitze von Amrum. Von hier aus starteten die geführten Wattwanderungen. Die Besucher konnten bei Ebbe zu Fuß durch das Watt von Föhr nach Amrum spazieren. Auf der Nachbarinsel wurden sie dann mit einem Bus nach Wittdün gebracht und traten die Heimreise mit der Fähre an. Kerrin hatte diese Wanderung als Kind oft mit ihren Eltern und Freunden gemacht. In dem großen Priel, den man durchqueren musste, hatten die Eltern die Ersatzkleidung über ihren Köpfen tragen müssen. Die Kinder konnten zu ihrem Entzücken oft nicht mehr stehen und mussten ein Stück des Weges schwimmen.

Hark hatte recht. In der Ferne baute sich eine Wolkenwand auf. »Freu dich bloß nicht zu früh«, brummte Kerrin. »Wahrscheinlich verziehen die sich so schnell wie in den letzten Tagen auch.«

»Das glaube ich diesmal nicht.« Hark stand auf.

Zwanzig Minuten später fuhren sie auf den Hof der Familie Famke. Nachdem Hark den Motor ausgestellt hatte, blieben sie noch einen Moment sitzen. Schließlich blickte Kerrin mit einem Seufzer zu Hark, straffte die Schultern und stieg aus.

Corinna öffnete ihnen mit rot unterlaufenen Augen. Müde bat sie Kerrin und Hark ins Haus. »Meine Schwiegereltern sind da«, murmelte sie leise. »Sie wissen noch nichts von Leon. Bitte belasst es erst einmal dabei, okay?« Ohne eine Antwort abzuwarten, ging sie den beiden voran in die Küche, in der sie noch vor zwei Tagen zusammen mit Julius gesessen hatten. Kerrin schauderte bei diesem Gedanken. Nachdem sie seinen Eltern ihr Beileid ausgesprochen hatten, setzte Kerrin sich zu den dreien an den Tisch. Hark machte sich auf die Suche nach Lukas und Hauke.

Julius' Eltern standen unter Schock. Etwas Hilfreiches für die Ermittlungen konnten sie nicht beisteuern. Sie wohnten nur wenige Minuten zu Fuß entfernt, hatten aber weder gehört, dass Julius das Haus am späten Abend verlassen hatte, noch hatten sie etwas von dem nächtlichen Aufruhr mitbekommen.

»Er ist doch unser einziges Kind«, flüsterte Ute Famke und sah Kerrin verzweifelt an. »Was soll denn jetzt werden?« Corinna streichelte sanft ihre Hand, antwortete aber nicht. Was konnte man darauf auch schon erwidern? Matthias Famke schwieg und starrte auf den Tisch.

»Wenn du bereit bist, würden wir gern mit dir ins Krankenhaus fahren«, erklärte Kerrin ihrer Freundin, als Hark zurück in die Küche kam und ihr zunickte.

Automatisch stand Corinna auf. Kerrin erhob sich ebenfalls und verabschiedete sich von den Eltern, die ihnen ohne eine weitere Regung stumm hinterherblickten.

Vor dem Eingang des Krankenhauses im Rebbelstieg griff Corinna plötzlich nach Kerrins Hand und drückte sie so fest, dass Kerrin einen Schmerzensschrei nur mühsam unterdrücken konnte.

»Ich weiß nicht, ob ich das kann«, flüsterte sie.

»Du musst das nicht tun«, versuchte Kerrin sie zu beruhigen. »Ich habe Julius eindeutig identifiziert.« Voller Mitgefühl strich sie über ihre Wangen. »Sollen wir dich lieber wieder nach Hause bringen?«

Corinna schüttelte stumm den Kopf, dann fiel sie Kerrin um den Hals. Heftige Weinkrämpfe schüttelten sie. Hark trat zu den beiden Frauen und strich Corinna sanft über den Rücken.

»Wir haben ganz viel Zeit«, sagte er mit ruhiger Stimme. »Wenn du so weit bist, sagst du uns, was du möchtest.«

»Ich fühle mich so verdammt schuldig«, stieß Corinna unter lautem Schluchzen hervor. »Vielleicht wäre das nicht passiert, wenn ich Julius nicht alles erzählt hätte. Dann wäre er zu Hause geblieben und nicht an den Strand gefahren und …«

»Stopp, Corinna«, unterbrach Kerrin sie behutsam. »Es ist nicht deine Schuld, rede dir das nicht ein. Wenn es jemand auf Julius abgesehen hat, dann hätte er immer eine Möglichkeit gefunden, ihn allein zu treffen. Der Täter ist schuld, er ganz allein.«

»Er ist gestorben in dem Bewusstsein unseres Verrates an ihm. Wie soll ich mir das jemals verzeihen?« Sie wimmerte. »Und trotzdem sehne ich mich nach Leon, möchte am liebsten sofort zu ihm fahren.« Sie schluckte. »Warum ist er nicht zu mir gekommen? Hast du ihn gesehen, Kerrin?« Sie war kaum noch zu verstehen.

»Wir waren heute Morgen bei ihm. Er wird sich bestimmt bei dir melden, sobald er kann«, flüchtete Kerrin sich in Allgemeinfloskeln. Wie sollte sie ihrer Freundin jetzt auch noch erklären, dass ihr Liebhaber nichts mehr von ihr wissen wollte und seine Frau niemals verlassen würde?

Corinna entwand sich Kerrin und richtete sich auf. »Ich möchte Julius sehen. Das bin ich ihm schuldig.«

Hark nickte verständnisvoll. Langsam ging er ihr voraus ins Krankenhaus. Vor dem Raum, in dem die erste Inaugenscheinnahme stattgefunden hatte, bat er sie, einen Moment zu warten. Er verschwand hinter der Tür und kam wenig später mit Elena zurück.

»Frau Famke, mein herzliches Beileid.« Die Pathologin ergriff mitfühlend Corinnas Arm. »Sind Sie so weit?«

Corinna nickte.

»Soll ich dich begleiten, oder möchtest du allein mit ihm sein?«, fragte Kerrin.

»Ich würde gerne mit meinem Mann allein sein.« Mit durchgestrecktem Rücken trat Corinna durch die Tür. Elena folgte ihr und schloss sie leise.

Kerrin ließ sich mit einem Stöhnen auf einen der im Vorraum stehenden Plastikstühle nieder. Hark tat es ihr gleich. Sie warteten, ohne ein Wort zu wechseln. Als sich die Tür eine gefühlte Ewigkeit später wieder öffnete und Corinna zu ihnen trat, sah sie gefasst aus.

»Könntet ihr mich nach Hause bringen?«, bat sie leise.

»Natürlich, wir fahren dich.«

Sie verabschiedeten sich von Elena. Kerrin verabredete mit ihr, zu telefonieren, sobald sie auf der Fähre war.

Die Fahrt verlief schweigend. Vor dem Haus von Corinna wartete bereits Anna. Mittlerweile war aus der leichten Brise ein frischer Wind geworden. Das strahlende Blau des Himmels hatte sich in ein grelles und schmutziges Weiß verwandelt, und die Wolkenberge waren bedrohlich näher gekommen. Hark schien mit seiner Vorhersage recht zu behalten. Doch noch war die Luft schwül und drückend, das Unwetter ließ noch ein wenig auf sich warten.

Kerrin und er ließen die beiden Frauen allein zurück und machten sich auf den Weg zur Dienststelle nach Wyk.

Dort angekommen, rief Kerrin als Erstes in Flensburg an und schilderte Heyden, was sie bisher wussten. Ihre Rückkehr nach Flensburg war erst einmal vom Tisch, allerdings musste sie zumindest über das Wochenende allein mit Hark und den Kollegen von der Insel weiterermitteln. Jörn war immer noch unabkömmlich.

»Eigentlich bräuchte ich dich auch dringend vor Ort«, lamentierte Heyden. »Diesen Sommer spielen die Kriminellen verrückt, das muss an der Hitze liegen.«

Kerrin antwortete darauf nicht, machte aber innerlich einen Luftsprung. Sie war glücklich, nun doch erst einmal auf Föhr bleiben zu können. Zum einen, weil ihr dieser

Fall am Herzen lag wie keine Ermittlung zuvor. Zum anderen aber auch, wie sie sich verschämt eingestand, weil sie sich freute, Nils am Wochenende sehen zu können.

»Bevor ich es vergesse: Die Jungs vom Kriminaltechnischen Institut haben sich heute Morgen bei uns gemeldet. Bei der Tatwaffe im Fall Lüder handelt es sich um eine Glock, Kaliber 9 × 9 mm.«

»Das hatte Elena gleich vermutet«, erinnerte sich Kerrin.

»Sie prüfen jetzt noch in der Tatmunitionssammlung, ob sie schon einmal in einem der ungelösten Fälle benutzt wurde. Ein Ergebnis bekommen wir aber frühestens heute Abend.«

»Lukas und Hauke haben heute Morgen am Tatort keine Projektile gefunden. Sie dürften sich noch im Körper befinden. Elena meldet sich von der Fähre aus bei uns.« Kerrin sah auf die Uhr. »Die 13:50-Uhr-Fähre wird sie nicht mehr bekommen, aber bestimmt die 15:15-Uhr-Fähre.«

»Gut, dann wissen wir hoffentlich bald, ob es sich in beiden Fällen um die gleiche Waffe handelt.«

»Der Tatbegehung nach zu urteilen, dürfen wir davon wohl mit ziemlicher Sicherheit ausgehen.«

Kerrin hatte gerade aufgelegt, als ihr Handy erneut klingelte. Als sie auf das Display sah, machte ihr Herz einen Satz.

»Hallo, Nils«, sagte sie so ungerührt wie möglich. Hark hob überrascht den Kopf, aber sie tat, als würde sie dies nicht bemerken.

»Ja, das stimmt. Der Inselfunk funktioniert also einwandfrei.« Ein leises Lächeln umspielte ihre Mundwinkel. »Ich kann dazu nichts sagen, aber …« Sie schwieg einen

Moment. »Klar, ich weiß, dass du das weißt. Aber es ändert tatsächlich erst einmal alles, und ich fahre heute nicht zurück nach Flensburg.« Wieder hörte sie kurz zu. »Gerne. Ich melde mich bei dir.« Mit diesen Worten legte sie auf und wandte sich ohne ein weiteres Wort an ihren Bildschirm.

»Mein Sohn hat dich gerade angerufen«, stellte Hark nach einer Weile fest.

»Richtig.« Kerrin blickte ihn an. »Er hat bereits von dem Mord an Julius gehört.«

»Und dann ruft er dich an und nicht mich?« Ein leiser Unglaube war Harks Stimme deutlich zu entnehmen.

»Anscheinend«, konterte Kerrin ruhig und widmete sich wieder ihrem Computerbildschirm.

Hark ließ sich davon jedoch nicht beirren. »Er wusste, dass du vorhattest, heute nach Flensburg zurückzufahren?«

»Ja, das wusste er.« Auch Kerrin war nicht aus der Ruhe zu bringen. Der Wortwechsel begann, ihr Spaß zu machen.

»Nun lass dir doch nicht alles aus der Nase ziehen.«

»Du willst also wissen, woher er das weiß?«

»Natürlich will ich das wissen. Ich bin sein Vater und …«

»Stimmt, du bist der Vater dieses erwachsenen Mannes.« Kerrin konnte nicht länger ernst bleiben und grinste. »Da du so neugierig bist und dein Sohn dich anscheinend nicht umgehend informiert hat, sage ich dir jetzt, dass wir beide uns gestern Abend zufällig in Wyk getroffen und bei Pitschi's ein Bier getrunken haben.«

»Na, warum nicht gleich so?«, sagte Hark sichtlich zufrieden. »Dann hattet ihr bestimmt einen schönen Abend.«

»Den hatten wir. Und bevor du weiterfragst: Ich könnte mir gut vorstellen, dass wir uns am Wochenende noch einmal treffen und zusammen zu Marie in ihr Atelier gehen. Das hatten wir geplant, bevor Heyden mich zurückbeordert hat. Und da ich nun doch auf der Insel bleibe, spricht nichts dagegen.«

»Ich habe das Gefühl, dass du dich über mich lustig machst«, setzte Hark an. »Aber ...«

»So ein Blödsinn. Warum sollte ich?«

»Bekomm du mal Kinder, dann weißt du, wie es mir geht.« Er lachte jetzt.

»Ich freue mich schon drauf. Aber vorher bräuchte ich einen Mann an meiner Seite«, gab Kerrin zurück.

»Den wirst du mit Sicherheit finden.« Hark sah sie wissend an, und beide prusteten los.

Jan öffnete vorsichtig die Tür. »Alles in Ordnung bei euch?«

»Klar.« Hark wurde wieder ernst. »Hol mal Fabian rein, dann können wir uns kurz besprechen. Sind Tom und Christian auch schon da?«

»Sind sie.«

»Dann treffen wir uns im Besprechungszimmer.«

Kurz darauf waren alle versammelt. Ida hatte auf Bitten von Kerrin für alle Pizza bestellt und sich dann zu ihnen gesellt. An der Wand des Raums war eine große Tafel mit weißem Papier aufgestellt worden. Kerrin begann, sie zu beschreiben. In die Mitte kamen die Namen der Opfer, Niklas Lüder und Julius Famke, jeweils eingerahmt in einen roten Kreis. Weiter am Rand, getrennt durch eine gestrichelte Linie, Sarah Klasen, ebenfalls eingekreist.

»Wir wissen nicht, ob es sich bei Sarah Klasen überhaupt um ein Tötungsdelikt handelt«, erklärte sie. »Und wenn ja, dann ist immer noch unklar, ob es im Zusammenhang mit den Morden an Niklas und Julius steht. Die Tatbegehung spricht zumindest dagegen.«

Um die Namen der ermordeten Männer herum setzte sie die der Ehefrauen und Freunde. Neben Sarah Klasen schrieb sie Levke Klasen, Imme Klasen und nach einigem Zögern auch Johanna Klasen. Alle Namen wurden mit Strichen verbunden, auf denen sie die Beziehungen der Personen vermerkte. Zwischen Leon und Corinna malte sie ein Herz. Und auch Levke wurde mit den Namen der Clique verbunden, waren sie doch zusammen zur Schule gegangen.

»Das ist zwar weit hergeholt, da sie seit dem Abi kaum noch Kontakt hatten, aber wir sollten die Verbindungen nicht außer Acht lassen.« Kerrin drehte sich zu den gespannt abwartenden Kollegen um.

»Ich schlage vor, dass wir den Tod von Sarah erst einmal beiseitelassen und als Unfall behandeln und uns zunächst auf die Morde an Niklas und Julius konzentrieren. Nach der zweiten Tat können wir mit ziemlicher Sicherheit davon ausgehen, dass der Täter eine Beziehung zu den Opfern hatte und sie nicht willkürlich ausgewählt hat.« Kerrin schilderte den Kollegen die beiden Ansätze, die Hark und sie verfolgten.

»Wir müssen unsere Ermittlungen also zweigleisig führen. Zum einen werden wir weiter prüfen, ob es innerhalb der Clique ein Motiv gibt. Die Affäre zwischen Leon und Corinna taugt da wenig. Aber wenn der Lottogewinn keiner war und Leon möglicherweise in illegale Geschäfte verstrickt ist, von denen die anderen gewusst haben könnten, sähe das schon anders aus. Mit unserem derzeitigen Kenntnisstand werden wir aber keinen richterlichen

Beschluss für eine Einsicht in seine Kontounterlagen und eine Durchsuchung des Hauses, seiner Hände und der Kleidung bekommen. Hier ist Eile geboten, damit eventuelle Beweise nicht verloren gehen oder beiseitegeschafft werden. Zum anderen könnte die gesamte Clique im Fokus stehen. Die vier Männer sind seit dem Kindergarten eng miteinander befreundet. Möglicherweise ist etwas in ihrem Leben passiert, das einen Dritten nun dazu bringt, sich an ihnen zu rächen.«

»Dieses Ereignis muss nicht in der letzten Zeit passiert sein, es kann auch ein lange zurückliegender Vorfall sein«, ergänzte Hark.

Kerrin nickte zustimmend. »Allerdings müsste den Männern klar sein, dass es solch ein Vorkommnis gibt. Und sowohl Leon als auch Sebastian weisen das weit von sich.«

»Wenn sie etwas wirklich Schlimmes getan haben, ist der Druck, sich zu offenbaren, eventuell noch nicht hoch genug«, mischte sich Christian in das Gespräch ein.

»Auch bei den Konsequenzen? Welche Steigerung zu Mord könnte es denn noch geben?« Tom sah ihn zweifelnd an.

»Womöglich trauen sie uns nicht zu, sie zu beschützen«, spann Christian seinen Gedanken weiter. »Oder sie haben sich strafbar gemacht und fürchten sich nun vor den Konsequenzen.«

»Das ist denkbar«, pflichtete ihm Kerrin bei. »Wir müssen auch in diese Richtung weitere Nachforschungen anstellen.«

»Nach unserer Nachtschicht hattet ihr mich gebeten, die Überwachung der beiden Freunde zu koordinieren«, wechselte Fabian abrupt das Thema. »Ich habe die Einsatzrouten so geändert, dass wir vermehrt an den Wohnhäusern und dem Bürogebäude Streife fahren. Wenn wir in Kauf nehmen, dass unsere Präsenz an anderen Orten etwas abnimmt, dürfte dies kein großes Problem darstellen. Mit den Kollegen habe ich bereits gesprochen.« Er schob ihnen allen eine Kopie zu.

Nachdem Kerrin einen Blick darauf geworfen hatte, sah sie ihn anerkennend an. »Gute Arbeit, Fabian. Genauso machen wir es.« Ohne eine Miene zu verziehen, nahm er das Lob entgegen.

Zu Ida gewandt bat Kerrin: »Du sorgst bitte dafür, dass die Streifenwagen draußen immer wissen, wo Leon und Sebastian sich aufhalten. Wir haben mit ihnen verabredet, dass sie sich bei uns in der Zentrale melden, sobald sie ihren Standort wechseln.«

»Gerne.« Ida lächelte. »Und wenn ich Feierabend mache, gebe ich das an die nächste Schicht weiter.«

»Im Moment sind beide im Büro, und die Jungs draußen sind im Bilde«, ließ Fabian sie wissen. »Das habe ich schon geklärt.«

»Perfekt.« Kerrin verstand jetzt, warum Hark trotz Fabians wenig einnehmenden Wesens große Stücke auf ihn hielt. Wenn er wollte, schien er ein guter und umsichtiger Polizist zu sein, der mitdachte. Sie beschloss, das nicht zu vergessen und ihn bei Bedarf stärker als bisher einzubinden. Aber auf der Nase herumtanzen lassen würde sie sich nicht.

Sie machte sich daran, die Aufgaben für den heutigen Tag zu verteilen. Tom und Christian sollten versuchen, alte Freunde und Bekannte aus dem Abiturjahrgang der Clique, die noch auf Föhr lebten, ausfindig zu machen und mit ihnen zu sprechen. Vielleicht konnte ihnen jemand einen Hinweis auf ein Ereignis geben, das einen Mord an mehreren Menschen erklären könnte. Sie selbst wollte zusammen mit Hark noch einmal mit Corinna und Valerie sprechen. Fabian und Jan würden nach der durchwachten Nacht in ihren wohlverdienten Feierabend entlassen werden.

Unterbrochen wurde die weitere Verteilung der Aufgaben durch das Eintreffen des Pizzaboten. »Das Essen geht auf mich«, erklärte Kerrin und zückte ihr Portemonnaie. »Ich bin euch allen wirklich dankbar, dass ihr mich so gut unterstützt, auch außerhalb der üblichen Dienstzeiten.«

»Das machen wir gerne.« Jan nahm sich ein großes Stück. »Ist mal etwas anderes als der normale Dienst.« Zufrieden biss er in die fettige Pizza Salami.

»Obwohl ich keine große Lust habe, weiterhin für so einen Widerling wie Leon Blumberg Überstunden zu schieben«, brummte Fabian leise.

»Hattest du mal Ärger mit ihm oder einem aus der Clique?« Kerrin sah ihn fragend an.

»Ich mag seine dekadente und abgehobene Art nicht, fertig.«

»Und das ist alles?«

»Er hat meine Cousine mal übers Ohr gehauen. Das hat sie tausendfünfhundert Euro gekostet«, gab Fabian widerwillig zu. »Ist lange her, aber ich habe es nicht vergessen. Der Mann ist ein mieser Typ. Ich würde mich jedenfalls nicht wundern, wenn wir herausfänden, dass er krumme Dinger dreht.«

»Dann fangt mal an zu graben.« Der Rest des Mittagessens verlief schweigend. Alle hingen ihren Gedanken nach. Kerrin spürte, wie müde und abgespannt sie war.

Die schlaflose Nacht ging trotz des durch ihren Körper schießenden Adrenalins nicht spurlos an ihr vorüber. Schlimmer aber als der Schlafentzug war die seelische Anspannung. Sie hatte Angst davor, zu Corinna zu fahren. Wie sollte sie ihrer Freundin beistehen und gleichzeitig ihre Arbeit professionell erledigen? Insbesondere, da das Privatleben der Freundin und die Schuld, die sie durch den Betrug an Julius auf sich geladen hatte, nicht gänzlich beiseitegelassen werden konnte. Sie seufzte lautlos. Die größte Hilfe für Corinna wird es sein, wenn ich den Mörder finde, machte sie sich selbst Mut. Alles andere muss hinter diesem Ziel zurückstecken.

Als alle aufgegessen hatten und die letzten Dinge besprochen waren, gingen Hark und Kerrin noch einmal zurück in ihr Büro. Hark rief bei Leif Brodersen an und brachte ihn kurz und knapp auf den neuesten Stand. Wie sie erwartet hatten, war der Bürgermeister alles andere als zufrieden. »Bei uns klingelt in einer Tour das Telefon. Besorgte Touristen rufen an. Wenn du morgens an den Strand gehst und dir kommen Bestatter mit einem Sarg und Männer in weißen Schutzanzügen entgegen, ist die Erholung für den Tag futsch.«

»Kann ich verstehen, aber irgendwie müssen wir die Leiche ja vom Strand wegbringen«, hielt Hark dem entgegen. »Ein Sarg bietet sich da an. Und die Spurensicherung trägt nun mal Schutzanzüge und keine Badehosen.«

Kerrin konnte sich ein Grinsen nicht verkneifen. Sie war froh, dass Hark die Verbindung zum Bürgermeister hielt. Eigentlich wäre das ihre Aufgabe, aber sie riss sich wahrlich nicht darum.

»Klar, morgen früh melde ich mich wieder bei dir.« Hark schwieg einen Moment. »Natürlich werden wir am

Wochenende arbeiten. Genau wie du, mein Lieber, sind wir immer im Dienst.« Er verdrehte genervt die Augen.

Als Hark aufgelegt hatte, stand Kerrin grinsend auf. »Dann lass uns mal los, damit wir dem guten Herrn Brodersen schnell Ergebnisse liefern können.«

22

Als Hark und Kerrin vor die Tür traten, fielen die ersten Regentropfen. Dunkle Wolken hatten sich vor die Sonne geschoben, und ein stürmischer, aber immer noch warmer Wind wehte.

»Herrlich.« Kerrin drehte sich im Kreis und öffnete den Mund, um ein paar Tropfen zu erwischen. Die Schwüle des Tages hatte sich aufgelöst, und sie fühlte sich für einen Moment frei und leicht. Bevor sie jedoch komplett durchnässt waren, setzten Hark und sie sich in den Wagen und machten sich auf den Weg nach Süderende.

Das Schauspiel, das die Natur ihnen während der Fahrt bot, war atemberaubend. Wolkenformationen in allen erdenklichen Grauschattierungen flogen über den Himmel, die Pferde auf den Weiden duckten sich an die für Norddeutschland so typischen Knicks zwischen den Feldern, um sich vor dem Unwetter zu schützen, und die Radwege waren menschenleer. Dicke Tropfen prasselten auf die Windschutzscheibe. Hark musste den Scheibenwischer auf Höchstleistung stellen, um durch die Regenwand schauen zu können. Ein erster Blitz erleuchtete den Himmel, dicht gefolgt von einem lauten Donnergrollen.

Kerrin rekelte sich genüsslich auf ihrem Sitz. »Ich liebe

den Sommer, die Sonne und Hitze und könnte auch gut ohne Herbst und Winter auskommen, aber ein kräftiges Gewitter von Zeit zu Zeit ist wunderbar.«

Hark brummte zustimmend. »Gut nur, dass es erst jetzt kommt. Ansonsten wäre die Spurensicherung umsonst auf der Insel gewesen.«

Kurz vor Süderende klingelte Kerrins Handy.

»Moin, Elena, habt ihr die Fähre trocken erreicht?« Sie stellte den Lautsprecher an, damit Hark mithören konnte.

»Halbwegs. Wir sitzen im Restaurant und haben uns einen heißen Kakao bestellt. Hätte mir das jemand heute Morgen prophezeit, hätte ich ihn für verrückt gehalten.« Elena lachte. »Aber es war eben so ungemütlich draußen, dass Paul und ich Lust darauf haben.«

»Ich würde euch gerne dabei Gesellschaft leisten«, sagte Hark und schmunzelte.

»Hast du Ergebnisse für uns?«, fragte Kerrin.

»Selbstverständlich.« Elena wurde wieder ernst. »Mit ziemlicher Sicherheit handelt es sich um den gleichen Täter. Ein Schuss in jedes Knie, danach ein Kopfschuss. Die Projektile dürften noch im Körper sein, Austrittslöcher gibt es nicht. Das können wir aber erst in Kiel angehen.«

»Kannst du Genaueres zum Todeszeitpunkt sagen?«

»Ich bleibe erst einmal dabei: zwischen einundzwanzig und dreiundzwanzig Uhr. Die Kleidung habe ich bereits Lukas und Hauke zur Untersuchung mitgegeben. Sobald wir die Projektile haben, schicke ich sie ebenfalls los.«

»Danke, Elena. Wann rechnest du mit dem endgültigen Ergebnis?«

»Heute Abend nicht mehr, wir sind nicht vor halb sechs zurück in Kiel.«

»Und morgen ist Samstag«, fiel Hark grinsend ein.

»Richtig, eigentlich habe ich frei. Aber ich werde die Obduktion trotzdem machen und mich danach melden.« Sie schwieg einen Moment. »Ich weiß auch nicht, warum, aber mir gehen diese Morde nahe. Vielleicht weil du so dicht dran bist, Kerrin. Irgendwie sind die Opfer für mich nicht so anonym wie sonst.«

»Ich finde es bewundernswert, dass du auch nach all den Jahren in diesem Beruf nicht abgestumpft bist«, bemerkte Hark mit warmer Stimme. »Das ist nicht selbstverständlich. Das, was du jeden Tag tust, könnte ich nicht leisten.«

»Danke, Hark.« Elena klang überrascht, schien sich aber über das Kompliment zu freuen.

Hark parkte den Wagen direkt vor dem Haus der Familie Famke. Das Gewitter war bereits weitergezogen, das Donnergrollen folgte nicht mehr unmittelbar auf die Blitze, aber heftiger Regen trommelte weiter unerbittlich auf den Boden. Auf dem Hof hatten sich bereits große Pfützen gebildet. Nach der Trockenheit der letzten Wochen konnte die Erde die Wassermassen nicht so schnell aufnehmen, wie sie vom Himmel fielen.

Kerrin und Hark sprinteten den kurzen Weg zur Eingangstür und flüchteten sich unter das Vordach. Auf ihr Klingeln öffnete ihnen Anna. Sie sah abgekämpft aus.

»Kerrin, wie gut, dass ihr kommt«, sagte sie leise. »Valerie ist auch da, und ich bin langsam am Ende meiner Kräfte.«

Kerrin nahm sie in die Arme und drückte sie kurz an sich. »Ich weiß genau, was du meinst. Mir geht es nicht viel anders«, flüsterte sie in ihr Haar.

»Zusätzlich zu dem ganzen Schmerz hier habe ich

furchtbare Angst um Sebastian.« Tränen standen in Annas Augen. »Ich könnte es nicht ertragen, ihn zu verlieren.«

»Das verstehe ich gut. Laut meiner letzten Information sind er und Leon im Büro. Unsere Jungs wissen Bescheid und kontrollieren engmaschig vor dem Gebäude.«

»Er ruft mich an, sobald er nach Hause fährt. Ich werde mich dann auf den Weg machen, um bei ihm zu sein.«

Sie ging Kerrin und Hark voran in das Wohnzimmer. Corinna und Valerie saßen auf dem Sofa, vor sich eine Kanne mit Tee, Becher und eine Dose Kandiszucker. Auf dem Boden lagen einige achtlos hingeworfene benutzte Taschentücher. Corinna blickte ihnen mit leerem Blick entgegen, und auch Valerie reagierte zunächst kaum auf ihre Anwesenheit.

Kerrin nahm beide Frauen in die Arme, bevor sie sich auf einem Sessel niederließ. Hark blieb an eine Wand gelehnt stehen.

»Wie geht es deinen Kindern, Valerie?«, begann Kerrin das Gespräch.

»Sie sind heute Morgen zusammen mit meinen Eltern zurück nach Kiel gefahren. Das ist besser so für sie. Ich kann mich im Augenblick nicht so gut um sie kümmern wie ihre Großeltern. Außerdem muss ich mich jetzt nicht mehr ständig zusammennehmen. Ich brauche einfach ein paar Tage für mich. Und hier auf der Insel fühle ich mich Niklas so nah wie nirgendwo sonst.« Lautlose Tränen rollten Valeries Wangen herunter, aber sie machte sich nicht die Mühe, sie wegzuwischen. Corinna griff nach ihrer Hand und drückte sie. Auch sie weinte stumm.

»Wir haben eben über Leon gesprochen«, ergriff Anna das Wort. »Ich war der Meinung, dass wir alle ehrlich zueinander sein sollten. Was passiert ist, ist so schlimm, dass für weitere Heimlichkeiten und Lügen kein Platz mehr ist.«

»Für mich ist das okay.« Corinna blickte auf. »Ich hatte schon lange vor, reinen Tisch zu machen.«

»Hast du es gewusst?«, wandte sich Kerrin an Valerie, die stumm den Kopf schüttelte.

»Dann weißt du auch nicht, ob Niklas eventuell doch vorhatte, mit Julius zu sprechen, entgegen der Absprache mit Sebastian und Leon?«

»Das glaube ich nicht. Wenn er das Gefühl gehabt hätte, mit dem Vereinbarten doch nicht leben zu können, hätte er vorher noch einmal mit Leon und auch Sebastian geredet.« Valeries Stimme klang brüchig. »Mir hat er sich bestimmt aus dem gleichen Grund wie Sebastian bei Anna nicht anvertraut. Hätte ich es gewusst, hätte ich nicht mehr unbefangen mit allen umgehen können.« Aus ihrer Stimme war der Vorwurf gegen Corinna und Leon deutlich herauszuhören. Auch Corinna hatte ihn wahrgenommen.

»Ihr könnt mich jetzt leicht verurteilen. Ich habe mir das alles auch nicht ausgesucht«, rechtfertigte sie sich. »Mit Leon hat mich schon immer etwas verbunden. Eigentlich habe ich ihn schon in der Schule geliebt«, fügte sie kaum hörbar hinzu.

»Aber du weißt doch, was für ein Typ Mann er ist.« Anna war ihre Fassungslosigkeit immer noch anzumerken. »Und du sagst selbst, dass er sich heute den ganzen Tag nicht bei dir gemeldet hat und auch auf deine Anrufe und WhatsApp nicht reagiert.«

»Vielleicht passt es ihm gerade nicht oder ...«

»Corinna, wach auf!« Anna wurde lauter. »Er sitzt mit Sebastian zusammen im Büro und tut eh kaum etwas. Wie immer. Die Arbeit macht mein Mann. Zeit genug also, sich bei dir zu melden, wenn er es wollen würde.«

»Was willst du mir damit sagen?« Corinna sah sie verunsichert an.

»Das Offensichtliche. Er hat mit dir gespielt, so wie er es mit allen Frauen zeit seines Lebens getan hat.«

Corinna zuckte unter ihren harten Worten zusammen. Als Anna das bemerkte, lenkte sie ein. »Entschuldige, meine Süße, ich wollte dich nicht verletzen. Es bringt aber auch nichts, sich etwas vorzumachen. Leon wird Ragna nicht verlassen. Diese Frau passt zu ihm. Sie toleriert seinen Lebenswandel und genießt dafür das süße Leben an seiner Seite, das Sebastian den beiden erarbeitet. Im Gegenzug hält sie sich top in Form und kann repräsentieren. Eine Win-win-Situation für die beiden.« Mit sanfter Stimme fuhr sie fort: »Du hast etwas Besseres verdient als diesen Mann.«

»Der möglicherweise bessere Mann ist aber leider heute Nacht umgebracht worden«, stieß Corinna erregt aus, sprang auf und ging zum Fenster. Ihr Körper wurde nun von einem heftigen Weinkrampf geschüttelt. Kerrin trat neben sie und zog sie behutsam in ihre Arme. Lange standen sie so zusammen, bis Corinna sich langsam wieder beruhigte.

»Es tut mir leid, ich wollte dich nicht so hart angehen«, entschuldigte Anna sich bei ihr. »Wir sind wahrscheinlich alle völlig fertig mit den Nerven.«

»Du hast ja leider recht.« Corinna war kaum zu verstehen. »Tief in mir weiß ich das. Und trotzdem fehlt mir Leon so sehr.«

Hark räusperte sich. »Wir würden euch gerne ein paar Fragen stellen.«

»Natürlich«, sagte Valerie.

Corinna und Kerrin setzten sich wieder, und Kerrin übernahm. »Wir sind immer noch auf der Suche nach dem Motiv. Wenn wir davon ausgehen, dass die Affäre zwischen Corinna und Leon nicht der Grund für die Morde ist, kommen wir zu der Frage, ob die vier Männer in der Vergangenheit irgendeine Auseinandersetzung hatten, die für einen Außenstehenden derart schlimm gewesen ist, dass er sich jetzt an ihnen rächt.«

»Wir haben vorhin schon darüber gesprochen, aber uns ist nichts eingefallen«, ergriff Anna das Wort. »Wir alle wissen, dass die vier an der Schule umstritten waren, in erster Linie wegen Leon. Dass er nicht besonders sozial eingestellt ist, andere teilweise auch fies geärgert hat, ist allgemein bekannt.«

»Zum Beispiel Levke«, warf Corinna ein. »Heute ist sie eine attraktive und selbstbewusste Frau, aber während der Schulzeit hat die Clique sie ganz schön fertiggemacht.«

»Ja, sie ist ein Beispiel, aber es gibt auch noch eine Reihe andere. Lasse fällt mir dabei ein, der Freund von Till. Er hatte es zu Hause mit seinem jähzornigen Vater schon schwer genug. Die Gemeinheiten der Jungs haben ihm noch mehr Probleme bereitet, als er eh schon hatte. Ich erinnere mich, dass er in der Oberstufe meist verängstigt und in sich gekehrt an Till hing. Wenn die beiden nicht so eng miteinander befreundet gewesen wären, hätte es für ihn bestimmt noch schlimmer ausgesehen.«

»Was macht er heute? Ist er noch auf der Insel?« Corinna sah sie neugierig an. »Ich habe ihn ewig nicht mehr gesehen.«

Anna nickte. »Er arbeitet bei dem Getränkegroßhändler in Wyk im Lager, soweit ich weiß.«

»Und das mit Abitur?«

»Anscheinend. Der Abschluss allein sagt ja nichts darüber aus, was aus einem wird. Ich vermute, dass er aufgrund seiner Kindheit und Jugend so belastet ist, dass das für ihn okay ist.«

Einen Augenblick hingen alle ihren Gedanken nach.

»Als Sebastian und ich uns damals näherkamen, hatte ich anfangs ziemliche Vorbehalte. Ihr Ruf eilte der Clique weit voraus«, durchbrach Anna schließlich die Stille. »Wenn man die Jungs dann aber besser kennenlernt, erlebt man auch die liebenswerten Eigenschaften, die sie haben. Gerade Sebastian, Julius und Niklas.«

»Das sehe ich auch so«, stimmte Valerie ihr zu. »Für mich lief das natürlich etwas anders ab, weil ich nicht vorbelastet war. Aber auch ich kann sagen, dass ich mich mit Julius und Sebastian immer sehr viel besser verstanden habe als mit Leon. Er kreist halt immer um sich selbst und ist nicht sonderlich interessiert an anderen.« Sie hob die Schultern. »Aber er hat auch nette Seiten«, fügte sie mit einem Seitenblick auf Corinna hinzu. »Er ist sehr großzügig und kann wunderbare Geschichten erzählen. Wie oft haben wir alle vor Lachen unter dem Tisch gelegen, wenn er so richtig aufgedreht hat.«

Corinnas Augen wurden wieder feucht. »Lieb, dass du das sagst, Valerie.« Sie wischte sich über das Gesicht. »Auf mich hat Leon schon in der Mittelstufe eine unglaubliche Anziehungskraft ausgeübt. Er sah so gut aus, war witzig, stand immer im Mittelpunkt und gab den Ton an. Das hat mir imponiert. Wenn er will und sich Mühe gibt, kann er der zuvorkommendste und liebevollste Mann der Welt sein.« Sie verstummte kurz und fuhr dann fort: »Mit Julius war das ganz anders. Er ist bodenständig und zuverlässig, man kann auf sein Wort zählen. Er spielt einem nicht irgendetwas vor, sondern ist immer authentisch.« Sie brach ab und fing wieder an zu weinen. »Wenn ich mich jetzt selbst so reden höre, frage ich mich, ob ich den Fehler meines Lebens gemacht habe.« Sie schluchzte laut auf.

Valerie griff nach ihrer Hand. »Zerfleische dich nicht mit diesen Gedanken. Was geschehen ist, kannst du nicht mehr rückgängig machen. Ich weiß, dass Julius dich sehr geliebt hat und glücklich war. Erinnere dich daran.«

»Um noch einmal auf meine Frage zurückzukommen: Fallen euch noch mehr ein, denen die vier besonders übel mitgespielt haben? Entweder auch in der Schule oder während des Studiums oder später?«

Alle drei Frauen überlegten einen Moment.

»Levke haben wir ja schon genannt. Aber bei ihr waren es nicht nur unsere Männer. Die ganze Schule hat sich wegen ihres Übergewichts über sie lustig gemacht. Dann noch Lasse. Aber nicht nur er, sondern auch sein Freund Till. Und es gab andere, in erster Linie die Außenseiter, die eh keiner mochte und die aus irgendeinem Grund eine gute Angriffsfläche geboten haben. Wegen des enormen Übergewichts wie bei Levke, wegen hässlicher Klamotten, Streber oder Lehrerlieblinge, was weiß ich«, stellte Anna fest.

»Das sind auch meine Erinnerungen, aber ich war nicht so involviert wie ihr, da ich jünger war«, pflichtete Kerrin ihr bei und seufzte. »Denkt bitte weiter darüber nach. Wenn möglich, stellt uns eine Liste mit Namen zusammen«, bat sie. »Es muss ein persönliches Motiv für die Taten geben, und wenn wir das kennen, können wir auch den Täter fassen.« Sie erhob sich. »Wir lassen euch jetzt allein und machen uns wieder an die Arbeit.«

Nachdem sie alle drei Frauen mit einer Umarmung verabschiedet hatte, gingen Hark und sie nach draußen. Während ihres Gesprächs war das Gewitter weitergezogen. Zwischen den Wolken waren bereits vereinzelte blaue Lücken zu erkennen. Der frische Wind war abgeflaut, und der Regen hatte aufgehört. Nicht mehr lange und die Sonne würde sich ihren Platz am Himmel zurückerobern.

Die Fahrradwege auf dem Weg zurück nach Wyk waren bereits wieder voll. Die Touristen schienen keine Minute ihrer kostbaren Urlaubstage vergeuden zu wollen. Vor dem dänischen Eisladen in der Hauptstraße von Nieblum stand eine Schlange. Der Duft nach frisch gebackenen Waffeln strömte durch das geöffnete Autofenster. Kerrin schnupperte und sah Hark von der Seite an. Er schien ihre Gedanken zu erraten und bremste mit einem Grinsen. »Für mich bitte Schokolade und Himbeere mit Sahne in der Waffel.«

»Sehr gern.« Zehn Minuten später trat Kerrin mit zwei großen Eiswaffeln aus dem Laden heraus. Hark hatte zwischenzeitlich den Wagen abgestellt und wartete auf einer Bank in der Sonne.

»Das sind die Vorteile, wenn man mit dem Streifenwagen unterwegs ist«, bemerkte er schmunzelnd. »Man findet immer einen Parkplatz.«

Als sie zurück in die Dienststelle kamen, griff Kerrin zum Telefon und rief Heyden an, um ihn auf den neuesten Stand zu bringen. Hark begann in der Zeit, die Berichte zu tippen.

Christian und Tom trafen wenig später ein. Sie hatten von Leon die Namen einiger Männer erhalten, mit denen die Clique zu Schulzeiten und auch danach befreundet gewesen war. Mit dreien davon hatten sie bereits gesprochen, allerdings nur wenig Neues erfahren. Alle waren geschockt von den Ereignissen und konnten sich keinen Grund für diese abscheulichen Taten vorstellen. Mit den anderen würden sie morgen reden.

Kerrin sah auf die Uhr. Es war mittlerweile siebzehn Uhr, und sie war am Ende ihrer Kräfte. Sie hatte über dreißig Stunden nicht geschlafen, und genau so fühlte sie sich auch.

»Feierabend«, schlug sie deswegen vor.

Dankbar sah Hark sie an. »Ich dachte schon, dieser Tag endet nie«, entgegnete er mit einem müden Lächeln.

Hark brachte Kerrin nach Borgsum. Ihre Eltern waren nicht zu Hause, aber der Wagen ihrer Mutter stand vor der Tür. Einen Moment überlegte Kerrin, Nils anzurufen, um sich mit ihm zu verabreden, aber dann entschied sie sich dagegen. Vielleicht würde er sie aufdringlich finden. Sie fühlte sich auf eine besondere Weise zu ihm hingezogen, aber es musste ihm ja nicht genauso ergehen. Kerrin war in Bezug auf Männer schon immer schüchtern gewesen, und sie wollte sich keine Blöße geben. Außerdem war sie eigentlich viel zu müde. Kurz entschlossen zog sie ihre Badesachen an und schnappte sich den Autoschlüssel.

Kurz darauf parkte sie ihren Wagen bei Pitschi's und ging runter an den Strand. Sie wollte sich nach dieser nervenaufreibenden Nacht und dem anstrengenden Tag in die Fluten stürzen, etwas Leckeres essen und sich danach im Bett einrollen und möglichst traumlos schlafen.

Als sie sich nach einem Plätzchen umsah, entdeckte sie Levke, die zusammen mit Marie und Moritz vor einem

Strandkorb im Sand lag. Kerrin stand nicht der Sinn nach weiteren Unterhaltungen, aber bevor sie sich wegdrehen konnte, hatte Levke sie schon gesehen und winkte ihr zu.

»Moin, Kerrin, leg dich doch zu uns«, forderte sie sie auf. »Willst du auch noch einmal ins Wasser?«

»Ja, es war ein echt heftiger Tag.« Kerrin zog ihr Kleid aus. »Ich bin gleich zurück«, sagte sie. Zum Glück folgte ihr keiner der drei. Sie wollte gerne allein sein.

Das Bad in der Nordsee war herrlich. Kerrin merkte, wie ihre Lebensgeister zurückkehrten. Mit kräftigen Zügen schwamm sie ein Stück nach draußen und ließ sich dann treiben. Die Strömung war wie immer stark. In kürzester Zeit war sie zum nächsten Strandabschnitt abgetrieben worden. Kerrin liebte es, gegen die Kraft des Wassers anzuschwimmen, und so drehte sie sich um und kraulte zurück. Auf dem Weg berührte sie einige Quallen und schleuderte sie voller Ekel von sich. Als Kinder hatten sie sich einen Spaß daraus gemacht, sich mit den an den Strand gespülten glibberigen Tieren zu beschmeißen, aber diese Zeiten waren schon lange vorbei. Heute waren sie ihr zuwider, auch wenn sie wusste, dass sie ihr nichts taten. Müde und entkräftet kam sie schließlich am Strand an und ließ sich auf ihr Handtuch fallen.

»Herrlich. Genau das habe ich heute gebraucht.«

Levke sah sie ernst an. »Wir haben vorhin gehört, dass nun auch Julius ermordet wurde.«

Kerrin nickte. »Ja, das stimmt.«

»Habt ihr schon eine Spur?«

Marie und Moritz hörten aufmerksam zu, schwiegen aber.

»Dazu kann ich nicht viel sagen, wir ermitteln.« Kerrin überlegte einen Moment. Es war eine gute Gelegenheit, Levke ein wenig auf den Zahn zu fühlen, immerhin hatte sie in der Schule sehr unter der Clique gelitten. »Die Jungs hatten einen ziemlich heftigen Ruf in der Schule. Du kannst ja leider auch ein Lied davon singen.«

»Das ist lange her. Sie hatten sich auf mich eingeschossen, und da gab es kein Entkommen. Ich verstehe heute natürlich schon, dass mein Aussehen sie geradezu dazu aufgefordert hat, trotzdem war es furchtbar.«

»Du hörst dich an, als wäre es nicht allzu schlimm gewesen«, ergriff Marie das Wort. »Aber nach allem, was du mir erzählt hast, muss es eine traumatische Zeit gewesen sein. Levke hatte es schwer zu Hause, war mitten in der Pubertät und wurde dann auch noch tagtäglich von diesen Typen drangsaliert.« Sie hatte sich in Rage geredet.

»Beruhige dich.« Levke legte ihr eine Hand auf den Arm. »Du hast ja recht, es war schrecklich. Und verzeihen kann man so etwas nicht, es hat mich für mein Leben geprägt. Auch wenn eine Person nicht der Norm entspricht, bedeutet das nicht, dass man nach Belieben auf ihr rumtrampeln darf. Und das haben sie weiß Gott getan. Das macht etwas mit einem, und es ist nicht leicht, sich davon wieder zu befreien. Trotzdem ist es lange her.«

Kerrin hatte den Wortwechsel aufmerksam verfolgt.

»Wo seid ihr gestern Abend gewesen?«

Die drei Freunde sahen sie erstaunt an. »Moritz und ich haben zu Hause gegessen und sind früh zu Bett gegangen. Vorgestern war es spät geworden, und ich war total erschlagen«, antwortete Marie.

»Ich war bei Imme.«

Kerrin nickte. Zur Zeit des Mordes an Niklas hatten Levke und sie zusammen auf der Fähre gesessen. Ein besseres Alibi konnte es nicht geben, es sei denn, sie hätte Hilfe von anderen gehabt. Aber war das plausibel?

»Weißt du von anderen, denen sie übel mitgespielt haben?«, wechselte sie das Thema.

Levke dachte einen Augenblick nach. »Nett waren sie eigentlich nur zueinander. Alle anderen haben sie wie Dreck und von oben herab behandelt. Jeder, der nicht in ihr Raster fiel, musste mit Sprüchen rechnen. Wobei in erster Linie Leon der Kotzbrocken war. Die anderen drei sind ihm gefolgt, aber der Anführer war eindeutig er.«

»Erinnerst du dich an Lasse und Till?«

»Klar, die haben auch unter ihnen gelitten. Till hat das damals ganz gut weggesteckt, das habe ich immer bewundert. Und mir gewünscht, so stark zu sein wie er. Bei Lasse war es anders. Ihn haben sie richtig kaputt gemacht.«

»Wir werden versuchen, morgen mit ihnen zu sprechen.« Kerrin sah sie nachdenklich an. Sie spürte ein leichtes Ziehen im Magen. Könnte dies eine erste brauchbare Spur sein? Sie riss sich aus ihren Überlegungen und wandte sich an Marie und Moritz. »Kennt ihr die vier persönlich?«

Marie schüttelte den Kopf. »Vom Sehen, ich bin ja jetzt schon einige Jahre auf der Insel. Und Ragna Blumberg hat sogar mal ein Bild von mir gekauft. Aber ich kenne sie nicht näher. Nur aus Levkes Erzählungen.«

»Und du?« Kerrin sah Moritz an. Ein attraktiver Mann, dachte sie. Sein braun gebrannter Körper zeugte davon, dass er sich häufig am Strand aufhielt. Die blonden Haare trug er schulterlang und erinnerte Kerrin damit an die Surfer von Amrum, für die sie zu Schulzeiten geschwärmt hatte. Aber im Gegensatz zu ihnen schien ihm das enorme Selbstbewusstsein zu fehlen, das sie an den Tag gelegt hatten. Moritz machte auf Kerrin einen eher nach innen gekehrten und reservierten Eindruck. Ein sensibler, nachdenklicher Mann.

»Nein, ich glaube nicht. Vielleicht habe ich sie mal gesehen – ich bin viel bei Marie auf Föhr –, aber nicht bewusst. Allerdings habe ich Levke öfter über sie sprechen gehört.«

Kerrin bemerkte, dass Marie ihn genau beobachtete. Ein kleiner Stich durchfuhr sie. Sie hatte sich ihr ganzes Leben lang einen Bruder gewünscht, jemanden, der immer für sie da war, sie in- und auswendig kannte, auf den sie sich immer verlassen konnte. »Es war schon ein medizinisches Wunder, dass wir dich bekommen haben«, hatte ihre Mutter ihr eines Abends bei einer Flasche Rotwein anvertraut. »Wir mussten lernen, für ein Kind dankbar zu sein und nicht mit dem Schicksal zu hadern.«

»Toll, dass ihr beiden so ein enges Verhältnis habt«, sagte sie dann. »Ich bin leider Einzelkind.«

»Ja, da sind wir auch froh drüber«, stimmte Marie ihr zu. »Wir waren auf dem Internat und nur in den Ferien zu Hause. Das schweißt zusammen, nicht wahr?« Sie blickte Moritz an.

»Sehr.« Ein warmer Ausdruck lag in seinem Blick. »Ich war erst zehn Jahre alt, als wir dorthin kamen, Marie schon im elften Jahrgang. Gerade in der ersten Zeit war es für mich wichtig, dass ich sie hatte.«

»Das kann ich gut verstehen. Ist sicherlich nicht einfach, so früh von zu Hause wegzugehen.«

»Es hat Vor- und Nachteile«, mischte Marie sich wieder ein. »Unser Internat war toll, direkt an der Ostsee gelegen. Wir konnten segeln, Tennis spielen, hatten wirklich nette Kinder um uns herum und liebe Lehrer.«

»Das stimmt.« Moritz sah sie nachdenklich an. »Ich

empfinde es im Nachhinein auch als die richtige Entscheidung, dass unsere Mutter uns dorthin gegeben hat. Aber du warst deutlich älter als ich. Am Anfang hatte ich mit schlimmem Heimweh zu kämpfen. Zu der Zeit war zum Glück Marie dort und hat mir geholfen. Als sie dann Abi gemacht hatte und wegzog, war die Schule schon lange mein Zuhause, und ich hätte gar nicht zurück nach Hamburg gehen wollen.«

»Der enge Kontakt zwischen uns ist aber auch dann nicht abgebrochen. Ich bin vom Internat auf eine Kunstschule in Kiel gegangen und nach meinem Abschluss nach Föhr gezogen. Moritz hat schon damals oft seine Ferien bei mir verbracht.«

»Ich liebe die Nordsee. Mehr als die Elbe.« Er lächelte.

»Das verstehe ich gut«, stimmte Kerrin ihm aus tiefstem Herzen zu. »Du lebst jetzt aber auch in Kiel, nicht wahr?«

»Ja, ich studiere dort und habe gerade Semesterferien.«

»Gute Wahl, sie bei diesem Wetter auf Föhr zu verbringen.«

Moritz nickte und schaute dann aufs Meer. Das Gespräch plätscherte eine Weile träge dahin, und Kerrin merkte, dass sie immer müder wurde.

Nachdem sie getrocknet war, verabschiedete sie sich von den drei Freunden und machte sich auf den Heimweg.

23

Der Samstag begann ruhig. Hark hatte sich beim Fischhändler eine Portion Krabbensalat gekauft und machte es sich mit der Zeitung, einem Becher Kaffee und leckeren Brötchen auf der Terrasse gemütlich. Kerrin und er wollten sich um zehn Uhr in der Dienststelle treffen. Er hatte also genug Zeit für ein ausgiebiges Frühstück.

Als er jedoch den Aufmacher im *Insel-Boten* las, verflog seine gute Laune schlagartig. »Treibt ein Serienmörder sein Unwesen auf Föhr?«, lautete die reißerische Überschrift. Darunter befand sich ein Bild vom Tatort in Utersum. Der Sichtschutz und die Polizeiabsperrbänder hoben sich grell von den weißen Strandkörben ab. Hark seufzte. Seine erste Handlung in der Dienststelle würde ein Anruf bei Leif Brodersen sein. Leider konnte er sich nur allzu gut vorstellen, wie das Gespräch verlaufen würde.

Energisch blätterte er um und zwang sich, die verbleibende Zeit seines Frühstücks mit der Lektüre erfreulicherer Artikel zu genießen.

Als er eine Stunde später am Hafendeich ankam, winkte Kerrin ihm von der Kaimauer aus zu. Neben ihr standen zwei Becher Kaffee. Sie trug Shorts und ein T-Shirt und ließ ihre nackten Füße baumeln. Im Hafen-

becken sah das Wasser nicht so einladend aus wie an den Stränden. Hark entdeckte mehrere Plastiktüten und Dosen, die auf der Oberfläche schaukelten. Davon gänzlich unbeeindruckt ließen sich einige Möwen gemächlich von der leichten Strömung treiben.

»Komm, setz dich zu mir«, begrüßte Kerrin ihn mit einem Lächeln. Sie sah besser aus als am Abend zuvor, bemerkte Hark. Wahrscheinlich hatte sie nach dem nervenaufreibenden gestrigen Tag genauso tief und fest geschlafen wie er.

Kerrin schob ihm seinen Kaffee hinüber. »Nachdem ich den Artikel im *Insel-Boten* gelesen hatte, fand ich es angemessen, den Tag zumindest angenehm zu beginnen.«

»Ich habe ihn überblättert«, brummte Hark.

»Richtig so«, entgegnete Kerrin. »Außer Spekulationen steht nichts drin. Allerdings wird der Bürgermeister das vielleicht nicht so locker nehmen wie wir.« Sie schaute ihn unschuldig an.

Hark knuffte sie in die Seite. »Er steht ganz oben auf meiner Liste.« Nach einem Blick auf die Uhr fuhr er fort: »Wenn ich ihn erst nach unserem Kaffee anrufe, habe ich eventuell Glück und er ist schon auf dem Golfplatz.«

Fabian und Jan waren heute auf Abruf zu Hause, Christian und Tom schon unterwegs, um die letzten Bekannten und Freunde der Clique zu befragen.

»Finn aus der Zentrale hat mir eben erzählt, dass Leon und Sebastian zu Hause sind. Die Streifenwagen draußen wissen Bescheid.«

»Dann läuft das ja.«

»Mein Gefühl sagt mir, dass wir mit Lasse und Till aus der Schule sprechen sollten. Und auch mit den anderen, wenn Corinna und Anna noch mehr einfallen.«

»Ganz meine Meinung«, stimmte Hark ihr zu.

Als Kerrin und er kurz darauf ein wenig widerwillig in ihr Büro gingen, japste Hark an der Tür nach Luft. In dem Zimmer stand die Hitze des gestrigen Tages wie eine Wand. Er öffnete das große Fenster und ließ einen frischen Luftschwall herein. Nachdem er wieder ohne Probleme atmen konnte, griff er seufzend nach seinem Telefon. Das Gespräch mit Leif Brodersen verlief jedoch besser als erwartet. Der Bürgermeister regte sich in erster Linie über den Reporter des *Insel-Boten* auf und hatte bereits mit dessen Chef gesprochen. Seiner Ansicht nach hatte die Zeitung ihrer Verantwortung gerecht zu werden und Schaden von Föhr abzuwenden. Einen reißerischen Artikel nur wegen der Verkaufszahlen zu schreiben, stand dazu im krassen Gegensatz. Der Herausgeber hatte versprochen, sich darum zu kümmern.

»Seht zu, dass ihr bald ein paar Fakten präsentiert, über die diese Zeitungsfritzen berichten können. Dann passiert so etwas nicht noch einmal«, verlangte er am Ende des Gesprächs und bat darum, am nächsten Morgen über alle Fortschritte informiert zu werden.

Eine Weile arbeiteten Hark und Kerrin schweigend an ihren Computern. Zwischendurch rief Heyden an, aber da es nichts Neues zu besprechen gab, war das Telefonat nur kurz.

»Herr Sötje ist gerade in sein Büro gefahren.« Finn steckte seinen Kopf durch die Tür. »Obwohl doch heute Samstag ist. Die Jungs draußen wissen Bescheid. Wenn er zurück nach Hause fährt, meldet er sich wieder. Kann aber dauern.«

»Alles klar.« Kerrin nickte ihm dankend zu. Dann wandte sie sich an Hark. »Ich habe Adressen und Telefon-

nummern von Lasse und Till.« Sie griff nach dem Telefon, hatte aber kein Glück. Keiner der Männer nahm ab.

Hark überlegte einen Moment. »Lass uns bei Corinna und Anna nachfragen, ob ihnen noch weitere Personen, die unter dem Freundeskreis gelitten haben, eingefallen sind. Wir können die Leute dann ja abklappern, wenn keiner ans Telefon geht. Vielleicht ergibt sich dabei etwas Neues.«

»Gute Idee. Mit Levke habe ich gestern Abend am Strand kurz gesprochen, aber ich war so erschöpft, dass dabei nicht viel rausgekommen ist. Zur Tatzeit vorgestern war sie bei ihrer Cousine. Sie erinnert sich auch an Lasse und Till und hatte wohl damals den Eindruck, dass Till die Schikanen viel besser weggesteckt hat als Lasse. Vielleicht reden wir noch einmal zusammen mit ihr. Und am Nachmittag rufen wir Lukas und Hauke an.«

»Nicht zu vergessen Elena. Sie wollte die Obduktion heute machen, also wird sie sich über kurz oder lang bei uns melden.«

Kerrin rief bei Corinna an und verabredete, nach dem Mittagessen zu ihr zu kommen. Bis dahin habe sie die Liste fertig, versprach die Freundin.

»Ich versuche schon den ganzen Morgen, den Tod von Julius nicht so dicht an mich heranzulassen, damit ich meine Arbeit machen kann. Aber wenn ich Corinnas Stimme höre, klappt das nicht. Sie klingt furchtbar.« Niedergeschlagen blickte Kerrin nach dem Telefonat zu Hark hinüber. »Ich möchte ihr so gerne helfen, aber ich weiß nicht, wie.«

»Indem du den Mörder ihres Mannes findest«, erwiderte Hark voller Mitgefühl. »Und für sie da bist, soweit die Ermittlungen das zulassen.«

Kerrin nickte stumm.

»Leider ist immer noch nicht Sonntag und damit kein Fischmarkt«, wechselte Hark das Thema, um Kerrin abzulenken. »Wir könnten auf den Markt am Rathaus gehen und eine Kleinigkeit essen, bevor wir uns auf den Weg nach Süderende machen.«

»Gute Idee.«

Auf dem Föhrer Bauernmarkt gab es eine Vielzahl frischer Produkte von der Insel zu kaufen. Obst, Gemüse, zartes Lammfleisch, Ziegenkäse, Aalrauchmettwurst, aber auch selbst gemachte Marmeladen, verschiedene Senfsorten, Liköre und sogar Lammfelle wurden angeboten.

Hark steuerte zielstrebig die Bratwurstbude an und bestellte zwei Rostbratwürstchen mit Kartoffelsalat. Kerrin blickte ihn skeptisch an.

»Wenn ich noch lange mit dir zusammenarbeite, muss ich eine Diät machen«, entfuhr es ihr grinsend.

»So ein Quatsch, meine Lütte. Du kannst ein bisschen was auf den Rippen vertragen.«

Sie stellten sich an einen der Stehtische, aßen in einträchtigem Schweigen und beobachteten das Treiben um sich herum. Trotz des wunderbaren Strandwetters war der Markt gut besucht. Man merkte, dass in den letzten Wochen an jedem einzelnen Tag die Sonne vom Himmel gelacht hatte. Die Menschen hatten nicht mehr das Gefühl, alle Sonnenstrahlen am Strand ausnutzen zu müssen und sich für Aktivitäten wie einen Marktbesuch die Schlechtwettertage vorzubehalten.

Sie hatten gerade das letzte Stück Wurst verdrückt, als Harks Handy klingelte.

»Elena«, sagte er nach einem Blick auf das Display. Kerrin zeigte auf eine einsame Bank am Rande des Marktes und ging voran. Als sie beide saßen, nahm Hark das Gespräch an und betätigte den Lautsprecher.

»Moin, Elena«, begrüßte er die Pathologin. »Schön, von dir zu hören. Wir sind gespannt, was du uns zu sagen hast.«

Die endgültigen Obduktionsergebnisse brachten ihnen jedoch keine neuen Erkenntnisse. Wie bei der Leiche von Niklas Lüder hatten die Projektile noch im Körper gesteckt und waren bereits zur weiteren Untersuchung verschickt. Es handelte sich ebenfalls um ein Kaliber 9 × 9 mm, sodass die Wahrscheinlichkeit groß war, dass in beiden Mordfällen die gleiche Tatwaffe benutzt worden war. Der Täter hatte auch Julius zunächst in die Kniescheiben geschossen und dann einige Minuten gewartet, bis er den tödlichen Kopfschuss abfeuerte. Minuten, in denen Julius gelitten hatte und seinem Peiniger komplett wehrlos ausgeliefert war. Weitere verwertbare Spuren hatte Elena an der Leiche nicht gefunden.

»Todeszeitpunkt ist zwischen zweiundzwanzig und dreiundzwanzig Uhr. Mehr habe ich leider nicht.«

»Trotzdem danke.« Hark bemühte sich, seine Enttäuschung zu verbergen. »Dann wünsche ich dir ein erholsames Restwochenende.«

»Das brauche ich euch wahrscheinlich nicht zu wünschen.« Elena lachte. »Ich packe jetzt meine Badesachen und mache mich auf den Weg nach Schilksee. Ihr auf Föhr seid nicht die Einzigen mit schönen Stränden.«

»Das sei dir von Herzen gegönnt«, entgegnete Hark. »Mal schauen, ob wir uns heute noch ein paar Stunden abzwacken können.«

Nachdem Hark sein Handy zurück in die Hemdtasche gesteckt hatte, sah er Kerrin unschlüssig an. »Genau das haben wir erwartet, und genau das bringt uns nicht weiter.«

»Richtig.« Kerrin erhob sich. »Auf zu Corinna, vielleicht bekommen wir dort neue Ansatzpunkte.«

Corinna kam gerade aus dem Stall, als Hark und Kerrin aus dem Wagen stiegen. Ein leichter Güllegeruch hing in der Luft. Zu Harks großer Überraschung trug sie einen Blaumann, darunter ein weißes T-Shirt und Gummistiefel.

»Gut, dass ihr da seid. Ich brauche dringend einen Kaffee«, sagte sie statt einer Begrüßung mit leiser Stimme und ging den beiden voran ins Haus. »Ich helfe meinen Schwiegereltern, allein schaffen sie es nicht.« Sie schleuderte die dreckigen Stiefel in den Vorraum. »Mit mir allerdings auch nicht. Es ist einfach nicht mein Ding.« Sie ging weiter in Richtung Küche und wusch sich dort gründlich die Hände. Dann setzte sie Kaffee auf, holte aus einem Schrank eine Dose Kekse und ließ sich mit einem Seufzer auf einen Stuhl fallen. »Jetzt mache ich genau das, was ich nie wollte.« Sie sah traurig zu Kerrin hinüber. »Meine ganze Ehe hindurch habe ich mich geweigert, auf dem Hof mitzuarbeiten. Für Julius waren die Tiere und die Arbeit hier sein Ein und Alles. Für mich überhaupt nicht. Ich weiß genau, dass meine Schwiegereltern sich eine andere Frau für ihren Sohn gewünscht haben. Eine, die mit anpackt, die das Leben auf einem Bauernhof liebt, alles andere dafür stehen und liegen lässt, aber das bin ich nicht.« Tränen sammelten sich in ihren Augen. »Wahrscheinlich ist das meine Strafe. Dass ich jetzt helfen muss. Das bin ich Julius schuldig.« Energisch wischte sie sich die Tränen aus dem Gesicht. Sie sah schlecht aus. Tiefe Ringe lagen unter ihren ungeschminkten Augen, und ihre Haut wirkte fleckig und unrein. Nichts erinnerte Hark mehr an die attraktive und gepflegte Frau, die er vor vier Tagen vor dem Haus von Niklas und Valerie Lüder gesehen hatte. Als die Kaffeemaschine anfing zu blubbern, stand Corinna auf, holte die Kanne und schenkte ihnen ein. Ihre Bewegungen waren fahrig.

»Ich habe immer noch nichts von Leon gehört. Auf meine Anrufe und Nachrichten reagiert er nicht.« Sie schluckte und blickte Hilfe suchend zu Kerrin. »Was soll ich bloß machen? Warum meldet er sich nicht bei mir? Gerade jetzt in dieser Situation.«

Kerrin sah sie mitfühlend an. »Ich weiß es auch nicht. Vielleicht gibst du ihm noch ein bisschen Zeit. Wir mussten Ragna von eurer Affäre erzählen und ...«

»Oje«, unterbrach Corinna ihre Freundin. »Und nun macht sie ihm bestimmt die Hölle heiß.« Sie fuhr sich durch die Haare. »Wenn das so ist, ergibt sein Verhalten natürlich Sinn. Er muss wahrscheinlich erst einmal alles ordnen, bevor er zu mir kommt.« Ein Funke Hoffnung erschien in ihrem Gesicht. »Wie hat sie es aufgenommen?«

»Sie hatte es wohl geahnt, ist aber trotzdem ziemlich geschockt gewesen«, entgegnete Kerrin vage.

»Habt ihr die Liste für uns zusammengestellt?«, fragte Hark, der bemerkte, wie unangenehm Kerrin die Wendung des Gesprächs war.

Corinna öffnete eine in den alten Küchentisch eingelassene Schublade, holte einen Zettel hervor und schob ihn zu Hark hinüber. In ordentlicher Schrift befanden sich fünf Namen darauf. Ganz oben stand Levke Klasen, darunter die von vier Männern. Till Peters, Lasse Pfeiffer, Maik Köhler und Aiko Schulte.

»Anna wollte sich melden, falls ihr noch jemand einfällt. Wenn ihr wollt, rufe ich sie kurz an und frage. Sie hat heute frei.«

Kerrin nickte, und Corinna stand auf, um ihr Handy zu holen.

»Kennst du die anderen Jungs?« Hark sah Kerrin fragend an.

Kerrin warf einen Blick auf den Zettel. »Aiko war bei Leon und den anderen in der Klasse. Er hat sein Abi mit 1,0 gemacht und war ein echter Streber. Ich kann mir gut vorstellen, dass er auf ihrer Abschussliste stand. Maik war älter, vielleicht ein, zwei Jahre. Er war ein Computerfuzzi, ein echter Nerd und Einzelgänger. Das kam bei den vieren wahrscheinlich auch nicht so gut an, bot zumindest eine breite Angriffsfläche.« Sie überlegte einen Moment. »Über Till und Lasse haben wir ja schon gesprochen. Sie waren in der gleichen Klasse wie die Jungs und ebenfalls beste Freunde. Eher unscheinbare Typen, sie standen am Rand und gehörten definitiv nicht zu der tonangebenden Gruppe. Aber was an ihnen der Knackpunkt war, kann ich nicht sagen.«

Corinna hatte den letzten Satz gehört, als sie zurück in die Küche kam. »Die beiden waren freundlich und farblos. Gereizt hat die Clique wahrscheinlich, dass sie sich einfach nicht gewehrt haben. Sie waren die perfekten Opfer.« Sie wählte eine Nummer. Anna nahm sofort ab, und Corinna stellte den Lautsprecher an.

Aber auch Anna und Sebastian war außer den genannten Personen niemand mehr eingefallen. »Ich kann mir nicht vorstellen, dass einer von denen so viele Jahre nach dem Abitur unsere Männer derart gehasst hat, dass er sie umbringt. Sebastian sieht das genauso. Klar wurden sie von ihnen geärgert, und das war in der Pubertät bestimmt

nicht lustig, aber deswegen Morde zu begehen kommt uns ziemlich weit hergeholt vor.«

»Danke, Anna, für deine Einschätzung«, sagte Kerrin.

Als Harks Telefon klingelte, stellte Corinna den Lautsprecher aus. »Ist mit dir alles in Ordnung, Anna?«, fragte sie gedämpft.

Hark verließ leise die Küche, bevor er das Gespräch annahm.

»Das tut mir leid.« Corinna warf Kerrin einen entschuldigenden Blick zu und deutete mit der freien Hand einen Babybauch an. »Nein, das ist schon in Ordnung. Das Leben geht doch weiter, und ich bin immer für dich da, das weißt du doch.« Sie hörte einen Augenblick zu. »Nun male den Teufel nicht an die Wand. Die Ärzte haben euch prophezeit, dass es ein wenig dauern kann. Das hat nichts zu bedeuten. Was sagt Sebastian denn dazu?« Sie schwieg wieder.

»Gut, aber wenn er gleich nach Hause kommt, ist er für dich da. Du hast ein riesiges Glück mit deinem Mann. Halt die Ohren steif, meine Liebe.« Mit diesen Worten legte Corinna langsam ihr Handy auf den Tisch.

»Das alte Thema.« Sie zuckte die Schultern. »Anna hat gerade bemerkt, dass sie auch in diesem Monat nicht schwanger geworden ist.«

»Das tut mir leid. Ich wusste gar nicht, dass sie es probieren.«

»Gefühlt schon seit Jahren. Anna ist schließlich nicht mehr die Jüngste. Aber es will einfach nicht klappen, und sie ist mittlerweile sogar in Behandlung. Leider ist das auf einer Insel nicht so einfach. Hier kannst du nicht mal schnell in die Klinik fahren, wenn ein günstiger Moment ist, und tun, was getan werden muss, sondern du musst rüber aufs Festland. Alles muss viel sorgfältiger geplant werden.« Sie seufzte. »Ich wünsche ihr wirklich von Herzen, dass Sebastian und sie ...«

Hark hatte das Gespräch der beiden Frauen durch die offene Tür gehört, den Inhalt erfasst hatte er jedoch nicht, zu aufwühlend waren die Nachrichten, die er soeben von Finn erhalten hatte. Er war kreidebleich, als er zurück in die Küche trat.

»Was ist passiert?«, fragte Kerrin erschrocken, nachdem sie einen Blick auf ihn geworfen hatte.

Langsam ließ er sich auf einen Stuhl sinken und sah die beiden Frauen erschüttert an. »Unser Täter hat erneut zugeschlagen.«

24

Noch ein wenig außer Atem von ihrem Ausflug kuschelte Levke sich an ihre Cousine. Sie hatte das dicke Märchenbuch aufgeschlagen auf ihren Knien liegen, schaute aber nicht hinein. Tief in Gedanken versunken sah sie aus dem Fenster. Von hier aus hatte man einen wunderbaren Blick in eine alte Kastanie. Die sattgrünen Blätter wehten sanft im Wind und verhinderten, dass die Sonne unbarmherzig in das kleine, gemütlich eingerichtete Zimmer von Imme brannte.

»Erzähl mir ein Märchen«, bat Imme sie schon zum zweiten Mal. Levke riss sich aus ihrem Tagtraum und zwang sich zu lächeln.

»Welches möchtest du denn hören?«

»Ein neues«, forderte das Mädchen. »Eins, das ich noch nicht kenne.«

»Dann lass mich mal überlegen.« Levke zog ihre Cousine näher an sich heran und legte den Arm um sie. Die Liebe, die sie mit Imme verband, war tief. Bei ihrer Geburt war Levke bereits acht Jahre alt und stark übergewichtig gewesen. Die lieblose Atmosphäre in ihrem Zuhause, die Abwesenheit ihrer Mutter, an die sie sich nicht mehr erinnern konnte, der Alkoholmissbrauch ihrer Tante und deren

Gleichgültigkeit ihr gegenüber, all das hatte dazu geführt, dass Levke Essen in sich hineinschaufelte. Wenn sie aß, war sie zufrieden. Also aß sie und aß und aß und wurde immer dicker. Daran änderte sich mit der Geburt von Imme zwar nichts, zu sehr war Levke bereits in diesen verhängnisvollen Strudel geraten, dem sie erst als Erwachsene mithilfe einer einfühlsamen Therapeutin entkommen würde, aber sie wurde glücklicher. Von seiner ersten Lebensminute an hing das Baby an ihr. Zum ersten Mal, seit Levke denken konnte, wurde sie von jemandem geliebt. Ein berauschendes Gefühl. Dass Imme zurückgeblieben war, hatte sie dabei überhaupt nicht interessiert. Die beiden Kinder waren trotz des Altersunterschiedes füreinander der Anker in dieser Welt.

»Es war einmal eine böse Prinzessin«, begann Levke und klappte das Buch sacht zu. »Sie lebte zusammen mit ihrem Vater, dem König, und ihrer Schwester in einem herrlichen Königreich. Ihre Schwester war das Gegenteil von ihr. Sie war liebenswert und hübsch, und alle Menschen fühlten sich wohl und geborgen bei ihr. Die liebe Schwester hatte ein entzückendes Töchterlein, das sie über alles liebte. Da die böse Prinzessin die ältere der beiden war, hatte der König bestimmt, dass sie nach seinem Tode die neue Königin werden sollte. Und so geschah es.«

»Das war aber nicht nett von dem König«, warf Imme leise ein.

»Er hatte keine andere Wahl. Und so wurde die böse Prinzessin Königin. Schon immer war sie eifersüchtig auf das Glück und den Liebreiz ihrer Schwester gewesen. Und so beschloss sie eines Tages, sie zu töten. Sie bat ihre Schwester in ihr Schlafgemach und erschlug sie. Danach befahl sie den Wachen, sie in den Wald zu bringen und zu verscharren.«

»O nein.« Imme kuschelte sich noch enger an sie. »Und was geschah mit ihrer Tochter?«

»Sie durfte weiter in dem Königreich leben und vermisste ihre Mutter sehr. So gingen die Jahre ins Land, und aus der Tochter wurde eine schöne erwachsene Frau. Eines Tages ging sie im Wald spazieren und setzte sich auf eine Lichtung, wo sie begann, bitterlich zu weinen. Da erschien ihr eine Fee. Sie trug ein wunderschönes weißes Kleid, das glitzerte und funkelte. Ihr Gesicht war zart und lieb. Voller Mitgefühl fragte sie die Tochter, was ihr fehle. Die antwortete, dass sie ihre liebe Mutter vermisse und sich vor der bösen Königin fürchte. Nun, da sie erwachsen geworden sei, habe sie Angst, dass sie das Königreich verlassen müsse. Die Fee überlegte einen Moment. Dann sagte sie zu ihr: Deine Mutter kann ich leider nicht wieder lebendig machen, aber die böse Königin kann ich wegzaubern. An ihrer Stelle sollst du über das Königreich herrschen und alle Menschen, die darin wohnen, glücklich machen. Am nächsten Morgen war die böse Königin verschwunden. Keiner bekam sie jemals wieder zu Gesicht. Die Untertanen des Königreiches freuten sich sehr und machten die Tochter zu ihrer neuen Königin. Und sie herrschte lange Jahre bis zu ihrem Tode, und alle Menschen in dem Königreich lebten glücklich und zufrieden.«

»Das war ein schönes Märchen«, murmelte Imme. Ihr fielen die Augen zu, und sie glitt langsam hinüber in ihren täglichen Mittagsschlaf.

Vorsichtig wand Levke sich aus ihrer Umarmung. »Ich muss noch einmal weg«, flüsterte sie. »Nachher bin ich wieder bei dir.«

Imme murmelte eine Zustimmung, und Levke verließ leise ihr Zimmer.

25

In der Küche war es totenstill. Der Sekundenzeiger von Harks Uhr war deutlich zu hören. Kerrin und Corinna starrten Hark fassungslos an. Seine Worte standen im Raum, aber keine der beiden schien zunächst in der Lage zu sein, sie zu begreifen.

Dann erhob sich Corinna wie in Zeitlupe. Aus ihrem Gesicht war alle Farbe gewichen, ihre Augen funkelten dunkel in dem bleichen Gesicht. »Leon?«, hauchte sie voller Angst.

Hark schüttelte den Kopf. »Es ist Sebastian, aber …«

Corinna sackte in sich zusammen und schlug die Hände vors Gesicht. Ihre Schultern bebten. »Das kann doch alles nicht wahr sein«, stieß sie mühsam hervor.

Kerrin sagte weiter kein Wort, diese neuerliche Schreckensnachricht hatte ihr die Sprache verschlagen.

»Aber er lebt«, setzte Hark seinen begonnenen Satz fort. »Zumindest noch. Der Täter konnte sein Werk nicht beenden. Sebastian ist bereits auf dem Weg ins Krankenhaus.«

»Ich fahre sofort zu Anna.« Corinna stand auf.

»Warte bitte.« Kerrin erhob sich ebenfalls. Sie musste sich zusammenreißen und versuchte verzweifelt, Ordnung in das Chaos in ihrem Kopf zu bringen. »Das hier ist eine polizeiliche Ermittlung, und wir werden jetzt besprechen, wie wir vorgehen«, sagte sie mit Nachdruck. »Hark und ich sind gleich wieder bei dir.«

Mit diesen Worten schob sie ihren Kollegen aus der Küche. Sie traten durch den dunklen Vorraum hinaus auf den Hof. Nach dem dämmerigen Licht im Haus blendete sie die Sonne. Kerrin zog ihre Sonnenbrille aus der Tasche und setzte sie auf, dankbar dafür, dass sie ihre Augen verstecken konnte. Auch Hark sollte nicht sehen, wie erschüttert sie war. Es war ihr Fall, und sie versagte. Mit fatalen Folgen. Ein Wahnsinniger rannte auf der Insel herum und knallte Menschen ab, Menschen, die sie kannte, an denen ihr etwas lag. Und es gelang ihr nicht, ihn aufzuhalten.

»Was weißt du?«, fragte sie mit tonloser Stimme.

»Sebastian wollte wohl gerade sein Büro verlassen, als der Täter das Feuer auf ihn eröffnete. Aber er muss es irgendwie geschafft haben, zurück ins Haus zu gelangen und die Polizei anzurufen.« Hark zuckte die Achseln. »Mehr weiß ich auch nicht. Finn hat sofort einen Krankenwagen sowie Tom und Christian zum Ziegeleiweg geschickt.«

»Gut.« Kerrin überlegte einen Moment. Sie zwang sich, Ruhe in ihre Gedanken zu bringen, sich zu vergegenwärtigen, was jetzt von ihr verlangt wurde. Dann zückte sie ihr Handy und erledigte einige Telefonate. Fabian und Jan wurden aus ihrem Wochenende zurück in den Dienst beordert. Sie sollten ins Krankenhaus fahren und Genaueres über Sebastians Verletzungen herausfinden, nachdem sie selbst telefonisch nichts hatte in Erfahrung bringen können. Sebastian war zwar bereits eingetroffen und wurde behandelt, aber zur Schwere der Verletzungen gab es noch keine Informationen. Sobald er vernehmungsfähig wäre, würden Kerrin und Hark hinfahren. Die Möglichkeit, dass er seinen Verletzungen erliegen könnte, wollte sie gar nicht erst in Betracht ziehen. Das durfte einfach nicht passieren. Lukas und Hauke würden sich erneut auf den Weg auf die Insel machen. »Wenn das so weitergeht, mieten wir uns bei euch ein und genießen zwischendurch den Sommer«, hatte Lukas scherzhaft gesagt, als er hörte, dass sie schon wieder gebraucht wurden. Aber zum Scherzen war Kerrin nicht zumute gewesen.

»Corinna kann Anna abholen und mit ihr zusammen ins Krankenhaus fahren. Wenn wir am Tatort fertig sind, treffen wir die beiden dort«, schlug Kerrin vor.

Hark nickte zustimmend.

Wenige Minuten später saßen sie in ihren Autos und fuhren los. Corinna in den Friesenweg, um Anna abzuholen, und Hark und Kerrin in den Ziegeleiweg im Gewerbegebiet von Wyk.

»Es gibt wahrscheinlich wenige Orte auf der Insel, die an einem Samstagnachmittag in der Hauptsaison menschenleerer sind als das Gewerbegebiet«, mutmaßte Hark, als er sich auf die Landstraße zwischen Süderende und Alkersum eingefädelt hatte. Sie verzichteten auf das Blaulicht, damit Corinna ihnen folgen konnte.

Die Straße war gut befahren, führte sie doch an den Strand von Utersum und den Deich von Dunsum, auf dem man zwischen den grasenden Schafen kilometerweite Spaziergänge mit Blick auf die Nachbarinsel Sylt machen konnte. Außerdem zog Süderende mit seiner wunderschönen Kirche St. Laurentii die Touristen an. Auf ihrem Friedhof konnte man mit ein wenig Zeit und Muße auf den imposanten Grabsteinen die Geschichte der friesischen

Walfänger nachlesen. Die Menschen hatten in früheren Zeiten auf diese steinernen Tafeln die Lebensgeschichten der Verstorbenen niedergeschrieben. Auch der Erfolgreichste unter ihnen, der »Glückliche Matthias«, war hier begraben. Das kleine Friesendorf mit den wunderschönen alten Reetdachhäusern war das einzige Dorf auf der Insel, das nicht auf die Silbe »um« endete, da es ursprünglich nur der südliche Teil vom angrenzenden Oldsum gewesen war.

Nachdem sie Alkersum durchquert und auch die alte Mühle von Wrixum hinter sich gelassen hatten, trennten sich ihre Wege in Wyk. Corinna fuhr auf der Boldixumer Straße geradeaus zu Anna; Hark und Kerrin bogen nach links Richtung Mole und Gewerbegebiet ab.

Als sie vor dem Bürogebäude der Firma Blumberg ankamen, standen Tom und Christian bereits vor der Tür und befestigten das polizeiliche Absperrband.

Kerrin hatte das Gefühl eines Déjà-vu. Zu oft in den letzten Tagen hatte sie ihre Kollegen dabei beobachten müssen, wie sie einen Tatort sicherten. Schon von Weitem sahen sie vor der Eingangstür das tiefrote Blut. Die kleine Lache war allerdings nicht vergleichbar mit den Mengen, die sie an den beiden anderen Tatorten vorgefunden hatten.

»Drinnen sieht es schlimm aus«, warnte Tom sie vor. Christian nickte nur, schwieg aber. Sein selbstsicheres Lächeln war verschwunden, er war ernst und blass um die Nase.

»Bleibt bitte draußen, wir schauen uns allein um.« Zu Kerrins großer Überraschung fügte Christian sich ohne Widerworte dieser Anweisung.

Vorsichtig, um keine Spuren zu zerstören, betraten Hark und Kerrin das Büro. Auf dem hellen Fliesenboden war eine lange Blutspur zu sehen. Sebastian musste es nach dem Angriff auf ihn gelungen sein, sich zurück ins Haus zu flüchten und die Eingangstür zu schließen. Ein Schlüsselbund lag auf dem Boden, daneben eine lederne Aktentasche. Danach hatten ihn seine Kräfte wohl verlassen, und er war zusammengebrochen. Eine grausige rote Spur zog sich durch den langen Flur in das erste Zimmer auf der rechten Seite. Inmitten des Blutes waren einige Fußabdrücke zu erkennen. Kerrin schauderte. Sie musste das Entsetzen, das in ihr hochstieg, mit aller Gewalt niederdrücken. Vorsichtig gingen Hark und sie an der Wand entlang, bis sie einen Blick in den Raum werfen konnten. Auf einem Schreibtisch stand ein Telefon, der Hörer baumelte an dem Kabel nach unten.

»Nachdem die Sanitäter durch das Blut gelaufen sind, haben sie hier mitgedacht und anscheinend nichts angefasst«, stellte Kerrin fest.

»Äußerst geistesgegenwärtig in so einer Situation.« Auch Hark sah erschüttert aus. »Sebastian hat sich bis hierher geschleppt und die Dienststelle angerufen.«

»Und dann hat ihn seine Kraft verlassen.« Kerrin zeigte auf den großflächigen Blutfleck. »Hier hat er wahrscheinlich gelegen und auf den Krankenwagen gewartet.«

»Wie sind die Jungs hereingekommen?« Hark sah sie verwundert an. »Die Tür kann von außen nicht geöffnet werden.«

Kerrin zuckte mit den Schultern und ging langsam zurück zum Eingang. »Das klären wir, wenn wir im Krankenhaus sind.« Sie sah auf die Uhr. »Es ist jetzt Viertel nach drei. Wenn Lukas richtig Gas gegeben hat, bekommen sie die Fähre in fünf Minuten. Wenn nicht, geht die nächste erst um 16:30 Uhr.«

»Ich traue den Jungs einiges zu.« Hark lächelte schief. »Schwieriger dürfte es werden, mit der letzten Fähre um zwanzig Uhr wieder aufs Festland zu kommen.«

»Wir werden sehen.«

Nach der Kühle im Haus brannte die Sonne draußen unbarmherzig auf sie nieder. Tom und Christian hatten sich auf den Kantstein an der Straße gehockt. Eine große Buche am Straßenrand spendete ihnen ein wenig Schatten. Aufseufzend ließen Hark und Kerrin sich neben ihnen nieder.

Einen Augenblick sprach keiner ein Wort. Dann durchbrach Kerrin die Stille. »Ich danke euch beiden sehr, dass ihr auch diesen Tatort gesichert habt. Mir ist bewusst, dass das, was wir in den letzten Tagen erlebt haben, nicht zu eurem normalen Berufsalltag gehört.« Sie blickte Christian an. »Meine ersten beiden Morde haben mir wahnsinnig zugesetzt. Ich hatte zu der Zeit in Kiel eine tolle Vorgesetzte, die gut darauf aufgepasst hat, dass wir mit den furchtbaren Dingen, die wir zu Gesicht bekommen haben, fertigwerden. Sie hat mich damals gebeten, mit einem der dafür geschulten Kollegen darüber zu sprechen. Das hat mir sehr geholfen. Wenn einer von euch Bedarf hat, sagt mir bitte Bescheid. Dann organisiere ich das.«

»Das muss niemandem peinlich sein«, fügte Hark hinzu. »Es ist eher schlau, wenn man sich rechtzeitig die Belastungen von der Seele redet, bevor sie überhandnehmen.«

Christian nickte. »Danke für das Angebot, aber ich komme klar. Das gehört halt zu unserem Beruf.«

Tom seufzte. »Ich denke darüber nach. Das geht wirklich an die Substanz. Mein Bedarf an Blut ist für die nächsten Jahre gedeckt.« Er warf seinen Kollegen ein trauriges Lächeln zu.

Einen Moment schwiegen sie alle, jeder hing seinen Gedanken nach. Unterbrochen wurde die Stille erst durch einen Anruf von Lukas. Hauke und er hatten tatsächlich die frühe Fähre erwischt und würden bereits um kurz nach vier Uhr am Tatort eintreffen. Kerrin bat Tom und Christian, das Haus bis zu ihrem Eintreffen zu bewachen.

»Wir fahren jetzt ins Krankenhaus. Noch haben sich Fabian und Jan nicht gemeldet, mal schauen, wie es dort aussieht.« Kerrin sah auffordernd zu Hark hinüber, der sich mit einem lauten Ächzen erhob.

»Alles, was Sie wollen, meine Teuerste. Aber auch ich möchte anmerken, dass mich der Fall, gepaart mit den für unsere Breitengrade unmenschlichen Temperaturen, langsam an meine Belastungsgrenzen bringt.«

Trotz der grausigen Situation musste Kerrin schmunzeln. »Das kann ich nur zurückgeben. Wir sollten schnell arbeiten, dann schaffen wir es vielleicht später noch in die Nordsee.«

26

Fabian und Jan saßen schweigend in der Eingangshalle des Krankenhauses. Corinna hatte neben ihnen Platz genommen und starrte mit leerem Blick vor sich. Anna lief vor ihnen auf und ab und schien nichts um sich herum wahrzunehmen. Ihre Gesichtszüge waren wie eingefroren und zeigten keinerlei Regungen. Ansonsten war der Wartebereich leer, lediglich ein älteres Ehepaar harrte in einer Ecke aus und hielt sich schweigend an den Händen.

Als Hark und Kerrin eintrafen, sprang Jan auf und lief auf sie zu. Fabian blieb sitzen und sah ihnen mit undurchdringlicher Miene entgegen. Kerrin fröstelte bei seinem Anblick. Auch wenn er ein guter Polizist war, kam sie mit seiner kalten und abweisenden Art immer weniger klar. Er hatte etwas an sich, das einen erschaudern lassen konnte. Und das brauchte sie bei derart belastenden Ermittlungen nicht. Gerade jetzt war es wichtig, sich voll und ganz auf die Professionalität und Loyalität des Teams verlassen zu können.

»Herr Sötje wird immer noch operiert. Sobald die Ärzte etwas sagen können, werden wir informiert. Lebensgefahr besteht wohl nicht«, unterbrach Jan mit aufgeregter Stimme ihre Gedanken.

»Danke«, sagte Kerrin leise. Erleichterung machte sich in ihr breit. Sie hatte das Gefühl, zum ersten Mal seit der schrecklichen Nachricht durchatmen zu können. Der Täter hatte sein Ziel nicht erreicht, Sebastian würde überleben. Und sie selbst bekam die Chance, ihr Versagen auszubügeln. In diesem Moment waren die möglichen körperlichen und seelischen Folgen der Tat für Sebastian erst einmal nebensächlich, wichtig war einzig und allein sein nacktes Überleben.

Sie ging zu Anna und nahm die junge Frau wortlos in die Arme. Anna Sötje ließ es geschehen. Kerrin spürte, wie die Spannung in ihrem Körper sich in ihrer Umarmung langsam auflöste und sie zu weinen begann. Nach kurzer Zeit schüttelte heftiges Schluchzen Annas schmalen Körper. Kerrin seufzte unhörbar. Es war ein Albtraum, in dem sie sich alle befanden.

Als Anna sich ein wenig beruhigt hatte, schob Kerrin sie ein Stück von sich. »Hast du schon etwas von den Ärzten gehört?«

Anna schüttelte den Kopf. Ihre Augen waren verquollen und rot, ihre Nase geschwollen und fleckig. »Er hat eine Schussverletzung am Bein. Wie schlimm es ist, konnte mir bisher keiner sagen.«

Über ihre Schulter hinweg sah Kerrin einen Mann im weißen Kittel auf sie zukommen. Auf seinem Namensschild las sie »Oberarzt Dr. Lars Mommensen«.

»Frau Sötje?«

Kerrin zeigte auf Anna und zog ihre Polizeimarke hervor. Dr. Mommensen warf nur einen kurzen Blick darauf und wandte sich dann an Anna. »Die Operation läuft noch, unser Chefarzt hat übernommen. Ich wollte Sie nur kurz wissen lassen, dass Ihr Mann sich nicht in Lebensgefahr befindet. Ihm ist in den Oberschenkel, direkt oberhalb der Kniescheibe, geschossen worden. Zum Glück war es ein Streifschuss, sodass die Verletzungen nicht ganz so schlimm sind, wie wenn der Täter richtig getroffen hätte. Sie können sich sicher vorstellen, dass es bei einem echten Schussbruch zu einer massiven Zersplitterung des Knochens kommt. Das ist bei Ihrem Mann glücklicherweise nicht der Fall. Wir sind jetzt dabei, den Bruch zu richten. Das wird voraussichtlich mit Schrauben funktionieren. Ob er bleibende Schäden davontragen wird, weiß ich leider noch nicht.«

»Wann darf ich zu ihm?«

»In ein bis zwei Stunden. Eine Schwester wird sie nach Beendigung der Operation zu ihm in den Aufwachraum bringen.« Dr. Mommensen wollte sich umdrehen.

»Entschuldigen Sie bitte«, fing Kerrin an.

»Ja?« Der Oberarzt sah sie fragend an.

»Wir ermitteln in diesem Fall. Können Sie uns schon irgendetwas sagen?«

»Leider nicht.« Er schüttelte bedauernd den Kopf. »Es war ein Streifschuss, das Projektil müsste sich daher noch irgendwo am Tatort befinden. Alles Weitere entnehmen Sie dann bitte unserem Bericht.«

»Wann kann Herr Sötje befragt werden?«

»Heute nicht mehr, frühestens morgen Vormittag.« Mit diesen Worten drehte er sich um und eilte mit wehendem weißem Kittel davon.

Anna ließ sich neben Corinna auf einen der Plastikstühle sinken. »Gott sei Dank«, stieß sie hervor, bevor sie erneut von einem stillen Weinen geschüttelt wurde. Corinna strich ihr tröstend über den Arm, sah aber an ihr vorbei und schwieg.

Wie muss sie sich fühlen?, fragte Kerrin sich voller Mitleid. Anna und Sebastian bekamen eine zweite Chance, Julius und Corinna hatten dieses Glück nicht gehabt.

Hark trat zu Kerrin. »Ich schlage vor, dass wir Jan und Fabian hier positionieren. Sie sollen das Zimmer von Sebastian im Auge behalten. Es besteht schließlich die Gefahr, dass der Täter sein Werk noch zu Ende bringen will«, sagte er so leise, dass Anna und Corinna es nicht hören konnten.

Kerrin stieß einen Seufzer aus. »Richtig. Ich rufe Heyden an. Er muss uns Leute rüberschicken. Nicht nur Sebastian ist hoch gefährdet, sondern auch Leon. Beide müssen geschützt werden.«

Hark nickte. Er wandte sich zu Fabian und Jan, Kerrin griff nach ihrer Tasche und ging nach draußen.

Vor der Klinik standen einige Menschen im Bademantel um den einzigen Aschenbecher herum und zogen an ihren Zigaretten. Kerrin warf ihnen einen bedauernden Blick zu. Es musste schlimm sein, von diesen Glimmstängeln derart abhängig zu sein, dass man sogar während eines Krankenhausaufenthaltes nicht darauf verzichten konnte.

Nachdem Kerrin ihrem Chef geschildert hatte, was geschehen war, stöhnte dieser laut auf. »Das kann doch nicht wahr sein! Was für ein Schlamassel!« Er überlegte einen Moment. »Es ist jetzt gleich fünf Uhr. Heute wird das nichts mehr. Und morgen sind wir auch total unterbesetzt. Montagmorgen schicke ich dir Verstärkung. Bis dahin muss Hark seinen Laden umorganisieren.«

»Ich weiß wirklich nicht, wie ...«

»Es muss gehen, Kerrin. Notfalls mit Überstunden. Wir können euch von Flensburg aus mit Recherchen unterstützen, aber vor Montag nicht mit Kollegen vor Ort. Wenn Hark ein Problem darin sieht, soll er mich anrufen.«

»Alles klar.« In Kerrins Bauch machte sich Wut breit, aber sie schluckte die aufsteigenden Gefühle schnell herunter. Es brachte nichts, sich mit Heyden anzulegen. Außerdem wusste sie, dass er nicht so handelte, weil er den Ernst der Lage nicht begriff, sondern weil ihm die Hände gebunden waren.

Nachdem sie aufgelegt hatte, ging sie langsam zurück in die Eingangshalle.

Hark beruhigte sie, nachdem sie ihn informiert hatte. »Toll ist das nicht, aber wenn wir Fabian und Jan abwechselnd bei Sebastian lassen, sollte das als Schutz ausreichend sein. Er liegt ja nur im Bett und kann sich nicht rühren. Christian und Tom können die erste Schicht bei Leon übernehmen. Für deren Ablösung fällt mir schon noch etwas ein.«

»Okay. Ist ja zum Glück auch nicht für lange.«

Nachdem sie mit Jan und Fabian gesprochen hatten, erklärte Fabian sich bereit, die erste Schicht zu übernehmen. »Heute Abend muss ich zu Hause sein«, ließ er sie ohne weitere Erklärungen wissen.

»Kein Problem«, willigte Jan sofort ein. »Ich löse dich um neunzehn Uhr ab.«

Nachdem alles geklärt war, machten Kerrin und Hark sich auf den Weg zurück zum Tatort.

Lukas und Hauke waren mittlerweile eingetroffen. In ihren weißen Schutzanzügen knieten sie im Flur und sicherten gerade die Fußabdrücke der Sanitäter, als Kerrin vorsichtig die Tür öffnete.

»Was für eine Insel!« Lukas sah sie ernst an und erhob sich langsam. »Ich bin nun schon so lange bei der Truppe, aber eine derartige Mordserie hat es auf den Nordfriesischen Inseln bisher noch nie gegeben.«

»Da habe ich ja richtiges Glück«, gab Kerrin trocken zurück. Dann händigte sie Lukas den Schlüssel zu dem Haus im Friesenweg aus, den Anna ihr mitgegeben hatte. »Seine Frau bleibt bestimmt die nächsten Stunden im Krankenhaus, ihr könnt euch also in Ruhe umsehen.«

»Danke.« Lukas steckte den Schlüssel in seine Hosentasche. »Die bisherigen Berichte schicken euch die Kollegen nachher. An der Kleidung von Julius Famke haben wir keine Spuren feststellen können. Seine Jeans und auch der Pulli waren ziemlich verdreckt, aber das ist bei einem Landwirt wahrscheinlich nicht ungewöhnlich. Menschliche Haare, Gewebe, Hautpartikel, alles Fehlanzeige. Genauso wenig Erfolg hatten wir bei dem Fahrrad. Seine Fingerabdrücke und die seiner Frau waren darauf. Dann noch ein paar fremde am Lenker. Die können aber auch von Dritten stammen, die das Rad zum Beispiel beim Anschließen ihres eigenen Rades ein wenig zur Seite gedreht haben. Das bringt uns nicht weiter, es sei denn, ihr präsentiert uns einen Verdächtigen, zu dem die Fingerabdrücke passen.«

»Da arbeiten wir dran«, sagte Kerrin mit einem Hauch von Sarkasmus in der Stimme.

»Neue Erkenntnisse habe ich nach den Untersuchungen der Projektile. Die Tatmunitionsstelle hat uns mitgeteilt, dass es keine Übereinstimmung mit Projektilen aus früheren Verbrechen gibt. Aber die Projektile bei Niklas Lüder und Julius Famke stammen aus derselben Waffe.«

»Ich gehe jede Wette ein, dass das Projektil, das Sebastian gestreift hat, ebenfalls aus dieser Glock stammt.«

»Die Wette hast du sicherlich gewonnen«, stimmte

Lukas ihr zu. »Wir werden es finden und schnellstmöglich untersuchen lassen.«

»Danke.«

»Die Auswertung der Sachen aus dem Haus der Famkes läuft noch, insbesondere des Computers und Smartphones von Julius. Die Ergebnisse dürften morgen vorliegen.«

»Wo übernachtet ihr?«, fragte Kerrin.

»Hauke hat einen alten Freund in Wrixum, bei dem können wir unterkommen.« Er grinste. »Wir sind also versorgt und freuen uns auf ein kühles Pils am Strand heute Abend.«

»Dann werde ich mich mal nicht aufdrängen.« Auch Kerrin grinste und winkte ihnen zum Abschied zu. Sie mochte die beiden Männer. Sie waren umgänglich und hatten den typisch norddeutschen Humor. Außerdem waren sie tüchtig in ihrem Beruf. Unwahrscheinlich, dass ihnen irgendetwas entgehen würde.

Müde stieg Kerrin zu Hark in den Wagen.

»Auf zu den Blumbergs.« Sie seufzte und schnallte sich an.

Nachdem Hark sie in der Dienststelle angerufen hatte, warteten Tom und Christian bereits vor dem Haus im Hochstieg auf sie. Kerrin erklärte ihnen kurz, dass sie zusammen mit zwei weiteren Kollegen bis Montagmorgen für die Sicherheit von Leon Blumberg zuständig waren. Tom schlug sofort vor, die erste Schicht zu übernehmen. »Dann bekommen wir danach ein bisschen Schlaf«, sagte er augenzwinkernd zu Christian.

»Ich spreche mit Finn und Olaf. Wir ziehen sie bis Montag aus dem üblichen Dienst, dann können sie sich mit euch abwechseln«, bestimmte Hark. »Lasst uns hoffen, dass die Touristen sich in den nächsten Tagen gut benehmen und die restlichen Jungs das hinbekommen.«

»Wir decken uns schnell mit Proviant ein und sind gleich zurück.« Tom und Christian stiegen in ihren Wagen und fuhren davon.

Auf ihr Klingeln öffnete ihnen niemand. Kerrin wollte gerade in der Dienststelle anrufen, um sich zu erkundigen, wo Leon steckte, als sie plötzlich einen lauten Wortwechsel aus dem Garten hörten. Sie hielt inne und schaute zu Hark, der breit grinste.

»Wenn es das ist, was ich denke, wundert es mich nicht.« Hark schüttelte den Kopf. »Der Mann hat es wirklich verdient, dass sie ihm die Leviten liest.«

»Super Timing«, erwiderte Kerrin, die überhaupt keine Lust hatte, in einen Ehestreit hineinzuplatzen.

Vorsichtig schauten sie um die Ecke. An der Seite des Hauses befand sich zwischen den duftenden Heckenrosen und der Hauswand eine blau gestrichene Holzpforte. Hark drehte an dem Knauf, und die Tür öffnete sich. Die Stimmen waren leiser geworden, wahrscheinlich war Ragna und Leon klar, dass die Nachbarn ansonsten unfreiwillige Zeugen ihres Streites werden würden. Trotzdem konnten sie jedes Wort verstehen.

»Niemals wirst du mich dazu bringen«, rief Ragna aufgebracht. »Du solltest aufpassen, was du mir noch zumuten willst, denn …«

»Jetzt komm doch bitte mal runter, und trink einen Schluck«, versuchte Leon seine wütende Frau zu beruhigen. »Wir können doch über alles vernünftig reden und …«

»Das glaube ich gerne, dass du vernünftig reden möchtest. Wenn ich auspacke, siehst du alt aus«, ätzte sie zurück, in keinster Weise bereit, seiner Bitte zu folgen. »Und glaub ja nicht, dass du mich kaufen kannst. Ich weiß zu viel und ...« Sie brach ab. »Ist da jemand?«, rief sie dann laut.

Kerrin warf Hark einen ärgerlichen Blick zu. Er hatte die Holzpforte nicht vorsichtig und leise geschlossen, sondern laut zufallen lassen. Entschuldigend hob er die Schultern. Weitere Einzelheiten der Auseinandersetzung würden sie nun nicht mehr zu hören bekommen.

Mit festen Schritten ging Kerrin voran und rief schon an der Ecke mit kräftiger Stimme: »Wir sind es.«

Leon und Ragna Blumberg blickten ihnen schweigend entgegen. Sie saßen nebeneinander an einem Tisch, über ihnen ein großer dunkelgrüner Sonnenschirm, der Schatten spendete. Vor ihnen stand ein Sektkühler, aus dem Kerrin eine Flasche Champagner ragen sah. Zwei kristallene Sektkelche standen daneben. Der von Ragna Blumberg war noch voll, Leon dagegen hatte seinen bereits ausgetrunken. Neben Ragnas Glas stand ein rotes Kästchen. Der Deckel war abgenommen, mintgrünes Einschlagpapier ragte hervor. Wären da nicht die versteinerte Miene von Ragna und der schuldbewusste Gesichtsausdruck von Leon gewesen, hätte man diesen Anblick für eine Szene aus einem skandinavischen Liebesfilm halten können.

»Entschuldigen Sie bitte die Störung.« Kerrin näherte sich dem Tisch, und Hark folgte ihr. »Haben Sie einen Moment Zeit für uns?«

»Selbstverständlich.« Säuerlich wies Ragna auf die Stühle ihnen gegenüber.

»Kann ich euch etwas zu trinken anbieten?« Leon erhob sich bereits, offensichtlich froh, der Situation für einen Moment entkommen zu können.

»Gerne ein Wasser«, beeilte Kerrin sich zu sagen. »Für uns beide«, fügte sie nach einem Blick auf Hark hinzu.

Sie setzten sich. Neugierig schaute Kerrin zu der Schachtel. In dem Einschlagpapier schimmerte etwas in der Sonne. Ragna schien ihren Blick bemerkt zu haben. »Tun Sie sich keinen Zwang an. Ein goldenes Armband von meinem lieben Ehemann.« Sie lachte freudlos auf. »Mit ein bisschen Champagner und Schmuck ist der Fehltritt aus der Welt, meint er.«

»Es tut mir leid, wenn wir gerade zu einem ungünstigen Zeitpunkt kommen, aber …«

»Kein Problem. Mein Mann ist wahrscheinlich heilfroh, dass Sie da sind.« Die Bitterkeit in ihrer Stimme war nicht zu überhören. Kerrin hatte Mitleid mit ihr. Nicht nur Corinna litt, sondern auch Ragna. Was war Leon Blumberg nur für ein egoistischer und unsympathischer Mensch!

»Wir konnten nicht verhindern, ein paar Fetzen Ihrer Unterhaltung zu hören«, begann sie vorsichtig. »Was meinten Sie damit, dass Sie zu viel wissen? Worüber?«

»Ach, das habe ich nur so dahingesagt«, wischte Ragna die Frage beiseite. »Sie können sich sicher vorstellen, dass Corinna nicht die Einzige war, von der ich weiß. Und das musste er mal wieder hören.«

Nicht sehr überzeugt schaute Kerrin sie an.

»Das Gespräch war privat und geht Sie nichts an«, setzte Ragna nach.

Als hätte sie ihm das Stichwort gegeben, kam Leon in diesem Moment mit einem Tablett zurück, darauf vier Gläser und eine Karaffe mit Wasser, in der Eiswürfel und Limettenstücke schwammen.

Nachdem er ihnen, seiner Frau und sich selbst eingeschenkt hatte, sah er sie erwartungsvoll an. »Gibt es etwas Neues? Habt ihr einen Verdacht, wer der Täter sein könnte?«

Kerrin schüttelte den Kopf. »Leider nicht. Wir kommen mit einer schlimmen Nachricht. Auf Sebastian ist heute ein Anschlag verübt worden.«

»Nein.« Wie in Trance griff Leon nach dem Sektkelch seiner Frau und kippte den Inhalt, ohne abzusetzen, hinunter. Ragna sah sie erschüttert an, sagte aber keinen Ton.

»Was soll das heißen, dass auf ihn ein Anschlag verübt wurde?«

»Er ist angeschossen worden. Vor eurem Büro.«

Ragna hatte die Hände vor den Mund geschlagen, als wolle sie so einen Schrei unterdrücken. Ihre Augen waren weit aufgerissen, Unglaube und Entsetzen waren darin zu erkennen.

Leon stand auf und ging einige Schritte in den Garten hinein. Seine Schultern zuckten. Als er sich wieder zu ihnen umdrehte, liefen Tränen über seine Wangen. »Wie geht es ihm? Wird er auch sterben?«, fragte er mit mühsam beherrschter Stimme.

»Er ist außer Lebensgefahr. Die Kugel hat ihn knapp oberhalb seines Knies getroffen, und er wird zurzeit operiert.«

»Und Anna?«, wollte Ragna mit leiser Stimme wissen.

»Sie wartet bereits im Krankenhaus darauf, dass er aufwacht. Corinna ist bei ihr.«

»Aha.« Ragnas Miene war undurchdringlich.

Zitternd setzte Leon sich wieder hin. »Was macht ihr jetzt? Ihr müsst doch endlich etwas dagegen tun. Irgendjemand läuft hier Amok, und ihr schaut einfach nur zu.«

»Ich kann verstehen, dass du aufgebracht bist«, begann Kerrin mit fester Stimme. »Aber …«

»Ich bin nicht aufgebracht, ich bin fassungslos, entsetzt, wütend, such dir etwas aus und …«

»Aber wir tun unsere Arbeit«, beendete Kerrin ihren angefangenen Satz. »Und dazu gehört, dass du ab sofort von zwei unserer Kollegen bewacht wirst. Die beiden werden vor eurem Haus stehen und aufpassen.« Sie zog den Zettel von Corinna mit den fünf Namen hervor und schob ihn zu Leon. »Was kannst du uns zu diesen Personen sagen?«

Leon warf einen Blick darauf und sah sie dann verständnislos an. »Was soll das? Das sind ehemalige Schulkameraden, die ich lange nicht gesehen habe. Was haben die damit zu tun?«

»Alle fünf sind zu Schulzeiten schlecht von euch behandelt worden. Die vier Männer leben noch auf der Insel, Levke ist oft hier.«

»Ja und? Deswegen bringt man doch niemanden um. Außerdem haben wir seitdem kaum noch Kontakt zueinander. Mag sein, dass ich sie mal auf der Straße sehe, aber das war es dann auch.«

»Leon, es muss einen Grund für diese Taten geben. Und im Moment deutet alles darauf hin, dass ihr irgendjemandem so übel mitgespielt habt, dass er oder sie sich jetzt auf diese furchtbare Art und Weise rächt. Wenn dir also daran liegt, dass das aufhört, dann denk bitte nach.« Kerrin hatte sich in Rage geredet. Die Anspannung und Müdigkeit zusammen mit ihrer Abneigung gegen Leon machten es ihr von Sekunde zu Sekunde schwerer, die Befragung souverän und professionell durchzuführen.

»Entschuldige.« Leon blickte sie starr an und wischte sich die Tränen aus dem Gesicht. Dann griff er noch einmal nach dem Zettel. »Levke sehe ich ab und an mal in Wyk. Aus dem hässlichen Entlein ist eine attraktive Frau geworden, aber ansonsten weiß ich nichts über sie.«

»Sie lebt in Husum und arbeitet als Erzieherin«, meldete sich seine Frau zu Wort, ohne ihren Mann dabei anzusehen. »Ich habe sie bei Marie Guthmann im Atelier kennengelernt. Das ist vielleicht ein halbes Jahr her. Ich wollte unser Wattbild abholen und musste einen Moment warten, weil Marie noch einen anderen Kunden hatte. Levke und Maries Bruder Moritz saßen vor dem Atelier in der Sonne und haben Kaffee getrunken. Sie haben mich auf eine Tasse eingeladen, und wir sind ins Gespräch gekommen. Ich fand sie sympathisch. Und Moritz auch. Er und seine Schwester kommen ursprünglich aus Hamburg, da hatten wir gleich einen Draht zueinander.«

»Aha.« Leon sah seine Frau an. »Da weißt du also mehr als ich.« Er sah wieder auf die Liste. »Till hat in Alkersum ein Restaurant aufgemacht. Er hat eine ganz aparte Frau vom Festland geheiratet, die den Service macht. Er selbst kocht.« Er überlegte einen Moment. »Lasse ist Single, soweit ich weiß. Keine Ahnung, was er beruflich macht. Wahrscheinlich nichts Berauschendes, er war schon früher der absolute Losertyp.«

»Leon.« Ragna sah ihn missbilligend an.

»Entschuldige«, sagte er zerknirscht. »Alte Gewohnheit.« Er warf einen weiteren Blick auf die Auflistung. »Aiko«, murmelte er. »Genannt ›das Gehirn‹. Mit seinem Spitzenabitur hat er gleich einen Studienplatz für Medizin in Kiel ergattert und ist heute wieder auf der Insel. Allgemeinmediziner in Midlum.«

»Du bist ja gut informiert«, stellte Kerrin fest.

»Du kennst doch die Insel«, gab er zurück. »Aber falls das deine nächste Frage wäre: Nein, ich bin nicht sein Patient.«

»Okay. Und Maik?«

»Der Computernerd.« Leon überlegte einen Moment. »Ich komme jetzt nicht auf den Namen, aber er hat eine IT-Firma gegründet. Keine Ahnung, was die alles anbieten, das hat mich nie interessiert. Das macht er bestimmt gut, er war ja schon in der Schule nur in der virtuellen Welt unterwegs. Gesehen habe ich ihn seit Ewigkeiten nicht mehr. Wahrscheinlich hockt er den ganzen Tag drinnen vor dem Bildschirm.«

»Jetzt wissen wir, was die Männer heute machen. Interessieren würde mich aber, was ihr vier ihnen früher angetan habt.« Hark beugte sich nach vorn.

»Angetan hört sich etwas übertrieben an«, wehrte Leon ab. »Wir haben sie halt gehänselt, nachgeäfft, vielleicht auch mal Sachen weggenommen, versteckt, so etwas in der Art.«

»Kannst du dir vorstellen, dass sie Angst vor euch hatten?«

»Quatsch. Wir haben ihnen doch nicht wirklich etwas getan. Bei Levke haben wir uns über ihre Figur lustig gemacht und ...«

»Aber das wird für sie doch furchtbar gewesen sein. Ist dir nicht klar, dass das für ein Mädchen in der Pubertät traumatisierend sein kann?« Kerrin schüttelte den Kopf über Leons kaltschnäuzige Art.

»Heutzutage schon«, gab Leon zu. »Aber damals haben wir an so etwas nicht gedacht.«

»Und bei den Männern?«

»Ähnlich. Aiko war ein furchtbarer Streber. Wir haben ihn gezwungen, die Hausaufgaben für uns zu machen. Und Referate zu schreiben. Das war für ihn natürlich blöd, aber dass er uns deswegen nach so vielen Jahren umbringt, halte ich für an den Haaren herbeigezogen.«

»Wie habt ihr ihn dazu gebracht, das zu tun?«, wollte Hark wissen.

»Wir haben ihm Prügel angedroht.« Leon klang ein wenig schuldbewusst.

Ragnas Gesicht war deutlich anzusehen, was sie von den Geschichten ihres Mannes hielt. »Gut, dass wir uns nicht schon damals gekannt haben. Ansonsten wären wir nicht verheiratet.« Sie griff nach der Champagnerflasche und schenkte sich ein.

»Lasse und Till haben wir geärgert. Turnbeutel in die Pfütze, Ranzen ausleeren, solche Sachen halt. Einmal haben wir Lasse in einen Schrank eingeschlossen. Till hat ihn ewig gesucht, bevor er ihn endlich gefunden und befreit hat.« Er schmunzelte bei der Erinnerung. »So habe ich Lasse sonst nie gesehen. Er war völlig aufgelöst und panisch. Verraten haben sie uns aber nicht. Sie haben sich halt nie gewehrt, und das hat uns immer weiter angestachelt. Heute würde ich so etwas natürlich nicht mehr tun, aber als Kind ...« Er schwieg.

»Auch die beiden hatten also Angst vor euch«, bemerkte Kerrin. Sie war erschüttert darüber, was an ihrer Schule alles vor sich gegangen war, ohne dass sie es bemerkt hatte. »Wusstest du, dass Lasse einen furchtbar strengen und jähzornigen Vater hatte? Und schon ohne eure Gemeinheiten arm dran war?«

Leon schüttelte stumm den Kopf, Ragna warf ihm einen verachtungsvollen Blick zu.

»Und Maik?«

»Ähnlich. Wir haben ihn geärgert, aufgezogen. An etwas wirklich Schlimmes kann ich mich nicht erinnern.«

»Das bringt uns leider nicht voran. Bitte denk weiter nach, ob dir noch irgendein Vorfall in der Vergangenheit einfällt. Vielleicht war es für euch keine große Sache, aber für den, der betroffen war, schon.«

»Das werde ich tun«, versprach Leon.

»Wo bist du in den letzten Stunden gewesen? Und am Dienstagmorgen?« Kerrin blickte ihn bei dieser Frage ausdruckslos an.

»Zu Hause«, antwortete er zu ihrer Überraschung sofort. »Ragna kann das bestätigen.«

Seine Frau nickte, ohne ihn anzusehen, blieb aber stumm.

»Verstehe.« Kerrin erhob sich. »Kommt bitte kurz mit uns vors Haus, damit wir euch unsere Kollegen vorstellen können. Sie werden bis heute Nacht Dienst schieben und dann von zwei anderen Polizisten abgelöst werden. Wenn du wegfahren willst, sag ihnen Bescheid, damit sie dir folgen können und wir informiert sind, wo du bist.«

»Klar, solange es nicht dieser kleine Wichtigtuer ist, der mich mal übel beschimpft hat.«

»Meinst du Fabian Lorenzen?«, wollte Hark wissen.

»Kann sein, ich habe mir den Namen nicht gemerkt.«

»Du wirst mit den Beamten vorliebnehmen müssen, die wir einteilen«, sagte Kerrin scharf und ging dann mit schnellen Schritten voran in Richtung Straße.

Nachdem sie das Ehepaar Blumberg mit Tom und Christian bekannt gemacht hatten, fuhren sie los.

»Leon ist ein echter Kotzbrocken«, stieß Kerrin wütend hervor. »Was bildet der sich bloß ein? Er glaubt wohl, andere Menschen beliebig herumschubsen zu können.«

»Reg dich nicht so auf«, versuchte Hark sie zu besänftigen. »Fabian ist manchmal auch nicht viel besser.«

»Worauf hat Leon angespielt? Auf die Sache mit

Fabians Cousine? Oder gab es noch mehr zwischen den beiden?«, wollte Kerrin wissen.

»Keine Ahnung. Wir können Fabian ja morgen fragen.«

»Das tun wir. Und wir nehmen Leon noch einmal in die Mangel. Allein. In dem Streit der beiden ging es nicht um seine Untreue, Ragna hat auf etwas anderes angespielt. Und wir werden herausfinden, auf was. Außerdem sind seine Alibis nichts wert.«

»Wir sollten auch Ragna mal härter rannehmen. Wenn sie ihm aus welchem Grund auch immer falsche Alibis verschafft hat, knickt sie vielleicht ein. Gerade jetzt, nachdem seine Affäre aufgeflogen ist.«

»Gute Idee.« Kerrin atmete tief durch und lehnte sich in den Sitz zurück.

»Nils kommt in einer Stunde zu mir zum Essen. Hast du Lust, uns Gesellschaft zu leisten?«, wechselte Hark dann das Thema.

»Gerne, warum nicht?«, sagte sie betont gleichmütig. In ihrem Inneren aber sah es innerhalb von Sekunden anders aus. Ihre Wut war mit einem Schlag verflogen, neue Energie machte sich in ihr breit. Voller Vorfreude stieg sie vor dem Haus ihrer Eltern aus dem Wagen und winkte Hark zum Abschied zu. Sie musste duschen und sich umziehen. Und dann würde sie sich einen wunderschönen Abend machen. Ohne einen einzigen Gedanken an diesen Fall zu verschwenden.

27

Kerrin war mit dem Wagen ihrer Mutter auf dem Weg zu Hark und Nils, als Lukas anrief. Hauke und er hatten die Durchsuchung des Hauses von Sebastian und Anna abgeschlossen. Sie wollten sich nun erst einmal in die Fluten der Nordsee stürzen, bevor sie den Tag bei einem kühlen Bier und einem deftigen Abendbrot auf der Terrasse von Haukes Freund in Wrixum ausklingen lassen würden.

»Morgen haben wir eigentlich beide frei. Wir fahren aber früh zurück, damit die Jungs im Labor mit ihrer Arbeit beginnen können. Obwohl ich deutlich mehr Lust auf einen nordfriesischen Sommertag hätte. Wenn du also diese Nacht über einen weiteren Toten stolperst, ruf gerne an, wir könnten schnell vor Ort sein.«

Kerrin lachte zwar, fand die Vorstellung jedoch beklemmend. Leider war es ganz und gar nicht ausgeschlossen, dass der Täter in Kürze wieder zuschlagen würde.

Das Projektil, das Lukas und Hauke in der Hausmauer gefunden hatten, befand sich bereits auf dem Weg aufs Festland. Es würde morgen untersucht werden. Da sie aber alle davon ausgingen, dass auch der Schuss auf Sebastian aus der gleichen Waffe abgefeuert worden war, würde sie dieses Ergebnis voraussichtlich nicht weiterbringen.

»Wir waren eben noch im Krankenhaus und haben Abdrücke und Proben von den Sanitätern genommen, um sie mit den im Bürogebäude gefundenen Spuren abgleichen zu können.«

»Toll, danke. Wir werden morgen auch noch mit ihnen sprechen, um zu klären, wie sie in das Haus hereingekommen sind.«

»Das kann ich dir sagen«, schmunzelte Lukas. »Auf die gute alte Tour. Sie haben einen speziellen Draht, mit dem sie verschlossene, aber nicht abgeschlossene Türen öffnen können.«

»Gut zu wissen, dann kann ich den Punkt von unserer Liste streichen.«

»Ich habe noch etwas.« Lukas klang plötzlich ein wenig verhalten. »Im Haus der Sötjes ist mir eine Sache aufgefallen, allerdings nur, weil ich etwas Ähnliches in dem Papierkorb des zweiten Opfers gefunden habe.«

»Was denn?«, fragte Kerrin. Mit einem Mal schlug ihr Herz heftig. Sollte die Spurensicherung einen Hinweis gefunden haben?

»Einen mit Druckbuchstaben beschriebenen Umschlag ohne Absender. Verschlossen mit einem Streifen Tesafilm.«

»Und was war darin?«

»Nichts. Sie waren beide leer. Der Umschlag an Julius Famke war aufgerissen und im Ganzen entsorgt. Der Umschlag an Sebastian Sötje ist mit einem Brieföffner geöffnet worden und wurde in der Mitte durchgerissen, bevor er im Papierkorb landete.«

»Und bei Niklas Lüder habt ihr nichts gefunden?«

»Nein, das wäre mir aufgefallen.«

Kerrin überlegte einen Moment. »Dann bin ich mal gespannt, ob ihr Spuren darauf findet.«

»Der Umschlag an Julius Famke ist bereits untersucht worden«, druckste Lukas herum. »Fehlanzeige. Da hat jemand mit Handschuhen gearbeitet. Abgesehen von den Abdrücken des Opfers war er sauber. Der Absender muss äußerst vorsichtig vorgegangen sein.«

»Warum erfahre ich das erst jetzt?« Ärger wallte in Kerrin auf. »Das ist doch zumindest ungewöhnlich, oder nicht?«

»Stimmt, tut mir auch echt leid. Es ist uns bei dem ganzen Stress zurzeit einfach durchgerutscht.« Lukas klang zerknirscht.

»Schon gut.« Kerrin schluckte ihren Missmut herunter. Es brachte sie auch nicht weiter, wenn sie einen Streit vom Zaun brach. »Zumindest ist es dir heute aufgefallen.« Ein leichtes Kribbeln zog durch ihren Magen. Sollten sie hier tatsächlich eine brauchbare Spur gefunden haben? Warum fasste jemand einen Umschlag mit Handschuhen an? Das ergab nur Sinn, wenn derjenige verhindern wollte, dass Rückschlüsse auf ihn gezogen werden konnten.

Nachdem sie sich verabschiedet hatten, rief sie sofort bei Corinna an. Die Freundin meldete sich mit leiser Stimme. Sie war noch immer mit Anna im Krankenhaus, würde sich aber demnächst auf den Heimweg machen. Sebastian war mittlerweile aufgewacht, aber nach der Vollnarkose noch nicht richtig ansprechbar. Anna wollte die Nacht über im Krankenhaus bleiben. Sie hatte Angst, Sebastian allein zu lassen. Zu groß war ihre Befürchtung, dass der Täter erneut zuschlagen könnte. Corinna würde ihr am nächsten Morgen frische Klamotten ins Krankenhaus bringen.

»Hast du bei euch im Haus einen Brief oder eine Nachricht gefunden, die dir merkwürdig vorkam?« Kerrin schilderte ihr in wenigen Worten, was die Spurensicherung entdeckt hatte. Zu ihrer großen Enttäuschung konnte Corinna ihr jedoch nicht weiterhelfen. Sie hatte nichts Auffälliges gefunden, und auch Julius hatte mit ihr nicht über irgendein Schreiben gesprochen. Sie versprach, Anna ebenfalls danach zu fragen und sich zu melden, sobald sie etwas in Erfahrung gebracht hatte. Kerrin dankte ihr und versuchte es bei Valerie und danach bei Leon, doch leider ohne Erfolg. Sie gingen beide nicht an ihr Telefon, und so hinterließ Kerrin jeweils eine Nachricht auf ihrer Mailbox und bat um Rückruf.

Mit ein wenig Verspätung kam sie schließlich bei Hark an. Ihre Kleiderwahl war schwieriger gewesen als angenommen. Da sie ursprünglich davon ausgegangen war, nur für wenige Tage zum Arbeiten nach Föhr zu kommen, gab ihre Reisetasche nicht allzu viel her. Und so hatte sie sich schließlich für ein Sommerkleid ihre Mutter entschieden. Zum Glück hatte Frau Iwersen ihre jugendliche Figur behalten und darüber hinaus einen guten Geschmack.

Nils öffnete ihr die Tür und nahm sie zur Begrüßung sanft in den Arm, bevor er sie auf die Wangen küsste. Kerrins Herz machte einen Satz, und sie hielt ihm wortlos die mitgebrachte Flasche eiskalten Weißwein hin. Sie hatte Angst, dass ihre Stimme ihren innerlichen Aufruhr verraten würde.

»Immer rein mit euch«, schallte es aus der Küche. Ein intensiver Geruch nach Rosmarin und Knoblauch zog durch die Wohnung. Hark stand mit rot-weiß karierter Schürze vor dem Backofen und holte gerade eine große Auflaufform heraus. »Es gibt Rosmarinkartoffeln. Dazu Salat und ein anständiges gegrilltes Stück Fleisch.«

Kerrin lief bei diesen Worten das Wasser im Munde zusammen. Sie merkte erst jetzt, wie ausgehungert sie war.

Außer der Bratwurst am Mittag hatte sie den ganzen Tag über nichts gegessen.

Wenig später saßen sie im Garten an einem runden Tisch. Die kleine gepflegte Rasenfläche war von einem bunten Blumenbeet umgeben, in dem Wildblumen in allen Farben wuchsen. Sie boten den darin summenden Bienen und Hummeln reichlich Nahrung. Vor der Terrasse wuchs büschelweise Lavendel. Sein betörender Geruch wehte unaufdringlich durch die Luft.

Nils hatte jedem ein Glas Wein eingeschenkt und ihnen ein herrliches Steak auf den Teller gelegt. Medium, genau so, wie Kerrin es liebte. Dazu gab es selbst gemachte Kräuterbutter.

»Mit Kräutern aus dem Garten«, wie Hark mehrfach betonte.

Kerrin seufzte glücklich. So sollte jeder Arbeitstag enden. Sie ließen sich das köstliche Essen schmecken und redeten über alles Mögliche, nur nicht über die Morde. Nils fragte ihr Löcher in den Bauch, Hark hörte die meiste Zeit nur interessiert zu und schwieg. Kerrin konnte sich nicht daran erinnern, wann das letzte Mal jemand so interessiert an ihr als Mensch gewesen war. Ole ganz sicher nicht. Ein wohliges Gefühl breitete sich in ihr aus, und sie ertappte sich dabei, dass sie Nils immer wieder verstohlen von der Seite musterte, wenn er es nicht bemerkte. War er für sie bestimmt? Obwohl bisher keine ihrer Beziehungen lange gehalten hatte, glaubte sie immer noch an die eine große Liebe im Leben.

Nach dem Essen lehnte Kerrin sich zurück. »Das war wunderbar. Ich danke euch beiden für die Einladung.«

»Wir danken für den Wein.« Nils grinste und wollte ihr nachschenken.

Kerrin wehrte bedauernd ab. »Ich muss leider noch fahren.«

In dem Moment klingelte ihr Handy. Im ersten Augenblick schoss Kerrin ein Schreck durch den Körper. Sollte der Täter wieder zugeschlagen haben? Doch dann sah sie auf dem Display »Corinna ruft an«. Erleichtert nahm sie ab. Corinna hatte mit Anna gesprochen, aber die Freundin hatte ebenfalls keinen verdächtigen Brief gesehen.

»Vielen Dank, dass du angerufen hast. Wir sprechen morgen mit Sebastian, er wird uns bestimmt weiterhelfen können.«

Nachdem sie sich eine gute Nacht gewünscht hatten, legte Kerrin auf.

Vater und Sohn Hansen schauten sie neugierig an.

»Corinna wollte mir noch etwas mitteilen, da können wir morgen früh drüber reden«, beeilte sich Kerrin zu sagen.

Nils grinste. »Schon klar. Du willst in meiner Gegenwart nicht über den Fall sprechen.«

»Nein, das ist es nicht, aber …«, begann Kerrin sich zu rechtfertigen.

»Alles gut, Kerrin. Du hast ja recht«, beruhigte Nils sie. »Mein Vater und ich sind es so gewohnt, unsere jeweilige Verschwiegenheitsverpflichtung locker auszulegen, dass es uns gar nicht mehr auffällt.«

»Ganz so ist es ja nun auch nicht«, protestierte Hark. Er hatte anscheinend das Gefühl, diese Aussage so nicht stehen lassen zu können. »Wir tauschen uns aus, wohl wissend, dass wir uns auf den anderen hundertprozentig verlassen können und …«

»Schon klar.« Kerrin lachte. »Im Prinzip sitzen wir im selben Boot, keiner von uns darf etwas sagen.« Sie gab sich einen Ruck. »Die Spusi hat bei Julius und Sebastian Briefumschläge gefunden.« Sie schilderte, was Lukas ihr berichtet hatte. »Corinna hat nichts gesehen und Anna wohl auch nicht. Valerie und Leon konnte ich nicht erreichen. Wenn wir morgen mit Sebastian sprechen, müsste er uns eigentlich weiterhelfen können. Immerhin scheint er den Umschlag geöffnet und danach weggeschmissen zu haben.«

Hark klatschte in die Hände. »Das sind ja großartige Nachrichten. Meine alten Knochen sagen mir, dass wir eine erste heiße Spur haben.«

Nils lachte. »Da bin ich mal gespannt. Ich drücke euch jedenfalls fest die Daumen.«

Kerrin bemerkte, dass Hark sich ein Gähnen verkniff. Die letzten Tage hatten auch bei ihm ihre Spuren hinterlassen. Und morgen früh würde es zeitig weitergehen. Sie sah auf die Uhr. Es war schon spät, und sie war müde, aber gleichzeitig auch hellwach. Die Vorstellung, sich zu verabschieden, gefiel ihr gar nicht. Es war lange her, dass sie sich zu einem Mann so hingezogen gefühlt hatte wie zu Nils. Und sie gewann immer mehr den Eindruck, dass es ihm genauso erging. Oder wollte er nur freundlich zu der neuen Kollegin seines Vaters sein? Als sie ihm einen unauffälligen Blick zuwarf, bemerkte sie, dass auch er sie ansah. Ihr Bauch zog sich zusammen, und sie wandte den Kopf schnell ab. Sie sollte Hark wirklich nicht länger daran hindern, schlafen zu gehen.

»Ich werde mich jetzt verabschieden. Es war ein sehr schöner Abend, aber mein Bett ruft nach mir.«

»Ich begleite dich.« Nils erhob sich und begann, die Teller abzuräumen. Als Kerrin es ihm gleichtun wollte, protestierte Hark. »Ihr beiden fahrt los, und ich kümmere mich um die Küche. Das entspannt mich.«

Kerrin grinste, griff aber trotzdem nach der Salatschüssel und brachte sie in die Küche. Dort wartete Nils schon auf sie.

»Könntest du mich vielleicht rasch nach Hause fahren?«, fragte er. »Ich habe keine Lust mehr auf einen Spaziergang.«

»Gerne.« Ihr Herz machte vor Freude einen Satz. Der Abend endete also doch nicht so abrupt, wie sie befürchtet hatte.

Die Abendluft war lau. Nils bewohnte eine kleine Wohnung über seiner Kanzlei in der Badestraße. Als Kerrin vor dem Haus hielt, stellte sie den Motor aus. Durch die geöffneten Fenster wehte der leichte Duft der Heckenrosen in den Wagen. Ihr Herz klopfte. Was würde jetzt geschehen?

»Das war ein schöner Abend«, begann Nils. »Mein Vater arbeitet gerne mit dir zusammen, das merkt man.«

»Das geht mir mit ihm genauso. Er ist ein toller Mann.« Sie lächelte. »Du hast Glück mit ihm.«

»Ich weiß. Nur schade, dass er jetzt allein ist. Meine Mutter fehlt ihm immer noch sehr. Und mir auch.«

»Das verstehe ich gut. Ich kann mir auch nur schwer vorstellen, dass einer meiner Eltern eines Tages allein übrig bleibt. Sie gehören einfach zusammen.«

Nils nickte. »Danke fürs Nach-Hause-Bringen.«

Er blickte ihr tief in die Augen. Sein Gesichtsausdruck war ernst, als versuche er, in ihrer Miene zu lesen. Kerrin bekam plötzlich kaum noch Luft, ein Anflug von Panik stieg in ihr auf. Seit Ole hatte sie keinen anderen Mann mehr geküsst. Und auch wenn Nils in den letzten Tagen zu etwas Besonderem für sie geworden war und sie sich eingestehen musste, dass sie sich mehr als einmal ausgemalt hatte, von ihm berührt zu werden, fürchtete sie sich doch davor. Wohin sollte das führen? In wenigen Tagen würde sie zurück nach Flensburg fahren. Bei ihrem unsteten Arbeitsleben wäre es schwierig, regelmäßig auf die Insel zu kommen. Und Nils war auf Föhr zu Hause. Hier waren seine Kanzlei, sein Vater und seine Freunde. Er hatte bestimmt nicht vor, zu ihr aufs Festland zu ziehen. Von Wochenendlieben hatte Kerrin noch nie etwas gehalten. Für sie gehörte der gemeinsame Alltag zu einer Beziehung dazu. Ihr Verstand signalisierte ihr also eindeutig, sich nicht in etwas zu stürzen, das zum Scheitern verurteilt war. Und doch sehnte sich ein anderer Teil in ihr danach, ihn in die Arme zu nehmen.

»Was denkst du gerade?« Nils sah sie unverwandt an. »In deinem Kopf scheint einiges vor sich zu gehen.« Er nahm ihre Hand in seine und hielt sie warm umschlossen.

»Eigentlich gar nichts«, brachte Kerrin stockend hervor. Sie sah auf ihre Hände hinunter. »Ich sollte jetzt besser fahren.« Sie merkte selbst, wie unsicher sie klang.

»Klar.« Nils gab ihre Hand frei und beugte sich zu ihr hinüber. Bevor Kerrin begriff, was geschah, hatte er ihr einen sanften Kuss auf die Lippen gegeben. »Ich rufe dich morgen an, okay?«

Kerrin brachte keinen Ton heraus, sondern nickte nur. Ohne ein weiteres Wort verließ Nils den Wagen und verschwand im Hauseingang.

Kerrin blieb einige Minuten still sitzen. Ihr Herz hämmerte in der Brust, und ihr Bauch fuhr Achterbahn. Langsam strich sie mit den Fingerspitzen über ihre Lippen. War das tatsächlich gerade geschehen? Ein zartes Glücksgefühl durchströmte sie, als sie mit zitternden Händen den Motor startete und langsam nach Hause fuhr.

28

Die Sonne war vor einer Stunde untergegangen. Der Mond nahm ab, und so war sein Schein keine Gefahr für ihn. Am wolkenlosen Himmel funkelten die Sterne. Er blieb einen Moment stehen, legte den Kopf in den Nacken und nahm die Weite des Alls in sich auf. Die Erde war so winzig klein und er als einzelner Mensch vollkommen unbedeutend. Genauso wie alle anderen auch. Und trotzdem hatte jeder von ihnen das Gefühl, das Universum drehe sich nur um ihn.

In den letzten Tagen war er aus der Masse herausgetreten, hatte sich über die anderen erhoben und über Leben und Tod entschieden. Und es war noch nicht vorbei. Wenn er jedoch abgeschlossen hatte, was vor vielen Jahren begonnen worden war, würde er sich wieder einreihen in die Riege der Menschen, einer der ihren werden. Er würde wie sie weiterhin Schmerzen und Verletzungen empfinden, aber auch Freude und Glück. Daran glaubte er fest.

In seinem bisherigen Leben hatte er niemals innere Ruhe und Ausgeglichenheit erlebt. Das war ihnen beiden früh genommen worden. Zwar hatte er geliebt, aber er hatte auch abgrundtief gehasst, und dieser ständige Hass hatte ihn an jedem Tag seines Lebens ein Stück weit aufgefressen. Oft hatte er sich gewundert, dass überhaupt noch etwas von ihm übrig war.

Er wusste genau, dass er das allein ihr zu verdanken hatte. Und deshalb durfte er nicht ruhen, bis ihnen beiden Gerechtigkeit widerfahren war. Es war der einzige Weg, der zu einem anderen Leben führen konnte. Seitdem er ihm aufgezeigt worden war, spürte er manchmal einen Hauch des Glücks, einen schemenhaften Kuss der Freude, die bald in ihr Leben strömen würde.

Aber noch war es nicht so weit. Sein Versagen hatte dazu geführt, dass er sich neu organisieren musste. Er wusste, dass seine Jäger die ersten richtigen Schlüsse gezogen hatten. Helfen würde ihnen dies nicht. Er hatte im Vorfeld alles sorgfältig geplant und alle Eventualitäten einbezogen. Wenn einer der Sünder sich nun seiner gerechten Strafe entzogen hatte, würde dies sein Leiden nur verlängern, entkommen konnte er ihm nicht.

Er riss seinen Blick vom Himmel los und machte sich auf den Weg. Er hatte ein Stück zu laufen, aber die Bewegung würde ihm guttun und seine Gedanken beruhigen. Sie war bereits im Bett, und so hatte er bis zum Morgengrauen Zeit. Er musste sich nicht beeilen. Um diese Stunde war kein Auto mehr unterwegs. Die Marsch um ihn herum war dunkel und undurchdringlich, Straßenlaternen gab es nicht. Trotzdem fand er den Weg, war ihn schon oft gelaufen oder mit dem Fahrrad gefahren. Im Schein des Mondes sah er, dass das Korn auf den Feldern sich sanft im Wind wiegte. Weizenähren wechselten sich ab mit den hohen Halmen von Zuckerrohr. Dazwischen standen Ponys auf der Weide, den hinteren Fuß angezogen und schlafend. Als er sich endlich dem Dorf näherte, ragte die imposante Kirche St. Johannis, auch Friesendom genannt, dunkel und gewaltig vor ihm in den Himmel. Ihr Anblick in der Nacht wäre sicherlich für viele Menschen unheimlich gewesen, doch er fühlte sich bei diesem Bild seltsam umsorgt und aufgehoben. Er war im Einklang mit den Mächten, sein Handeln wurde gutgeheißen.

Er wusste, dass er vorsichtig sein musste. Seine Jäger bewachten die Sünder nun. Das würde ihnen aber nicht viel bringen. Im Schutze der Dunkelheit würde es für ihn ein Leichtes sein, ihnen aus dem Wege zu gehen.

Am Anfang war es einfach gewesen, er hatte das Überraschungsmoment auf seiner Seite gehabt, aber nun wurde es immer schwieriger, seine Nachrichten loszuwerden. Und sie dann nach einer Zeit des Grübelns und der Angst im richtigen Moment allein und ungeschützt anzutreffen. Sorgen machte er sich deswegen jedoch nicht, er hatte damit gerechnet, und es erhöhte die Spannung und den Nervenkitzel. Er würde den geeigneten Augenblick abpassen. Zeitdruck hatte er nicht. Je länger sie in seinem Netz schwammen, desto größer würde ihre Panik vor dem sicheren Ende werden. Und desto befriedigender seine Rache.

Schon von Weitem sah er das Auto vor dem Haus stehen. Er lächelte still in sich hinein. Es war genau so, wie er es sich vorgestellt hatte. Geräuschlos und unsichtbar in seiner dunklen Kleidung bog er in den Garten auf der rechten Seite ab, um sich von hinten an das Haus heranzuschleichen.

Der letzte Akt hatte begonnen.

29

Seid ihr gestern gut nach Hause gekommen?« Hark schaute Kerrin zwinkernd an, als sie in den Wagen einstieg. Sie sah müde aus. Er vermutete, dass Nils und sie noch lange im Auto gesessen und gequatscht hatten. Nils hatte beim Abendessen einen so gelösten und fröhlichen Eindruck auf Hark gemacht wie schon lange nicht mehr. Der überraschende Tod von Heike vor drei Jahren hatte auch seinen Sohn völlig aus der Bahn geworfen. Mittlerweile hatten sie sich beide wieder gefangen und an die unabänderliche Situation gewöhnt, aber der Verlust war trotzdem allgegenwärtig. Nils versuchte, sich seine immer wieder einmal hochkommende Traurigkeit nicht anmerken zu lassen, um ihm nicht noch mehr Kummer zu machen, aber Hark spürte genau, wenn es wieder so weit war. Traurigkeit, aber auch Freude und Glück konnte Nils vor seinem Vater nicht verbergen. Und genau dieses Gespür sagte ihm jetzt, dass Nils für Kerrin etwas anderes als nur Freundschaft empfand. Mehr als einmal hatte er gestern bemerkt, wie er ihr verstohlene Blicke zugeworfen hatte, wenn er sich unbeobachtet fühlte. Hark hatte das Gefühl, dass es Kerrin ähnlich ging. Sie war am Anfang des Abends reservierter gewesen, als er sie kannte, fast ein wenig gehemmt. Mit der Zeit hatte sie zu ihrer Lockerheit zurückgefunden, aber es war ein Indiz. Hark konnte sich nicht vorstellen, dass sie seinetwegen so verhalten gewesen war. Einen Freund hatte sie nicht, wie er schon herausgefunden hatte, dem Glück der beiden stand in seinen Augen also nichts im Wege. Er seufzte unhörbar. Er wusste genau, dass Heike Kerrin sofort in ihr Herz geschlossen hätte. Ihre gerade und direkte Art, gepaart mit der Herzlichkeit und ihrem mitfühlenden Wesen hätten seine Frau für sie eingenommen. Er selbst wünschte sich schon seit Langem, dass Nils endlich die Richtige finden würde, und gestand sich mit einem stillen Lächeln ein, dass Kerrin ihm als Schwiegertochter äußerst gut gefallen würde.

»Ja, sind wir«, antwortete sie und riss ihn aus seinen Gedanken. »Aber als der Wecker um sieben Uhr geklingelt hat, dachte ich, es sei ein böser Scherz.« Sie schnallte sich an. »Eine unchristliche Zeit für einen Sonntag.«

»Da hast du leider recht.« Hark startete das Auto und fuhr los. Er kurbelte das Fenster nach unten und ließ die noch frische Morgenluft in das Innere des Wagens. Es war jetzt schon zu spüren, dass ein weiterer heißer Tag vor ihnen lag. Noch zogen vereinzelte, kleine Schäfchenwolken über den ansonsten tiefblauen Himmel, aber die Sonne würde sie bestimmt in Kürze vertrieben haben.

Als sie aus Borgsum herausfuhren, wehte ein strenger Güllegeruch herein. »Igitt.« Kerrin verzog angewidert die Nase und zeigte auf einen großen roten Traktor, der langsam über das Feld zu ihrer Rechten fuhr. Hinter ihm flog ein aufgeregter Schwarm laut kreischender Möwen.

Schnell schloss Hark das Fenster. »Das ist ein bisschen viel Natur so früh am Morgen«, brummte er schmunzelnd. »Der Bauer hofft bestimmt, dass der schlimmste Geruch verflogen ist, wenn die Touristen aus ihren Federn kriechen.«

In der Dienststelle angekommen, griff Kerrin als Erstes zum Telefonhörer und rief Finn und Olaf im Streifenwagen vor dem Haus der Blumbergs und Jan im Krankenhaus an. Hark hörte über Lautsprecher mit. Finn berichtete von einer ruhigen Nacht ohne Vorkommnisse. Ragna Blumberg hatte Olaf und ihm vor einer halben Stunde Kaffee und belegte Brötchen nach draußen gebracht. Um elf Uhr würden sie von Tom und Christian abgelöst werden und erst einmal schlafen, bevor sie die nächste Nachtschicht übernehmen würden. Auch Jan hatte eine ruhige Nacht auf einem Stuhl vor dem Einzelzimmer von Sebastian verbracht. Anna hatte die ganze Nacht bei ihrem Mann gewacht und wollte auch heute weiter bei ihm bleiben. Fabian würde ihn in einer halben Stunde ablösen.

»Wir müssen noch ein paar Gespräche führen. Danach kommen wir ins Krankenhaus und sprechen mit Sebastian«, kündigte Kerrin an.

Hark sah seufzend zu ihr herüber und griff dann nach seinem Telefon. Das Gespräch mit Leif war kurz. Er schilderte ihm, wie sie heute vorgehen würden. Leif schien mit seinen Gedanken woanders zu sein. Er stellte keine einzige Frage und hörte sich kommentarlos an, was Hark erzählte. »Du machst das schon, meine Lieber«, sagte er am Schluss abwesend und legte auf.

Verdutzt ließ Hark den Hörer sinken. »Ich werde aus ihm nicht schlau. Wahrscheinlich bekommt er gleich Besuch. Oder er ist auf eine Partie Golf verabredet und geht im Geiste schon einmal den Platz durch.«

Kerrin grinste. »Freut mich für dich. Je eingespannter er woanders ist, desto besser für uns.«

Hark erhob sich und griff nach dem Autoschlüssel. »Dann lass uns mal zu Sebastian fahren.«

Gegenüber dem Hafendeich auf der Ostkaje des Hafens waren die Standbetreiber gerade dabei, sich auf den allwöchentlichen Ansturm ab elf Uhr vorzubereiten. Nicht nur die Einheimischen und Föhr-Urlauber besuchten sonntags die über fünfzig Stände, auch bei Tagesausflüglern, die vom Festland, Amrum und den Halligen mit dem Schiff nach Föhr kamen, war der Wyker Fischmarkt beliebt. Sehnsüchtig blickte Hark hinüber. Wie gerne wäre er heute über den Markt gebummelt, hätte einen süßen Crêpe gegessen und bei der lauschigen Musik der Liveband einen Kaffee getrunken.

Die Hoffnung stirbt zuletzt, dachte er und nahm sich fest vor, heute Mittag dort mit Kerrin ein Fischbrötchen zu essen.

Im Krankenhaus war es so früh am Sonntagmorgen ruhig. Im Wartebereich saßen nur drei Personen. Hark erkundigte sich an der Anmeldung nach Sebastian. Eine müde aussehende Krankenschwester schickte sie in den ersten Stock. Als sie aus dem Fahrstuhl traten, schnupperte Hark in die Luft. Der typische Krankenhausgeruch nach Desinfektionsmittel und gebohnertem Linoleumboden vermischt mit Krankheit stieg in seine Nase. Sofort stand das Bild eines anderen Tages vor drei Jahren vor seinen Augen, als er verzweifelt und verwirrt durch dieselben Gänge gestolpert war und nicht verstehen konnte und wollte, was gerade mit Heike geschah. Der Krankenwagen hatte sie damals hierhergebracht. Die Ärzte hatten zwei Tage lang versucht, sie zu retten. Vergeblich. Hark erinnerte sich an diese Zeit nur schemenhaft. Er war genauso wie Anna jetzt bei Sebastian nicht von Heikes

Seite gewichen. Leider war sie nicht mehr zu Bewusstsein gekommen, aber er hatte bis heute das Gefühl, dass sie seine Anwesenheit und Liebe gespürt hatte.

»Alles in Ordnung?« Kerrin blickte ihn besorgt von der Seite an.

Er nickte und zwang sich, die Erinnerungen beiseitezuschieben.

Als sie in den Flur, auf dem Sebastian lag, einbogen, sahen sie vor seinem Zimmer Jan und Fabian stehen. Jan war gerade dabei, ein Buch und eine Tupperdose in seiner Tasche zu verstauen.

»Moin, ihr beiden«, begrüßte Hark sie. »Verabschiedest du dich gerade in deinen wohlverdienten Feierabend?«

Jan nickte. »Ich bin hundemüde. Wenn ich das noch eine weitere Nacht durchstehen soll, muss ich mich jetzt hinlegen.«

Fabian ließ sich mit einem Stöhnen auf dem Stuhl nieder.

»Na, du siehst auch nicht besonders frisch aus«, bemerkte Kerrin. »Wenig geschlafen?«

»Eigentlich nicht«, wiegelte Fabian ab. »Es ist noch früh.«

»Ist eigentlich außer der Sache mit deiner Cousine noch mehr zwischen dir und Leon Blumberg vorgefallen?«, wollte sie dann neugierig wissen. »Er war gestern gar nicht gut auf dich zu sprechen.«

»Nee, das war's. Ich habe ihm damals recht deutlich gesagt, was ich davon halte. Das ist er wahrscheinlich nicht gewohnt bei all den Duckmäusern, mit denen er sich sonst umgibt.«

»Das scheint er tatsächlich nicht vergessen zu haben.« Kerrin schaute ihn einen Moment nachdenklich an und wandte sich dann zu Hark. »Lass uns reingehen.«

Vorsichtig klopfte Hark an die Tür und öffnete sie.

Anna blickte ihnen erschöpft entgegen. Sie saß direkt neben dem Bett und hatte dunkle Ringe unter den Augen. Der Schock und die Sorgen des letzten Tages hatten sich tief in ihr Gesicht eingegraben. Sebastian schlief. Als sie Anna leise begrüßten, wurde er wach und schlug die Augen auf.

»Volles Haus«, murmelte er mit leiser, noch schwacher Stimme. Seine Hand tastete unsicher nach der Hand seiner Frau. Anna bemerkte dies und griff nach ihr. Behutsam beugte sie sich über ihn und hauchte ihm einen zarten Kuss auf die Stirn.

»Wie geht es dir?«, fragte sie.

»Ganz okay, glaube ich.« Sebastian versuchte, sich ein wenig aufzurichten. Sofort sprang Anna auf und half ihm in eine bequeme Sitzposition.

»Hast du Schmerzen?« Liebevoll blickte sie ihn an.

Sebastian schüttelte den Kopf. Dann schaute er zu Kerrin und Hark. »Da habe ich wohl großes Glück gehabt, oder?«

»Das hast du.« Kerrin nickte. »Und gut reagiert.« Sie zog sich den zweiten Stuhl auf die andere Seite des Bettes und sah Sebastian eindringlich an. »Kannst du dich an irgendetwas erinnern? Hast du den Täter gesehen?«

Für den Bruchteil einer Sekunde hatte Hark den Eindruck, dass ein Schatten über Sebastians Gesicht huschte. Dann war er verschwunden.

»Nein, leider nicht. Es ging alles so schnell. Eine schwarz gekleidete Person, nicht besonders groß.« Er fuhr sich mit der Hand durch die Haare. »Ich kam aus dem dunklen Haus in die grelle Sonne und wurde geblendet. Ich habe das Gesicht nicht wirklich sehen können, nur die Umrisse.«

»War es ein Mann oder eine Frau?« Kerrin beugte sich vor.

Sebastian überlegte einen Moment. »Ich bin mir nicht sicher«, entgegnete er dann langsam. »Eine kräftige Frau oder ein eher kleiner Mann, schätze ich. Die Person trug ein Käppi, ich habe keine Haare gesehen, aber …« Er brach ab, als sich nach einem energischen Klopfen die Tür öffnete. Herein traten Dr. Mommensen, ein weiterer Arzt, eine Krankenschwester und ein Pfleger.

Der Arzt trat an das Bett und stellte sich vor. »Dr. Winkler, Chefarzt der Chirurgie hier am Klinikum.« Er wandte sich an Hark. »Ich gehe davon aus, dass Sie gerade dabei sind, Herrn Sötje zu befragen?«

Hark nickte.

»Das können Sie gerne in ungefähr fünfundvierzig Minuten fortsetzen. So lange müssen wir Ihnen den Patienten leider zur Untersuchung entführen.«

»Kann ich mitkommen?«, bat Anna mit leiser Stimme.

Dr. Schlüter nickte. »Wenn Ihr Mann nichts dagegen hat, ist das kein Problem.«

Bei diesen Worten löste der Pfleger die Wegfahrsperre des Bettes, und er und die Krankenschwester schoben Sebastian aus dem Zimmer, gefolgt von Anna und den beiden Ärzten.

Vor der Tür gab Kerrin Fabian ein Zeichen, dass er dem Tross folgen sollte. »Du lässt ihn bitte nicht aus den Augen«, raunte sie ihm im Vorbeigehen zu.

»Wenn du das sagst«, antwortete er, ohne eine Miene zu verziehen.

Hark und sie traten gerade aus dem Krankenhaus in die Sonne, als Kerrins Handy klingelte. »Valerie«, ließ sie Hark nach einem Blick auf ihr Display wissen. Das Gespräch war kurz. »Sie weiß nichts.« Kerrin klang enttäuscht. »Weder hat sie einen verdächtigen Brief gesehen, noch hat Niklas davon berichtet.«

»Mist.«

»Sie fährt heute Nachmittag zurück nach Kiel. Niklas soll dort bestattet werden, und sie möchte schon mal alles vorbereiten.«

»Hat die Staatsanwaltschaft die Leiche freigegeben?«

Kerrin zuckte mit den Schultern. »Das frage ich Heyden nachher. Er hält den Kontakt.«

»Das ist für uns okay, denke ich. Wenn wir noch etwas wissen wollen, können wir sie ja jederzeit anrufen.«

»Klar, für mich ist das kein Problem. Ich kann verstehen, dass sie zurück zu ihren Kindern, Freunden und ihrer Familie will. Ehrlicherweise hatte ich mich schon ein wenig gewundert, dass sie allein auf der Insel geblieben ist.«

»Stimmt«, gab Hark zu. »Aber ich kann auch verstehen, dass sie die Zeit für sich brauchte, um wieder einigermaßen klarzukommen. Sich vor kleinen Kindern immer zusammenreißen zu müssen stelle ich mir extrem kräftezehrend vor.«

»Auch wieder wahr.« Sie fuhr sich durch die Haare. »Mit Sebastian reden wir nachher über den Brief. Und später fahren wir zu Leon, legen ihm die Daumenschrauben an und fragen ihn, ob er auch einen bekommen hat. Das müsste uns doch eigentlich weiterbringen.« Sie zögerte einen Moment, bevor sie weitersprach. »Würdest du eigentlich für Fabian deine Hände ins Feuer legen?«

Hark sah sie verständnislos an. »Was meinst du damit?«

»Na ja, er ist eher klein, insoweit passt die Beschreibung von Sebastian, er hatte Streit mit Leon und ...«

»Jetzt gehen aber die Pferde mit dir durch«, unterbrach Hark sie kopfschüttelnd. »Leon lebt doch noch. Und von Stress mit den anderen weiß ich nichts.«

»War nur so eine Idee, vielleicht, weil ...«

»Das verstehe ich schon, er ist ja wahrlich kein Sympathieträger. Und ich finde es auch richtig, dass du dir von ihm nichts gefallen lässt. Aber er steht trotzdem auf der guten Seite und nicht auf der bösen.«

»Du hast bestimmt recht, du kennst ihn schließlich gut und ich eigentlich gar nicht«, erwiderte Kerrin nicht sonderlich überzeugt. Sie nahm sich vor, Fabian im Auge zu behalten, und zog die Liste von Corinna aus der Tasche. In der Dienststelle hatte Hark die Adressen und Telefonnummern von Aiko Schulte und Maik Köhler herausgesucht. »Wir sollten jetzt erst einmal alle vier Männer anrufen und mit ihnen sprechen«, beschloss sie.

»Gib her«, forderte Hark sie auf. Nach einem kurzen Blick auf den Zettel wählte er die erste Nummer.

Bei Aiko Schulte sprang der Anrufbeantworter der Praxis an und teilte mit, dass Dr. Schulte sich seit dem vergangenen Montag bis nächsten Freitag einschließlich im Urlaub befand. Patienten sollten sich im Notfall an eine Praxis in Wyk wenden.

»Der ist bestimmt mit Frau und Kindern in den Ferien und scheidet damit als Verdächtiger aus.« Nach einem Blick auf Kerrin fügte er hinzu: »Wir überprüfen selbstverständlich, wo sich Familie Schulte zurzeit aufhält.«

Auch bei Maik Köhler hatten sie kein Glück.

»Ich bin die Mutter, Maik ist nicht da. Was wollen Sie

denn von ihm?«, fragte eine nicht sonderlich freundliche Frauenstimme.

»Hansen von der Polizeidienststelle in Wyk. Wir müssten in einer Routineangelegenheit mit Ihrem Sohn sprechen.«

»Da müssen Sie sich noch ein wenig gedulden. Er ist bei einer CCC-Veranstaltung, schon seit letztem Mittwoch, und kommt erst am Dienstagabend zurück.«

»Was ist eine CCC-Veranstaltung?«

»Chaos Computer Club natürlich.«

»Natürlich«, entgegnete Hark ernst. »Und wo findet diese Veranstaltung statt?«

»In Berlin. Maik hat dort viele Freunde aus dem Club, bei einem wohnt er. Er hat seine Firma für eine Woche dichtgemacht, damit er um das Wochenende herum mit den anderen zusammen fachsimpeln kann.«

»Und er hat die Insel bereits am letzten Mittwoch verlassen?«, fragte Hark noch einmal nach.

»Sag ich doch. Mit der Fähre um 8:25 Uhr. Wollen Sie seine Handynummer haben? Dann können Sie selbst mit ihm sprechen.« Sie klang jetzt ungeduldig, versuchte offensichtlich, Hark abzuwimmeln.

»Gerne.« Hark notierte die Nummer. Als er aufgelegt hatte, sah er Kerrin resigniert an. »Wenn das stimmt, könnte er zwar letzten Dienstag Niklas erschossen haben, bei Julius und Sebastian wäre er aber raus. Soll ich ihn anrufen?«

»Erst einmal nicht. Bitte die Jungs in der Dienststelle, mal im Internet zu schauen, ob es gerade eine solche Veranstaltung in Berlin gibt.«

»Notiert.« Hark tippte sich an die Stirn. »Wird aber sicherlich stimmen, warum sollte seine Mutter sich das ausdenken?«

Kerrin zuckte die Schultern. »Vielleicht haben wir heute bei Lasse und Till Glück.«

Und das hatten sie, zumindest bei Till Peters. Er war bereits in seinem Restaurant und bereitete alles für den Mittagsansturm vor. Sie verabredeten, ihn sofort aufzusuchen, da er später in der Küche unabkömmlich wäre. Lasse Pfeiffer sprachen sie auf den Anrufbeantworter und baten um umgehenden Rückruf.

Das Restaurant von Till und Barbara Peters befand sich in einem urigen Reetdachhaus in einer Seitenstraße von Alkersum. In einem schönen Bauerngarten standen einige Tische unter großen Sonnenschirmen. Heckenrosen blühten in den Beeten. Ein großer Apfelbaum, an dem unzählige noch unreife Äpfel hingen, stand mittendrin und spendete ebenfalls Schatten.

Eine rundliche kleine Frau war gerade dabei, die letzten Sitzkissen auf den Stühlen zu verteilen. Sie blickte hoch, als Hark und Kerrin auf sie zutraten.

»Sie sind bestimmt die Leute von der Polizei«, sagte sie freundlich lächelnd. »Barbara Peters. Mein Mann hat Sie bereits angekündigt.« Sie ging auf das Haus zu. »Kommen Sie, er ist in der Küche.«

Durch eine große Terrassentür gelangten sie in das Restaurant. Die Wände des geräumigen Gastraums waren mit alten friesischen Kacheln gefliest, auf die in einem strahlenden Blau verschiedene Bilder gemalt worden waren. Eine holzgetäfelte Bar nahm fast eine ganze Wand ein. In einer Ecke stand ein alter schwarzer Ofen. Wenn in ihm im Winter ein Feuer bullerte, wollte man wahrscheinlich nie wieder nach Hause. Blau gestrichene Bänke mit bunten Sitzkissen waren an die Wände geschraubt, davor standen Tische mit weißen Tischdecken und ebenfalls blaue Stühle.

»Sie haben es schön hier«, sagte Kerrin bewundernd, nachdem sie ihren Blick hatte schweifen lassen.

»Vielen Dank.« Barbara Peters blieb stehen. »Das Restaurant ist unser Leben. Wir haben keine Kinder und werden leider auch keine bekommen, also ist das hier unser Baby.« Ein kleiner dunkelbrauner Hund kam schwanzwedelnd auf sie zu. »Zusammen mit Barni natürlich.«

Durch die Tür am anderen Ende des Gastraums trat ein großer, etwas untersetzter Mann mit einem gutmütigen Gesicht. Er trug ein weißes T-Shirt und eine Jeans, darüber war eine schon recht fleckige Schürze gebunden. Mit einem warmherzigen Lächeln trat er auf sie zu.

»Ich bin Till Peters.« Aufmerksam schaute er Kerrin an. »Wir kennen uns aus der Schule, oder?«

»Richtig, Kerrin Iwersen. Ich war einen Jahrgang unter dir.«

»Stimmt. Du warst mit Corinna gut befreundet.«

Kerrin nickte. »Und das ist Hark Hansen, der Vater von Nils aus deiner Parallelklasse.«

»Hallo, Hark.« Till streckte ihm die Hand hin. »Wenn man es weiß, sieht man die Ähnlichkeit. Das ist meine Frau Barbara. Sie kommt zwar aus Düsseldorf, ist aber mittlerweile eine waschechte Friesin.« Lächelnd zog er sie in seinen Arm und zeigte auf einen Tisch. »Kommt, wir setzen uns. Möchtet ihr etwas trinken?«

»Nein danke, wir wollen euch keine Umstände machen, so kurz vor dem Mittagessen«, wehrte Kerrin ab und setzte sich.

»Das tut ihr nicht, keine Sorge.« Till Peters und seine Frau nahmen ebenfalls Platz, Hark folgte ihrem Beispiel.

»Die meisten Urlauber sind jetzt an den Stränden. Richtig voll wird es erst am Abend.«

»Trotzdem öffnen wir in der Hauptsaison auch am Mittag. Ein paar verstreute Touristen finden sich immer ein und essen einen Salat oder andere Kleinigkeiten«, ergänzte Barbara.

»Wie können wir euch helfen?« Neugierig beugte Till sich vor. »Hat es etwas mit den Morden zu tun, über die die ganze Insel spricht?«

Kerrin nickte. »Ich bin bei der Kripo in Flensburg und ermittle zusammen mit Hark in den Fällen. Wir haben gehört, dass du in der Schule viel Ärger mit der Clique hattest.«

»Das stimmt.« Ein Schatten legte sich kurz über sein Gesicht. »Wir waren nicht die besten Freunde. Aber was hat das mit den Morden zu tun?«

»Erst einmal gar nichts. Wir versuchen, Licht in die Vergangenheit der Freunde zu bringen. Und dazu gehört natürlich auch die Schulzeit«, erwiderte Kerrin unbestimmt.

»Verstehe. Ihr seid auf der Suche nach einem Motiv.« Er überlegte einen Moment. »Ich kann mir gut vorstellen, dass es viele Menschen gibt, denen die vier übel mitgespielt haben. Insbesondere Leon, die anderen drei waren wohl eher Mitläufer. Obwohl es das auch nicht besser macht, finde ich.«

»Ich kenne die Männer nicht und habe nur von Till Geschichten von früher gehört«, mischte sich Barbara in das Gespräch ein, »aber ein solches Ende verdient niemand, egal, wie gemein er zu anderen war.«

»Das sehe ich genauso«, stimmte Till seiner Frau zu. »Zumal meiner Ansicht nach die falschen angegriffen wurden. Niklas, Julius und Sebastian waren eigentlich in Ordnung. Sie haben sich nur leider Leon vollständig untergeordnet.«

»Was genau ist denn zu Schulzeiten passiert?«

Till schaute einen Augenblick nachdenklich aus dem Fenster. »Wenn ich es mir heute überlege, hört es sich lächerlich an«, begann er. »Sie haben uns unzählige Male die Ranzen weggenommen und versteckt. Wir mussten dann stundenlang suchen und kamen viel zu spät nach Hause. Meine Eltern waren verständnisvoll und haben mir zugehört und nicht mit mir geschimpft. Aber bei meinem Freund Lasse sah das anders aus.«

»Lasse Pfeiffer?«, fragte Hark nach.

Till nickte. »Wir waren in der Schulzeit die besten Freunde. Vielleicht, weil wir beide nicht richtig dazugehörten, immer ein wenig außen vor waren. Aus irgendeinem Grunde hatte sich die Clique auf uns eingeschossen.« Er schwieg einen Moment und fuhr dann fort: »Sie haben uns unsere Brotdosen weggenommen und unser Frühstück aufgegessen. Lasses Box haben sie einmal dabei zerbrochen. Sie war aus Plastik und nicht besonders stabil. Er hat zu Hause furchtbaren Ärger bekommen. Leider hat sein Vater sich nicht auf Worte beschränkt, sondern ihn ordentlich verprügelt.«

»Wie schrecklich.« Kerrin sah bestürzt aus.

»Manchmal haben sie uns in den Matsch oder in Pfützen geschmissen, sodass wir komplett verdreckt nach Hause kamen. Auch dann hat Lasses Vater ihn bestraft. Meine Eltern haben sich einmal an unseren Lehrer gewandt, und für kurze Zeit wurde es dann auch besser. Aber die vier haben es uns natürlich übel genommen, dass sie deshalb Ärger mit ihren Eltern bekommen haben. Und so wurde es danach noch schlimmer. Also haben wir von da an den Mund gehalten und uns nicht mehr gewehrt.«

»Und das hat sie wahrscheinlich immer weiter angestachelt«, vermutete Barbara.

»Ihr seid also während der gesamten Schulzeit von ihnen schikaniert worden?«

»Genau«, bestätigte Till. »Wir haben versucht, ihnen aus dem Weg zu gehen, aber es gab tatsächlich nur wenige Tage, an denen nicht irgendetwas vorfiel. Der Sportbeutel hing oben an einem Baum, und die Leiter des Hausmeisters war verschwunden, unsere Hausaufgaben waren zerrissen, und wir bekamen eine Strafarbeit auf, unsere Mützen landeten in einer Pfütze oder verschwanden ganz. Oder es waren einfach nur blöde Sprüche, die uns verletzt haben.«

»Ist dir ein besonderer Vorfall in Erinnerung geblieben, etwas, das aus der Masse der Boshaftigkeiten herausstach?« Kerrin sah ihn ernst an.

»Ich weiß, dass sie Aiko Schulte immer gezwungen haben, ihre Hausaufgaben zu machen. Sebastian war richtig gut in der Schule und Niklas eigentlich auch. Den beiden fiel der Unterrichtsstoff einfach zu, sie mussten nicht viel dafür tun. Bei Leon und Julius war das anders. Sie waren schlecht in der Schule und machten dann auch noch oft Blödsinn im Unterricht und passten nicht auf. Für die Hausaufgaben hätten sie ewig gebraucht.«

»Wie haben sie ihr Abitur geschafft?«, fragte Kerrin verwundert.

»Das frage ich mich auch.« Till grinste. »Vielleicht haben sie in den letzten beiden Jahren die Kurve bekommen, daran erinnere ich mich nicht mehr so genau. Wir hatten in der Oberstufe ja Kurse, und unser Klassenverband war glücklicherweise aufgelöst.«

»Und bei dir und Lasse?«, hakte Kerrin nach.

Till zögerte einen Moment, bevor er fortfuhr: »Es gab da tatsächlich etwas, das Lasse ziemlich mitgenommen hat.«

»Du meinst die Sache mit dem Schrank?« Barbara sah ihn an.

»Genau.« Till fuhr sich durch die Haare. »Ich glaube, wir waren in der zwölften Klasse, kurz vor den Sommerferien an einem Freitag. Lasse ist eher klein und schmächtig und nicht besonders stark. Ich war auf der Toilette, und er wollte vor der Schule auf mich warten, damit wir zusammen nach Hause fahren konnten.« Er stockte einen Moment. »Als ich zurückkam, war er weg. Ich habe erst gewartet, dachte, dass er noch irgendetwas aus der Klasse holt oder jemanden getroffen hat und gleich zurückkommt, was weiß ich. Als er nach ungefähr zwanzig Minuten immer noch nicht da war, habe ich ihn gesucht. Gefunden habe ich ihn schließlich in einem Schrank in einem Klassenraum der fünften Klassen.« Er seufzte tief. »Ihr könnt euch bestimmt vorstellen, dass ich dort nicht als Allererstes geschaut habe. Es hat also lange gedauert. Lasse hatte schon als kleines Kind Platzangst, weil sein Vater das Einschließen in einem engen Raum für ein geeignetes Erziehungsmittel neben der Prügelei hielt.«

»Wie schrecklich, der Arme«, entfuhr es Kerrin voller Mitleid.

»Lasse hat Tage gebraucht, um sich davon zu erholen. Ich habe ihn mit zu mir nach Hause genommen, und meine Mutter hat durchgesetzt, dass er das Wochenende bei uns bleiben durfte. Seinem Vater hat sie erzählt, dass wir zusammen für die letzten Klausuren lernen wollen, und das hat er ihr abgekauft.« Er hob die Schultern. »Wir haben nicht viel gemacht. Gegessen, ferngesehen, rumgehangen. Meine Mutter hat viel mit ihm gesprochen und ihn in die Arme genommen. Das hat ihm geholfen. Am Sonntagabend war er so weit wiederhergestellt, dass er zurück zu seinen Eltern konnte.«

»Habt ihr den Vorfall der Schule gemeldet oder den Eltern der vier?«

Till schüttelte den Kopf. »Das hätte es nur noch schlimmer gemacht. Lasse wollte es partout nicht, und dem habe ich mich gefügt. Ihm hatten sie schließlich übel mitgespielt, nicht mir.«

»Verstehe«, entgegnete Hark und wechselte dann abrupt das Thema. »Wo warst du gestern Mittag, Dienstagmorgen und Donnerstagabend?«

»Überprüft ihr jetzt meine Alibis?« Till musste schmunzeln.

Seine Frau schien das nicht ganz so locker zu nehmen. »Ihr verdächtigt doch wohl nicht meinen Mann?« Empört sah sie Hark an.

»Lass mal gut sein«, beschwichtigte Till sie. »Das müssen die beiden bestimmt fragen.« Er überlegte einen Moment. »Donnerstagabend und gestern Mittag war ich in der Küche und habe für unsere Gäste gekocht. Dienstagmorgen waren wir bis ungefähr zehn Uhr zu Hause. Dann bin ich zum Großhändler gefahren.«

»Kannst du das bezeugen?« Hark sah Barbara fragend an.

Sie nickte mit zusammengekniffenen Lippen, sagte aber nichts.

»Okay, das war es erst einmal.« Kerrin erhob sich. »Vielen Dank, dass ihr euch die Zeit für uns genommen habt. Eine letzte Frage habe ich allerdings noch: Wisst ihr, wie wir Lasse erreichen können? Auf unseren Anruf hat er bisher noch nicht reagiert.«

Till überlegte einen Moment. »Unser Kontakt ist nicht mehr so eng wie früher. Lasse scheint mir aufgrund seiner Kindheit und Jugend psychisch ziemlich labil. Nach dem Abi bin ich für meine Ausbildung aufs Festland gezogen, er ist hiergeblieben. In den drei Jahren haben wir uns natürlich nicht mehr so häufig gesehen. Als ich schließlich zurückkam, war es nicht mehr so wie vorher. Er hat sich abgeschottet und mit Gelegenheitsjobs über Wasser gehalten. Anfangs habe ich mich noch sehr bemüht, um der alten Zeiten willen, aber irgendwann hatte ich keine große Lust mehr. Heute sehen wir uns nur noch selten«, erklärte er ein wenig schuldbewusst. »Am besten fahrt ihr einfach bei ihm vorbei und klingelt. Von Telefonen und Rückrufen hat er leider noch nie viel gehalten. Wenn er nicht gerade arbeitet, ist er meistens zu Hause.«

Im Auto kramte Kerrin nach dem Zettel mit den Telefonnummern und Adressen der Männer. »Er wohnt in der Dörpstraat in Wrixum.« Sie steckte das Blatt zurück in ihre Tasche. »Mein Bauchgefühl sagt mir, dass wir Lasse Pfeiffer näher unter die Lupe nehmen sollten.«

30

Sebastian war allein. Der Pfleger hatte ihn nach einer kurzen Untersuchung durch den Chefarzt zurück in sein Zimmer geschoben. Anna war den ganze Morgen nicht von seiner Seite gewichen. Auf der einen Seite rührte Sebastian ihre Liebe und Fürsorge. Auf der anderen Seite aber brauchte er dringend eine Auszeit, um in Ruhe nachdenken und seine durcheinanderwirbelnden Gedanken ordnen zu können. Mit der Bitte, ihm verschiedene Sachen von zu Hause zu bringen, hatte er es schließlich geschafft, seine Frau für ungefähr eine Stunde aus dem Krankenhaus zu verbannen. Er hoffte inständig, dass ihn während dieser Zeit niemand stören würde.

Der gestrige Angriff auf ihn war so schnell gegangen, dass er Schwierigkeiten hatte, ihn zu rekonstruieren. Er hatte einige Stunden arbeiten müssen und sich dann nach einem ruhigen Nachmittag mit Anna auf der Terrasse gesehnt. Seit dem Mord an Niklas waren Anna und er so oft wie möglich zusammen gewesen. Der Verlust seines besten Freundes hatte ihn schwer getroffen, und er brauchte sie als Stütze an seiner Seite.

Am Donnerstagabend war seine Welt dann endgültig zusammengebrochen. Anna hatte an dem Tag lange gearbeitet, und so war er als Erster nach Hause gekommen. Hinter der Haustür hatte ein Brief auf dem Boden gelegen. Er hatte sich darüber gewundert, da Anna erst am Mittag in die Boutique gefahren war und die restliche Post wie üblich aufgestapelt auf der Kommode lag. Aber dann hatte er gesehen, dass keine Briefmarke darauf klebte und er wahrscheinlich persönlich eingeworfen worden war. Er hatte ihn mit ins Wohnzimmer genommen und sich einen Gin Tonic gemixt. Seit Niklas' Tod hatte er zu viel und zu oft getrunken, das wusste er, aber er hatte geradezu gelechzt nach einem Schluck Alkohol. Mit Glas, Umschlag und der restlichen Post hatte er sich an seinen Schreibtisch im Arbeitszimmer zurückgezogen.

Nachdem er einen kräftigen Schluck getrunken hatte, hatte er sich den unfrankierten Brief genauer angeschaut. Sein Name und die Adresse waren ordentlich in Druckbuchstaben geschrieben, ein Absender fehlte. Neugierig hatte er den Umschlag mit seinem Brieföffner geöffnet, den zusammengefalteten Inhalt herausgezogen, den Umschlag zerrissen und in den Mülleimer geworfen. Erst danach hatte er das Blatt entfaltet. Im ersten Moment hatte er das gedruckte Bild darauf nicht einordnen können und sich verwundert auf seinem Stuhl zurückgelehnt. Aber dann waren plötzlich lange verdrängte Erinnerungen mit Wucht in ihm hochgeschossen. Aufgewühlt hatte er den Zettel auf seinen Schreibtisch geschleudert und erneut nach dem Gin Tonic gegriffen. Die Gedanken waren durch seinen Kopf gewirbelt. Was hatte das zu bedeuten? Stand der Brief im Zusammenhang mit Niklas' Tod? War ihnen jemand nach so vielen Jahren auf die Schliche gekommen? Das konnte nicht sein. Er hatte einen großen Schluck getrunken. Als er das Glas zurück auf den

Tisch gestellt hatte, hatte er bemerkt, dass seine Hände zitterten.

Im gleichen Moment hatte er gehört, wie Anna den Schlüssel ins Schloss steckte. Hastig hatte er das Blatt in seine Aktentasche gestopft und war seiner Frau mit laut klopfendem Herzen entgegengegangen.

Am nächsten Tag hatte er den Zettel in einem öffentlichen Mülleimer auf dem Weg ins Büro entsorgt. Gesprochen hatte er mit niemandem darüber. Und dies bitter bereut, als er am nächsten Tag von Julius' Tod erfahren hatte.

Ein Klopfen an der Tür riss ihn aus seinen aufwühlenden Gedanken. Ohne auf eine Antwort zu warten, steckte Leon den Kopf ins Zimmer. Müde bedeutete Sebastian ihm mit einer Handbewegung, hereinzukommen.

»Moin, alter Junge.« Leon zog sich Annas Stuhl neben das Bett und ließ sich darauf nieder. Unbeholfen tätschelte er Sebastians Arm. »Ich bin echt froh, dass dein Schutzengel gestern so aktiv war«, sagte er mit einem schiefen Grinsen. »Sonst wäre ich jetzt ganz allein.«

»Allerdings.« Eine Träne lief Sebastians Wange herunter. »Was geht hier vor, Leon?«, fragte er dann mit brüchiger Stimme. »Ich habe furchtbare Angst.«

Unruhig rutschte Leon auf seinem Stuhl hin und her. Er schien mit sich zu ringen. »Hast du auch Post bekommen?«, wollte er schließlich wissen.

»Du also auch.« Sebastian wischte sich die Tränen von den Wangen. »Wann?«

»Heute Morgen lag er im Briefkasten. Ich wollte die Zeitung reinholen, da habe ich ihn gefunden. Gestern Nachmittag war er noch nicht da, er muss also in der Nacht eingeworfen worden sein.« Nervös fuhr Leon sich durchs Haar.

Sebastian brachte keinen Ton heraus. Es war wie ein furchtbarer Albtraum. Aber sie würden nicht aufwachen, und alles wäre gut. Niklas und Julius waren bereits tot und er selbst angeschossen. Ihre Schuld hatte die Jahre überdauert, und nun schien die Zeit der Abrechnung gekommen zu sein.

Nach einer Weile durchbrach Leon die Stille. »Konntest du den Täter erkennen?« Er war kaum zu verstehen. »Könnte sie es gewesen sein?«

Sebastian sah an ihm vorbei aus dem Fenster. Am dunkelblauen Himmel war keine Wolke zu sehen. Das Fenster war gekippt, damit frische Luft hereinströmen konnte. Leises Vogelgezwitscher war zu hören. Eine Frau im Krankenhausgarten lachte.

Anfangs hatte Sebastian an jedem einzelnen Morgen gedacht, dass an diesem Tag alles ans Licht kommen würde. Doch die Wochen, Monate und Jahre waren ins Land gegangen, und nichts war geschehen. Nach dem verhängnisvollen Unglück hatten sie nie wieder darüber gesprochen. Keiner von ihnen hatte es gewollt, und sie hätten alles dafür gegeben, die Zeit zurückdrehen zu können.

Als sie damals in Sicherheit waren und wieder atmen konnten, hatte Leon ihnen eingetrichtert, niemals darüber zu reden. Das war ihr einziges Gespräch über den Vorfall gewesen. Bis heute hatte sich jeder von ihnen an Leons Anweisung gehalten. Sie kannten es nicht anders.

»Ich weiß es nicht«, antwortete er schließlich zögerlich. »Möglich wäre es. Die Person war nicht groß, es könnte aber auch ein kleiner Mann gewesen sein.« Er sah Leon an. »Ich habe das Gesicht nicht gesehen, die Sonne hat mich geblendet.« Er ließ sich zurück in die Kissen sinken. »Wenn wir beide einen Brief bekommen haben, werden

Niklas und Julius ebenfalls einen erhalten haben. Dann können die Taten nur damit im Zusammenhang stehen. Und dann fällt mir niemand außer ihr ein.« Er fuhr sich durch die Haare. »Wir hätten damals zu dem, was wir getan haben, stehen sollen. Wir waren feige und erbärmlich. Und das rächt sich jetzt. Vielleicht sollten wir reinen Tisch machen?«

»Auf keinen Fall.« Leon sah ihn beschwörend an. »Wem nützt das jetzt noch? Niklas und Julius sind tot. Wir beide ahnen, wer es war und warum. Wir werden ab jetzt noch vorsichtiger sein. Ich lasse mir etwas einfallen. Wir könnten mit ihr sprechen, ihr etwas anbieten, keine Ahnung. Ich denke darüber nach, versprochen. Aber wir reden nicht mit der Polizei, okay?« Eindringlich sah er Sebastian an.

Und wie immer in all den Jahren ihrer Freundschaft fügte Sebastian sich dem, was Leon wollte. Obwohl er wusste, dass er möglicherweise einen lebensgefährlichen Fehler beging.

31

Lasse Pfeiffer wohnte in einer Wohnung im Erdgeschoss eines Hauses in der Dörpstraat in Wrixum. Erst auf ihr zweites Klingeln öffnete er verschlafen die Tür.

»Ja bitte?« Er sah sie verwundert an. Kerrin hatte Mühe, den Jungen aus der Schule in dem Mann, der vor ihnen stand, zu erkennen. Lasse war alt geworden. Das Leben schien es nicht sonderlich gut mit ihm gemeint zu haben. Seine Haut wirkte faltig und grobporig, wahrscheinlich rauchte er stark, das Haar war fettig. In seinem blauen Trainingsanzug machte er einen ungepflegten Eindruck.

Kerrin stellte Hark und sich vor.

»Du warst ein oder zwei Jahrgänge unter mir, oder?« Lasse sah sie, ohne eine Miene zu verziehen, durchdringend an.

Kerrin nickte. »Dürfen wir kurz reinkommen?«

»Warum?«

»Das würden wir gerne drinnen mit dir besprechen.«

»Passt mir nicht«, erwiderte Lasse brüsk und wollte die Tür schließen.

Reaktionsschnell stellte Kerrin ihren Fuß dazwischen. »Es ist dringend«, sagte sie ruhig und drückte die Tür wieder auf. »Wird nicht lange dauern.« Mit diesen Worten zwängte sie sich an dem überrumpelten Mann vorbei in die Wohnung. Hark folgte ihr wortlos.

Durch einen engen Flur kamen sie in ein kleines Wohnzimmer mit Küchenzeile. Eine Tür führte in das Schlafzimmer. Kerrin konnte durch den Türspalt auf ein ungemachtes Bett blicken. Die Einrichtung war alt, aber gepflegt und stand in krassem Gegensatz zu seinem sonstigen Auftreten. In einem Abtropfsieb neben der Spüle stand das abgewaschene Geschirr ordentlich aufgereiht und trocknete. Nirgendwo war ein Hauch von Unordnung zu entdecken.

»Was wollt ihr?« Lasse ließ sich auf einen Sessel fallen, bot ihnen aber keinen Platz an.

Unaufgefordert nahmen Kerrin und Hark auf dem Sofa ihm gegenüber Platz. »Du hast bestimmt von den Morden gehört, oder?«

»Klar, wer nicht? Was hat das mit mir zu tun?«

»Wir unterhalten uns zurzeit mit allen Menschen, die in der Vergangenheit mit der Clique um Leon Blumberg aneinandergeraten sind. Bei Till und seiner Frau waren wir schon.«

»Der gute Till hat sich auch lange nicht mehr blicken lassen.« Lasse Pfeiffer lachte bitter auf. »Ist wohl zu fein für mich geworden mit seinem schnieken Restaurant. Da kann ein einfacher Lagerarbeiter nicht mithalten.«

»Hattest du zu Leon und seinen Freunden nach der Schulzeit noch Kontakt?«

»Warum sollte ich?«, antwortete er hitzig. »Ich hatte sie in meinem Leben genug an den Hacken. Und bevor du fragst: Nein, ich bin nicht traurig, dass einer nach dem anderen abgemurkst wird. Der Täter hat einen Orden verdient.« Speicheltropfen spritzten aus seinem Mund, er wurde mit jedem Wort wütender. »Hoffentlich bekommt ihr ihn nicht. Und hoffentlich erledigt er die anderen beiden auch noch.« Er schrie jetzt fast. Kerrin starrte Lasse erschrocken an. Sein Gesicht hatte sich zu einer bösartigen Fratze verzerrt. Verarbeitet hatte er die Schikanen der Clique offensichtlich nicht. Aus dem schüchternen und unscheinbaren Jungen, an den sie sich noch schemenhaft erinnerte, war ein hasserfüllter und frustrierter Mann geworden. Und doch tat Lasse ihr leid. Was er in seiner Jugend durchgemacht hatte, wünschte man niemandem. Nicht nur in der Schule, sondern auch in seinem Elternhaus. Trotzdem blieb die Frage, ob das Erlebte ihn dazu gebracht haben könnte, jetzt, nach so vielen Jahren, grausame Morde zu begehen. War er durch das Einschließen im Schrank so traumatisiert worden, dass sich dieser Schock nun in dem Auslöschen seiner Peiniger entlud? Und wenn ja, was war der Auslöser dafür gewesen?

»Leben deine Eltern noch?«, fragte sie. Auch sein Vater hatte ihm übel mitgespielt. Wenn er tatsächlich der Täter war, konnte dann nicht auch sein Vater in Gefahr sein?

»Nein, der Alte ist im Frühling gestorben. Zum Glück. Obwohl ich seit meinem Auszug so gut wie keinen Kontakt mehr zu ihm hatte. Da gibt es keine Verbindung zwischen Vater und Sohn, wenn die Erziehung nur auf Gewalt, Macht und Drohung fußt. Meine Mutter lebt in Wyk, aber wir sehen uns fast nie. Sie hat meinen Vater damals nicht gestoppt, sondern zugeschaut. Das kann ich nicht vergessen.« Er schien sich wieder ein wenig zu beruhigen.

»Das glaube ich gerne. Wo warst du gestern Mittag, Dienstagmorgen und Donnerstagabend?«

»Nun bist du beim Alibi angekommen, nehme ich an.

Ich werde also verdächtigt, zwei Männer umgebracht zu haben und bei dem dritten knapp gescheitert zu sein, weil sie mich zu Schulzeiten getriezt haben? Euch ist schon klar, dass das über zehn Jahre her ist?« Seine Aggressivität war plötzlich verschwunden.

»Natürlich ist uns das klar.« Kerrin sah ihn verwundert an. Dieser plötzliche Stimmungsumschwung war fast unheimlich. »Alibis zu überprüfen, gehört zu unserer Standardroutine. Jeder, der in irgendeiner Beziehung zu den Opfern steht, wird von uns danach gefragt.«

»Wenn ich die Jungs auf dem Gewissen hätte, dann hätte ich mit Leon angefangen. Er war der Anführer und Drahtzieher. Wäre er nicht gewesen, hätten die anderen mich bestimmt in Ruhe gelassen.«

»Der Täter könnte sich Leon aber auch für den Schluss aufgehoben haben. Das hätte für ihn den charmanten Vorteil, dass Leon längere Zeit mit Todesangst durch die Gegend läuft und nie weiß, wann er zuschlägt«, mischte Hark sich ein.

»Interessanter Gedanke, die Vorstellung gefällt mir.« Lasse wendete sich ihm zu. »Ich arbeite jeden Tag von 9 bis 17 Uhr. Mittagspause ist in der Regel zwischen 12:45 Uhr und 13:30 Uhr. Ansonsten bin ich zu Hause, fahre mit meinem Fahrrad über die Insel oder jogge. Am Dienstagmorgen war ich bis kurz vor neun Uhr hier und bin dann in die Firma gefahren. Am Donnerstagabend war ich zu Hause, und gestern habe ich eine große Radtour über die Insel gemacht. Ich bin so gegen zehn Uhr losgefahren und war erst nach sechzehn Uhr zurück. Kreuz und quer durch die Marsch. Proviant hatte ich dabei.«

»Kann das jemand bezeugen?«, fragte Hark nach.

Lasse zuckte mit den Schultern. »Leider nicht.«

»Okay, das war es erst einmal. Wenn wir weitere Fragen haben, melden wir uns wieder bei dir.« Er erhob sich.

»Ihr findet bestimmt allein raus.« Lasse machte keinerlei Anstalten, die beiden hinauszubegleiten, sondern starrte ihnen mit unbewegtem Gesicht hinterher.

»Was sagst du dazu?«, fragte Hark Kerrin, als er wenige Minuten später den Wagen auf die Straße lenkte.

»Schwierig«, antwortete Kerrin gedehnt. »Dieser Wechsel seiner Gemütsverfassung war mir nicht geheuer. Erst wütend und unversöhnlich, dann fast freundlich und sachlich. Das ist doch nicht normal. Und ein Motiv hätte er auch. Selbst wenn die Schikanen lange her sind. Vielleicht ist in den letzten Wochen oder Monaten etwas passiert, das all das Erlebte wieder ans Tageslicht gebracht hat.«

»Der Tod des Vaters?« Hark setzte den Blinker und bog in die Ocke-Nerong-Straße ab.

»Möglich.« Kerrin schaute gedankenverloren aus dem Fenster. »Außerdem hat er für keine der Taten ein Alibi.«

»Ich hatte den Eindruck, dass ihm das völlig egal war.«

»Ich auch. Spricht das dafür, dass er nicht der Täter ist und deswegen meint, keines zu benötigen? Oder für seine Schuld? Wenn er es war, kann er schließlich kein Alibi haben, und dann ergibt es Sinn, das möglichst selbstbewusst zu verkaufen.«

Hark seufzte. »Er ist für einen Mann ziemlich klein und eher der drahtige Typ. Vielleicht kann Sebastian uns ein paar Hinweise geben, die ihn ausschließen oder eben auch nicht.«

»Gute Idee.« Kerrin ließ sich zurück in den Sitz sinken. Der Rest der Fahrt verlief schweigend. Auch wenn der Fall sie vollauf beschäftigte, kehrten ihre Gedanken zu dem gestrigen Abend zurück. Wieder spürte sie Nils' Lippen auf ihren, diese kurze, fast flüchtige Berührung. Bis jetzt hatte er sich noch nicht gemeldet. Aber sie war sich sicher, dass er es noch tun würde. Wenn sie an ihr nächstes Treffen dachte und daran, was dann geschehen könnte, wurde sie ganz unruhig. Vor Vorfreude und vor Aufregung.

»Ich mag Krankenhäuser überhaupt nicht«, schimpfte Hark kurz darauf, als Kerrin und er auf den Fahrstuhl warteten. »Und schon gar nicht dieses hier.«

Als die Tür sich öffnete, trat Leon heraus. Sein Gesicht wirkte verschlossen.

»Hoppla«, entfuhr es Hark. »Warst du bei Sebastian?« Sie ließen den Fahrstuhl fahren, um ein paar Worte mit Leon wechseln zu können.

Leon nickte. »Eure Kollegen haben mich hergebracht und warten draußen auf dem Parkplatz.«

»Komisch, wir haben sie gar nicht gesehen.« Kerrin schaute ihn ernst an. »Wie geht es dir?«

»Wie soll es mir schon gehen? Meine Freunde werden einer nach dem anderen abgeknallt, und die Wahrscheinlichkeit ist groß, dass der Täter auch mich im Visier hat. Die Polizei kommt keinen Millimeter voran, und zu allem Übel läuft meine Frau völlig grundlos zu Hause Amok.« Er hatte sich in Rage geredet und sah sie nun spöttisch an. »Alles in allem ein ganz normaler Sonntag, oder?«

»Ich kann verstehen, dass es für dich im Moment alles andere als leicht ist«, versuchte Kerrin ihn zu beschwichtigen, ohne auf die Spitze gegen die Polizei einzugehen. »Fährst du jetzt wieder nach Hause?«

»Klar, da bin ich wahrscheinlich am sichersten, oder?«

»Das denke ich auch.« Sie überlegte kurz. »Wir wären

später noch zu dir gekommen, aber nun können wir es auch hier klären. Hast du in letzter Zeit einen anonymen Brief bekommen?«

»Was denn für einen Brief?« Leon sah sie wachsam an.

»Genaueres kann ich dir leider nicht sagen. Einen Brief, der an dich adressiert war, mit handschriftlichen Druckbuchstaben, ohne Absender.«

»Nein, kann ich mich nicht dran erinnern«, antwortete er schnell. Etwas zu schnell für Kerrins Geschmack. Aufmerksam sah sie ihn an.

»Schade«, entgegnete sie langsam. »Wenn etwas ankommt, informiere uns bitte sofort, und fass das Schreiben nicht an«, bat sie ihn dann.

»Okay, mache ich.« Leon hob die Hand zum Gruß. Er schien es auf einmal eilig zu haben.

»Einen Moment noch«, hielt Kerrin ihn zurück. »Wir haben gestern deinen Streit mit Ragna mitbekommen. Worum ging es da?«

»Jetzt bist du wohl völlig übergeschnappt.« Leons Gesicht lief rot an. »Das geht dich nicht das Geringste an.«

»Doch, das tut es.« Unbeeindruckt von seiner Wut baute Kerrin sich vor ihm auf. »Ragna hat dich mit irgendetwas in der Hand, und wir wüssten gerne, was das ist.«

»Dann fangt doch endlich an zu ermitteln. Und lasst mich in Ruhe.«

»Ich kann dich ohne Probleme vorladen, wenn dir das lieber ist. Du hast die Wahl: Entweder du redest jetzt mit mir oder später auf der Dienststelle.«

Kerrin spürte, wie Leon mit sich rang. Er war es nicht gewohnt, Grenzen gesetzt zu bekommen. »Also gut, ich habe nichts zu verbergen«, lenkte er schließlich ein. »Es ging um die Affäre mit Corinna und die eine oder andere Liebelei davor. Zufrieden?« Angriffslustig sah er sie an.

»Warum sollte sie dich damit in der Hand haben?«

»Sie droht, bei meinen Freunden auszupacken, was für ein schlimmer Mensch ich bin.« Er lachte grimmig auf. »Als wenn es irgendjemanden interessieren würde, mit wem ich ins Bett steige. Aber das bekommt sie nicht in ihr hübsches Köpfchen hinein. Kann ich jetzt gehen?«

Kerrin nickte langsam. Sie musste sich zusammenreißen, damit ihre Gesichtszüge ihr nicht entglitten. Mehr zuwider als Leon konnte ihr ein Mann kaum sein. Was Corinna an ihm fand, war ihr ein absolutes Rätsel. Trotzdem verspürte sie das Bedürfnis, ihrer Freundin beizustehen. »Eine Sache habe ich noch. Es betrifft allerdings dein Privatleben. Wahrscheinlich bist du sauer auf Corinna, weil sie sich über deinen Willen hinweggesetzt hat, aber wäre es nicht trotzdem fair, sich einmal bei ihr zu melden?«

»Wie du es so treffend gesagt hast: Auch das ist mein Privatleben. Also halte dich gefälligst raus, und mach endlich deine Arbeit.« Mit diesen Worten drehte er sich abrupt um und eilte davon.

Sebastian lag schmal in seinem Bett und hatte die Augen geschlossen. Als er sie hörte, öffnete er sie und sah ihnen müde entgegen.

»Wie geht es dir?« Kerrin zog sich einen Stuhl heran, und Hark lehnte sich an die Fensterbank.

»Das Bein ist ganz okay, Schmerzen habe ich keine.« Er richtete sich ein wenig auf. »Mal schauen, ob sie mich morgen entlassen. Der Chefarzt meinte, das wäre noch zu früh, aber ob ich jetzt hier herumliege und Löcher in die

Decke starre oder zu Hause bei Anna, macht für die Heilung doch keinen Unterschied.«

»Davon verstehe ich nichts, aber vielleicht möchten sie dich gerne wegen möglicher Komplikationen ein wenig länger unter Beobachtung behalten«, vermutete Kerrin.

»Mag sein. Aber die gebrochenen Knochen sind verschraubt, und nun muss es heilen. Das ist alles.« Er winkte ab. »Aber genug davon. Ihr seid bestimmt nicht hier, um mit mir über die Länge meines Krankenhausaufenthaltes zu sprechen.«

Kerrin lächelte. »Richtig.« Sie beugte sich vor. »Kannst du uns irgendetwas sagen, das uns weiterhilft?«

»Darüber denke ich schon die ganze Zeit nach, aber mir fällt nichts ein.« Er sah sie unglücklich an. »Die Person war nicht besonders groß, ungefähr 1,75 Meter, schätze ich. Ich glaube, es war ein Mann, aber ganz sicher bin ich mir nicht. Es ging alles so schnell.«

»Das verstehen wir«, beruhigte Kerrin ihn und versuchte, sich nicht anmerken zu lassen, wie enttäuscht sie war. »Wir haben noch eine ganz andere Frage: Hast du in der letzten Zeit einen anonymen Brief bekommen?«

Sebastian schüttelte langsam den Kopf. »Nicht dass ich wüsste«, antwortete er gedehnt.

Kerrin sah ihn eindringlich an. Seine Reaktion kam ihr merkwürdig vor, aber sie konnte nicht sagen, warum. Vielleicht sein Gesichtsausdruck?

»Die Spurensicherung hat bei dir im Papierkorb einen durchgerissenen Briefumschlag entdeckt, ohne Inhalt«, versuchte sie, ihm auf die Sprünge zu helfen.

Sebastian blickte sie nervös an. »Ich kann mich nicht erinnern. Wir bekommen viel Post, vielleicht war es Werbung.«

»Das glaube ich eigentlich nicht. Einen ähnlichen Umschlag haben wir auch bei Julius gefunden. Er ist schon von der Spurensicherung untersucht worden, und erstaunlicherweise finden sich keinerlei Fingerabdrücke darauf. Der Absender muss sorgfältig darauf geachtet haben, keine Spuren zu hinterlassen. Eher unwahrscheinlich bei einem Werbeschreiben.«

»Das stimmt«, pflichtete Sebastian ihr bei und schwieg dann.

Kerrin warf Hark einen nachdenklichen Blick zu, bevor sie sich wieder an Sebastian wandte. »Ich denke, ich muss dir nicht erklären, in welch gefährlicher Situation ihr euch befindet, Leon und du. Und ich nehme an, dass ihr alles unternehmt, um uns bei unseren Ermittlungen zu unterstützen. Wenn du also irgendetwas weißt und für dich behältst, erschwerst du uns unsere Arbeit. Und das könnte unter Umständen fatale Folgen für dich und Leon haben.«

»Das ist mir klar.« Sebastian sah ihr nun direkt in die Augen. »Trotzdem kann ich dir nicht weiterhelfen. Ich erinnere mich nicht …«

Er brach ab, als sich die Tür öffnete. Anna betrat das Krankenzimmer, über dem Arm eine große Tasche.

»Hallo, ihr beiden«, begrüßte sie Kerrin und Hark mit einem verhaltenen Lächeln.

»Gut, dass du kommst.« Kerrin stand auf und ließ Anna auf dem Stuhl an Sebastians Bett Platz nehmen.

»Was ist denn?« Anna sah verunsichert von Kerrin zu Sebastian. »Gibt es etwas Neues?«

»Einen Durchbruch bisher leider nicht«, entgegnete Kerrin schnell, bevor Sebastian antworten konnte. »Aber wir haben bei euch im Arbeitszimmer einen in der Mitte durchgerissenen Briefumschlag ohne Absender gefunden und fragen uns nun, was darin gewesen sein könnte.«

»Das kann ich euch nicht sagen.« Anna sah ratlos zu ihrem Mann hinüber. »Du müsstest ihnen doch helfen können. Schließlich bist du derjenige, der aus mir völlig unerfindlichen Gründen alle Umschläge in der Mitte zerreißt.«

»Leider nicht«, entgegnete Sebastian. »Ich kann mich nicht daran erinnern.«

»Okay.« Kerrin nickte Hark zu. »Dann lassen wir euch jetzt mal allein. Weiterhin gute Besserung für dich, Sebastian.« An der Tür drehte sie sich noch einmal um. »Wenn dir doch noch etwas einfällt, ruf uns bitte an. Wir sind Tag und Nacht erreichbar.«

»Er verheimlicht uns etwas.« Hark schnallte sich an. »Ich habe ihn genau beobachtet, als du ihn nach dem Brief gefragt hast. Die Frage war ihm furchtbar unangenehm.«

»Den Eindruck hatte ich auch.« Kerrin drehte in Gedanken versunken eine Haarsträhne. »Verstehen tue ich es aber nicht. Wenn er weiß, um welches Schreiben es sich handelt, warum sagt er es dann nicht? In der gefährlichen Lage, in der er und Leon sich befinden, müsste er uns doch unbedingt helfen wollen, den Täter zu fassen.«

»Vielleicht weiß er, dass der Brief nichts mit den Morden zu tun hat«, mutmaßte Hark. »Und es stand etwas darin, das nicht an die Öffentlichkeit kommen soll.«

»Anscheinend hat er noch nicht einmal mit Anna darüber gesprochen. Und das will etwas heißen, so eng, wie die beiden miteinander sind.«

Kerrin kurbelte das Fenster herunter. Obwohl sie das Auto im Schatten unter einem Baum geparkt hatten, war es im Inneren unerträglich heiß. Und auch der warme Fahrtwind, der sanft durch den Wagen wehte, brachte wenig Abkühlung.

»Was sagst du zu Leons Ausbruch?«, fragte Hark nach einer Weile.

»Seine Aussage stimmt mit Ragnas überein«, antwortete Kerrin gedehnt. »Mich überzeugt es nicht wirklich, aber ich finde Leon so furchtbar, dass es vielleicht auch daran liegt.«

»Geht mir ähnlich.« Hark grinste. »Es könnte schon sein, dass wir Zeugen eines stinknormalen Ehestreits wegen außerehelichen Beziehungen geworden sind und es keine Anspielungen auf illegale Machenschaften gab.«

»Vielleicht sollten wir den ehrgeizigen Christian bitten, noch einmal etwas tiefer in Leons Berufsleben zu bohren«, schlug Kerrin vor.

»Wenn er nicht gerade als Personenschützer im Einsatz ist, macht er das bestimmt gerne. Ich rede nachher mit ihm.«

Am Hafendeich sah Kerrin, dass der Fischmarkt noch gut besucht war. »Mein Magen knurrt.«

»Und meiner erst«, frohlockte Hark. »Das haben wir uns jetzt wirklich verdient.« Er stieg aus dem Wagen. »Auf geht's. Wir müssen uns beeilen, lange haben die Buden nicht mehr geöffnet.«

Wenig später standen sie mit Matjesbrötchen und Cola an einem Stehtisch. »Herrlich«, sagte Hark mit vollem Mund und grinste Kerrin an.

Sie nickte und ließ sich den salzigen Fisch und die großen Zwiebelringe schmecken. Träge beobachteten die beiden das Treiben um sich herum. Braun gebrannte Kinder in Sommerkleidchen und kurzen Hosen liefen an den Händen ihrer Eltern durch das Getümmel, Frauen und Männer in Urlaubsstimmung bummelten von Stand zu Stand und kauften Souvenirs und Postkarten. Die Luft roch nach Bratenfett und Pommes und übertünchte den ansonsten vorherrschenden Geruch von Seetang und Algen. Sie waren gerade fertig, als Nils an ihren Tisch trat. Nachdem er seinen Vater begrüßt hatte, wandte er sich Kerrin zu, umarmte sie und gab ihr einen Kuss auf die Wange. »Ich wollte gerade losfahren, als ich euch gesehen habe.«

Kerrin strahlte ihn an. Es war ihr egal, was Hark dachte, sie freute sich, Nils zu sehen. »Wir machen gerade Mittagspause. Dein Vater hat schon die ganze Woche vom Fischmarkt geredet, und nun sind wir endlich hier.«

»Nun tu mal nicht so, als hätte ich dich überreden müssen«, knurrte Hark.

»Nein, das musstest du tatsächlich nicht. Für ein Matjesbrötchen lasse ich alles stehen und liegen.«

»Gut zu wissen.« Nils schaute sie mit einem so warmen Blick an, dass sich Kerrins Bauch zusammenzog. Plötzlich lag das Brötchen schwer in ihrem Magen. »Hast du heute Abend Lust auf einen Spaziergang? Am Strand?«

Kerrin musste nicht lange überlegen. »Gerne. Um zwanzig Uhr?«

»Abgemacht. Bei Pitschi's. Ich freue mich.« Er nickte Hark zu und machte sich dann auf den Weg.

»Schön, dass ihr euch so gut versteht«, fing Hark an.

»Finde ich auch.« Kerrin trank den letzten Schluck ihrer Cola und versuchte, ihre zitternden Hände unter Kontrolle zu bekommen. Sie wollte auf gar keinen Fall, dass Hark merkte, welcher Aufruhr gerade in ihr tobte. »Wir sollten uns auf den Weg in die Dienststelle machen.

Tom und Christian stehen bei Leon vor der Tür, Fabian sitzt im Krankenhaus, und Jan schläft. Also müssen wir beide jetzt ran.«

Kurz darauf saßen sie mit einem frisch aufgebrühten Kaffee im Besprechungszimmer. Kerrin hatte sich an die Tafel gestellt und die Übersicht um die Namen Aiko Schulte, Maik Köhler, Till Peters und Lasse Pfeiffer ergänzt. Sebastian wurde ebenso wie bereits Niklas und Julius rot umkreist. Dann fügte sie eine Spalte »Verdächtige/Alibis« hinzu.

»Wir sollten alle aufführen, die in Betracht kommen, und sei es aus noch so absurden Gründen. Nicht, dass wir uns später vorwerfen müssen, etwas übersehen zu haben.«

Nach kurzer Zeit fanden sich sechs Namen in der Spalte der Verdächtigen. Neben Leon standen dort Levke, Aiko, Maik, Till und Lasse.

»Levke ist gleich schon wieder raus. Zur Zeit des Mordes an Niklas war ich mit ihr zusammen auf der Fähre.« Kerrin schmunzelte. »Ein besseres Alibi kann sie nicht haben.«

»Leons Alibi ist jedes Mal Ragna, und das ist dünn. Es ist nicht ausgeschlossen, dass sie als seine Ehefrau für ihn lügt, Affäre hin oder her.«

»Ganz meine Meinung.« Aiko Schulte ist laut seines Anrufbeantworters seit vergangenem Montag im Urlaub. Wenn er den nicht auf der Insel verbringt, war er bei keiner der Taten auf Föhr und kann gestrichen werden. Das sollen Christian und Tom morgen früh überprüfen.«

»Notiert«, erwiderte Hark. »Dann können sie auch gleich etwas zu der Chaos-Computer-Club-Tagung in Berlin in Erfahrung bringen. Aber selbst wenn diese Veranstaltung tatsächlich gerade stattfindet, heißt das ja noch lange nicht, dass Maik Köhler daran teilnimmt. Da müssen sie etwas tiefer bohren.«

»Das sehe ich genauso. Damit kommen wir zu Till und Lasse«, sagte Kerrin mit Nachdruck. »Till stand während der Anschläge auf Julius und Sebastian in der Küche. Als Niklas starb, war er mit seiner Frau zu Hause. Wir haben eigentlich keinen Grund, das infrage zu stellen, trotzdem besteht natürlich die Möglichkeit, dass seine Frau ihn deckt.«

»Klar, aber ich sehe bei ihm kein Motiv. Er hat auf mich einen gefestigten und in sich ruhenden Eindruck gemacht und wirkte nicht so, als würden diese alten Geschichten noch irgendeine Relevanz für sein heutiges Leben haben.« Hark schaute Kerrin grüblerisch an. »Anders ist das allerdings bei Lasse.«

»Damit sind wir bei dem Mann, den wir wohl als unseren Hauptverdächtigen ansehen müssen.« Kerrin ließ sich neben Hark an dem Tisch nieder und griff nach ihrem Kaffee.

»Er scheint ein ziemlich großes Päckchen mit sich herumzutragen, ausgelöst wahrscheinlich in erster Linie durch seine furchtbare Kindheit mit Gewalt und Prügel. Aber die Schikanen der Clique haben sein Leid bestimmt verschärft. Und die Sache mit dem Schrank war anscheinend traumatisch für ihn.«

Kerrin nickte. »Er hat mit der Vergangenheit nicht abgeschlossen. Und er ist klein, unter 1,80 Meter. Das würde zu der Beschreibung von Sebastian passen. Ein kleiner Mann oder eine große Frau.«

»Damit ist Till dann wohl definitiv raus. Er ist groß und leicht übergewichtig.«

Kerrin erhob sich wieder und strich Till von der Liste. Um die Namen von Aiko und Maik setzte sie eine Klammer. »Lasse hat kein Alibi. Bei ihm passt einfach alles.«

»Was ist mit Marie? Sie ist in unseren Ermittlungen immer mal wieder aufgetaucht. Und ihr Bruder auch.«

Kerrin sah Hark verständnislos an. »Welchen Grund sollten sie und Moritz haben, die vier Männer umzubringen? Sie kennen sie doch kaum. Und sie sind nur in Erscheinung getreten, weil sie mit Levke befreundet sind.«

»Die ein Motiv hat. Und damit käme Solidarität für Levke in Betracht. Sie könnten ihr Leid zu Schulzeiten gerächt haben. Levkes Alibi für den Mord an Julius ist dünn. Auf Imme als Zeugin können wir uns nicht verlassen. Und über den Anschlag auf Sebastian haben wir mit ihr noch gar nicht gesprochen. Ebenso wenig wie mit Marie und Moritz.«

»Ziemlich weit hergeholt, finde ich«, erwiderte Kerrin zweifelnd. »Obwohl sie mir gegenüber erwähnt hat, dass sie ihnen nicht verzeihen kann. Aber sie hat auch gesagt, dass es lange her sei.«

»Von den Körpergrößen her würde es passen«, setzte Hark nach.

Kerrin begann zu lachen. »Wenn das der Maßstab sein soll, werden wir wohl noch einige auf der Insel finden, die in Betracht kämen.« Nach einem Blick auf Hark griff sie erneut nach dem Stift. »Ich schreibe sie mit auf, wir können sie ja morgen nach ihren Alibis befragen.«

»Ich glaube auch nicht, dass sie etwas mit den Mordfällen zu tun haben, aber wir wollten ja alle nennen, die uns einfallen. Deine Worte.«

»Meinetwegen.« Kerrin setzte sich wieder hin. »Wir sollten morgen noch einmal eindringlich mit Leon und

Sebastian sprechen. Irgendetwas verheimlichen die beiden uns. Wahrscheinlich müssen wir ihnen gegenüber etwas härter auftreten.«

»Eine meiner leichtesten Übungen.« Hark grinste. »Da kannst du dich voll und ganz auf mich verlassen.«

Sie hatten sich gerade wieder an ihre Schreibtische gesetzt, als Kerrins Handy klingelte. »Lukas«, informierte sie Hark, bevor sie den Anruf annahm. Das Gespräch dauerte nicht lang. Lukas war müde und kurz angebunden gewesen. Die Arbeitsbelastung der letzten Woche ging auch an ihm nicht spurlos vorüber. Hauke und er hatten nach ihrer Rückkehr von Föhr am frühen Vormittag auf ihren freien Tag verzichtet, um die Kollegen zu unterstützen. Das Pensum zurzeit war anders einfach nicht zu schaffen. Auf dem Computer und dem Smartphone von Julius hatten sie nichts Verdächtiges entdeckt. Und auch sonst war in dem Haus nichts auffällig gewesen. Es gab neben den Fingerabdrücken des Opfers und von Corinna viele weitere von Julius' Eltern. Dies war nicht verwunderlich, bewirtschafteten sie den Hof doch gemeinsam mit ihrem Sohn. Ansonsten hatten sie in der Küche, dem Wohnzimmer und dem Gäste-WC einige nicht zuordenbare Fingerabdrücke und solche von den Freunden und ihren Frauen gefunden. Aber auch das war nicht verwunderlich, hatten die Famkes doch ein geselliges Leben geführt und oft Freunde zu Besuch gehabt. Die Tatortspuren von Sebastian und aus seinem Haus waren noch nicht untersucht. Ergebnisse würden voraussichtlich am Montag vorliegen.

Nachdem Kerrin Hark auf den neuesten Stand gebracht hatte, sah sie auf die Uhr. Es war fast sieben, und die beiden beschlossen, Feierabend zu machen.

»Es ist Sonntag, und du hast schließlich noch etwas vor.« Hark lächelte Kerrin unschuldig an. »Hoffentlich bleibt alles ruhig, und ihr könnt den Abend genießen.«

»Das hoffe ich auch«, erwiderte Kerrin ungerührt. In ihrem Inneren sah es anders aus. Sie konnte es kaum erwarten, Nils wiederzusehen.

32

Kerrin trug ein luftiges hellblaues Sommerkleid, das ihre gebräunte Haut gut zur Geltung brachte. Einen Pullover hatte sie in ihre Handtasche gestopft, es würde im Laufe des Abends bestimmt abkühlen. Mit klopfendem Herzen parkte sie den Wagen ihrer Mutter am Ende der Badestraße und ging mit leichten Schritten die restlichen Meter zum Strand. Als die Nordsee vor ihr auftauchte, blieb sie einen Moment stehen. Wie immer berührte sie der Anblick des Meeres mit den Halligen im Hintergrund. Es war Ebbe, das Wasser lief langsam ab, aber Niedrigwasser würde erst gegen zweiundzwanzig Uhr sein. Auf dem Wattboden stolzierten einige Möwen herum und pickten von Zeit zu Zeit in den Boden, immer auf der Suche nach einem Leckerbissen. Einige Touristen genossen die samtweiche Abendluft und die nach einem weiteren trubeligen Tag eingekehrte Ruhe am Strand. Von Pitschi's schallten Stimmen und Gelächter zur Promenade herauf.

Als sie Nils an einen Strandkorb gelehnt entdeckte, lächelte sie. Er sah gut aus mit seinen wuscheligen, braunen Haaren. Groß gewachsen, wie er war, fiel er sofort auf. Ihr zumindest, wie sie sich schmunzelnd eingestand. Konnten sie wirklich etwas anderes als Freunde werden?

Sie hatte nicht all die Jahre so hart gearbeitet, um sich jetzt nach Föhr versetzen zu lassen. Dafür liebte sie ihren Beruf zu sehr. Und eine Fernbeziehung kam für sie einfach nicht infrage. Ihrer Ansicht nach wäre sie von Anfang an zum Scheitern verurteilt und würde nur zu Schmerz und Traurigkeit führen. Und das brauchte sie nach dem Desaster mit Ole nun wahrlich nicht. An die Möglichkeit, dass Nils ihretwegen nach Flensburg ziehen würde, glaubte sie nicht. Sie spürte instinktiv, wie verwoben Nils mit Föhr war. Würde er das für sie aufgeben?

Energisch schob sie diese Gedanken beiseite. Sie musste endlich lernen, die Dinge auf sich zukommen zu lassen und nicht alles zu planen. Ihr Herz spielte verrückt, wenn sie nur an Nils dachte, und diesem Gefühl würde sie jetzt folgen.

»Moin, Kerrin, gut siehst du aus«, begrüßte Nils sie und zog sie kurz in seine Arme, um ihr einen Kuss auf die Wange zu geben. Er roch wieder ganz wunderbar, wie Kerrin mit einem leichten Schauder feststellte. »Wollen wir ein Stück Richtung Nieblum laufen und später irgendwo ein Bier trinken?«

»Gerne früher als später.« Kerrin lachte. »Der Tag hat mich ziemlich geschlaucht.«

»Dann mal los.« Sie ließen ihre Schuhe an einem Strandkorb zurück und gingen ein paar Meter ins Watt. Hier war der Meeresboden fest und hart und von gleichmäßigen Wellen überzogen. Unzählige kleine von Wattwürmern aufgetürmte Häuflein waren zu sehen. »Barfuß gehen im Watt ist das Beste, was man für seine Füße tun kann, hat meine Mutter immer gesagt.« Nils grinste.

»Lustig, meine auch.« Kerrin lächelte zurück. Sie merkte, wie der Stress und die Anspannung des Tages von ihr abfielen. Nils hatte immer diese Wirkung auf sie. In seiner Gegenwart fühlte sich alles leicht und frei an.

»Magst du über euren Fall sprechen oder lieber nicht?« Er sah sie fragend von der Seite an.

»Eigentlich eher nicht, aber wahrscheinlich halte ich das nicht durch. Meine Gedanken kreisen die ganze Zeit darum.«

»Das kann ich verstehen. Du kennst alle betroffenen Personen, ist doch klar, dass es dich mehr mitnimmt als andere Ermittlungen.« Nils passte sich ihren Schritten an.

»Kanntest du Till und Lasse gut?«

»Nein, eigentlich nicht. Sie waren in meiner Parallelklasse, und auch in der Oberstufe hatten wir keine Kurse zusammen, soweit ich mich erinnere.« Er schwieg einen Moment. »Ich kannte sie so gut, wie man die meisten auf Föhr eben kennt. Man sieht sich regelmäßig, sagt Moin und geht seiner Wege. Manchmal hört man Klatsch und Tratsch über sie und beteiligt sich daran oder auch nicht.«

»Ja, so geht es mir mit ihnen auch. Wir haben heute mit beiden gesprochen. Till scheint ein glückliches Leben zu führen. Er ist verheiratet und hat ein uriges Restaurant in Alkersum. Lasse dagegen wirkt irgendwie gescheitert.«

»Er arbeitet beim Getränkegroßhändler, oder?«

»Ja«, bestätigte Kerrin. »Er ist nicht verheiratet und wohnt in einer kleinen Butze in Wrixum.«

»Pass auf, was du sagst. Ich bin auch nicht verheiratet und wohne in einer Miniwohnung über meiner Kanzlei.«

Kerrin lachte. »Du wirkst auf mich aber nicht gescheitert.«

»Da bin ich ja beruhigt.« Nils knuffte sie in die Seite und legte dann seinen Arm um ihre Schultern. Kerrin stockte für den Bruchteil einer Sekunde. Nils schien es nicht zu bemerken und ging langsam weiter.

Ist doch nichts dabei, dachte sie aufgewühlt. Was spricht schon dagegen? Trotzdem bückte sie sich kurz darauf, um einen kleinen Krebs, der sich nicht schnell genug eingebuddelt hatte, vorsichtig zwischen ihre Finger zu nehmen. Nachdem sie ihn eine Weile in seinem Bemühen, wieder Wattboden unter die Scheren zu bekommen, beobachtet hatten, setzte sie ihn vorsichtig zurück. Sofort begann er, sich in dem feuchten Sand in Sicherheit zu bringen.

»Wollen wir umdrehen?« Kerrin blickte Nils mit einem schiefen Lächeln an.

»Natürlich.« Er grinste. »Dein Bierdurst muss schließlich gestillt werden.«

Auf dem Weg zurück zu Pitschi's plätscherte ihr Gespräch vor sich hin. Einen weiteren Versuch, Kerrin in den Arm zu nehmen, unternahm Nils nicht. Sie wusste nicht, ob sie erleichtert oder aber enttäuscht sein sollte.

Sie waren fast da, als ihnen Levke, Marie und Moritz entgegenkamen. Die drei joggten einträchtig nebeneinander durch das Watt und unterhielten sich dabei. »Sportlich, sportlich«, rief Nils ihnen entgegen.

Levke lachte. »Das Schönste nach einem faulen Tag ist, eine Runde durch das Watt zu laufen. Solltet ihr auch mal probieren.« Winkend liefen sie weiter.

»Da bekomme ich fast ein schlechtes Gewissen.« Kerrin grinste. »Fürs Joggen konnte ich mich noch nie begeistern. Alle reden immer über den Adrenalinkick, der irgendwann eintreten soll, nach dem man dann ganz von allein läuft. Den hatte ich noch nie.«

Nils lachte. »Geht mir genauso. Wir sind halt keine Sportler, es gibt aber Schlimmeres.«

Heute hatten sie bei Pitschi's kein Glück, alle Tische waren belegt. Und so bestellten sie am Kiosk Pommes und Bier und nahmen beides mit an den Strand. An einen Strandkorb gelehnt, aßen sie, sprachen wenig und schauten auf das glitzernde Watt. Das Stimmengemurmel von der Strandbude klang nur gedämpft zu ihnen herüber und störte die friedliche Stimmung nicht.

»Es ist wirklich schön, dass du zurück auf die Insel gekommen bist«, unterbrach Nils schließlich ihr einträchtiges Schweigen. »Wir haben uns früher gar nicht gekannt. Für mich warst du immer die kleine Kerrin aus Borgsum.«

»Die kleine Kerrin, das klingt ja seltsam.« Sie rempelte Nils sanft an. »Ich freue mich auch, ein paar Tage auf Föhr zu sein, aber zurückgekommen bin ich nicht. Und das werde ich auch nicht«, fügte sie leise hinzu.

»Das ist mir schon klar.« Nils stellte seine Flasche ab und griff nach ihrer Hand. »Aber jetzt bist du da, und das ist das Einzige, was heute Abend zählt, oder?«

Kerrin sah ihn an, brachte aber zunächst keinen Ton heraus. Natürlich hatte er recht, irgendwie zumindest. Aber sie würde nach Abschluss dieses Falles nach Flensburg zurückkehren, und das war auch wichtig. Oder nicht? Außerdem arbeitete sie mit seinem Vater zusammen. Was würde passieren, wenn es mit ihr und Nils nicht klappte? Würde Hark ihr das übel nehmen, und würde das dann ihre Zusammenarbeit beeinträchtigen? Verdammt, warum gelang es ihr nicht, einfach den Moment zu genießen und die Zukunft auszublenden? Weil ich nun einmal so bin, wie ich bin, dachte sie fast trotzig.

»Ich finde schon, dass das auch zählt«, antwortete sie schließlich leise. »Ich lebe in Flensburg und du auf Föhr. Mein Job erlaubt mir keine geregelte Freizeit und planbare

Wochenenden. Dich nur ab und an mal sehen zu können würde mir nicht reichen und …«

»Planst du dein ganzes Leben so?« Nils streichelte sanft ihre Hand. »Lässt du nie die Dinge auf dich zukommen?«

»Doch, natürlich tue ich das.« In Kerrin stieg leiser Ärger hoch. Kritisierte er sie etwa? Es war ihr gutes Recht, gewisse Prinzipien zu haben und danach zu leben. »Ich genieße es, heute Abend mit dir am Strand zu sitzen. Und ich hoffe, dir geht es genauso.« Nils ließ ihre Hand los und zog sie in seinen Arm. Obwohl ihr Verstand ihr zuraunte, schleunigst einen gewissen Abstand zwischen sich und ihn zu bringen, wehrte sie sich nicht, sondern kuschelte sich statt einer Antwort an ihn. Ihre Unterhaltung versiegte erneut, und gemeinsam sahen sie zu, wie die Sonne langsam unterging.

33

Die Kollegen aus Flensburg, die zur Verstärkung auf die Insel kommen sollten, hatten bereits die Fähre um 7:25 Uhr genommen. Ein Streifenwagen war direkt ins Krankenhaus gefahren und hatte Jan nach seiner zweiten Nachtschicht in Folge abgelöst. Der junge Polizist war nach Hause gegangen, um ein wenig Schlaf nachzuholen, hatte aber versprochen, am Mittag in der Dienststelle zu erscheinen. Der zweite Wagen war in den Hochstieg gefahren. Auch Tom und Christian würden sich für ein paar Stunden hinlegen und dann in den Hafendeich kommen.

Nachdem Hark Kerrin in Borgsum abgeholt hatte, waren sie als Erstes ins Krankenhaus gefahren, um die Kollegen dort einzuweisen.

»Eine Krankenschwester hat uns erzählt, dass Herr Sötje unter Umständen heute nach Hause entlassen wird.« Henning, ein erfahrener Polizist aus Flensburg, mit dem Kerrin gerne zusammenarbeitete, sah sie an.

»Ich kann mir kaum vorstellen, dass sie ihn heute schon gehen lassen«, entgegnete Kerrin zweifelnd.

»Nee, wollen sie wohl auch nicht. Sie sagte etwas von ›auf eigene Verantwortung‹.«

»Da mischen wir uns nicht ein.« Kerrin winkte ab. »Ob wir ihn im Krankenhaus oder im Friesenweg bewachen, ist egal. Ruft bitte an, wenn sich hier etwas tut.«

»Machen wir.« Henning ließ sich auf den Stuhl vor dem Zimmer sinken.

»Und ich?« Mattis stemmte die Hände in die Hüften.

»Du musst dir einen Stuhl organisieren. Alter geht vor Schönheit, weißt du doch.« Henning grinste.

»Na, ich wünsch euch beiden einen harmonischen Tag.« Hark sah sie schmunzelnd an.

»Den werden wir bestimmt haben.« Henning lehnte sich genüsslich zurück.

Kerrin klopfte an die Krankenzimmertür und öffnete sie dann behutsam. Sebastian war wach. Er saß aufrecht in seinem Bett und hatte nach draußen gesehen. Als er sie hörte, drehte er sich erschrocken zur Tür.

»Ach, ihr seid es.« Er winkte sie herein. »Moin.«

»Moin.« Kerrin trat an sein Bett. »Kollegen aus Flensburg sitzen jetzt vor deinem Zimmer.« Sie setzte sich auf den Besucherstuhl. »Wir haben gerade gehört, dass du heute nach Hause willst.«

Sebastian nickte. »Wenn sie mich gehen lassen«, schränkte er dann ein. »Ich möchte in meine eigenen vier Wände und meine Ruhe haben. Hier kommt ständig jemand rein, das geht mir total auf die Nerven und ...«

»Das ist deine Entscheidung«, unterbrach Kerrin ihn. »Wir bewachen dich dort, wo du bist. Henning und Mattis wissen Bescheid und sind zu allem bereit.« Ihre Miene wurde ernst. »Wir sind noch einmal wegen des anonymen Briefes hier.« Sie sah, wie Sebastians Gesicht sich verschloss. »Ist dir da noch irgendetwas eingefallen?«

Sebastian schüttelte den Kopf. »Nein, wirklich nicht.«

Er hob die Schultern. »Wir bekommen so viele Werbebriefe, das habe ich nicht im Kopf. Wahrscheinlich war das auch so einer.«

»Ist das dein letztes Wort?«

»Was soll denn diese Frage?«, erwiderte er gereizt. »Du hörst dich fast so an, als würdest du mir nicht glauben, aber ich sage die Wahrheit und bin ...«

Kerrin hob die Hände und warf Hark, der sich gerade einmischen wollte, einen kurzen Blick zu. Lass ihn, baten ihre Augen stumm. »Schon gut, Sebastian, ich wollte dir nicht zu nahe treten«, versuchte sie ihn zu beschwichtigen. »Die Briefe könnten für uns eine erste heiße Spur sein, daher reiten wir so darauf herum.«

»Entschuldige, Kerrin. Meine Nerven liegen blank, aber das sollte ich nicht an dir auslassen.«

»Kein Problem, das verstehen wir gut. Wir tun wirklich alles, um den Täter zu finden. So schnell wie möglich.«

Eine Viertelstunde später waren sie auf dem Weg nach Nieblum. Im Hochstieg vor dem Haus der Blumbergs stand bereits ein Streifenwagen mit Flensburger Kennzeichen. Michael lehnte an der Fahrertür und rauchte. Er war um die fünfzig Jahre alt, groß und hager. Kerrin hielt nicht allzu viel von ihm, er war träge und machte allenfalls Dienst nach Vorschrift. Mitdenken und eigene Ideen durfte man von ihm nicht erwarten. Sein jüngerer Partner Gerrit fügte sich dem meist. Er war Ende zwanzig und tat, was Michael wollte. Kerrin hatte schon lange vor, mit Heyden über ihn zu sprechen. Ihrer Meinung nach könnte aus Gerrit ein guter Polizist werden, wenn er dem Einfluss von Michael entkommen würde. Getan hatte sie es bisher nicht, immer war etwas dazwischengekommen.

Als Kerrin und Hark aus ihrem Wagen stiegen, zertrat Michael seine Zigarette auf dem Boden und sah ihnen mit unbewegter Miene entgegen. Gerrit stieg ebenfalls aus und lächelte sie an.

»Moin, ihr beiden, gut, dass ihr da seid«, begrüßte Kerrin sie mit ausgestreckter Hand. »Das ist Hark, und das sind Michael und Gerrit«, stellte sie die Männer kurz vor. Nachdem sie die beiden in den Fall eingewiesen hatte, klingelten Hark und sie an der Tür. Sie wollten auch Leon noch einmal auf den Brief ansprechen.

Ragna öffnete ihnen. Sie sah nicht sonderlich erfreut aus, schon wieder die Polizei im Hause zu haben. »Ich habe leider überhaupt keine Zeit. Oder wollen Sie zu Leon?«

»Eigentlich zu Ihnen beiden.«

»Tja, für den Moment müssen Sie mit meinem Mann vorliebnehmen, tut mir leid. Er ist in der Küche, Sie kennen ja den Weg.« Sie wies durch den Flur und ging selbst die Treppe nach oben in den ersten Stock.

»Immer noch ordentlich Stimmung hier«, raunte Hark Kerrin leise zu, bevor sie in die Küche traten.

»Kommt rein, ich habe euch schon gehört«, begrüßte Leon sie. »Für euch auch?« Er wies mit dem Kopf in Richtung Kaffeemaschine.

»Gerne.« Kerrin setzte sich auf einen der hohen Stühle, Hark blieb an die Wand gelehnt stehen.

Als alle drei einen Becher in den Händen hielten, sah Leon sie an. »Was kann ich heute für euch tun?« Der Sarkasmus in seiner Stimme war nicht zu überhören. »Oder habt ihr etwa Neuigkeiten für mich?«

»Wir wollen mit dir noch einmal über den Brief sprechen. Ist dir dazu noch etwas eingefallen?«

»Ich bekomme täglich viele Briefe, aber ich kann mich an nichts Spezielles erinnern, das mir im Gedächtnis geblieben wäre.«

»Das ist wirklich bedauerlich, wir würden uns viel davon versprechen.«

»Wir können euch nur helfen, wenn ihr offen und ehrlich zu uns seid«, mischte Hark sich mit unbewegtem Gesichtsausdruck ein. »Wenn ihr etwas wisst und uns verheimlicht, spielt ihr mit eurem Leben.«

Leon zuckte mit den Schultern. »Tut mir leid.«

Zurück in der Dienststelle rief Kerrin als Erstes bei Heyden an. Ihr Chef berichtete, dass die Staatsanwaltschaft die Leiche von Niklas freigegeben hatte. Ein Kollege hatte Valerie bereits informiert. Die Jungs von der Spurensicherung würden sich im Laufe des Tages melden.

Harks täglicher Anruf bei Leif Brodersen war unspektakulär. Der Wyker Bürgermeister schien ein entspanntes Wochenende gehabt zu haben und war milde gestimmt. »Seht zu, dass ihr endlich zu Potte kommt«, war das Einzige, was er dem Föhrer Polizeichef mit auf den Weg gab.

Hark sah Kerrin seufzend an. »Wollen wir zu Marie und Moritz fahren und deren Alibis überprüfen? Dann haben wir den Punkt abgearbeitet.«

»Warum nicht?« Kerrin sah auf die Uhr. Es war halb elf. Wenn sie Glück hatten, waren die Geschwister noch zu Hause. Die Galerie öffnete erst am Mittag.

Die Fahrt nach Alkersum verlief schweigend. Sie waren beide erschöpft, und Kerrin versuchte, bei dem Anblick der vorbeiziehenden Marschfelder ein wenig Kraft zu tanken. Nach dem Treffen mit Nils hatte sie noch lange wach gelegen und gegrübelt. Sie wusste, dass sie dabei war, sich in ihn zu verlieben, verspürte aber bei dieser Vorstellung trotz aller Euphorie auch eine gehörige Portion Angst. Außerdem zerrte der Fall von Tag zu Tag mehr an ihren Nerven, sie brauchten dringend einen Durchbruch. Und zwar bevor der Täter seinen angefangenen Rachefeldzug vollenden konnte.

Marie Guthmann lebte in einem kleinen Reetdachhäuschen in Alkersum. Nils hatte Kerrin erzählt, dass sie es in einem heruntergewirtschafteten Zustand günstig gekauft und nach und nach in ein Juwel verwandelt hatte. Er hatte nicht übertrieben. Das Haus war tatsächlich klein, aber für eine oder zwei Personen mehr als ausreichend. Es wirkte ein wenig windschief und sehr verwunschen. Die alten braunen Holzbalken, die das Haus hielten, waren sauber lackiert, ansonsten waren die Wände weiß verputzt. Rosenbüsche rankten sich bis zum tief hängenden Reet die Fassade empor. Die Fensterrahmen und die Eingangstür waren in einem typisch friesischen Hellblaugrau gestrichen. Grobe Pflastersteine führten durch den kleinen Vorgarten bis zur Haustür.

»Nichts für hohe Hacken«, murmelte Kerrin, als sie Hark langsam folgte.

Er klingelte dreimal, aber niemand öffnete ihnen. »Schade.« Er drehte sich zu Kerrin um. »Vielleicht treffen wir sie heute Nachmittag in ihrer Galerie.«

Kerrin zuckte mit den Schultern und ging zurück zum Wagen. Sie hielt den Besuch bei den Geschwistern für Zeitvergeudung, wollte Hark aber nicht vor den Kopf stoßen. Vielleicht irrte sie sich ja auch, und die beiden konnten ihnen doch einen entscheidenden Hinweis geben.

Sie rollten gerade zurück auf die Straße, als Henning

anrief. Sebastian würde in der nächsten Stunde entlassen werden. Mattis und er standen bereit, um ihn in den Friesenweg zu begleiten und sich dann vor seinem Haus zu positionieren.

»Was für ein Blödsinn«, bemerkte Kerrin, als sie ihr Telefon in ihrer Tasche verstaut hatte. »Warum kuriert er sich nicht erst einmal aus? So schlimm ist es im Krankenhaus ja nun wirklich nicht.«

»Ich fände die Vorstellung, mich für ein paar Tage ins Bett zu legen und von vorn bis hinten bedienen zu lassen, im Moment recht reizvoll.«

Kerrin sah Hark einen Augenblick verblüfft an und brach dann in schallendes Gelächter aus. Die Anspannung der letzten Tage brach sich Bahn. Sie hatte sich noch immer nicht ganz beruhigt, als sie auf den Parkplatz am Hafendeich einbogen und Corinna anrief. Als sie jedoch die Worte ihrer Freundin hörte, war sie mit einem Schlag wieder ernst.

»Mein Schwiegervater hat den Brief gefunden«, sprudelte es aus ihr heraus. »Er war in dem Melkmantel von Julius. Ich habe ihn jetzt hier und verstehe überhaupt nicht, was …«

»Corinna, leg den Brief hin, und fass ihn bitte nicht mehr an«, unterbrach Kerrin ihren Redeschwall und bedeutete Hark, wieder loszufahren. »Wir machen uns sofort auf den Weg zu dir.«

Mit Vollgas brauste Hark durch Wrixum und Alkersum nach Süderende. Kerrin rutschte unruhig auf ihrem Sitz hin und her. Als eine Gruppe Radfahrer vor ihnen auf der Landstraße fuhr, forderte sie Hark ungeduldig auf, sie zu überholen.

»Der Brief läuft uns nicht weg.« Hark ließ sich nicht aus

der Ruhe bringen. »Wenn ich jemand umfahre, kommen wir noch später an.«

»Entschuldige.« Kerrin sah ihn zerknirscht an. »Mein Gefühl sagt mir nur gerade, dass wir uns beeilen sollten. Irgendetwas passiert, und wir dürfen nicht wieder zu spät kommen.«

»Entspann dich.« Hark sah sie besorgt von der Seite an. »Wir tun, was wir können. Leon und Sebastian werden geschützt. Und wenn Corinna tatsächlich den richtigen Brief gefunden hat, bringt uns das der Lösung des Falles bestimmt näher.«

»Hast ja recht.« Kerrin lehnte sich zurück und schloss die Augen für einen Moment. Sie sollte sich jetzt besser beruhigen. Nachdem sie einige Male tief durchgeatmet hatte, sah sie aus dem Fenster. Sie waren fast in Süderende angekommen. Der stolze Turm von St. Laurentii ragte stoisch in den stahlblauen Himmel. Seit fast achthundert Jahren stand er hier, Zeichen der Stärke und des Trostes. Beides konnten sie alle zurzeit gut gebrauchen.

Als Hark auf den Hof fuhr, sahen sie zu ihrer großen Überraschung Michael und Gerrit neben ihrem Streifenwagen im Schatten stehen. Daneben stand ein schwarzer Geländewagen mit dem Kennzeichen NF-LB-1. Man musste kein Hellseher sein, um zu wissen, dass er Leon gehörte.

»Was macht ihr denn hier?« Kerrin sah sie verwundert an.

»Leon ist drinnen. Und wir bewachen ihn, schon vergessen?«, antwortete Michael flapsig.

Bevor Kerrin zu einer scharfen Erwiderung ansetzen konnte, kam Leon aus dem Haus gestürmt und rannte zu seinem Wagen. Ohne auf ihr Rufen zu achten, stieg er ein und brauste davon. Mit offenem Mund sahen die vier Beamten ihm hinterher.

Kerrin berappelte sich als Erste wieder. »Was ist los mit euch?«, schrie sie Michael an. »Hinterher, ihr dürft ihn nicht verlieren. Der Mann schwebt in höchster Lebensgefahr.« Sie raufte sich die Haare und schaute verzweifelt zu Hark hinüber. Das konnte doch nicht wahr sein! Warum hatte Heyden ihr ausgerechnet den völlig inkompetenten Michael geschickt? Endlich hatte der sich gefangen und stieg in seinen Wagen ein. Gerrit folgte ihm mit ängstlichem Gesicht. Von Leon war keine Spur mehr zu sehen. Kerrin sprintete zu dem Streifenwagen. »Erst zu ihm nach Hause, dann in die Firma. Ruft seine Frau von unterwegs an, vielleicht hat sie noch einen Tipp. Den Golfclub zum Beispiel.« Sie schlug mit der Faust aufs Autodach. Gerrit sah sie aus großen Augen an. Er hatte bereits sein Handy aus dem Hemd gezogen. Ohne ein weiteres Wort startete Michael den Wagen und fuhr los.

»Ich fasse es nicht.« Kerrin stampfte mit dem Fuß auf. »Der Typ ist mit Abstand der mieseste Beamte, den Flensburg zu bieten hat. Aber das wird ein Nachspiel haben, das schwöre ich dir.«

Wütend ging sie mit schnellen Schritten zum Haus. Hark folgte ihr wortlos.

Die Tür war offen. Corinna saß in der Küche, vor sich auf dem Tisch einen geöffneten, völlig zerknitterten Umschlag. Tränen liefen ihre Wangen herunter. Kerrin zwang sich, sich zu beruhigen und nicht gleich nach dem Umschlag zu greifen. Sie setzte sich neben sie. »Was ist passiert?«

Corinna sah sie verstört an. »Es ist aus«, hauchte sie

kaum hörbar. »Dieses Schwein bleibt bei seiner Frau. Und dafür ist Julius gestorben.« Sie schluchzte laut auf.

Kerrin sah ihre Freundin voller Mitgefühl an. »Es tut mir alles so leid.« Dann zog sie ein Paar Handschuhe aus ihrer Tasche und streifte sie sich über. Vorsichtig griff sie nach dem Umschlag und besah ihn sich genau. »Neutrale Druckbuchstaben und kein Absender. Genauso wie Lukas die anderen beiden Umschläge beschrieben hat«, bemerkte sie leise. Langsam zog sie den Inhalt heraus. Es handelte sich um einen zweimal gefalteten DIN-A4-Zettel, auf dem sich ein gedrucktes Bild befand. Ein leerer Rollstuhl. Verwundert drehte sie das Blatt zu Hark und blickte dann Corinna an. »Könnt ihr euch das erklären?«

»Nein, überhaupt nicht.« Corinna zuckte mit den Schultern. »Ich habe genauso dumm aus der Wäsche geschaut wie du.«

»Warum ist der Umschlag so zerknüllt? War das Julius?« Kerrin sah Corinna fragend an.

Die schüttelte den Kopf. »Das war Leon. Er wollte mir den Umschlag wegnehmen.« Tränen schwammen erneut in ihren Augen. »Er hätte mich fast geschlagen, so wütend wurde er, als ich ihm sagte, dass ihr auf dem Weg hierher seid. Ich habe ihn rausgeschmissen.« Ein lautes Stöhnen drang aus ihrem Mund. »Vielleicht hätte ich weiter mit ihm reden sollen, aber ich war so verletzt, als er mir an den Kopf knallte, dass er bei ihr bleiben würde. Als er dann noch den Umschlag entdeckte und völlig an die Decke ging, habe ich rotgesehen. Ich wollte den Umschlag unbedingt behalten, ich will doch wissen, wer Julius und Niklas das angetan hat. Warum ist ihm das egal? Er hat genau den gleichen Brief bekommen, das ist ihm rausgerutscht. Warum hat er ihn euch nicht gegeben?« Sie weinte jetzt laut. »Ich verstehe das alles nicht und …«

»Corinna, bitte beruhige dich.« Kerrin sah sie beschwörend an. »Hark und ich müssen jetzt los. Kommst du allein zurecht?«

»Klar.« Corinna versuchte tief durchzuatmen, konnte die Tränen aber nicht aufhalten. »Mach dir um mich keine Sorgen. Fahrt los und sucht das Schwein, das unser Leben zerstört hat.«

»Ich melde mich nachher bei dir, versprochen.« Kerrin nahm ihre Freundin für einen kurzen Augenblick fest in die Arme und ging dann mit energischen Schritten zur Tür.

34

Wir fahren zu Sebastian. Er müsste jetzt zu Hause angekommen sein.« Kerrin griff nach ihrem Handy und rief im Streifenwagen von Michael und Gerrit an. Die beiden hatten Leon zu Hause nicht angetroffen. Auch Ragna war nicht da gewesen und ging auch nicht an ihr Telefon. Sie wollten es jetzt im Büro versuchen. Sollten sie auch da keinen Erfolg haben, würden sie weitersehen. Alle Beamten auf der Insel waren informiert und hielten die Augen offen.

»Dilettanten«, schimpfte Kerrin nach dem Telefonat. Ein weiterer Anruf im Krankenhaus brachte die Bestätigung, dass Sebastian vor einer Viertelstunde entlassen worden war. »Das scheint heute viele zu interessieren«, bemerkte die Krankenschwester am Empfang ein wenig spitz, bevor sie auflegte. In ihrer Aufregung hörte Kerrin nicht richtig hin.

Zwanzig Minuten später hielt Hark vor dem Haus im Friesenweg. Henning und Mattis hatten das Haus gründlich durchsucht, bevor sie Sebastian eintreten ließen, und standen jetzt mit ihrem Wagen direkt vor der Gartenpforte. Als Kerrin klingelte, öffnete Anna ihnen die Tür.

»Was wollt ihr denn hier?«, fragte sie mit unverhohlenem Widerwillen in der Stimme. »Sebastian ist gerade erst angekommen und braucht Ruhe. Er hätte eigentlich noch im Krankenhaus bleiben sollen, aber dieser alte Dickschädel wollte ja nicht hören.«

»Es duldet leider keinen Aufschub«, erwiderte Kerrin bedauernd. »Wir versuchen, es so kurz wie möglich zu halten.«

Sebastian lag im Wohnzimmer auf dem Sofa. Anna hatte Unmengen von Kissen um ihn drapiert, auf dem Beistelltisch standen auf einem Stövchen eine Kanne Tee, eine Dose Kandiszucker und ein Becher.

»Ihr schon wieder.« Auch Sebastian schien wenig erfreut, sie heute bereits zum zweiten Mal zu sehen.

»Dauert hoffentlich nicht lange«, beruhigte Kerrin ihn. Sie zog den Plastikbeutel aus ihrem Rucksack, in den sie den Umschlag samt Inhalt vorsichtig hineingelegt hatten. Nach dem Besuch bei Sebastian würde er schnellstmöglich zur Untersuchung aufs Festland gebracht werden.

Sebastian starrte auf den Beutel. Kerrin spürte sein Unbehagen und zog den Moment in die Länge. Es konnte nicht schaden, ihn ein wenig zappeln zu lassen.

»Diesen Brief haben wir gerade von Corinna bekommen. Er ist an Julius adressiert und hat keinen Absender. Leon hat mit allen Mitteln versucht zu verhindern, dass wir ihn bekommen. Außerdem hat er uns verschwiegen, dass er selbst ein identisches Schreiben bekommen hat. Im Moment ist er allein auf der Insel unterwegs, unsere Kollegen hat er abgehängt. Ich muss dir wohl nicht sagen, was das für ihn bedeuten könnte.« Sie machte eine Pause. Annas verständnisloser Blick ging zwischen ihr und Sebastian hin und her. Sebastian schaute niemanden an. »Hast du uns etwas dazu zu sagen?«

Langsam schüttelte er den Kopf. Hark nahm Kerrin den Plastikbeutel aus der Hand. Er streifte sich seine Handschuhe über, zog vorsichtig den gefalteten Zettel aus dem Umschlag und hielt ihn Sebastian und Anna hin. »Wir gehen davon aus, dass du genau den gleichen Brief bekommen hast. Und wir gehen auch davon aus, dass der Mörder sie euch geschickt hat. Was wir an der ganzen Sache aber überhaupt nicht verstehen, ist, warum ihr mauert. Wir werden dein Haus nicht verlassen, bevor du geredet hast.« Er blickte kurz zu Kerrin. »Was bedauerlich ist, da wir draußen weiß Gott gebraucht werden. Leon rast ohne Polizeischutz über die Insel. Wenn wir Pech haben, hat der Täter das schon längst herausbekommen und sich an seine Fersen geheftet, um auch ihn ins Jenseits zu befördern.« Er machte eine kurze Pause. »Natürlich nicht, ohne ihn vorher massiven Qualen auszusetzen. Aber auch das weißt du ja.«

Anna hatte stumm zugehört. »Was geht hier vor?«, wollte sie nun mit leiser Stimme wissen. Angst stand in ihren Augen. »Was weißt du, Sebastian?« Aber ihr Mann schaute an ihr vorbei und antwortete nicht.

»Verdammt noch mal, rede mit mir.« Sie wurde lauter. »Es reicht. Sollen noch mehr Menschen sterben? Du vielleicht?« Sie fing an zu weinen.

Kerrin beobachtete Sebastian scharf. Die Worte von Hark und seiner Frau waren nicht spurlos an ihm vorübergegangen. Sein Gesicht war eingefallen und aschfahl, nervös fuhr er sich mit der Hand durch die fettigen Haare. »Gib dir einen Ruck, und rede mit uns«, bat sie ihn eindringlich. Sie fühlte, dass sie mit Druck nicht weiterkommen würden. »Hilf uns.«

Einen Moment herrschte Stille, dann fing Sebastian an zu sprechen. Er sah keinen der drei dabei an.

»Es war ein Unfall. Wir waren in der zwölften Klasse damals, dachten, wir wären unbesiegbar, könnten uns alles herausnehmen. Dass so etwas passiert, haben wir nicht gewollt.« Tränen rollten seine Wangen herunter. »Wirklich nicht«, flüsterte er und wandte den Blick zu Anna.

»Was habt ihr nicht gewollt?« Voller Furcht sah sie ihren Mann an.

Sebastian ging nicht auf sie ein. Er drehte den Kopf zur Terrasse und schaute durch die geöffnete Tür hinaus in den Garten. Ein Beet mit bunten Wildblumen säumte die steinerne Terrasse. Kerrin folgte seinem Blick und sah eine Vielzahl von Bienen und Hummeln darin herumfliegen.

»Wir sind jeden Tag nach der Schule mit dem Bus nach Süderende gefahren. Davor hielt er in Oldsum. Dort sind Levke und Imme ausgestiegen. Die Dicke und die Doofe, wie wir sie immer genannt haben. Levke sah damals wirklich schlimm aus. Völlig verfettet und aufgedunsen. Imme dagegen war eine Schönheit. Zart, mit langen blonden Locken.« Tränen sammelten sich in seinen Augen. »Ab und an haben wir den Bus mit den beiden in Oldsum verlassen. Ist ja nicht weit von dort bis nach Süderende. Wenn wir sie im Bus geärgert hatten, konnte Leon manchmal nicht aufhören. Und wir haben immer gemacht, was Leon wollte. Ohne Ausnahme.« Er seufzte und wischte sich die Tränen aus dem Gesicht. »Levke hat sich jedes Mal vor Imme gestellt und sie beschützt. Sie hatte keine Angst vor uns. Aber an dem Tag war sie nicht dabei. Sonst wäre bestimmt alles anders gekommen.« Er stockte kurz und fuhr dann fort: »Imme saß allein im Bus. Man konnte deutlich spüren, dass sie sich ohne den Schutz ihrer großen Schwester fürchtete.«

»Sie war ihre Cousine«, warf Kerrin leise ein.

Sebastian ging darauf nicht ein. »Wir haben uns einen Spaß daraus gemacht, sie aufzuziehen. Bis der Busfahrer uns angebrüllt hat, wir sollten sie gefälligst in Ruhe lassen. Da haben wir uns nach hinten verzogen. Als Imme in Oldsum ausgestiegen ist, sind wir ihr gefolgt. Leon war noch nicht fertig mit ihr.« Er verstummte für einen Augenblick. »Als sie bemerkte, dass wir da waren, wurde sie panisch. Sie war ja nicht die Hellste. Dabei hätten wir ihr doch gar nichts getan. Niemals hätten wir sie angerührt.« Seine Augen füllten sich wieder mit Tränen. »Sie ist losgerannt und wir hinterher, laut grölend. Als sie um die Ecke verschwand, konnten wir sie für einen Moment nicht sehen. Und dann hörten wir diesen entsetzlichen Knall. Sie muss völlig kopflos auf die Straße gerannt sein. Das Auto hat sie voll erwischt.« Er brach ab und starrte einen Moment stumpf vor sich hin.

Anna sah ihn mit schreckensweiten Augen an, brachte aber keinen Ton heraus. Sebastian versuchte, ihre Hand zu ergreifen, aber sie zog sie weg. »Es tut mir so leid«, wimmerte er. »Mein ganzes Leben hat mich dieses Unglück begleitet, aber ich ...«

»Was geschah dann?«, unterbrach Kerrin ihn sanft. Seine Selbstvorwürfe brachten sie jetzt nicht weiter.

»Als wir den Aufprall hörten, sind wir ganz langsam bis zur Ecke gegangen. Ein dunkler Mercedes stand auf der Straße, ein Mann am Steuer. Er hing über seinem Lenkrad, ich glaube, er weinte.«

»Ist er nicht ausgestiegen?«

»Solange wir dort standen, nicht. Nach den ersten Schrecksekunden sind wir weggerannt.«

»Und sonst war niemand da? Kein Passant auf der Straße?«

Sebastian schüttelte den Kopf. »Niemand. Es war Mittagszeit. Damals hatte das noch eine Bedeutung für die Menschen.«

»Und Imme?«, fragte Anna tonlos.

»Sie lag auf der Straße, direkt vor dem Auto. Überall war Blut, und sie hat sich nicht bewegt.«

»Ihr seid weggelaufen und habt nicht geholfen? Zumindest einen Krankenwagen gerufen, ihre Mutter verständigt, irgendetwas?« Kerrin sah ihn fassungslos an.

»Nein, wir sind weggerannt. Bis zu den Marschfeldern. Dort haben wir uns versteckt.«

»Und dann?«

»Wir standen völlig unter Schock, dachten, dass Imme tot sei. Keiner von uns hatte das gewollt, auch Leon nicht. Wir haben uns dann geschworen, dass es unter uns bleiben würde, wir niemals mit irgendjemandem darüber reden würden.«

»Das war bestimmt Leons Idee, oder?« Anna hatte nun ebenfalls Tränen in den Augen.

Sebastian nickte. »Am nächsten Tag in der Schule haben wir dann gehört, dass sie überlebt hat und im Krankenhaus lag. In den ersten Tagen waren wir richtig erleichtert. Erst als herauskam, dass sie im Rollstuhl sitzen und deswegen in ein Heim kommen würde, ist uns langsam klar geworden, was wir angerichtet hatten. Aber keiner von uns hat es je wieder angesprochen, jeder hat es mit sich allein ausgemacht.«

»Und der Fahrer des Wagens? Was war mit dem?«

»Er hatte getrunken und wurde in einem Gerichtsverfahren verurteilt.«

»Und ihr seid nicht auf die Idee gekommen zuzugeben, dass ihr eine erhebliche Mitschuld habt?«

»Was hätte das für den Mann geändert? Er ist betrunken Auto gefahren und hat ein Mädchen erwischt. Dafür wäre er doch eh bestraft worden. Zu Recht.«

Anna sah Sebastian entgeistert an. »Das habt ihr euch ja schön zurechtgebogen. Habt ihr denn nie ...?«

»Anna, ich verstehe deinen Aufruhr, aber könnten wir uns kurz auf die Fakten konzentrieren? Ihr vier habt jetzt nach sechzehn Jahren das Bild eines Rollstuhls geschickt bekommen. Es spricht also viel dafür, dass der von euch zumindest mitverursachte Unfall, wegen dem Imme im Rollstuhl gelandet ist, das Motiv für die Morde ist. Habt ihr einen Verdacht?«

»Irgendwie schon«, druckste Sebastian ein wenig herum. »Außer Levke kann ich mir niemanden vorstellen. Immes Mutter ist ja nun auch tot, und sonst war doch keiner davon betroffen.«

»Der Autofahrer«, widersprach Kerrin.

»Das war irgendein Touri, Mitte dreißig damals, jetzt also schon in den Fünfzigern. Warum sollte der sich jetzt noch rächen? Und wie hätte er uns auf die Schliche kommen können?«

»Keine Ahnung. Für Levke gilt doch das Gleiche.«

»Imme könnte es ihr erzählt haben«, mischte Anna sich ein. Der Schock über diese Enthüllungen stand ihr deutlich ins Gesicht geschrieben.

»Möglich.« Kerrin sah fragend zu Hark hinüber, der nickte. »Das war es erst einmal von uns. Wahrscheinlich könntest du es eh nicht, trotzdem: Bitte verlass das Haus heute nicht. Unsere Leute stehen vor der Tür und passen auf.«

35

Leon war wütend. Und er hatte Angst. Es war ein Fehler gewesen, zu Corinna zu fahren. Die ganze Affäre mit ihr war ein Fehler gewesen. Alle seine Seitensprünge hatten eines gemein: Sie waren unverbindlich. Von seiner Seite, aber auch vonseiten der Frau. Er hatte es immer verstanden, sich Geliebte zu suchen, die genau wie er selbst nur das Abenteuer wollten. So war es mit Ragna verabredet. Niemals hatte er vorgehabt, seine Frau zu verlassen, auch nicht für Corinna. Trotzdem hatte er sich auf sie eingelassen. Er hatte immer gewusst, dass sie schon während der Schulzeit in ihn verliebt gewesen war. Als sie dann Julius geheiratet hatte, hatte er dieses Wissen genossen. Es erhob ihn über seinen Freund. Ein Fingerschnipp von ihm und er hätte sie haben können. Theoretisch.

Warum nur war aus seinen Gedankenspielen Realität geworden? An diesem verhängnisvollen Abend, als er sie auf der Straße getroffen hatte. Herausfordernd hatte sie ihn gefragt, ob er Angst habe, ein Glas Wein mit ihr zu trinken. Das hatte ihn angezogen. Und so war eines zum anderen gekommen. Attraktiv war sie, das musste er zugeben. Und sie hatte an diesem Abend alle Register gezogen, um ihn zu verführen.

Aufgebracht schlug er auf das Lenkrad. Und genau dabei hätte es bleiben müssen. Bei dieser einen Nacht. War es aber nicht. Sie hatte angefangen, ihn zu reizen, ihre Schamlosigkeit, das Versteckspiel bei den Treffen der Clique, die feurigen Blicke, die sie ihm heimlich zugeworfen hatte. Trotzdem wäre er nie auf die Idee gekommen, dass sich etwas Ernstes daraus entwickeln könnte. Er hatte sie unterschätzt, ihre Liebe zu ihm, ihren Wunsch, ihn ganz für sich zu haben. Und nun musste er den Schlamassel ausbaden, den er sich eingebrockt hatte. Er durfte Ragna jetzt nicht verlieren.

Hätte sich der ganze Stress mit Corinna wenigstens ausgezahlt. Wenn sie ihm anvertraut hätte, dass sie den Brief gefunden hatte, hätte er sie bestimmt dazu überreden können, ihn ihm zu überlassen. Sie hatte ihm schließlich aus der Hand gefressen und alles für ihn getan. Aber sie hatte es für sich behalten. Und als er es erfuhr, hatte er ihr bereits gesagt, dass ihre Affäre beendet sei und er bei Ragna bleiben würde. Wie eine Furie hatte sie ihn aus ihrem Haus geworfen und war nicht mehr bereit gewesen, ihm zuzuhören.

Verbittert drehte er die Musik lauter. Zwei seiner besten Freunde waren tot. Und Corinna lief mit dem Brief, der ihr lang gehütetes Geheimnis ans Licht zerren würde, zur Polizei. Die blöde Kuh verstand doch gar nicht, was sie damit anrichtete.

Nachdem er einige Zeit ziellos durch die Marsch gekurvt war und sich dabei langsam beruhigt hatte, beschloss er, nach Hause zu fahren. Ragna war bei ihrem Damengolf und würde erst am späten Nachmittag zurückkommen. Er hatte also Zeit für sich. Zeit, um sich darüber klar zu werden, wie er sich der Polizei gegenüber verhalten sollte. Und wie er seine Frau zurückgewinnen konnte.

Als er vor dem Haus im Hochstieg hielt, lächelte er still in sich hinein. Diese Idioten aus Flensburg waren zu blöd, ihn zu überwachen. Es war ihm egal. Er wusste, dass Levke hinter den Taten steckte. Aber er würde mit ihr fertigwerden.

Als er die Haustür aufschloss und in den kühlen Flur trat, spürte er die drohende Gefahr nicht. Er ging zur Bar im Wohnzimmer und schenkte sich einen Whiskey ein. Es war zwar noch Vormittag, aber in dieser furchtbaren Zeit war alles erlaubt. Nachdenklich schwenkte er die braune Flüssigkeit in dem schweren Kristallglas und trank schließlich einen großen Schluck. Der Alkohol brannte in seiner Kehle und breitete sich dann sanft in seinem Inneren aus. Er spürte, dass sein Zorn nachließ.

Er wollte gerade auf die Terrasse hinausgehen, als er im Augenwinkel eine schnelle Bewegung wahrnahm. Der gedämpfte Knall einer Pistole tönte durch den Raum, bevor der Schuss sein rechtes Knie traf.

36

Passt bitte gut auf«, rief Kerrin Henning und Mattis, die vor dem Haus an ihren Streifenwagen gelehnt standen, schon von Weitem entgegen. »Im Moment spricht alles für eine Frau als Täterin. Levke Klasen.« Sie beschrieb den beiden ihr Äußeres. »Niemand darf in das Haus hinein, ohne dass ihr mit mir gesprochen habt. Klar?«

»Du kannst dich auf uns verlassen.« Henning lächelte sie gutmütig an. »Wir machen das schließlich nicht zum ersten Mal.«

»Entschuldigt. Michael treibt mich zur Weißglut, aber das hat mit euch natürlich nichts zu tun.«

Mit diesen Worten sprang sie in den Streifenwagen. Hark hatte bereits den Motor angelassen.

»Von der Statur her könnte Levke unsere Frau sein.« Er sah Kerrin beunruhigt an. »Ich hatte von Anfang an ein komisches Gefühl bei ihr.«

»Ich weiß.« Kerrin schnallte sich an. »Ich kann es mir trotzdem nur schwer vorstellen. Levke ist so ein ruhiger, besonnener Mensch. Ist so jemand wirklich zu solchen Gräueltaten in der Lage?«

»Du kennst sie doch kaum«, widersprach Hark ihr. »Wir wissen nicht, wie es in ihrem Inneren aussieht. Nach all den Verletzungen, die sie in ihrem Leben hat einstecken müssen. Vielleicht hat sie eine tiefgreifende psychische Störung davongetragen.«

»Und ihr Alibi? Als Niklas starb, waren wir zusammen auf der Fähre.«

»Das verstehe ich auch nicht«, räumte Hark ein. »Vielleicht hat Elena sich bezüglich des Tatzeitpunkts geirrt? Das kann doch jedem mal passieren.«

Kerrin sah ihn zweifelnd an. »Wenn das wirklich stimmen sollte, dann könnte sie auch für den Tod ihrer Tante verantwortlich sein.«

»Da hatten wir uns doch auf Selbstmord geeinigt«, entgegnete Hark verwundert.

»Wenn Levke tatsächlich gerade mordend über die Insel läuft, könnte sie richtig aufgeräumt und auch Sarah auf dem Gewissen haben. Einen Grund dafür hätte sie nach ihrer furchtbaren Kindheit gehabt.«

Unruhig rief Kerrin wieder bei Michael und Gerrit an. Die beiden waren mittlerweile im Büro von Leon und Sebastian gewesen und hatten mit der Empfangssekretärin gesprochen. Sie würde sich melden, sobald Leon dort auftauchte. Nun waren sie auf dem Weg zum Golfclub, wo Ragna auf sie wartete.

Danach sprach sie mit Tom. Er und Christian waren bereits in der Dienststelle. »Gebt bitte eine Fahndung nach Levke raus. Und recherchiert alles zu dem Unfall von Imme Klasen vor sechzehn Jahren in Oldsum. Fahrer, andere Beteiligte, Gerichtsverfahren, alles. Wir unterstützen euch, sobald wir zurück sind. Sind Fabian und Jan schon da?«

»Jan. Fabian noch nicht.«

»Ruf ihn an. Er soll seinen Hintern sofort in Bewegung setzen.«

Als Kerrin und Hark in der Dienststelle ankamen, hatte Ida bereits Kaffee für alle im Besprechungsraum aufgebaut. Außerdem stand eine große Schale Kekse auf dem Tisch.

»Nervennahrung«, sagte sie augenzwinkernd zu Kerrin, als diese hungrig zugriff.

Auf der Fahrt hatte Kerrin versucht, Elena zu erreichen, um noch einmal über den Todeszeitpunkt von Niklas zu sprechen. Ohne Erfolg. Die Pathologin würde erst am Nachmittag in die Rechtsmedizin kommen und sich dann umgehend bei ihnen melden.

Kurz darauf waren alle mit Ausnahme von Fabian versammelt. »Ich habe ihn nicht erreicht, aber eine Nachricht auf seinem Anrufbeantworter hinterlassen«, informierte Jan sie. »Wahrscheinlich ist er schon auf dem Weg.«

Kerrin blickte stirnrunzelnd auf ihre Uhr. Es war fast eins. »Wir fangen trotzdem an.« Seit dem Besuch bei Sebastian schoss Adrenalin in Schüben durch ihren Körper, ihre Sinne waren geschärft. Sie spürte, dass sie sich dem Durchbruch näherten, und blickte in gespannte und aufmerksame Gesichter. Sie alle fühlen es, dachte Kerrin mit einem Anflug von Rührung, und wollen ihren Teil beitragen. In knappen Worten schilderte sie den Kollegen, was sie von Sebastian erfahren hatten. Der Brief an Julius befand sich bereits auf dem Weg aufs Festland, eine Kopie wurde herumgegeben. Keiner am Tisch ging davon aus, dass man auf dem Original Spuren des Täters finden würde.

»Oberste Priorität hat der Schutz von Leon und Sebastian. Leider haben die Flensburger Kollegen Leon noch immer nicht gefunden. Tom und Christian, ihr macht euch auch auf die Suche nach ihm. Wenn ihr ihn findet, möchte ich sofort informiert werden. Du, Jan, recherchierst zu dem Unfall von Imme Klasen. Wenn Fabian hier auftaucht, soll er dich unterstützen. Hattet ihr dazu schon etwas herausgefunden?« Fragend sah Kerrin Tom an.

»Wir wollten gerade damit anfangen«, erklärte er.

»Kein Problem. Die Fahndung nach Levke war wichtiger. Wir müssen dringend mit ihr sprechen, auch wenn sie zurzeit für den ersten Mord noch ein Alibi hat. Alle sind bitte permanent über Handy erreichbar.«

Hark sah Kerrin an. »Wir sollten Levke suchen. Bei Marie im Atelier, am Strand, bei Imme. Wir kennen mittlerweile einige Orte, an denen sie sich aufhalten könnte.«

»Das machen wir.« Kerrin erhob sich. »Also los, an die Arbeit.«

37

Die Schmerzen waren unerträglich. Nachdem die Kugel ihn getroffen hatte, waren Leons Beine weggesackt, und er war auf dem Boden zusammengesunken. Zunächst hatte er nichts gespürt, der Schock schonte ihn für einen gnädigen Moment. Aber dann kam die Qual mit unbarmherziger Wucht. Er war nicht mehr in der Lage, einen klaren Gedanken zu fassen. Stöhnend warf er den Kopf von einer Seite auf die andere und umklammerte sein Bein.

Erst als die dunkel gekleidete Gestalt sich bewegte und auf ihn zutrat, registrierte er sie schemenhaft. Sie trug eine schwarze Jogginghose und ein Sweatshirt in der gleichen Farbe. Auf dem Kopf hatte sie ein tief ins Gesicht gezogenes Käppi.

»Levke«, stieß er hervor.

Ein leises Lachen antwortete ihm. Die Person ging seelenruhig zu den bodentiefen Terrassenfenstern und zog die Vorhänge sorgfältig zu. Leon versuchte, sich ein Stück weit aufzurichten, um ihr nicht so wehrlos ausgeliefert zu sein, aber das war unmöglich. Die Kugel musste noch in seinem Körper stecken, die Wunde brannte wie Feuer und gestattete keinerlei Bewegung.

»Warum?«, brachte er mühsam hervor. »Lass uns reden.«

»Du willst reden?« Die Gestalt wandte sich ihm zu und kam langsam näher. Sie drehte einen der cremeweißen Sessel herum und ließ sich darauf nieder. Dann zog sie das Käppi von ihrem Kopf und schüttelte die Haare.

Leon vergaß für eine Sekunde die Schmerzen, so sehr überraschte ihn der Anblick.

»Was willst du von mir?« Seine Stimme zitterte vor Anstrengung, aber auch vor Todesangst.

»Weißt du das immer noch nicht?« Das kalte Lächeln war verschwunden. Die Züge des Gesichts vor ihm waren nun vor Zorn verzerrt. »Ihr habt mein Leben zerstört. Und das meiner Familie.« Die Person hob die Waffe und zielte auf Leons linkes Knie. »Und dafür werdet ihr jetzt bezahlen.«

38

Kerrin und Hark standen vor der verschlossenen Galerie von Marie Guthmann.

»Geöffnet ist eigentlich seit zwölf Uhr.« Kerrin sah verwirrt auf ihre Uhr. »Wollen wir am Strand schauen? Ich habe sie einmal mit Levke und ihrem Bruder bei Pitschi's gesehen. Lass es uns dort versuchen.«

»Einverstanden.« Hark erhob sich stöhnend von dem Stuhl vor der Tür, auf dem er sich niedergelassen hatte. Er hatte das Gefühl, nicht mehr lange durchzuhalten. Die Sonne brannte vom Himmel, er fühlte sich völlig verschwitzt und sehnte sich nach einer eiskalten Dusche. Das Tempo, das die Ermittlungen mittlerweile an den Tag legten, erschöpfte ihn. Kerrin schien es dagegen zu beflügeln. Sie ist halt jünger als ich, gestand er sich widerwillig ein. Und sie ist es als Kripobeamtin gewöhnt. Er dagegen war Inselpolizist und liebte genau das. Das beschauliche Leben auf Föhr, in dem außer Bagatelldelikten nicht viel passierte. Zumindest ging es nicht permanent um Leben und Tod. Er seufzte lautlos und biss die Zähne zusammen. Er wollte schließlich genauso wie jeder andere, dass sie den Täter fassten, bevor ein weiterer Mensch zu Schaden kam. Oder vielmehr die Täterin, denn vieles deutete nun auf Levke, trotz ihres Alibis. Obwohl er ihr von Anfang an misstraut hatte, hatte er nun doch Probleme, sich vorzustellen, dass sie tatsächlich die Mörderin war. Die Taten waren so brutal verübt worden, dass es schwerfiel, sie mit der sanften Levke in Verbindung zu bringen.

»Dann mal los, mien Deern.« Er stupste Kerrin an und setzte sich in Bewegung. Die Wyker Innenstadt war um diese Zeit wie ausgestorben. Die Urlauber machten entweder eine Mittagspause in ihren Ferienwohnungen oder dösten im Schatten am Strand. Nur wenige schoben sich bei der Hitze durch die Fußgängerzone.

Sie waren fast am Streifenwagen in der Hafenstraße angekommen, als Levke ihnen entgegenkam. Sie schlenderte mit gemächlichen Schritten die Straße herunter, über ihrer nackten Schulter baumelte eine große Strandtasche. Schon von Weitem winkte sie den beiden zu.

»Moin.« Sie lächelte sie unbefangen an. »Wir laufen uns ja wirklich ständig über den Weg. Marie hat mich eben versetzt, daher wollte ich mir aus Frust ein Eis am Sandwall holen.«

»In der Galerie ist sie nicht. Von dort kommen wir.«

»Komisch, das passt gar nicht zu ihr. Aber egal, gut, dass ich euch treffe.«

»Warum?«, fragte Kerrin vorsichtig.

»Die Beerdigung meiner Tante findet am nächsten Freitag um elf Uhr in der Kirche in Süderende statt. Ich wollte euch Bescheid geben, falls ihr dabei sein wollt. Müsst ihr natürlich nicht«, fügte sie schnell hinzu, als sie Kerrins verblüfften Gesichtsausdruck sah.

»Doch klar, wir kommen, oder, Hark?«, entgegnete Kerrin überrumpelt.

»Sicher.« Hark fuhr sich durchs Haar. »Wir waren ebenfalls gerade auf der Suche nach dir. Es haben sich Anhaltspunkte ergeben, die den Schluss nahelegen, dass ...« Er brach ab, da sein Handy klingelte. Nach einem raschen Blick darauf sagte er: »Entschuldigt bitte, die Dienststelle.«

Als er das Telefon nach einem kurzen Gespräch langsam wieder in seine Hemdtasche steckte, war alle Farbe aus seinem Gesicht gewichen.

»Hark, was ist los?« Kerrin sah ihn bestürzt an. »Ist alles in Ordnung?«

Langsam schüttelte er den Kopf. »Ein Anwohner aus dem Hochstieg hat sich gerade gemeldet. Er meint, er hätte Schüsse gehört. Aus dem Haus der Blumbergs.«

Wenige Minuten später brausten sie über die Landstraßen nach Nieblum. Die verdutzte Levke hatten sie einfach stehen gelassen. Vergessen war der Verdacht gegen sie, schließlich war sie in aller Seelenruhe durch Wyk gebummelt, als die Schüsse gefallen sein sollten. Kerrin hatte alle Streifenwagen der Insel angewiesen, ebenfalls sofort in den Hochstieg zu fahren.

Sie waren die Ersten. Das Haus lag ruhig in der Sonne, nichts deutete auf ein Verbrechen hin. Mit klopfendem Herzen stieg Hark aus dem Wagen. Dieser Fall begann, seine Fähigkeiten bei Weitem zu übersteigen.

Die Haustür war einen Spaltbreit offen. Kerrin zeigte darauf und legte die Finger an die Lippen. Aus den Augenwinkeln sahen sie, wie Tom und Christian vor dem Haus vorfuhren und leise mit ebenfalls gezückten Waffen aus dem Wagen stiegen. Kerrin bedeutete ihnen, zu ihnen aufzuschließen.

»Wir gehen rein. Ich zuerst«, wisperte sie.

Vorsichtig schlichen sie zur Tür und lauschten. Kein Laut drang aus dem Haus. Nachdem sie einmal tief durchgeatmet hatte, öffnete Kerrin sie mit Schwung und zielte mit der entsicherten Pistole in den Flur.

Nichts geschah. Einer nach dem anderen betraten sie das Haus. Kerrin bedeutete Hark, in die Küche zu gehen, Tom und Christian sollten sich den ersten Stock vornehmen. Sie selbst ging in Richtung Wohnzimmer.

Mit einem dicken Kloß im Hals öffnete Hark die Küchentür. Der Raum war leer. Auf dem Tisch standen noch ein Becher und ein Frühstücksteller voller Krümel, sonst war alles aufgeräumt.

»Hierher«, schrie Kerrin plötzlich aus dem Wohnzimmer.

Hark stürmte los und blieb dann abrupt an der Tür stehen. Mitten im Zimmer lag Leon. Seine offenen Augen starrten blicklos an die Decke. Blut hatte sich um ihn herum auf dem Boden ausgebreitet. Es war deutlich zu erkennen, dass seine Knie durchschossen worden waren. Gestorben schien er aber wie seine Freunde an einem gezielten Kopfschuss zu sein.

Von dem Täter fehlte jede Spur.

»So ein verdammter Mist«, schrie Kerrin. »Ihr bleibt hier«, wies sie Tom und Christian dann an. »Ruft die Spusi und die Pathologie an, und wartet vor dem Haus auf sie. Wir fahren sofort zu Sebastian. Hoffentlich kommen wir wenigstens dort nicht zu spät.«

Vor der Tür stand Jan. »Wo ist Fabian?«

Der junge Kollege zuckte mit den Schultern. »Noch nicht aufgetaucht.«

»Und du hast meinen Verdacht einfach weggewischt«, hielt Kerrin Hark aufgebracht vor.

»Ich verstehe das auch nicht«, murmelte er leise. »Das kann doch einfach nicht sein.«

Kerrin wandte sich wieder zu Jan.

»Hol Ragna Blumberg. Sie sollte auf dem Golfplatz sein. Bring sie bitte zur Dienststelle. Aber kein Wort darüber, was hier vorgegangen ist.«

»Ist er auch ...?« Jans Stimme versagte.

Kerrin nickte. An Michael und Gerrit, die mittlerweile auch angekommen waren und betreten neben ihrem Streifenwagen standen, ging sie wortlos vorbei.

39

Sebastian starrte den jungen Mann an. Anna war gerade mit dem Fahrrad zum Bäcker in die Süderstraße gefahren, um Kirschschnitten zu holen. Nach den Tagen im Krankenhaus hatte er einen Bärenhunger. Damit er ein bisschen frische Luft bekam, hatte sie vor ihrer Abfahrt die Terrassentür geöffnet. Wie hatten sie bloß so blöd sein können? Nun wartete ein hochgradig gefährdeter Mann wehrlos und allein bei geöffneter Tür auf seinen Mörder.

Die Beamten aus Flensburg hatten bei ihrer Ankunft das Haus gründlich durchsucht und waren jetzt direkt vor dem Haus positioniert. Zwar machten sie stündlich einen Rundgang um das Haus herum und durch den Garten, aber der Letzte lag erst eine gute Viertelstunde zurück.

Sosehr er sich auch bemühte, er konnte den Eindringling nicht einordnen. Er wusste, dass er ihn schon einmal gesehen hatte, aber wo und wann, fiel ihm in seiner Panik nicht ein. Sein Herz raste, Schweiß rann über sein Gesicht. So also fühlt sich Todesangst an, schoss es ihm durch den Kopf. Die kleine, gefährlich aussehende Pistole, die auf ihn gerichtet war, glitzerte in der Sonne. Blühte ihm jetzt das gleiche grausame Schicksal wie Niklas und Julius? Aber warum? Was hatte er diesem Mann getan? Er wollte fragen, mit ihm sprechen, aber die Furcht lähmte ihn. Kein Wort kam über seine Lippen. Würde Anna ihn finden? Brutal ermordet in seinem Blut liegend? Er stöhnte leise auf. Das durfte nicht geschehen. Nie würde sie sich davon erholen. Außerdem wollte er nicht sterben. Er wollte leben. Mit Anna. Und einem gesunden Kind, irgendwann. Auf seiner Insel, die er mit jeder Faser seines Seins liebte.

Plötzlich durchbrach ein leises Schluchzen seine Gedanken. Er wandte den Kopf zur Terrasse. Im Schatten unter der Markise stand eine junge Frau. Sie sah an ihm vorbei zu dem Mann in seinem Wohnzimmer und flehte mit leiser Stimme: »Bitte, lass ihn gehen. Es ist genug. Wir verschwinden und fangen neu an. Ich komme mit dir, wenn du willst. Wir gehen irgendwohin, wo uns keiner kennt. Such du dir aus, wohin und …«

»Sei still und verschwinde.« Die Stimme des Mannes war schneidend. Er sah die Frau nicht an, sein stechender Blick ruhte weiter auf Sebastian. Eiskalte Augen musterten ihn eindringlich. »Ich muss es zu Ende bringen. Erst dann können wir ein neues Leben beginnen. Solange er atmet, ist es nicht vorbei.«

»Das stimmt doch nicht. Er hätte nicht gewollt, dass du tötest. Er hätte vielmehr gewünscht, dass wir darüber hinwegkommen, unser eigenes Leben führen und …«

»Wenn er das gewollt hätte, dann hätte ich ihn nicht so gefunden. Er wollte, dass ich das niemals vergesse und ihn eines Tages räche. Und diese Zeit ist jetzt gekommen. Endlich.«

Sebastian schaute starr vor Furcht von einem zum anderen. Auf einmal fiel ein Puzzleteil in seinem Kopf an seinen Platz. Er kannte die Frau. Nicht gut, aber er wusste, wer sie war. Und schlagartig wurde ihm auch klar, wer der Mann mit der Pistole war.

40

»Gib Gas«, herrschte Kerrin Hark an. »Wir dürfen nicht zu spät kommen. Und ich will nicht, dass Henning und Mattis allein reingehen, das ist zu gefährlich.«

Mit zitternden Händen griff sie nach ihrem Handy und wählte die Nummer von Corinna. Sie wollte um jeden Preis verhindern, dass die Freundin von Dritten erfuhr, dass Leon tot war. Ermordet von dem gleichen Täter, der ihren Mann auf dem Gewissen hatte. Den Ehemann und den Ex-Geliebten innerhalb weniger Tage zu verlieren, das war eigentlich zu viel für eine Person.

»Mist«, fluchte sie, als der Anrufbeantworter ansprang. »Ruf mich bitte sofort zurück, wenn du das abhörst.« Sie versuchte, ruhig zu klingen, damit Corinna sich nicht allzu sehr sorgte.

Wenige Minuten später hielten sie vor dem Haus der Sötjes. Henning und Mattis saßen in ihrem Wagen. Eine alte Eiche spendete ihnen Schatten. Sie hatten eine gut gefüllte Brotdose zwischen sich stehen und ließen es sich schmecken. Als sie Hark und Kerrin heranrasen sahen, stiegen sie eilig aus.

»Irgendetwas Auffälliges?« Kerrin war aus dem Auto gesprungen und auf die beiden zugerannt. »Wir haben einen weiteren Toten, Leon Blumberg, und vermuten, dass der Täter jetzt sein Werk vollenden will. Habt ihr irgendwas bemerkt?«

Henning schüttelte den Kopf. »Es ist alles ruhig gewesen. Vor einer halben Stunde haben wir unseren letzten Rundgang ums Haus gemacht, keine Auffälligkeiten.« Er sah auf die Uhr. »Frau Sötje ist vor zehn Minuten mit dem Fahrrad zum Bäcker gefahren. Sie müsste eigentlich gleich wieder da sein. Ein paar Fußgänger sind vorbeigekommen, sonst war nichts los.«

Kerrin nickte. »Wir gehen rein. Henning und Mattis vorn durch die Tür, wir beide durch den Garten. Ich gebe euch über Funk das Kommando.« Mit diesen Worten ging sie Hark voran Richtung Garten. Als sie an den seitlichen Fenstern vorbeikamen, duckten sie sich, um von innen nicht gesehen zu werden.

An der Ecke zum Garten hielt Kerrin plötzlich inne und legte einen Finger an die Lippen. Ein leises Schluchzen war zu hören. Eine Frau weinte. Verwundert drehte sie sich zu Hark um. Anna war beim Bäcker. Wer also konnte das sein? Vorsichtig steckte sie den Kopf um die Ecke. Und erstarrte. Sie sah zwar, wer dort auf einem der Gartenstühle saß, aber verstehen konnte sie es nicht. Lautlos formte sie den Namen in Harks Richtung. Irritiert schüttelte er den Kopf.

Kerrin überlegte fieberhaft. Dass sie weinend auf der Terrasse saß, musste einen Grund haben. Durch die Eingangstür war sie nicht gekommen, das hätte Henning gesehen. Also hatte sie sich angeschlichen. Aber warum hockte sie auf der Terrasse und war nicht bei Sebastian?

»Kommt in den Garten. Aber leise«, forderte Kerrin Henning und Mattis über Funk auf. Irgendetwas ging hier vor. Sie mussten ins Haus, zu Sebastian.

Die Flensburger Kollegen waren gerade bei ihnen angekommen, als sie völlig unvermittelt einen unterdrückten Schrei hörten. Die Frau war aufgesprungen und an die Terrassentür gelaufen. »Nein, bitte nicht. Ich flehe dich an. Tu es für mich.« Sie trat einen Schritt in das Wohnzimmer, blieb dann aber wieder stehen. Eine wütende unterdrückte Stimme antwortete ihr. Dann war Sebastian zu hören. »Holen Sie Hilfe, ich flehe Sie an.« Panik lag in seiner Stimme.

»Du nimmst sie.« Kerrin sah Hark eindringlich an. »Wir drei gehen rein. Zugriff.« Sie sprang auf und sprintete zur Terrasse. »Polizei, Hände hoch und keine Bewegung«, rief sie mit lauter energischer Stimme.

Erschrocken starrte Marie sie an. Kerrin zog sie mit einem Ruck hinaus auf die Terrasse, wo Hark sie übernahm und in einem eisernen Polizeigriff festhielt. Kerrin war mit einem Satz an der Tür und hatte die Situation innerhalb eines Wimpernschlages erfasst. Eine dunkel gekleidete Person stand mit dem Rücken zu ihnen vor dem auf dem Sofa liegenden Sebastian und zielte mit einer Pistole auf ihn. Als sie Kerrin und ihre Kollegen bemerkte, entsicherte sie die Waffe.

»Lassen Sie sofort die Waffe fallen. Sie haben keine Chance mehr. Einen Schuss auf diesen Mann würden Sie nicht überleben. Wir wären in diesem Fall gezwungen, das Feuer auf Sie zu eröffnen.«

Der Mann wandte ihnen langsam den Kopf zu. Kerrin traute ihren Augen nicht. »Glaubst du wirklich, dass mich das interessieren würde?«

Verstört sah sie Moritz an. Was, um Himmels willen, ging hier vor? Ein trauriges Lächeln umspielte seine Mundwinkel. »Ich habe das eingeplant. Mein Leben ist nicht viel wert, weißt du?« Ruhig drehte er sich zurück zu Sebastian und zielte auf seinen Kopf. Angsterfüllt starrte dieser ihn an und wimmerte leicht.

»Du hast das vielleicht eingeplant, aber was ist mit deiner Schwester? Soll sie mit ansehen, wie ihr kleiner Bruder erschossen wird? Willst du ihr dieses Trauma für den Rest ihres Lebens zumuten?«

Ihre Worte schienen zu ihm durchzudringen, denn der Griff seiner Hände lockerte sich. »Ich muss es beenden«, stieß er gepresst hervor. »Lasst es mich bitte beenden, sonst war alles umsonst.«

»Es tut mir leid«, antwortete Kerrin ruhig, »aber das kann ich nicht.« Sie nickte Hark zu, der Marie in den Raum schob. »Wenn du dich jetzt nicht ergibst, kann es sein, dass du auch Sebastian tötest. Möglicherweise kann ich das nicht verhindern. Aber ich schwöre, dass ich und meine Kollegen das versuchen werden.« Henning, Mattis und sie hatten ihre Waffen ebenfalls erhoben und entsichert.

»Bitte, Moritz, tu mir das nicht an. Du weißt doch am besten, was es mit einem macht, wenn …« Vom Weinen geschüttelt versagte Maries Stimme.

Kerrin sah, wie Moritz' Kiefer arbeitete. Es war totenstill, selbst die Vögel im Garten waren verstummt.

Nach einer gefühlten Ewigkeit ließ Moritz die Waffe langsam sinken und drehte sich zu Kerrin um. Tiefer Schmerz lag in seinen Augen. »Das hättest du nicht tun sollen«, sagte er leise und ließ sich dann widerstandslos festnehmen.

Eine halbe Stunde später saßen Moritz und Marie in zwei getrennten Vernehmungsräumen in der Dienststelle.

Anna war wenige Minuten nach ihrer Festnahme fröhlich mit einer großen Kuchenplatte erschienen.

Nachdem sie erfahren hatte, was geschehen war, hatte sie fassungslos neben Sebastian auf dem Sofa gesessen und kein Wort mehr herausgebracht. Kerrin hatte Dr. Scholz angerufen. Er sollte nach den beiden sehen und ihnen ein Beruhigungsmittel geben. Jan und Fabian, der endlich erschienen war, waren auf dem Weg zum Haus Marschland, um Levke zum Hafendeich zu bringen.

Als Erstes aber sprachen sie mit Ragna. Jan hatte sie von ihrem Damennachmittag im Golfclub abgeholt. Sie reagierte nach außen hin gefasst auf die Nachricht vom Tod ihres Mannes, aber Kerrin spürte, dass sie einen Schutzwall errichtet hatte, um mit diesem Schicksalsschlag fertigzuwerden. Da das Haus der Blumbergs im Hochstieg bis auf Weiteres nicht betreten werden durfte, brachte ein Streifenwagen sie zu Freunden aus dem Golfclub, bei denen sie bleiben konnte, bis die Spurensicherung ihre Arbeit abgeschlossen hatte.

Schließlich saßen Kerrin und Hark Moritz gegenüber. Das Gesicht des jungen Mannes war unbewegt wie eine Maske. Er sah an den beiden Polizisten vorbei aus dem Fenster und reagierte auf keinerlei Fragen. Auch einen Anwalt schien er nicht zu wollen.

Nach einer Weile gab Kerrin auf. Hark und sie gingen einen Raum weiter, wo Marie auf sie wartete. Die junge Frau saß verloren an dem kleinen Tisch, vor sich ein Glas Wasser, das sie anscheinend noch nicht angerührt hatte. Mit leerem Blick schaute sie auf, als Kerrin und Hark sich ihr gegenüber hinsetzten und das Aufnahmegerät einschalteten. Auch Marie verzichtete auf einen Anwalt.

»Er ist kein böser Mensch, das müsst ihr mir glauben.« Jegliche Energie war aus ihrer Stimme gewichen.

»Wir haben deinen Bruder auf frischer Tat dabei ertappt, wie er einen Menschen brutal umbringen wollte. Und du hast mehr oder weniger danebengesessen und nichts getan«, erwiderte Kerrin ein wenig ungläubig. »Zusammen mit den Beweisen von den anderen Tatorten wird Moritz höchstwahrscheinlich wegen Mordes verurteilt werden. Und du ebenfalls, zumindest wegen Beihilfe. Das ist böse, denke ich.« Sie holte tief Luft. »Was wir beide aber überhaupt nicht verstehen, ist das Motiv. Welchen Grund hattet ihr, diesen Freundeskreis auszulöschen? Wolltet ihr Levke rächen? Habt ihr das gemeinsam mit ihr geplant?«

Marie schwieg.

»Das Tatmotiv kann vor Gericht bewirken, dass die Strafe geringer ausfällt. Da dein Bruder bisher kein Wort gesagt hat, wäre es gut, wenn du mit uns reden würdest«, bat Kerrin sie eindringlich.

Marie sah sie unschlüssig an und schwieg weiter.

»Schaden kannst du euch mit deiner Aussage nicht, die Beweislage ist eindeutig. Aber möglicherweise kannst du die Situation verbessern«, versuchte Kerrin weiter, sie umzustimmen. »Ihr müsst doch einen Grund für die Taten gehabt haben. Ich kann mir nicht vorstellen, dass ihr einfach so Menschen abknallt. Was ist zwischen euch und den Männern geschehen? Ihr kanntet sie doch kaum.«

»Wir haben noch nie mit irgendjemandem darüber gesprochen.« Marie war kaum zu verstehen.

Hark beugte sich vor. »Ich denke, jetzt wäre ein guter Zeitpunkt, um damit anzufangen.«

Marie stand langsam auf und ging zum Fenster. Von

hier aus konnte man auf den Hafen schauen, aber Kerrin bezweifelte, dass sie irgendetwas da draußen wahrnahm. Sie warf Hark einen Blick zu. In stillem Einverständnis schwiegen sie. Marie war kurz davor, sich zu öffnen, das spürte sie.

»Es ist sechzehn Jahre her«, fing sie schließlich an. »Ich war damals vierzehn Jahre alt, Moritz acht. Wir hatten ein Haus auf Föhr, in Midlum. Jedes Jahr verbrachten wir die Sommerferien auf der Insel. Meine Mutter arbeitete damals nicht und war sechs Wochen mit uns hier. Mein Vater hatte eine Firma. Er nahm sich meist drei Wochen frei und kam ansonsten an den Wochenenden. Für Moritz und mich waren es perfekte Sommer.« Ein trauriges Lächeln umspielte ihre Mundwinkel. »Aber in dem Jahr änderte sich alles. Für immer.« Mit einer müden Bewegung strich sie sich eine Strähne ihrer blonden Haare hinter die Ohren. »Gleich in der ersten Ferienwoche hatten meine Eltern einen schlimmen Streit. Warum, weiß ich nicht. Mein Vater fuhr nach dem Frühstück wütend davon. Er hat dann wohl am Strand in Utersum einige Gläser Wein getrunken. Das passte eigentlich überhaupt nicht zu ihm, aber das ist jetzt ja auch egal. Er ist danach in Oldsum zur Bank gefahren, um Geld abzuheben.« Sie schwieg einen Augenblick. »Da ist es dann passiert. Ein Mädchen ist ihm direkt vor das Auto gelaufen. Er konnte nicht mehr bremsen und hat sie angefahren.« Stumme Tränen liefen ihre Wangen herunter.

»Imme Klasen«, flüsterte Kerrin erschüttert. »Die Cousine von Levke.«

Marie drehte sich zu ihr um und nickte. »Ich habe das am Anfang unserer Freundschaft nicht gewusst. Es ist mir erst später klar geworden.«

»Weiß Levke davon?«

»Nein. Ich habe mich nicht getraut, ihr davon zu erzählen.« Sie wandte sich wieder zum Fenster und fuhr fort: »Mein Vater war ein sensibler, liebevoller Mann. Er ist mit dieser Schuld nicht klargekommen. Wäre er nicht betrunken Auto gefahren, hätte er vielleicht rechtzeitig bremsen können, und der Unfall wäre nicht passiert. So hat er gedacht. Er ist zu einer Geldstrafe verurteilt worden. In seinen Augen war das nicht angemessen für das Leid, das er verursacht hatte. Meine Mutter sah das ganz anders.« Ihre Stimme klang nun hart. »Sie hat darauf bestanden, die ganze Geschichte unter den Teppich zu kehren. Mein Vater hatte eine ziemlich große Firma geerbt und gehörte zu der sogenannten Hamburger Gesellschaft. Ihm selbst war das nie wichtig, aber meiner Mutter dafür umso mehr. Sie wollte kein Gerede. Und mein Vater wollte keine Auseinandersetzung, also hat er sich ihren Wünschen gefügt.« Mit langsamen Schritten kam Marie zurück an den Tisch und setzte sich. »Vielleicht wäre alles anders gekommen, wenn er darüber hätte sprechen können. So aber muss es in ihm drin ein immer größer werdender Berg geworden sein.« Sie schluckte. »Ein Jahr später, kurz vor unserer Abfahrt nach Föhr, hat er es nicht mehr ausgehalten. Er hat sich in unserer Gartenlaube erschossen.«

Kerrin warf Hark einen erschütterten Blick zu. Was für eine weitere Tragödie hatte sich aus dem Handeln der vier Jungen entwickelt!

»Moritz hat ihn damals gefunden. Ein achtjähriger Junge findet seinen erschossenen Vater. Er kam früher von einem Freund nach Hause als verabredet. Damit hatte mein Vater wohl nicht gerechnet.« Marie trank einen Schluck Wasser. »Und als hätte das noch nicht ausgereicht, hat meine Mutter ihm verboten, auch nur mit irgendjemandem darüber zu sprechen. Auch mit mir. Ich habe es erst vor einigen Jahren von ihm erfahren. Meine Mutter wollte wieder einmal kein Gerede. Offiziell ist mein Vater an einem Herzinfarkt gestorben. Das macht sich ja auch besser, wenn der erfolgreiche Max Guthmann vor lauter Stress im Job stirbt.« Ihr Blick war hart geworden. »Ihr könnt euch sicher vorstellen, dass unser Verhältnis zu unserer Mutter nicht mehr das beste ist. Schnell nach dem Tod meines Vaters hat sie uns aufs Internat abgeschoben. Sie selbst hat die Firma übernommen und leitet sie bis heute. Manchmal habe ich das Gefühl, dass ihr das alles irgendwie ganz gut in den Kram gepasst hat. Sie ist jetzt die erfolgreiche Witwe, die das Familienerbe für ihre Kinder bewahrt.«

»Das tut mir alles sehr leid. Trotzdem verstehe ich noch nicht, warum ihr jetzt die Clique umbringen wolltet.«

»Ich wusste davon doch gar nichts.« Marie sah sie traurig an. »Und trotzdem ist es meine Schuld.«

»Warum?«

»Vor ein paar Wochen kam Levke abends völlig aufgelöst zu mir. Imme hatte in der Nacht einen Albtraum gehabt und immer wieder geschrien: ›Die Jungen sollen weggehen!‹ Levke hat sie am nächsten Tag darauf angesprochen. Hätte sie das bloß nicht getan.« Ihre Augen schwammen wieder in Tränen. »Imme hat erzählt, dass die Jungen sie gejagt haben, unmittelbar vor dem Unfall. Das hat Levke verständlicherweise den Boden unter den Füßen weggezogen, und sie kam zu mir, um es loszuwerden.« Sie schwieg einen Moment. »Ihr könnt euch sicher vorstellen, was das in mir ausgelöst hat. Hätte mein Vater das gewusst, hätte er sich vielleicht anders entschieden.

Unser ganzes Leben wäre anders verlaufen. Ich habe einige Tage mit mir gerungen und es dann Moritz erzählt.« Ihre Stimme brach, und sie begann zu weinen. »Hätte ich es bloß für mich behalten. Ich hätte wissen müssen, dass diese Erkenntnis für ihn noch viel schlimmer ist als für mich. Er hat meinen Vater gefunden, mit weggepustetem Kopf auf dem Tisch liegend. Und er durfte mit niemandem darüber sprechen. Aber ich habe überhaupt nicht darüber nachgedacht.«

Kerrin schob ihr sanft ein Taschentuch über den Tisch. Nachdem Marie sich ein wenig beruhigt hatte, fuhr sie fort: »Er hat es recht gefasst aufgenommen. Aber heute weiß ich, dass er von dem Moment an nur noch an Rache gedacht hat. Er hat diese fixe Idee entwickelt, dass unser Leben besser wird, wenn die vier Männer tot sind. Er wollte unseren Vater rächen.« Sie schaute Kerrin verzweifelt an. »Bei Niklas habe ich noch gar nicht geschaltet. Aber als dann auch Julius starb, wurde ich stutzig. Ich habe Moritz darauf angesprochen, aber er hat ganz seltsam reagiert und nur geschwiegen. Ich wusste nicht, was ich davon halten sollte, und habe versucht, ihn von da an nicht mehr aus den Augen zu lassen. Aber das ist schwierig, wenn man mitten in der Hauptsaison eine Galerie zu führen hat. Moritz war sehr geschickt und hat jede Möglichkeit genutzt, um mir zu entwischen.« Sie knetete nervös ihre Finger. »Bei Leon war ich zu spät. Ich habe Moritz auf dem Handy angerufen, um zu hören, wo er ist. Er sagte, er bringe es jetzt zu Ende, er müsse nur noch seinen Fehler ausbügeln. Da wusste ich, dass er auf dem Weg zu Sebastian war. Als ich den Streifenwagen vor der Tür stehen sah, bin ich durch die Gärten nebenan geschlichen. Die Terrassentür stand offen, und Moritz und Sebastian waren im

Wohnzimmer.« Sie verbarg den Kopf in ihren Händen und schluchzte laut.

Kerrin und Hark saßen erschüttert auf ihren Stühlen. Dass der gemeine Streich pubertierender Jungen in eine derartige Katastrophe gemündet war, machte sie sprachlos.

41

»Komm.« Levke lächelte Marie warm an und nahm ihren Arm. Sie saß noch immer an dem kleinen Tisch in dem Vernehmungsraum.

Moritz hatte trotz Vorhalt der Aussage seiner Schwester geschwiegen und war mittlerweile auf dem Weg aufs Festland. Die Staatsanwaltschaft hatte für ihn Untersuchungshaft beantragt. Er würde nun dem Haftrichter vorgeführt werden. Marie durfte nach Hause gehen.

Nachdem Kerrin Levke über die Hintergründe der Tat aufgeklärt hatte, war diese blass im Gesicht geworden und hatte minutenlang regungslos auf ihrem Stuhl gesessen. »Warum hat Marie mit mir nicht darüber gesprochen?«, fragte sie Kerrin schließlich.

»Sie hatte Angst, dich zu verlieren«, war deren schlichte Antwort.

»Verstehe.« Levke dachte einen Augenblick nach. »Sie kann doch nichts dafür. Ihr Vater ist gefahren. Und wir haben schon lange damit abgeschlossen. Es ist, wie es ist, und Imme geht es gut in ihrem Zuhause. Besser, als es ihr bei Sarah gegangen wäre.«

»Vielleicht sagst du Marie das eines Tages«, schlug Kerrin vor.

»Darf sie nach Hause?«

»Ja. Sie darf die Insel zwar erst einmal nicht verlassen, aber wir sehen keinen Grund, sie länger festzuhalten. An den Morden ist sie nicht beteiligt gewesen. Wenn man davon ausgehen würde, dass sie gewusst hat, was ihr Bruder getan hat, könnte man ihr allenfalls vorwerfen, Moritz nicht bei der Polizei angezeigt zu haben. Hätte sie es getan, wäre Leon nicht gestorben. Aber die Beurteilung dieser Frage ist Sache der Staatsanwaltschaft und letztendlich des Richters, da mischen wir uns nicht ein.«

»Ich würde sie gerne nach Hause bringen.«

»Gute Idee. Ein Streifenwagen kann euch fahren.«

Und so befanden sich Marie und Levke kurz darauf auf dem Weg nach Alkersum.

In dem Vernehmungsraum hatten sich die Freundinnen minutenlang weinend in den Armen gelegen, beide fassungslos darüber, was geschehen war. »Ich habe so eine Angst um Moritz«, flüsterte Marie schließlich mit tränenerstickter Stimme.

»Wir besorgen ihm einen guten Anwalt. Und psychologische Hilfe«, sagte Levke leise und strich ihr beruhigend über den Rücken.

Bei Marie angekommen, bugsierte Levke die Freundin in den Garten. Unter einem Apfelbaum stand eine Bank im Schatten. »Du setzt dich jetzt hierhin, und ich besorge uns etwas zu trinken.«

Mit diesen Worten verschwand sie im Haus und kam mit einer Flasche Weißwein und zwei Gläsern zurück. »Das brauchen wir heute.«

Eine Weile saßen sie schweigend im Garten. »Du hättest es mir erzählen sollen«, fing Levke schließlich an.

»Ich weiß, und es tut mir auch sehr leid, dass ich es

nicht getan habe.« Marie schmiegte sich an sie. »Ich hatte Angst. Und ich war so daran gewöhnt, über dieses Thema zu schweigen. Meine Mutter hat bis heute keine Ahnung davon, dass ich über den Selbstmord Bescheid weiß. Ich habe nie einen Sinn darin gesehen, mit ihr darüber zu sprechen.«

»Was für ein grausames Schicksal! Der arme Moritz. Er muss unfassbar gelitten haben.«

»Das hat er.« Marie hatte schon wieder Tränen in den Augen. »Trotzdem hätte er niemanden umbringen dürfen. Man kann einen Tod nicht mit einem anderen sühnen.«

»Morgen kümmern wir uns um ihn. Heute betrinken wir uns. Und ich erzähle dir mein Geheimnis. Vielleicht lenkt uns das ein bisschen ab. Außerdem soll es von jetzt an keine Heimlichkeiten mehr zwischen uns geben.«

»Einverstanden.«

Nachdem sie die erste Flasche getrunken und eine zweite geöffnet hatten, bat Marie Levke, ihre Geschichte zu erzählen.

»Also gut.« Levkes Stimme war schwer. Nach der ungewohnten Menge an Alkohol fühlte sie sich wie in Watte gepackt. Die Konturen der Brutalität des heutigen Tages verwischten, er wurde erträglicher. »Vor acht Tagen war ich schon einmal auf der Insel, aber nur für eine Nacht«, begann sie.

42

Heiße Wut füllte Levkes Bauch. Seit dem Tag der Hypnose, in der es ihr mithilfe ihrer Therapeutin endlich gelungen war, zu dem Ursprung ihres Leids vorzudringen, war sie da und ging einfach nicht weg. Sobald sie sich vorstellte, dass Sarah lebte, ohne Alkohol und glücklich mit einem Mann an ihrer Seite, wuchs der Zorn, drohte sie zu ersticken.

Ihr Plan reifte langsam heran. Zu keinem Zeitpunkt hatte sie vor, ihrer Tante etwas anzutun, aber sie wollte mit aller Kraft verhindern, dass sie nach so vielen Jahren ein zufriedenes Leben führte, während ihrer Schwester dies nicht vergönnt gewesen war. Wie anders hätte ihr Leben ohne Sarah verlaufen können. Sie hätte eine glückliche Kindheit gehabt, zusammen mit einer Mutter, die sie liebte.

Am Samstagabend war sie unerkannt mit der letzten Fähre auf die Insel gekommen. Sie wusste jetzt, was sie tun musste, um endlich wieder inneren Frieden finden zu können. Sarah war erstaunt, von ihr zu hören, schien sich aber ehrlich zu freuen. Die beiden Frauen verabredeten sich in Utersum am Strand.

Mit ihrer schweren Handtasche, in der sich zwei Flaschen Schnaps und Plastikbecher befanden, aber ohne weiteres Gepäck kam sie wenige Minuten vor Sarah an.

Zunächst plätscherte das Gespräch ein wenig dahin. Ihr Herz hämmerte in der Brust, und ihr war flau. Als sie die erste Flasche Schnaps aus der Tasche zog und zwei Gläser einschenkte, winkte Sarah lächelnd ab. »Die Zeiten sind vorbei«, sagte sie überzeugt. »Zum Glück. Aber trink du ruhig, es stört mich nicht.«

Und Levke trank den ersten Schluck. Der starke Alkohol wärmte sie von innen und löste den Knoten in ihrer Brust.

»Du hast meine Mutter getötet.« Nachdem diese schlichten, grauenerregenden Worte aus ihrem Mund gekommen waren, war es totenstill. Sie hatte den Eindruck, dass selbst das Geschrei der Möwen verstummt war.

»Was redest du da für einen Blödsinn.« Sarah sah sie unsicher von der Seite an.

»Du hast sie in deiner Wut gestoßen, und sie ist gegen den Wohnzimmertisch gefallen. Ich habe alles von der Tür aus gesehen, aber das war dir egal. Du hast mich einfach in mein Zimmer gesperrt. Und am nächsten Tag war meine Mutter weg.«

Sarah sah sie entgeistert an. Ihr Gesicht färbte sich rot. »Wer hat dir denn so einen Quatsch erzählt? Das ist ...«

»Hör endlich auf zu lügen. Du hast meine Kindheit in eine Hölle verwandelt. Warum hast du sie getötet? Warum?« Sie spie die Worte jetzt aus und schenkte sich ein weiteres Glas ein. Auffordernd stellte sie das gefüllte zweite Glas vor Sarah. Die sah es einen Moment zu lange an, blieb aber standhaft.

»Ich habe sie nicht getötet, ich habe sie geliebt.« Tränen erschienen in ihren Augen. »Sie war meine Schwester, außer ihr hatte ich niemanden auf der Welt.«

»Warum hast du sie dann umgebracht?« Levke nippte an ihrem Glas, wusste, dass sie vorsichtig sein musste, nicht zu schnell trinken durfte, damit ihr die Situation nicht entglitt. Angewidert roch sie den scharfen Alkoholgeruch in ihrem Atem und ließ ihn langsam in Richtung ihrer Tante entströmen. An ihren Gesichtszügen erkannte sie, dass auch Sarah ihn bemerkte. Diesen vertrauten Geruch, der Vergessen versprach. Aber noch war sie nicht so weit.

»Wollte sie die Insel wirklich verlassen? War es das? Hast du vielleicht mehr an ihr gehangen als sie an dir? Musste sie deswegen sterben?« Sie trank erneut einen kleinen Schluck und atmete in Richtung ihrer Tante aus. »Tu dir keinen Zwang an.« Sie zeigte auf das zweite Glas. »Ich habe dich mein Leben lang betrunken gesehen, mich schockst du damit nicht.«

»Ich bin trocken, das weißt du doch.«

Einen Moment schwiegen sie beide. »Was würde dein Freund dazu sagen, dass du eine Schwestermörderin bist?«

»Hör auf, Levke.«

»Warum sollte ich? Ich will wissen, was mit meiner Mutter geschehen ist. Wo hast du sie hingebracht? Hast du sie irgendwo verscharrt wie ein Haustier?«

»Nein, ich habe nicht …«

»Warum hast du keinen Arzt gerufen? Vielleicht hätte sie gerettet werden können.« Levke trank das zweite Glas aus und schenkte sich erneut ein. »Oder wolltest du gar nicht, dass sie gerettet wird? Sollte sie nicht mehr leben, wenn sie nicht bei dir bleiben wollte? Oder …«

»Sie war doch schon tot, verdammt«, entfuhr es Sarah. Ihre Hände zitterten, als sie sich durch die Haare strich.

Levke starrte sie an. »Was ist damals geschehen?«

Sarah fing an zu weinen. »Ich wollte nicht, dass das passiert. Wir hatten einen Streit, das ist richtig. Aber ich wollte sie doch nicht umbringen.«

»Hast du aber«, fiel Levke ungerührt ein.

»Nein.« Sarahs Hand streckte sich nach dem Glas aus, berührte es zaghaft und zuckte dann zurück. »Ich war wütend. Johanna wollte die Insel verlassen. Sie hatte eine Stelle als Erzieherin in Husum gefunden und wollte mit dir aufs Festland ziehen.« Die Tränen strömten ihre Wangen herunter. »Ihr seid alles gewesen, was ich nach dem Tod unserer Eltern noch hatte. Wie konnte sie mich allein lassen?«

»Sie hatte doch das Recht auf ein eigenes Leben.« Auch Levke standen jetzt die Tränen in den Augen. Ihre Mutter hatte sie nicht verlassen. Sie hatte nicht ohne ihre Tochter gehen wollen. Sie schenkte sich noch einmal nach.

»Ich wollte nicht, dass sie stirbt. Sie ist nach meinem wütenden Schubs so unglücklich gegen den Tisch gefallen. Das war keine Absicht. Als ich sah, dass du alles mit angesehen hattest, bin ich in Panik geraten. Ich habe dich in dein Zimmer gebracht und die Tür abgeschlossen. Dann ...«

»Ich war drei.« Levke sah sie fassungslos an. »Was bist du nur für ein Mensch? Weißt du eigentlich, was du mir damit angetan hast? Jahrelang habe ich das alles verdrängt, alles in mich reingestopft, was ich bekommen konnte, um diese furchtbare Leere zu füllen. Meine ganze Kindheit und Jugend hast du dadurch zerstört.«

»Es tut mir so leid. Ich habe es doch selbst nie verwunden. Was glaubst du denn, warum ich mit dem Alkohol angefangen habe? Ich konnte mich selbst nicht mehr ertragen und ...«

»Na, darauf einen Schluck.« Levke hob ihr Glas. »Daran dürfte sich doch eigentlich nichts geändert haben, oder?« Sie sah sie auffordernd an.

Sarah schwankte. »Hans hat alles verändert.« Sie war kaum zu hören. »Er hat mir gezeigt, dass ich etwas wert bin, mich nicht weiter kaputt machen darf.«

»Dann kennt er dich wahrscheinlich nicht allzu gut«, entgegnete Levke ohne jedes Erbarmen in der Stimme. Wo sollte es auch herkommen, hatte sie doch von dieser Frau niemals auch nur einen Funken davon zu spüren bekommen. »Was hast du mit ihr gemacht?«

»Ich habe sie noch in der Nacht im Garten vergraben. Am nächsten Morgen habe ich dann den Abschiedsbrief geschrieben und sie als vermisst gemeldet.«

»Hattest du keine Angst, dass ich rede?«

»Doch, furchtbare Angst. Ich habe dir wieder und wieder eingeredet, dass deine Mutter mit ihrem Freund verschwunden ist, und du hast es irgendwann geglaubt.« Sie stockte einen Moment. »Die Polizei hat nicht allein mit dir gesprochen, da habe ich aufgepasst. Du warst ja auch noch viel zu klein für eine Aussage.«

»Wo im Garten?« Levke war mit einem Mal furchtbar übel. Hatte sie ihre ganze Kindheit und Jugend in unmittelbarer Nähe der Leiche ihrer Mutter verbracht, ohne etwas zu ahnen?

»Am Ende des Grundstücks bei den Büschen.«

Levke sprang auf und rannte zum Watt. Was sie gehört hatte, war zu viel für sie. Ihr Magen fuhr Achterbahn, und sie übergab sich. Als sie schließlich zum Strandkorb zurückkehrte, hatte Sarah den Kampf verloren. Mit tränenverschmiertem Gesicht sah sie ihrer Nichte entgegen, in der Hand das leere Glas.

Wortlos schenkte Levke ihr nach. Wieder und wieder. Es gab zwischen ihnen nichts mehr zu sagen. Sarah würde von dem heutigen Tage an wieder in ihrer Sucht gefangen sein. Das war ihre Rache für ein genommenes Menschenleben und eine zerstörte Kindheit und Jugend. Vielleicht schaffte sie den Absprung mit der Hilfe ihres Freundes noch einmal, vielleicht auch nicht. Levke war das egal. Sie wusste jetzt, dass ihre Mutter sie geliebt hatte und niemals vorhatte, sie im Stich zu lassen. Nichts anderes zählte.

Als Sarah schließlich einschlief, verließ Levke allein den Strand und machte sich auf den Weg nach Wyk, um die Insel mit der ersten Fähre zu verlassen.

43

Am Montagabend war Kerrin von der Dienststelle aus zu Corinna gefahren. Zu ihrer Erleichterung waren die Ereignisse des Tages noch nicht zu ihr vorgedrungen. Als die Freundin schließlich verstanden hatte, dass Leon tot war, hatte sie lange Zeit kein Wort von sich gegeben. Tränen hatten in ihren Augen gestanden, und sie hatte starr aus dem Fenster geschaut. Kerrin hatte sie in die Arme genommen und sanft ihren Rücken gestreichelt. Es gab nichts zu sagen. Die Geschehnisse der letzten Tage waren so furchtbar, dass sie alle eine lange Zeit brauchen würden, um sie zu verarbeiten und damit leben zu können. Das unüberlegte Handeln von vier Jugendlichen hatte für viele Menschen in einer Katastrophe geendet und ihre Leben frühzeitig beendet oder unumkehrbar verändert.

Als Kerrin endlich spät am Abend nach Hause gekommen war, hatte sie Nils angerufen. Sie hatte keine Kraft mehr, ihm alles zu erzählen, aber es tat ihr gut, seine liebevolle Stimme zu hören. Nach dem Gespräch war sie ohne Abendbrot erschöpft in ihr Bett gefallen und sofort eingeschlafen. Heyden hatte beschlossen, dass sie für die letzten Förmlichkeiten noch einen Tag auf der Insel bleiben sollte. Danach würde sie zurück nach Flensburg fahren.

Der Dienstag war gefüllt mit Telefonaten, dem Schreiben von Berichten und einem weiteren Gespräch mit Marie. Mittags besorgte Kerrin Fischbrötchen und besuchte Corinna. Die Freundinnen setzten sich unter einen Baum in den Schatten und aßen. Corinna sah schlecht aus, tiefe Ringe unter ihren Augen zeugten von einer durchwachten Nacht.

»Es ist komisch, aber der Tod von Leon trifft mich weniger als der Tod von Julius«, sagte sie mit leiser Stimme. »Ich habe mich in den letzten Monaten total in etwas verrannt und gar nicht mehr gesehen, was für einen tollen Mann ich an meiner Seite hatte.«

Kerrin musste sich bemühen, ihre bei diesen Worten aufsteigenden Tränen zu unterdrücken. »Julius war sehr glücklich mit dir, das weißt du, nicht wahr?«

Corinna nickte. »Aber er ist gestorben in dem Wissen, dass ich ihn verlassen wollte.« Ein Schluchzer entrann ihrer Brust. »Es wird schwer werden, damit zu leben.«

Kerrin nickte. »Was wirst du jetzt tun?«

»Ich werde erst einmal hierbleiben und meinen Schwiegereltern so lange bei der Arbeit mit den Tieren helfen, bis sie eine Lösung für den Hof gefunden haben. Auf diese Weise fühle ich mich Julius nahe.« Ein zaghaftes Lächeln erschien auf ihrem Gesicht. »Und vielleicht sieht er mich ja und spürt, wie leid es mir tut. Was das Leben danach für mich bereithält, werde ich sehen. Vielleicht verlasse ich Föhr und fange irgendwo anders noch einmal ganz von vorn an.«

Als Kerrin in die Dienststelle zurückkehrte, fand sie auf ihrem Schreibtisch einen Zettel von Ida mit der Nachricht, dass Moritz dem Haftrichter vorgeführt und nach einer kurzen Verhandlung in Untersuchungshaft genommen worden war. Seufzend zerknüllte sie das Papier. Obwohl Moritz so viel Leid und Trauer über Menschen gebracht hatte, die sie seit ihrer Kindheit und Jugend kannte, stellte sich bei ihr kein Gefühl der Genugtuung ein. Der junge Mann tat ihr trotz allem leid, denn sie konnte mitfühlen, was er als kleiner Junge durchgemacht hatte.

Am späten Nachmittag fanden sich dann alle an dem Fall beteiligten Beamten noch einmal im Besprechungszimmer ein. Zum Abschied hatte Kerrin für jeden einen großen Eisbecher besorgt.

»Ich danke euch allen sehr für eure Arbeit«, sagte sie mit bewegter Stimme, nachdem alle aufgegessen hatten. »Ihr steht den Flensburgern bei der Ermittlungsarbeit wirklich in nichts nach.«

»Das hören wir gerne. Es war interessant, mal in euren aufregenden Arbeitsalltag hineinzuschnuppern.« Hark lehnte sich in seinem Stuhl zurück. »Trotzdem wären wir jetzt alle froh, wenn es so schnell keinen neuen Mord auf unserer Insel geben würde, denn unsere Kräfte sind erst einmal erschöpft.«

Am Abend zog Kerrin ein buntes Sommerkleid an, schminkte sich sorgfältig und sprühte sogar einen Spritzer Parfum hinter ihre Ohren. Nils hatte sie zu einem Picknick am Strand in Nieblum eingeladen.

Obwohl sie pünktlich ankam, saß Nils bereits auf einer großen, bunt karierten Decke und wartete. Vor einem Picknickkorb standen Schüsseln mit allerlei Leckereien.

Minipizzen, gefüllte Tomaten, Salat, Spieße mit Käse und Weintrauben, Oliven, geschnittenes Brot und ein Weinkühler mit einer Flasche Weißwein. Aus dem Korb ragten zwei Teller, Gläser, Besteck und Servietten.

»Das sieht ja wunderbar aus.« Kerrin wurde warm ums Herz, als sie sah, wie viel Mühe Nils sich gegeben hatte. »Ich wusste gar nicht, dass du als Hausmann taugst.«

»Du weißt vieles noch nicht von mir.« Nils schmunzelte. »Ich möchte, dass du den Abend genießt und nicht an die Zukunft denkst. Nach den letzten Tagen hast du dir ein paar entspannte Stunden verdient.« Er klopfte auf die Decke neben sich.

Kerrin setzte sich und ließ ihren Blick über den Strand schweifen. Das Wasser ging langsam zurück, schon war das Watt an der Wasserkante zu sehen. Möwen stolzierten auf der Suche nach Krebsen, die sich nicht schnell genug eingebuddelt hatten, herum. Der Strand hatte sich bereits geleert. An diesem Abschnitt gab es keine Strandbude, und so waren die meisten Touristen schon zum Abendbrot nach Hause oder in eines der unzähligen Restaurants auf der Insel gegangen. Nur einige wenige genossen genauso wie Nils und Kerrin diese wunderbaren Stunden an der Nordsee, wenn sich ein Sommertag dem Ende zuneigte und der Abend begann.

Sie bemerkte, dass Nils sie beobachtete. Mit klopfendem Herzen wandte sie ihm den Kopf zu.

»Du sieht aus, als würdest du diesen Augenblick einfangen wollen, damit du in Flensburg davon zehren kannst.«

Kerrin lächelte. »Ganz unrecht hast du nicht. Föhr ist einfach einzigartig, da kann kein anderer Ort auf der Welt mithalten.«

»Stimmt«, antwortete er schlicht. »Hast du Hunger?«

»Und wie!« Kerrin lachte. »Ich habe heute Mittag ein Matjesbrötchen gegessen, das war alles.«

»Dann lang zu.« Nils griff in den Korb und gab Kerrin Teller, Besteck und Serviette. Er selbst öffnete den Wein und schenkte ihnen beiden ein Glas ein. »Auf uns.« Er reichte ihr das Glas.

»Auf uns.« Kerrin trank einen großen Schluck. Kühl rann der Wein ihre Kehle herunter. Da sie kaum etwas im Magen hatte, machte sich augenblicklich ein wohliges Gefühl in ihr breit.

Das Essen schmeckte herrlich. Kerrin spürte nun, da die Anspannung, den Täter fassen zu müssen, von ihr gefallen war, wie hungrig sie war.

»Großes Kompliment an dich.« Sie lächelte Nils an und griff erneut zu.

»Freut mich, dass es dir schmeckt.« Auch er hatte sich seinen Teller voll beladen. »Ich schlage vor, dass wir heute Abend den Fall beiseitelassen. Einverstanden?«

»Absolut«, erwiderte Kerrin aus vollem Herzen. Und so plauderten sie über alles Mögliche. Nils gab lustige Anekdoten aus seinem Alltag als Anwalt zum Besten, Kerrin erzählte von Sophie, ihrem Leben in Flensburg und den Kollegen dort. Als kein Krümel des Picknicks mehr übrig war, verstaute Nils das Geschirr im Korb und schenkte ihnen beiden Wein nach. Mit dem Glas in der Hand rutschte er näher an Kerrin heran.

»Das ist ein schöner Abend mit dir.« Seine Stimme klang sanft, und er sah ihr tief in die Augen, als er sein Glas hob.

»Finde ich auch.« Kerrins Hand zitterte. Die vernünftigen Gedanken, die sie an dem Abend bei Pitschi's davon abgehalten hatten, Nils zu küssen, waren aus ihrem Kopf verschwunden. Es zählte nicht mehr, dass eine Fernbeziehung keine Zukunft hatte, ihre Leben nicht zueinanderpassten, die Gefahr des Scheiterns ihr Verhältnis zu Hark und damit ihre Arbeit gefährden könnte und sie Angst vor dem erneuten Ende einer Liebe und dem damit einhergehenden Schmerz hatte. Ihr Herz hatte die Oberhand gewonnen, und es sehnte sich nach seiner Berührung.

Behutsam nahm Nils ihr das Glas aus der Hand und stellte es zusammen mit seinem eigenen beiseite. Sein Kopf neigte sich zu ihrem, und dann küsste er sie. Erst sanft und vorsichtig, fast fragend, aber als sie den Kuss erwiderte, zog er sie eng an sich, wurde fordernder und leidenschaftlich. Kerrin glaubte zu fliegen, und als sie endlich voneinander ließen, kuschelte sie sich in seine Arme und fühlte sich so wohl und geborgen wie seit Langem nicht mehr.

»Davon träume ich seit Tagen«, flüsterte er ihr zärtlich ins Ohr.

»Du hattest recht.« Kerrin wandte ihm ihr Gesicht zu. »Ab jetzt lassen wir alles auf uns zukommen.«

»Ich hoffe, ich muss nicht erst jemanden ermorden, damit du mich wieder auf der Insel besuchen kommst.« Eine mögliche Antwort von Kerrin darauf erstickte Nils mit einem langen Kuss.